（第七辑）

文学地理学

主 编
曾大兴 夏汉宁
方丽萍

中国社会科学出版社

图书在版编目（CIP）数据

文学地理学. 第 7 辑/曾大兴，夏汉宁，方丽萍主编. —北京：中国社会科学出版社，2019.3
ISBN 978 - 7 - 5203 - 4061 - 8

Ⅰ.①文… Ⅱ.①曾… ②夏… ③方… Ⅲ.①中国文学—地理学—文集 Ⅳ.①I206 - 53

中国版本图书馆 CIP 数据核字（2019）第 027192 号

出 版 人	赵剑英
责任编辑	郭晓鸿
特约编辑	张金涛
责任校对	周　昊
责任印制	戴　宽

出　　版	中国社会科学出版社
社　　址	北京鼓楼西大街甲 158 号
邮　　编	100720
网　　址	http://www.csspw.cn
发 行 部	010 - 84083685
门 市 部	010 - 84029450
经　　销	新华书店及其他书店
印　　刷	北京明恒达印务有限公司
装　　订	廊坊市广阳区广增装订厂
版　　次	2019 年 3 月第 1 版
印　　次	2019 年 3 月第 1 次印刷
开　　本	710×1000　1/16
印　　张	29.25
插　　页	2
字　　数	352 千字
定　　价	99.00 元

凡购买中国社会科学出版社图书，如有质量问题请与本社营销中心联系调换
电话：010 - 84083683
版权所有　侵权必究

目 录

文学地理学学科建设

文学地理学的学科建构 …………………………… 曾大兴 3

关于中国文学地理学研究之未来发展的一点感想 ………… 陶礼天 31

从文学地理学看中国学的构建 ……………………… 刘庆华 35

地理图像史料、文学地理学科背景与专业精神
　　——中国文学研究著作中的地理图像史料
　　问题及反思 ………………………………… 龙其林　钟丽美 54

地理、空间与文学研究

北宋出使文学中的人文地理问题及其文化特征 ………… 方丽萍 71

从语词到主题的话语分析：以《渔歌子》西塞山
　　为中心 …………………………………………… 殷学国 89

地域分野与文士流徙：汉晋文学地理研究纲要 …………… 李剑清 112

唐代长安传奇小说创作嬗变之空间解读与群体分析 ……… 王 伟 126

论赖特小说的政治性与《土生子》的空间政治 ………… 李美芹 141

双城映像：宋元话本小说的空间书写 …………………… 夏明宇 157

少数民族文学中的"河流"书写及其隐喻意义 ………… 孙胜杰 171

文学景观研究

唐诗中的烽火及其文化景观价值 ………………………… 高建新 187

文学景观之生成起点与发展过程
　　——以江南三大名楼为例 ……………………………… 杜雪琴 205

气候与文学研究

气象美学建构与自由乌托邦情结 ………………………… 王 东 225

先唐山西的气候地理变迁与诗的繁荣 …………………… 王青峰 235

区域文学地理研究

当代中国区域文学研究的尝试与思考
　　——《湖北文学通史·当代卷》主编感言 ………… 刘川鄂 251

汉唐高昌文学的地缘文化 ………………………………… 高人雄 261

文学地理学视域下的贾平凹、莫言乡土叙事
　　比较 ……………………………………… 韩鲁华　郭 娜 272

宋南渡后岭南词学的兴起及其地域特征 ………………… 宋秋敏 288

文学地理学视域下的陆游巴蜀诗及其意义 ……………… 李 懿 299

清代京师文学发展的地域特征……………………吴　蔚 315

"西北子弟"与元代文坛格局……………………任红敏 329

民国游记中的上海印象……………………………冯仰操 352

国际视野

东亚文明精神与潇湘八景文化意象………（新加坡）衣若芬 365

韩国洛东江及其沿岸的文学想象力…………（韩）郑羽洛 379

硕博论坛

全球化中的地方性与非地方性
　　——论湖北籍海外华文作家的地方书写…………刘玉杰 397

故乡·民族·风景
　　——毛南族作家孟学祥风景叙事研究……………周爱勇 412

学科建设动态

文学地理学作为中国话语的崛起
　　——中国文学地理学会第七届年会论文综述………刘玉杰 431

中国文学地理学会第七届年会暨国际学术研讨会举行…………452

中国文学地理学会第七届年会暨第二届硕博论坛成功召开………455

中国文学地理学会第一届硕博论坛获奖名单………………457

中国文学地理学会第二届硕博论坛获奖名单………………460

文学地理学学科建设

文学地理学的学科建构

曾大兴[*]

20世纪80年代以来，文学地理学的研究在中国蔚然成风。这项研究，不仅仅是解决了传统的文学研究未曾解决的诸多问题，还刷新了人们对文学的认识，更重要的是初步建构了一个文学地理学学科。早在七年以前，陶礼天就撰文指出："就当前中国文学地理学的研究现状而言，用一句话概括：已成显学。涌现出大量研究成果，提出了文学地理学学科建构框架，确立了文学与地理尤其是与文化地理关系的新的研究视角，'人地关系'（Man-land Relationship）已经被认可为文学地理学研究的科学基础和立论前提，各种文化地理学与传统的文学研究法得以新的综合运用和考量，从而产生出一套新的研究方法、研究路径，相关研究的各种'称谓'已趋向于统一到'文学地理学'的名下。"[①]七年以后，文学地理学的学科建构又取得了重要进展，"比以往任何一个时候都更为接近学科的建成"[②]。文学地理学这个

---

[*] 曾大兴，广州大学人文学院教授，中国文学地理学会会长。
[①] 陶礼天：《试论文学地理学的过去、现在和未来》，《中国文论研究丛稿》，学苑出版社2011年版，第148—149页。
[②] 李仲凡：《从苏轼的〈食荔枝〉到文学地理学》，《博览群书》2017年第10期。

学科是如何在中国初步建构的？它的基本内容和特点是什么？它由一种研究视角或方法上升为一门学科，原因何在？意义何在？作为一门在中国本土产生的新兴学科，它所面临的挑战在哪里？这些都是学术界非常关切的问题。本文试就这些问题做一探讨。

一 文学地理学学科建构的基本内容及其特点

早在1986年，金克木先生就发表了《文艺的地域学研究设想》一文，指出"我们的文艺研究习惯于历史的线性探索，作家作品的点的研究；讲背景也是着重点和线的衬托面；长于编年表而不重视画地图，排等高线，标走向、流向等交互关系"，倡导"作以面为主的研究、立体研究，以至于时空合一内外兼顾的多'维'研究"，他称之为"地域学（Topology）研究"。他为这种研究设想了"四个方面"：一是分布，二是轨迹，三是定点，四是播散。[①] 这"四个方面"的设想，虽然彼此之间的层次感和逻辑关联性还有所欠缺，甚至不乏交叉、重复之处，但他所讲的"文艺的地域学"，实际上已包含文学地理学的四大要素：地理环境、文学家、文学作品、文学传播，可视为中国学者关于文学地理学学科建构的最初设想。陈一军指出："1986年，金克木发表学术随笔《文艺的地域学研究设想》，中国大陆学术界从地理空间维度研究文学并谋求建立新学科的实践活动便有意识地展开了。"[②]

在金克木先生发表此文的第二年，袁行霈先生出版了《中国文学概论》一书，此书第三章即为"中国文学的地域性与文学家的地理分

[①] 金克木：《文艺的地域学研究设想》，《读书》1986年第4期。
[②] 陈一军：《文学地理学学科创建的原因、意义及关键问题》，曾大兴、夏汉宁、高人雄主编：《文学地理学》（四），中山大学出版社2015年版，第8页。

布"。袁先生虽未提及学科方面的设想,但他倡导文学的"地域研究",并首次归纳了文学地域性的两种表现与文学家地理分布的三种情形,① 对后来的文学地理学学科建构也是有重要启发的。正如马晶在讲到金、袁二位时所言:"这些学者已经越来越清晰地认识到要从地理空间的角度对文学的各种现象和问题进行探究,也就是找出文学之所以表现出如此特色的地理因素以及文学本身体现出的地理空间特征。这种文学地理学研究的思路几乎成为国内对文学地理学学科进行建构的基础。"②

一般认为,一门学科的成立取决于三个条件:一是要确定这门学科的研究对象,二是要有学科的基础理论,三是如 R. J. 约翰斯顿所说的"要有提供该学科专业培训的教育机构",也就是专业人才的训练平台。③ 其中,第二个条件尤为重要,既是第一个条件的扩充,也是第三个条件的理论准备。30 多年来,中国的文学地理学学科建构,主要就是围绕这三个方面展开的。

1997 年,陶礼天提出了关于"文学地理学学科"的初步构想。他认为文学地理学"是介于文化地理学与艺术社会学之间的一门文学研究的边缘学科,致力于研究文学与地理之间多层次的辩证的相互关系"。④ 2002 年,胡阿祥提出了关于"中国历史文学地理学科"的构想,他认为"中国历史文学地理,研究中国历史文化中的文学因子之空间组合与地域分异规律,可以视作中国历史文化地理学的组成部

---

① 袁行霈:《中国文学概论》,生活·读书·新知三联书店 1987 年版。
② 马晶:《学科定位:文学地理学基本理论问题研究》,《西安石油大学学报》(社会科学版) 2014 年第 3 期。
③ 钟仕伦:《概念、学科与方法:文学地理学略论》,《文学评论》2014 年第 4 期;[英] R. J. 约翰斯顿:《地理学与地理学家》,唐晓峰、李平、叶冰、包森铭等译,唐晓峰校,商务印书馆 2010 年版,第 64 页。
④ 陶礼天:《北"风"与南"骚"》,华文出版社 1997 年版,第 11 页。

分；同时，中国历史文学地理学以其研究对象为文学，所以也是中国古代文学的一个重要分支"。① 2006 年，梅新林也提出了关于"文学地理学学科"的构想，他认为文学地理学是一门"融合文学与地理学研究，以文学为本位、以文学空间研究为重心的新兴交叉学科或跨学科研究方法，其发展方向是成长为相对独立的综合性学科"。② 2008 年，邹建军提出把文学地理学"作为中国比较文学建设的一个新的分支"来建构，指出文学地理学"有其特定的研究对象，那就是文学中的地理空间问题"。③ 2011 年，曾大兴提出"建立一门与文学史双峰并峙的文学地理学"。认为文学地理学的研究对象，就是"借鉴地理学的人地关系理论，研究各种文学要素的地理分布、组合与变迁，描述各种文学现象的地域特点及其差异，揭示文学与地理环境之间的关系"。④ 2012 年，杨义提出"文学地理学是一个极具活力的学科分支"，认为文学地理学是一门"会通之学"，"要会通文学与地理学、人类文化学以及民族、民俗、制度、历史、考古诸多学科"。⑤ 这些学者的提法和表述虽各有差异，但是已达成三点重要共识：一是主张把文学地理学作为一个学科来建构，而不仅仅是把它作为一个研究视角或方法来运用；二是坚持文学地理学必须以文学为本位，而不是以地理为本位；三是地理学的"人地关系"理论被确立为文学地理学的科学基础和立论前提，从而明确了文学地理学的研究对象，就是文学与

---

① 胡阿祥：《魏晋文学地理论纲》，邹逸麟、张修桂主编：《历史地理》第 18 辑，上海人民出版社 2002 年版，第 235 页。
② 梅新林：《中国古代文学地理形态与演变》，复旦大学出版社 2006 年版，第 2 页。
③ 刘遥：《关于文学地理学的研究方法与发展前景——邹建军教授访谈录》，《世界文学评论》2008 年第 2 期。
④ 曾大兴：《建设与"文学史"双峰并峙的"文学地理学"》，《中国社会科学报》2011 年 4 月 19 日，第 7 版。
⑤ 杨义：《文学地理学的三条研究路径》，《杭州师范大学学报》（社会科学版）2012 年第 4 期。

地理环境之间的关系。

2011年11月11日至13日，由夏汉宁、曾大兴发起，在江西南昌召开了"中国首届文学地理学暨宋代文学地理研讨会"（这次会议后来被称为"中国文学地理学会第一届年会"），来自中国社会科学院、江西省社会科学院、复旦大学、武汉大学、华中师范大学、南京师范大学、广州大学、西北民族大学等50余家科研单位及院校的60多位学者一致联名倡议成立"中国文学地理学会"。会议明确了"文学地理的研究目标之一，就是建立一门与文学史双峰并峙的文学地理学科"①。这次会议之后，"中国文学地理学会"连续召开了六届年会，编辑出版了六辑《文学地理学》年刊，刘扬忠、蒋凡、杨义、朱寿桐、周尚意、戴伟华、曾大兴、刘川鄂、邹建军、杜华平、李仲凡、陈一军等，都曾在该刊发表论文，探讨文学地理学的基本理论和学科建构问题。与此同时，梅新林、钟仕伦、马晶等人也在国内其他刊物上发文探讨相关问题。②

正是在文学界和文化地理学界众多学者的启发、推动和支持之下，2017年3月，曾大兴出版了《文学地理学概论》一书。此书虽是作者"多年来从事文学地理学的实证研究与理论研究的一个总结"，但也多方吸收了国内外学者的相关研究成果。李仲凡评论说："《文学地理学概论》作为一部开创性的文学地理学导论性质的著作，涵盖了文学地理学主要的、基本的研究领域"，"为文学地理学学科的理论体系搭建起了基本的框架"。"该书第一章'文学地理学的研究对象与学

---

① 刘双琴：《文学地理学开拓研究新思路》，《中国社会科学报》2011年12月1日，第2版。
② 梅新林：《文学地理学：基于空间之维的理论建构》，《浙江社会科学》2015年第4期；钟仕伦：《概念、学科与方法：文学地理学略论》，《文学评论》2014年第4期；马晶：《学科定位：文学地理学基本理论问题研究》，《西安石油大学学报》（社会科学版）2014年第3期。

科定位'讨论了研究对象、学科定位、知识体系、意义等文学地理学的核心内容,作为全书的理论基础和逻辑起点。第二章到第五章分别为'地理环境对文学的影响''文学家的地理分布''文学作品的地理空间''文学扩散与接受',从不同的侧面对文学各要素的地理规律进行了详细的论述,属于文学地理学最核心的四大研究领域。第六章、第七章的'文学景观''文学区',则是文学地理学对文化地理学等地理学科概念的移植与借鉴,属于文学地理学中更具地理色彩的部分。具体到文学地理学知识的某一部类,该书也都有相当周全的考虑与安排,会把所有重要的问题都照顾到。如文学地理学的研究方法,该书的罗列与分类就是目前笔者见到的学术界对文学地理方法最完备的总结与归纳。""《文学地理学概论》的问世,使得文学地理学比以往任何一个时候都更为接近学科的建成。"[1]

诚然,国外也有文学地理研究,但是国外的文学地理研究主要集中在"地理批评"(文本批评)这一块,并未形成一个体系。马晶指出:"相较国内对文学地理学学科体系建构的思考,国外在这方面表现似乎并不明显,而是更多地在具体案例分析中探讨地理学和文学之间的关系。"[2] 国外的文学地理研究以法国为最早,成果也相对最多,但是文学地理在法国并未形成一个学科。陶礼天指出:"尽管法国学界提出'文学地理学'并出版了专著,但西方主流文学理论批评界,并没有认可'文学地理学'。"[3] 早在1958年,法国著名文学社会学家罗贝尔·埃斯卡皮就曾这样讲:"几年来,流行着文学地理学。也

---

[1] 李仲凡:《从苏轼的〈食荔枝〉到文学地理学》,《博览群书》2017年第10期。
[2] 马晶:《学科定位:文学地理学基本理论问题研究》,《西安石油大学学报》(社会科学版)2014年第3期。
[3] 陶礼天:《试论文学地理学的过去、现在和未来》,陶礼天:《中国文论研究丛稿》,学苑出版社2011年版,第145页。

许不应对它提出过高的要求：强调地理学，会迅速滑向地方主义，而从地方主义，又会滑到种族主义。"① 半个多世纪过去了，文学地理学在法国的地位仍然没有得到提高。2009 年 10 月，法国巴黎第三大学的文学地理学者米歇尔·柯罗教授来北京师范大学讲学时指出："文学地理学可能成为文学史的补充，也可能是竞争。现在文学史在法国大学仍是统治性的学科。"② 这说明文学地理学在法国仍然不是一门独立学科。

随着文学地理学研究对象的明确，一套相对完整的理论体系的建立，以及大批青年文学地理学者的涌现，文学地理学学科在中国初步建成。这个学科具有以下三个突出特点。

一是以实证研究为基础的理论架构。中国的文学地理研究自班固、颜之推以来，即已形成一个"征实"的传统。③ 20 世纪 80 年代以后，中国较早从事文学地理研究的一批学者又多是古代文学学者，古代文学研究深受乾嘉考据学派的影响，而地理学本身又是一门"实学"，因此，中国学者的文学地理研究就带有比较浓厚的实证色彩。实证研究就是讲求证据，就是"拿证据来"，一切靠证据说话。这种治学风格也影响了后来加入文学地理研究行列的其他学者。

中国学者的文学地理研究，不仅是对作家的出生成长之地与迁徙之地，作品的产生与刊刻传播之地，作品中的地名、地景（景观）、地理意象等的研究带有比较浓厚的实证色彩，即便是对理论问题的探讨也具有实证色彩。中国学者的理论研究多是通过大量的实证研究得

---

① [法] 罗贝尔·埃斯卡皮：《文学社会学——罗·埃斯卡皮文论选》，于沛选编，浙江人民出版社 1987 年版，第 26 页。
② [法] 米歇尔·柯罗：《文学地理学》，超星学术视频，http://video.chaoxing.com/serie_400001067.shtml，2009 年 11 月 30 日。
③ 曾大兴：《文学地理学概论》，商务印书馆 2017 年版，第 375 页。

出一个结论，再根据大量的结论提炼出一个观点、概念或者理论，最后由这些观点、概念或者理论来建构文学地理学的学科理论体系。也就是说，中国学者不是从一个观点（概念、理论）推导出另一个观点（概念、理论），不是用演绎法，而是用归纳法。例如文学地理学中的"文学区"这个概念，并不是由文化地理学中的"文化区"这个概念推导出来的，更不是对"文化区"这个概念的套用，它是通过大量的实证研究、通过长期酝酿确立的一个概念。最初是袁行霈先生在《中国文学概论》（1987）一书中介绍了"邹鲁""荆楚"等12个文学区，然后是曾大兴在《中国历代文学家之地理分布》（1995年初版，2013年修订版）一书中对"齐鲁""荆楚"等12个文学区的作家之分布及其成因做了深入的考察，再后来是胡阿祥在《魏晋本土文学地理研究》（2001）一书中考察了"河淮""河北"等10个文学区，还有刘跃进在《秦汉文学地理与文人分布》（2012）一书中考察了"三辅""三楚"等10个文学区。这四本书都没有使用"文学区"这个概念。最早使用"文学区"这个概念的是陈玲和刘运好，但是他们也没有对这个概念予以定义。[①] 直到曾大兴写作《文学地理学概论》（2017）这本书时，才根据多位学者的考察结果，同时参考文化地理学的有关理论，对"文学区"这个概念予以定义，并概括了"文学区"的六个特征，提出了"文学区"的三种类型和三个划分标准。[②] "文学区"这个概念从酝酿、提出和界定，实际上经历了近30年的实证过程。

[①] 参见陈玲、刘运好《浅论"本土"视野下的北朝关陇文学区》，《西北工业大学学报》（社会科学版）2010年第3期；陈玲：《浅谈北朝山东文学区文风的嬗变》，《河南教育学院学报》（哲学社会科学版）2010年第4期；陈玲、刘运好：《论漠北文学区的"本土"文学》，《民族文学研究》2011年第6期。

[②] 曾大兴：《文学地理学概论》，商务印书馆2017年版，第255—267页。

中国学者的实证研究，与西方的"实证主义思潮"有某些相通之处，它"沿着预定的路线积累知识"，因此"是一种稳健的过程"。[①] "实证主义思潮的主要诱惑力是数量化：以数学或统计学的形式，即以一种意味着精确、可重复性以及确定性（孔德的确定）的方式表达研究成果。"[②] 如曾大兴的《中国历代文学家之地理分布》、胡阿祥的《魏晋本土文学地理研究》、刘跃进的《秦汉文学地理与文人分布》等，就有大量的统计数据，用具体的、可重复的、确定性的数据来描述文学家的分布格局，总结其分布特点和规律。但是，中国学者的文学地理学研究与学科建构的同时也避免了西方"实证主义思潮"的"长于事实而短于理论"的弊端，它讲求实证，但同时也非常注重理论的探讨，并未"消除形而上学"。尤其是在分析文本的地理空间时，充分注意到了文学的虚构、想象和形而上的特征。中国学者既提出了"版图复原""场景还原"等概念，[③] 也提出了文学地理批评中的"有限还原"原则，强调"文学作品的地理空间有写实的一面，也有虚构的一面；有故乡的一面，也有'非故乡'的一面；有地域的一面，也有'超地域'的一面。写实的、故乡的、地域的一面是可以还原的，虚构的、'非故乡'的、'超地域'的一面是没法还原的，也没必要还原"。[④]

　　二是初步创建了一套中国式的话语体系。所谓话语体系，就是思想理论体系和知识体系的表达形式。"话语是统一的陈述（无论怎样表达）体系"，"是一系列共同遵守的规则，它们控制着规则遵守者们

[①] ［英］R. J. 约翰斯顿：《哲学与人文地理学》，蔡运龙、江涛译，商务印书馆 2014 年版，第 45 页。
[②] 同上书，第 52 页。
[③] 梅新林：《中国古代地理形态与演变》，复旦大学出版社 2006 年版，第 13 页。
[④] 曾大兴：《文学地理学概论》，商务印书馆 2017 年版，第 348 页。

的叙述和谈论"。① 20世纪初期以来，在中国流行的现代意义上的学科都是从西方引进的，因此这些学科的话语体系也是西方式的。文学地理学不一样，它是在中国本土建构的一门新兴学科，它的理论体系和知识体系是中国式的，它用来表达这个理论体系和知识体系的概念也是中国式的。例如"地理物象""地理事象""本籍文化""客籍文化""文学家的静态分布""文学家的动态分布""瓜藤结构""虚拟性文学景观""实体性文学景观""系地法"②"现地研究法"③"场景还原""版图复原"④"第三维耦合""边缘活力"⑤"地理叙事""地理基因"⑥ 等一系列概念，在国外的文学地理学论著中是找不到的，都是中国学者的原创。中国学者用这种中国式的概念，表达中国式的理论体系和知识体系，并为这种表达建立了一系列的规则，从而创建了一套初具规模的文学地理学学科的中国式话语体系。

诚然，个别概念如"文学扩散""文学源地""文学区""文学景观"的创立，确实借鉴了某些西方智慧，但绝不是对西方文化地理学中的"文化扩散""文化源地""文化区""文化景观"等概念的简单套用，而是同时汲取了中国智慧，再根据文学与文化之间的从属关系，根据文学自身的特点和内涵而创立的。以"文学景观"为例。"文学景观"的全称即"文学地理景观"，英国学者迈克·克朗最早

---

① [英] R. J. 约翰斯顿：《地理学与地理学家》，唐晓峰、李平、叶冰、包森铭等译，唐晓峰校，商务印书馆2010年版，第46—47页。
② 曾大兴：《文学地理学概论》，商务印书馆2017年版，第73—307页。
③ 简锦松：《唐诗现地研究》，台湾中山大学出版社2006年版，第1—6页。
④ 梅新林：《中国古代地理形态与演变》，复旦大学出版社2006年版，第13页。
⑤ 杨义：《文学地理学会通》，中国社会科学出版社2012年版，第5、403页。
⑥ 邹建军：《江山之助——邹建军教授讲文学地理学》，中央编译出版社2014年版，第100—134页。

使用"文学地理景观"这个概念，但是他并没有对这个概念予以定义。① 讲"文学景观"必然联系到"文化景观"。西方研究"文化景观"的成果很多，但西方学者对"文化景观"的界定是很宽泛的，例如美国学者 H. J. 德伯里就把"文化景观"分为"物质文化景观"和"非物质文化景观"。"物质文化景观"不言而喻，"非物质文化景观"是指什么呢？H. J. 德伯里认为，是指那些"不可见的"但是"其他感官也能感觉到"的景观，例如音乐，还有"戏剧、舞蹈、表演和曲艺、艺术（绘画）、饮食习惯、嗜好和禁忌、法律、法律制度以及语言和宗教"等。② 很显然，H. J. 德伯里是把"文化景观"和"文化特征"等同起来了，这原是两个不同的概念。事实上，虽然"文化景观"是由各种"文化特征"集合构成的，但它本身并不等同于"文化特征"。有些"文化特征"是可见的，有些是"不可见的"。"不可见的""文化特征"怎么能称为"景观"呢？在汉语里，"景观"这个词是由作为名词的"景"与作为动词的"观"这两个单词组成的。陶礼天曾对汉语中"景观"一词的来龙去脉做过细致梳理，他指出："我国'景观'这个概念，在'成词'前，是密切与风景的'景'和观看的'观'联系在一起的，汉语'景观'一词，从开始就包含了'观看'的意思。"③ "景观"既然包含了"观看"的意思，就表明它必须具有可视性，这是它的一个最根本的特点。因此，"不可见的""文化特征"是不能称为"文化景观"的。曾大兴在定义"文学景观"这个概念时，就吸收了陶礼

---

① ［英］迈克·克朗：《文化地理学》，杨淑华等译，南京大学出版社 2005 年版，第 39—53 页。
② ［美］H. J. 德伯里：《文化地理——文化、社会与空间》，北京师范大学出版社 1988 年版，第 168 页。
③ 陶礼天：《试论文学地理学的过去、现在和未来》，陶礼天：《中国文论研究丛稿》，学苑出版社 2011 年版，第 152 页。

天的研究成果,而摒弃了H.J.德伯里的混乱。①中国学者在界定"文学景观"这个概念的同时,也为"文学景观"的识别、分类和研究等创建了一套可以共同遵守的规则。

三是形成了以青年学者为骨干的专业人才格局。由于是一门新兴学科,文学地理学尚未进入教育部的《专业学位授予和人才培养目录》,因此,文学地理学专业人才的培养尚未纳入国家教育计划。为此,文学地理学学者采取了多种办法来培养这方面的专业人才。第一是在高等院校开设文学地理学方面的选修课和专题讲座;第二是利用现有学科平台培养文学地理学研究方向的博士和硕士研究生;第三是利用一年一度的"中国文学地理学会年会""文学地理学硕博论坛"和一年一辑的《文学地理学》年刊来扶持青年学者。其中第三点最具特色。多次出席年会的青年学者杨雄东总结说:"年会最大的亮点,无疑是老中青三代同台亮相,展示学术观点,互相交流、碰撞,激发思想的火花。""中国文学地理学会的参与者不以职称、资历论英雄,而以自发的追求与主动的追求为聚合剂。""青年学者的积极性越来越高,特别是在校博士研究生与硕士研究生。"②据统计,1990年以来在中国发表的文学地理学论文中,有三分之一是青年学者的学位论文,③如果再加上他们的非学位论文,以及其他青年学者的论文,那么至少有一半的论文是青年学者撰写的。青年学者无疑成了文学地理学研究队伍的骨干力量。学术史上的无数事实证明:一个学科只有赢得广大青年学者的青睐,它才会有一个光明的前景。

---

① 曾大兴:《文学地理学概论》,商务印书馆2017年版,第227—237页。
② 杨雄东:《文学地理学人才队伍培养模式初探》,《才智》2014年第33期。
③ 李伟煌、曾大兴:《文学地理学论著目录索引》(1905—2011),曾大兴、夏汉宁主编:《文学地理学》(一),人民出版社2012年版,第344—421页。

二 文学地理学学科在中国初步建立的原因和意义

文学地理学学科在中国初步建立，是 20 世纪以来一个很重要的学术文化现象。陈一军指出："在世界现代学术史上，一门学科总是由西方人创建，中国学者仅仅是借鉴运用。现在，中国学者试图打破这一魔咒，破天荒由自己创建一门新学科——文学地理学，这实在是颇费思量、发人深省的。"① 关于文学地理学学科在中国初步建立的原因，学术界是有所思考的，只是还缺乏深入的探讨。不过也有几种观点值得注意。

第一种观点认为，文学地理学学科在中国初步建立，与 20 世纪 80 年代人文地理学的复兴和"文化热"的兴起有关。② "历史人文地理作为一门独立学科的兴起，实开始于 20 世纪 30 年代。"③ 人文地理学的复兴及相关研究成果的陆续问世，启发了许多具有地理意识的文学学者，使得 20 世纪初期以来的以刘师培、王国维、顾颉刚和汪辟疆等为代表的中国现代文学地理研究在中断了半个多世纪之后被重新拾起。④ 与此同时，兴起于 20 世纪 80 年代的"文化热"也起了推波助澜的作用。20 世纪 80 年代的"文化热"主要包含两项内容，一是对西方 19 世纪以来的思想文化理论的译介和出版，二是对中华传统文化的反思与批判。"对中华文化的反思与批判，很快就延伸为中西

---

① 陈一军：《文学地理学学科创建的原因、意义及关键问题》，曾大兴、夏汉宁、高人雄主编：《文学地理学》（四），中山大学出版社 2015 年版，第 10 页。

② 钟仕伦：《概念、学科与方法：文学地理学略论》，《文学评论》2014 年第 4 期；朱寿桐：《〈气候、物候与文学——以文学家生命意识为路径〉序》，商务印书馆 2016 年版，第 1 页。

③ 邹逸麟：《〈中国历史人文地理〉前言》，科学出版社 2001 年版，第 10 页。

④ 参见刘师培《南北文学不同论》，《国粹学报》1905 年第 10 期；王国维：《屈子文学之精神》，《教育世界》1906 年第 24 期；顾颉刚：《孟姜女故事研究》，《现代评论》第二周年增刊（1927 年 2 月）；汪辟疆：《近代诗派与地域》，《文艺丛刊》1934 年第 2 期。

文明的比较和争论。"正是在这种比较和争论中，出现了一股"反传统"的声浪。但是，正如孙丹所言，"在'反传统'声浪高涨之时，并未淹没思想文化界对传统文化的理性思考，这为 90 年代以后传统文化作为重要文化资源参与中华文化的创新发展，做了思想和学理上的重要准备。"① 1981 年，著名哲学家任继愈先生发表《中国古代哲学发展的地区性》一文，首次探讨中国古代哲学的地区差异。② 1986 年，著名历史地理学家谭其骧先生发表《中国文化的时代差异与地区差异》一文，分六个时段指陈中国文化的时代差异，又从五个方面指陈中国文化的地区差异。谭先生指出："自五四以来以至近今讨论中国文化，大多数学者似乎都犯了简单化的毛病，把中国文化看成是一种亘古不变且广被于全国的以儒学为核心的文化，而忽视了中国文化既有时代差异，又有其地区差异，这对于深刻理解中国文化当然极为不利。"③ 任、谭两位先生这两篇文章对后来的"地域文化研究热"产生了重要影响。1990—1995 年，辽宁教育出版社继而推出一套《中国地域文化丛书》，多达 24 册。中国的地域文化研究由此全面展开并不断升温。而地域文化研究本身既包含了部分地域文学研究，更启发了专门的地域文学研究。1995—1997 年，湖南教育出版社率先推出一套由著名学者严家炎先生主编的《二十世纪中国文学与区域文化丛书》，共 10 册。中国的地域文学研究也由此全面展开并不断升温。但是，"地域文学"只是文学的一种题材类型或风格类型，"地域文学研究"只是一种研究视角，它本身并不是一种研究方法，也不是一种理

---

① 孙丹：《回眸 20 世纪 80 年代的"文化热"》，http://www.cssn.cn/，2017 年 1 月 19 日。
② 任继愈：《中国古代哲学发展的地区性》，中华书局编辑部编：《中华学术论文集》，中华书局 1981 年版，第 465 页。
③ 谭其骧：《中国文化的时代差异与地区差异》，《复旦学报》2016 年第 6 期。

论，更不是一门学科。"研究'地域文学'，应该有一套科学的理论和方法。"① "地域文学"是在特定的地理空间产生的文学，"地域文学研究"所提出的根本问题，实质上就是文学与地理环境的关系问题。于是，中国学者关于建立一门以文学与地理环境的关系为研究对象的"文学地理学"学科的构想就应运而生了。可以说，正是20世纪80年代人文地理学的复兴和"文化热"中关于中国文化之地区差异的思考，促成了中国的"地域文化研究热"；正是中国的"地域文化研究热"，带动了中国的"地域文学研究热"；正是这两股相互激荡、相互交融的研究热潮，成为催生文学地理学学科构想的重要原因之一。

第二种观点认为，文学地理学学科在中国初步建立，与中国传统文化中的"实用理性"有重要关系。陈一军指出："中国文化是以传统儒家文化为中心的。儒家文化奉行的是'实用理性'原则。"这种实用理性"在中国古代的文学批评中得到了充分表现"，例如班固的"以诗证地"，朱熹的"以地证诗"等，"都在有意无意把文学作品往现实实在的层面靠拢"。"所以，近些年中国学术界热衷于建构文学地理学学科，表层与继承和发展中国传统的治学方式有关，深层却受到中国传统文化中的实用理性的影响。"而西方正好相反。"19世纪，西方在斯达尔夫人、丹纳等人的努力下，也由于现实主义、自然主义文学创作的兴盛以及围绕这些创作所展开的文学批评的活跃，空前凸显了地理环境在文艺批评中的意义。但是，这一势头并没有持久保持下去。随着自然主义文学创作和批评的消歇，文学与地理环境的关系就不那么引人注目了。20世纪初期，形式主义批评在西方兴起，西方文艺评论界开始着重关注文学的内在形式问题；到了英美新批评流行

---

① 曾大兴：《"地域文学"的内涵及其研究方法》，《东北师范大学学报》2016年第9期。

的阶段，则明确主张文学批评要把文本的内部世界和外在环境区分开来。而结构主义批评一心着力于发掘文学文本的内部结构。西方批评界之所以这样做，是因为西方文化中一直强调文学的虚构性，强调文学的'游戏'性质和表现心灵世界的自由创造功能。20世纪上半叶，当现代主义文学让西方文学更多承担起思考人类命运的哲学重任时，西方文学愈加显示出'抽象思辨'的特点，可谓'玄而又玄'。这样的文学实践和与此相关的评论显然与斯达尔夫人、丹纳等人的文学批评渐行渐远。所以，西方人面对着与中国人颇为不同的文学传承，而在西方的大文化传统中，从古希腊开始的注重哲理思辨的特质就一直是其文化的轴心，当20世纪西方文学与现代哲学愈益合流的情况下，指望在西方的文学批评实践中产生文学地理学这样的学科显然是不切实际的。"[1] 这个观点大体是正确的，需要补充和强调的是，一如上文所述，中国的文学地理学学科建构虽以实证研究为基础，但是并非"长于事实而短于理论"，并未"消除形而上学"，只是不似西方现代主义文学批评那样"玄而又玄"而已。

　　第三种观点认为，文学地理学学科在中国初步建立，与西方学术的"空间转向"有关。[2] 所谓"空间转向"，就是西方后现代主义空间理论的兴起。有人说："1974年，列斐伏尔《空间的生产》一书发表，在西方学术界吹来一股强劲的东风，开启了文化思想领域令人瞩目的'空间转向'（Spacial Turn），极大地挑战和颠覆了传统的思维

---

[1] 陈一军：《文学地理学学科创建的原因、意义及关键问题》，曾大兴、夏汉宁、高人雄主编：《文学地理学》（四），中山大学出版社2015年版，第11—12页。
[2] 颜红菲：《当代中国的文学地理学批评》，《世界文学评论》2011年第1期；梅新林：《文学地理学：基于"空间"之维的理论建构》，《浙江社会科学》2015年第3期；陈一军：《文学地理学学科创建的原因、意义及关键问题》，曾大兴、夏汉宁、高人雄主编：《文学地理学》（四），中山大学出版社2015年版，第13页。

模式，带来了思想范式的重大转型。"① 这个说法颇具代表性，中国许多学者也是因这本书的初版时间而把"空间转向"的起始时间定在20世纪70代。但是，据法国利摩日大学哲学系教授波特兰·维斯法尔（即《地理批评：真实与虚构空间》一书的作者）介绍："列斐伏尔70年代在法国写作的《空间的生产》是在一个小出版社 Anthropos 出版的，甚至很长时间很难在书店里找到这本书。是美国人重新发现了列斐伏尔。在美国的影响下，列斐伏尔开始流行起来。美国后现代主义城市地理学家爱德华·索雅重新解读了列斐伏尔，特别是在他的《第三空间》里，用了列斐伏尔的理论来解读洛杉矶。"② 朱立元教授也认为："法国理论包括福柯、德里达等人的后现代主义理论基本上都是通过美国的接受再走向世界的，列斐伏尔的《空间的生产》也是直到1991年才被译成英语先在美国出版，后来才发生世界性的影响的。"③ 由此看来，后现代主义空间理论虽然诞生于20世纪70年代，但是它在西方发生影响，则是90年代以后的事情；这个理论传到中国，则是21世纪以来的事情。例如米歇尔·福柯的《规则与惩罚》、爱德华·索雅的《第三空间——航向洛杉矶以及其他真实与想象地方的旅程》、戴维·哈维的《后现代的状况——对文化变迁之缘起的探究》等后现代主义空间理论的代表作，都是2003年以后才有中译本的。④ 西方后现代主义空间理论传入中国的时间比中国学者开始构建

---

① 蔡晓惠：《空间理论与文学批评的空间转向》，《石河子大学学报》（哲学社会科学版）2014年第4期。
② 骆燕灵：《关于"地理批评"——朱立元与波特兰·维斯法尔的对话》，《江淮论坛》2017年第3期。
③ 同上。
④ ［法］米歇尔·福柯：《规则与惩罚》，刘北成、杨远婴译，生活·读书·新知三联书店2003年版；［美］爱德华·索雅：《第三空间——航向洛杉矶以及其他真实与想象地方的旅程》，王志弘、张华荪、王玥明译，桂冠出版社2004年版；［美］戴维·哈维：《后现代的状况——对文化变迁之缘起的探究》，阎嘉译，商务印书馆2003年版。

文学地理学学科的时间要晚20年左右，在此之前，包括从事中西文化与文学比较研究的金克木先生在内，中国提出文学地理学学科构想的学者并未受这个理论的影响。直到2012年以后，也就是中国文学地理学会第一届年会召开（2011），文学地理学的学科建构成为学会的明确目标之后，陈舒颉、刘小新、颜红菲、梅新林等才在相关论文中引述西方后现代主义空间理论。[①] 也就是说，中国学者最初建构文学地理学的学科理论，主要是受传统的人文地理学的影响。需要指出的是，西方学术的"空间转向"，是指哲学和社会理论的"空间转向"，它"实际上隐含着三个不同的方面：其一是在当代社会批判过程中重视对空间现象的分析，其二是在哲学层面对'什么是空间'进行重新反思，其三是试图建构关于社会系统的空间（以及时间）构成理论"。[②] 因此，这个"空间"与地理学所讲的"空间"是不一样的，前者是普遍的，后者是具体的。地理学的"空间""不仅有确切的地理坐标，更有该地具体的自然地理环境和人文地理环境"。[③] 还需要指出的是，受"空间转向"影响而兴起的西方后现代主义"空间批评"与文学地理学的"空间批评"也不一样，前者所针对的是抽象的空间，并且只分析文本的空间结构，后者针对的是具体的空间，除了分析文本的空间结构，还要联系文本内外的自然和人文地理空间之特点来探讨文本的意义。[④] 因此，西方学术的"空间转向"对文学地理学

---

① 陈舒颉、刘小新：《空间理论兴起与文学地理学重构》，《福建论坛》2012年第6期；颜红菲：《开辟文学理论研究的新空间——西方文学地理学研究述评》，《武汉大学学报》（人文科学版）2014年第6期；梅新林：《文学地理学：基于"空间"之维的理论建构》，《浙江社会科学》2015年第3期。
② 冯雷：《理解空间——20世纪空间观念的激变》，中央编译出版社2017年版，第2页。
③ 周尚意等：《文化地理学》，高等教育出版社2004年版，第259页。
④ 曾大兴：《文学地理学概论》，商务印书馆2017年版，第335—339页。

学科建构的影响到目前为止还是很有限的，今后会有多大的影响尚需观察。但是有一点可以肯定，"空间转向"增强了中国学者的信心。因为文学地理学的研究与学科建构本身，就是为了实现文学研究与学科建设的"空间转向"，只是文学地理学所讲的"空间"不似西方后现代主义所讲的"空间"那么泛化而已。

无论是20世纪80年代人文地理学的复兴和"文化热"的兴起，还是中国传统文化中"实用理性"的作用，乃至西方学术"空间转向"所给予的信心，都只是文学地理学学科建构的外因，而外因是需要通过内因才能起作用的。这个内因就是文学地理研究的自身需要。中国的文学地理研究源远流长，早在春秋晚期"季札观乐"时就有了它的滥觞，后来经过司马迁、班固、刘勰、魏征、朱熹、王世贞、王骥德、厉鹗等古代学者的研究，还有20世纪前期刘师培、王国维、顾颉刚、汪辟疆等现代学者的研究，尤其是20世纪80年代以后大批当代学者的研究，文学地理的实证研究成果已经比较丰富了，[①] 但是，实证研究中提出的问题也因此而非常迫切。例如：什么是文学地理？它的研究对象是什么？它的基本理论、基本概念、基本规则、研究方法有哪些？等等，这些都不是单纯的实证研究所能解决的问题，也不是简单地套用人文地理学的某些理论和方法就能解决的问题。文学地理研究的可持续发展，要求有一套自己的理论和方法，而这一套理论和方法的创立，又必须有一个关于文学地理学的顶层设计，这个顶层设计，就是文学地理学的学科构想。也就是说，没有文学地理学的学科建构，就没有文学地理学的理论和方法；没有文学地理学的理论和方法，就没有文学地理研究的可持续发展。因此，文学地理学学科在

---

① 曾大兴：《文学地理学概论》，商务印书馆2017年版，第367—413页。

中国初步建立的内因,是文学地理研究在中国蓬勃开展的现实及其可持续发展的需要。

文学地理学学科在中国初步建立的意义是多方面的,这里简要讲三点。

第一,为文学地理的研究提供了一套相对完整的具有现代学术品格的理论、方法和规则。杨义讲:文学地理研究,"说到底就是为了使文学研究'接上地气'","使我们确确实实回到自己生于斯长于斯的这块土地上,体验'这里'有别于'那里'的文化遗传和生存形态";"回到时间在空间中运行和展开的现场,关注人在地理空间中是怎么样以生存智慧和审美想象的方式来完成自己的生命的表达,物质的空间是怎么样转化为精神的空间"。[①] 这些话都很精辟,可以说生动地概括了文学地理研究的价值和意义。但是,如上所述,文学地理研究自春秋晚期至20世纪80年代以后,相关成果已经比较丰富了,可是,文学地理研究的理论水平并没有得到应有的提升。应该说,许多人的认知还停留在刘勰《文心雕龙·物色》的水准上。这其中最根本的原因,就是历时2500多年的文学地理研究一直没有一套自己的理论、方法和规则来支撑。而文学地理学学科的建构,就为文学地理研究提供了一套相对完整的具有现代学术品格的理论、方法和规则,使"文学地理"的研究真正成为"文学地理学"的研究。

第二,健全和完善了文学这个一级学科。在现有的文学这个一级学科或学科大类中,无论中外,都没有文学地理学这个分支学科。而在人文社会科学领域,多数学科有时间和空间这两个维度,也就是说,既有描述其时间历程的分支学科,也有描述其空间结构

---

① 杨义:《文学地理学会通》,中国社会科学出版社2012年版,第3—6页。

的分支学科，既有"史"，也有"地理"。例如历史学有通史、断代史、专门史，也有历史地理；语言学有语言史，也有语言地理或方言地理；经济学有经济史，也有经济地理；军事学有军事史，也有军事地理……为什么文学有文学史，而不能有一门文学地理呢？时间和空间，是物质运动的两种基本形式，文学作为一种精神存在，同样不能例外。因此，没有文学地理学的文学学科是一门不完整的学科。学科不完整，它的知识结构就不合理，它的功能就得不到很好的发挥，它所面对的许多问题也就得不到合理的解决。文学地理学作为一个新兴学科，正是在文学这个一级学科现有的其他二级学科不能解决文学与地理环境的关系这个根本问题的背景下产生的。它的产生，一方面解决了别的二级学科所不能解决的问题，一方面又可以健全、完善文学这个一级学科，推动这个一级学科的创新与可持续发展，尤其是可以对文学理论（文艺学）这个二级学科形成某种"倒逼"之势，促使它正视并注意吸收文学地理学的研究成果，从而丰富自己的理论内涵，提升自己的实践品质，用杨义的话来讲，就是使文学理论的研究"接上地气"。

第三，为应对全球化、保护和弘扬地域文化、增强人们的地方感与家园感提供了新的思路和策略。任何一门真正的学科都是世界性的，学科无国界。作为一门世界性的学科，它必须立足于解决世界性的问题。20世纪90年代以来，世界所面临的突出问题之一，就是全球化对地域文化的侵蚀，并由此而产生的人类文化同质化的危机。这个问题已经引起世界各国的高度重视。有人认为，全球化就是西方化，甚至就是美国化，是美国霸权话语对其他国家和民族地域文化的侵蚀。[①] 这种认识未

[①] 参见蓝爱国《游牧与栖居：当代文学批评的文化身份》，中国社会科学出版社2005年版，第60—61页。

免狭隘。事实上，美国的地域文化也在遭受全球化的冲击，美国人也意识到了这种冲击。因此，他们比以往任何一个时期都更加热爱和珍惜自己的地域文化，更加重视彰显、保护和弘扬自己的地域文化。以文学为例，早在19世纪后期和20世纪20年代，在美国就曾经盛行一种"文学地域主义"（Literary Regionalism），又称"地域文学"（Regional Literature），产生了像亨利·大卫·梭罗、马克·吐温、辛克莱·刘易斯、威廉·福克纳和薇拉·凯瑟等一批杰出的"文学地域主义"作家。近些年来，随着全球化的持续，一场全国性的地域文化复兴运动正在美国如火如荼地展开，沉寂了几十年的"文学地域主义"再度成为人们关注的焦点。① 而"文学地域主义研究"热潮的出现，则源于全球化时代人们对经典地域文学的眷念与推崇。美国文学研究专家刘英指出："在全球化时代重读经典地域文学，会对乡土和田园意象有全新的体认：乡土承载了当下现实所匮乏的东西，成了一个思念的美学对象、一种回忆、一个灵魂归宿的符号。于是，'我的安东尼亚'，一声轻轻的呼唤，不仅代表薇拉·凯瑟对家乡、对自然的深深思念，也同样表达了全球化时代人们对宁静、安全、简单、质朴生活的无限怀念。"② "我的安东尼亚"这"一声轻轻的呼唤"所流露的，正是全球化时代美国人的乡愁。而美国人之所以"眷念与推崇"经典地域文学，就是因为经典地域文学是可以帮助人们来感受和认识乡愁的。事实上，乡愁作为一种普遍的人类情感，它是需要具体的地理空间来承载、延续的。通过经典地域文学来感受和认识乡愁，既要有时间感，又要有空间感，也就是说，要善于通过作品所描写的地理空间及其空间要素如地名、地景（景观）、地理意象等来感受和

---

① 刘英：《文学地域主义》，《外国文学》2010年第4期。
② 刘英：《全球化时代的美国文学地域主义研究》，《国外文学》2010年第2期。

认识乡愁。而文学地理学正是文学的一门富有地理空间感的学科，它可以运用自己的理论和方法，帮助人们感受和认识文学的地理空间及其结构、要素、功能与意义，感受和认识文学作品中的乡愁，进而达到保护乡愁所赖以承载、赖以延续的地理空间，增强人们的地方感和家园感之目的。① 从这个意义上讲，文学地理学学科的建构，可以说是为人类应对全球化对地域文化的侵蚀、增强人们的地方感与家园感提供了一种新的思路和策略。

三　文学地理学学科建构面临的挑战

当然，文学地理学学科在中国只是初步建成，尚未达到成熟之境。著名地理学家竺可桢先生讲，衡量一门学科是否成熟，要从五个方面来看："一要有一大批高素质的专业科学家；二要有学科本身的理论体系；三要应用具有本门学科特点的方法；四要在为国民经济服务中发挥非其他学科所能替代的作用；五要有大量本门学科的成果资料的积累。"② 按照这五个标准来衡量，中国的文学地理学学科建构只是在第二、三、五方面初步达到了，在第一、四方面还比较欠缺。因此，文学地理学的学科建构还需要继续努力，尤其是在社会服务方面需要加强。事实上，文学地理学是文学的各个二级学科中实践性最强的一门学科，它在环境保护、文化生态建设方面，尤其是在文学景观的开发利用与人们的地方感、家园感的提升等方面是可以大有作为的。

同文学史这个成熟的学科相比，文学地理学还是一门成长中的学

---

① 曾大兴：《文学地理学视野中的乡愁》，《文史知识》2017 年第 11 期。
② 引自吴传钧"中国人文地理丛书"《序》，邹逸麟主编：《中国历史人文地理》，科学出版社 2001 年版，第 2 页。

科，尚未达到与文学史双峰并峙的高度。但是，文学史这个学科自20世纪初期引进到中国，经过了近100年的本土化过程，直到20世纪后期才成熟起来。文学地理学由于是在中国本土产生的，它省略了一个漫长的本土化过程，从始建到成熟，它是不需要100年的。

文学地理学的学科建构真正面临的挑战，主要来自以下两个方面。

首先是全球化空间的出现对文学构成的影响。"全球化空间建立在现代交通、通信技术的基础上。由于飞机等交通工具的发达，人员和货物可以实现快速、大量的全球化移动。建立在卫星、光缆、计算机高速处理和网络化基础上的发达的通信手段，使信息可以瞬间传遍世界每个角落，同时也加速了资金的周转速度。时间的长度已经缩短到几乎感觉不到，所以人们说现代人已经处在一个共时性的世界。""这种空间存在方式对于人类是一种新的挑战"，[①] 对于作为人类的精神存在形式的文学也是一种新的挑战。

文学活动包括三个阶段：文学创作、文学扩散（传播）、文学接受。具体来讲，全球化空间的出现对文学创作并未构成大的挑战。因为全球化空间只是一种新的社会空间，而社会空间无论新、旧都只能是从属于自然空间（即地理空间），不可能对应于自然空间，更不可能消灭自然空间。正如冯雷所言："自然时空不是借助于社会时空才得以成立的，相反，社会时空是依赖于自然时空才得以成立的。"[②] 每个作家都携带着他在自己熟稔的自然和人文地理环境中形成的地理基因，无论他在什么样的社会空间写作，这种地理基因都会由于相应的

---

① 冯雷：《理解空间——20世纪空间观念的激变》，中央编译出版社2017年版，第13页。
② 同上书，第2页。

地理环境的作用而对他的写作构成一定的影响。一个不争的事实是，在全球化的背景之下，许多作品的地域性不仅没有减弱，反而增强了。诗人西川讲："无论是赞成全球化的人还是反对全球化的人，实际上都赞成文化的地方性。先说赞成全球化的人：前些年法国做过一个美术展览，这个美术展览的题目很有趣，叫作'全球共享异国情调'——我享受你的异国情调，你享受我的异国情调。这个东西是全球化的一个产物；那么从反全球化的角度来看呢，反全球化实际上就是捍卫本地出产，捍卫本地文化，捍卫本地的遗产。那么这又是一种反全球化对于地方性的维护。所以地方性这个说法真是左右逢源。"①因此，文学作品的地域性将会长期存在，文学与地理环境的互动关系将会长期存在，"人地关系"作为文学地理学学科的立论前提不会动摇。但是，全球化社会空间的文学地域性与传统社会空间的文学地域性还是有差异的，主要原因不在于自然环境是否有了变化，而在于作家的视野有了变化，读者的需求也有了变化。这就要求文学地理学的研究与学科建构必须面对全球化的现实，发现和解答新的问题。

全球化空间的出现对文学扩散构成的挑战更大一些。正如有些文学地理学者所言："在以陆地和海洋交通工具为信息传递工具的文化扩散中，地理环境对文化扩散的影响最为明显。崇山峻岭、无垠的沙漠都是阻碍陆路交通发展的自然环境，而那些信息沟通好的地区往往是自然条件利于大规模人口定居的地方。"②但是，在全球化时代，由于"建立在卫星、光缆、计算机高速处理和网络化基础上的发达的通信手段，使信息可以瞬间传遍世界每个角落"，自然环境对文学扩散的阻碍大为降低，文学扩散在时间上大为缩短，在空间上则几乎无远

---

① 西川：《全球化视野中的"诗歌地理"问题》，《文艺争鸣》2017年第9期。
② 周尚意等：《文化地理学》，高等教育出版社2004年版，第186页。

弗届，文学扩散似乎已经没有明确的中心与边缘之分了。这就为文学地理学的文学扩散研究提出了新的问题。

但是，由于文学的接受者毕竟是人，无论处于什么样的社会空间，人的地理基因始终存在，并且要在文学接受的过程中发生一定的作用，也就是说，文学扩散的地域差异虽然大为减弱，但文学接受的地域差异仍然明显存在。有一篇名为《中国人的读书地图》的文章清晰表明：在全球化时代，中国各地读者的阅读取向还是有显著的地域差异的。[①] 当然，这篇文章所讲的阅读是指传统的纸质阅读，不是指网上阅读，其所阅读的书籍也不限于文学，因此未能反映全球化时代文学作品的网上阅读现状。在国外，文学阅读的主要形式仍然是传统的纸质阅读，而在中国，尤其是年轻一代，文学阅读的主要形式已为网上阅读所替代，但是关于这种阅读的地域差异问题，学术界尚未展开相关调查和研究。因此，文学地理学的文学接受研究应该面对这一现实，形成新的问题意识，探索新的调查取证路径和研究方法。

总之，在全球化的社会空间，无论是文学的创作还是文学的扩散与接受，都出现了一些新的特点，这就要求文学地理学的研究与学科建构必须有新的思路和方法。诚如英国当代著名人文地理学家R.J. 约翰斯顿所强调的那样："如果一门学科不能对变化着的环境做出反应，它就会停滞不前。"[②]

其次，即文学地理学的学科建构所面临的第二个挑战，就是国际学术界同行的广泛认可。文学地理学学科是在中国本土产生的，它虽然省略了一个漫长的本土化的过程，但是也面临一个国际化的过程。

---

① 周作鬼：《中国人的读书地图》，《新周刊》2016年11月9日。
② [英] R. J. 约翰斯顿：《地理学与地理学家》，唐晓峰、李平、叶冰、包森铭等译，唐晓峰校，商务印书馆2010年版，第450页。

如上所言，真正的学科是没有国界的。只有国际学术界同行广泛认可这个学科，文学地理学的学科建构才算完成。在此之前，它只能称作"初建"，不能称为"建成"。

笔者认为，一个学科能不能被国际学术界同行所广泛认可，取决于四个条件：一是学科本身的创新品质、理论水平和实践精神；二是该学科是否具有全球视野与国际适用性；三是国际性的学术交流是否具有相应的规模、力度和效果；四是学科的故乡（所在国度）在国际上是否具有较大的话语权和影响力。

"中国文学地理学会年会"从第二届开始即有韩国、日本的学者参加，后来又有新加坡、美国等国的学者参加，其中第五届年会还是应邀在日本福冈召开的，可以说从学会建立伊始就很重视与国际学术界的交流。但是，到目前为止，这种交流的覆盖面仍然很小，力度仍然不够，影响仍然有限。今后应进一步扩大和加强国际性的学术交流。为此，笔者提两点建议供国内同行参考。

第一，要进一步加强文学地理学的理论研究，丰富和完善它的理论体系。一个成熟的学科往往不止一个理论体系，而目前的文学地理学学科只有一个初步成型的理论体系，这个理论体系本身还有待完善。因此文学地理学的理论研究只能加强，不能放松。在加强理论研究的同时，还要开展相关的应用研究，发挥它的实践功能，使之较好地为社会服务。只有国内学术界和广大社会普遍认可这个学科，它才有足够的底气走向世界。

第二，要注重学科的国际适用性，要有全球视野。20世纪初期以来，中国从西方引进了许多学科，有的学科已完成本土化的过程，有的历经百年迄今仍未完成。这里面的原因不难寻找，或是某些学科本身缺乏广泛的适应性，所谓"橘生淮南则为橘，生于淮北则为枳"，它们不服中国的水土；或是有关领域的中国学者自身存在教条主义倾向，不能较好地联系中国实际、合理吸收西方的学科理论与方法，生搬硬套，削足适履。中国的文学地理学学者需要认真总结和汲取这方面的经验与教训，在创建有关理论和方法时，要充分考虑它的国际适用性。要认真听取国际学术界同行的意见，随时纠正自己的偏差，同时注意合理吸收国际学术界的最新研究成果，使这个学科具有广泛的国际适用性。就当前和今后一个时期来讲，尤其要有全球视野，要提出和解决全球化空间的出现给文学创作、文学扩散与文学接受带来的新问题。

诚然，文学地理学学科能否为国际学术界同行所广泛接受，既取决于文学地理学研究与学科建设自身的水平，也取决于中国在国际上的话语权和影响力的提升。但是，就文学地理学学者本身来讲，最重要的还是要提出和解决具有全球性的文学地理问题，使这个学科具有广泛的国际适用性。任何一个学科，不管它产生在哪个国度，如果不能提出和解决具有全球性的相关问题，如果没有广泛的国际适用性，无论它的祖国在国际上的话语权和影响力有多大，它仍然是难以被国际学术界所广泛接受的。希望大家共同努力，使这门在中国本土产生的新兴学科早日成熟起来，早日达到国际化的目标！

[基金项目：本文系作者主持的国家社会科学基金项目"中国文学地理研究"（14BZW093）的部分成果]

关于中国文学地理学研究之未来发展的一点感想

陶礼天[*]

美丽的祖国,幅员辽阔,在长期的历史发展和民族融合的过程中,形成了东西南北中各自不同的文化区域,形成了不同的鲜明的文学地域性特点。今天,我们来到美丽富饶的青海高原,来到祖国西部著名的高等学府青海师范大学,来到美名誉满世界的青海湖边的西宁市,召开中国文学地理学会第七届年会暨国际学术研讨会,我们对此就有了更加强烈的认识和感知。会议和学会安排,要我代表学会致辞,讲几句话,那么,我首先就在此代表学会向今天莅临会议的青海师范大学和青海省社科联规划办的领导、韩国庆北大学郑羽洛教授、青海师范大学文学院的领导和老师们,尤其是辛苦操持这次会议的总主持方丽萍教授,表示衷心的感谢!向方老师率领的会务组团队表示衷心的感谢!向不畏酷暑,从四面八方赶来出席这次会议的所有专家学者表示衷心的感谢!

既勉为其难要我发言,我不想浪费大家的时间,就"立足本土,

---

[*] 陶礼天,首都师范大学文学院教授。

接续传统,放眼世界,开掘创新——关于中国文学地理学研究的未来"这个题目说几句,只是一点感想而已。

　　文学地理批评,是中国文学批评的重要传统,也是我们的重要文化传统,这只要检阅一下中国历代的地方志及其所选录的文学作品,就可以得到说明。文学地理批评,不仅是中国古代文学批评的重要传统,它也深刻地影响着今天的当代文学理论批评与文学创作。中国古代文学地理批评思想发生于先秦时期,最初或许仅仅体现为一种有关人地关系的人文地理思想,而这正是文学地理批评思想的基础。作为我国北方文学和南方文学的源头《诗经》和《楚辞》的研究,特别是其中历代研究的经典著作,就包含着文学地理思想和文学地理批评内容。

　　汉代班固《汉书·地理志》有"凡民函五常之性,而其刚柔缓急,音声不同,系水土之风气"之说,并以之分析《国风》,直接影响其后郑玄《诗谱》和王逸《楚辞章句》等经典著作。南朝文论家多具有较为丰富的文学地理批评思想,尤其是刘勰的《文心雕龙》首次铸就的评论屈原所提出的"江山之助"论,持久而深刻地影响了其后的文艺理论批评。在六朝以后的中国古代诗话、词话、文话、戏曲与小说理论批评中,文学地理批评已经成为一种传统的批评意识和批评方法。

　　祖籍山东琅琊、临沂而生、长于建康(今南京),先在梁朝后又入北齐、北周为官的颜之推(卒于隋初),其对南北方文学的地域差异感受很深,有多方面的论述,在其《音辞》篇中,认识到中国南北方人的声辞音韵不同,与"南方水土和柔"而"北方山川深厚"有关。在《文章》篇提出"文章地理"的概念,他说的文章就是指文学,但他这个"文章地理"的意思,是指文学作品中描写的实际地理，他举例批评梁简文帝萧纲《雁门太守行》和梁代诗人萧子晖《陇头水》两首诗歌中的地理书写是不准确的，是错误的。著名学者王利器先生在《颜氏家训集解》中，认为文学作品这样描写地理是可以的，因为是艺术的想象和夸张，批评颜之推不懂文学的特点。"文学地理"实际上这两个方面的内容都是包括的。国外在19世纪中叶，欧洲学者率先明确提出了文学地理学的研究，今天国外尤其欧美和东亚的许多学者，致力于文学地理学的研究。

文学地理学在今天已经成为一门"显学"。在现代中国学术研究中，自1905年梁启超先生提出"文学地理"的学术理念并有初步系统性的论述开始，迄今已经出版了大量的论著，尤其是我们学会会长曾大兴教授出版的《文学地理学概论》等多部著作，已经初步构建了文学地理学的理论批评体系。今天在座的许多专家，都是文学地理学和中国文学地理学研究的中坚力量和学术带头人。大多数学者都是从文学研究或直接构建理论与批评角度，对文学地理学和中国文学地理学进行探讨的，已经初步形成这样的共识：中国文学史，包括现当代文学史、外国文学史的研究，要注重文学与地理关系的研究，要注重文学的地域性以及与地域文化关系的研究，要把地理空间维度与历史的时间维度，共同作为撰写文学史和进行文学批评的方法。

今天，我们越来越认识到对传统学术的研究，包括中国古代例如《文心雕龙》这样杰出的著作中丰富的文学地理批评思想的研究，既要具有现代学术视野和研究理念，又要努力回归传统和本土，立足本土，接续传统，这不是复古，也不是简单的走回头路，而是一种必要的"否定之否定"。传统虽然是"回不去"的，但传统一直是在中国文化本土的历史长河中发展着的、开放着的，传统是可以也是应该继承的。

总之，立足本土，接续传统，放眼世界，开掘创新，这就是我们对中国文学地理学研究之未来发展的瞻望，这将寄希望于在座的各位专家学者！寄希望于参加这次会议硕博论坛的研究生们和更多的有志于文学地理学研究的青年学子。谢谢大家！祝会议取得预期的成绩！祝各位专家学者与会期间健康愉快！

（本文为笔者在 2017 年 7 月底青海师范大学召开的中国文学地理学会第七次年会开幕式上的致辞，发表时略有改动）

从文学地理学看中国学的构建

刘庆华*

学术界构建中国学的呼声由来久。尽管对中国学概念的起源、含义以及如何推进中国学的构建等问题的争议依然颇多，但构建中国本土的学术话语体系却已是学术界的共识。那么，什么是中国学？为什么要构建中国学？在构建中国学的过程中要注意哪些问题？本文将以近年热门的文学地理学学科为考察对象，看看该学科在努力构建中国本土化的学术话语体系中做了哪些有益的尝试。

一 何谓中国学？

在中国人文社会科学学科分类中，只有历史学、哲学、文学、社会学、政治学、经济学等，而无"中国学"这一称谓。"中国学"的概念产生于20世纪中叶，是从"汉学"脱胎而来。

16世纪，随着欧洲资本主义的发展，各国传教士纷纷来到中国，他们研究、编纂经典，著书立说，向西方介绍中国，形成了汉学研究的雏形。19世纪下半叶，汉学研究主体从传教士转为高等学府的专业

---

* 刘庆华，广州大学人文学院教授，硕士研究生导师。

人士，汉学研究的范围也进一步扩大。20世纪中叶，随着第二次世界大战的爆发以及中华人民共和国的成立，传统的汉学研究已不能适应形势发展的需要，汉学的研究内容再次发生转向，其标志性事件是1955年哈佛大学教授费正清成立"哈佛大学东亚研究中心"。该中心的成立宗旨中说，"当代中国研究是一种综合性的社会科学，必须与以中国古代历史和文化典籍为对象的'汉学'有所区别，必须依赖个人学者们的共同努力"。1959年，美国"当代中国研究联合委员会"成立，"为美国当代中国学研究奠定了组织基础和资金保证，从而使中国学研究步入群体化、规范化轨道"，并通过研究新形势下的对华政策，为美国的全球战略、国家利益服务。

如果说早期的汉学是一种独立于现实之外的书斋式学问的话，那么后来的"中国学"则更注重学术研究对于现实的观照，肩负为政府提供政策咨询的任务，甚至可以被称为政府的"智库"。其研究对象也从传统的语言文字、历史地理等古典文明转到了对中国经济、政治、文化、民族、社会、教育、艺术、军事、外交、文学、哲学、宗教等各个领域的现实性的研究，"汉学"的称谓随即被"中国学"所取代（当然，这并不排除有些学人或研究机构依然习惯称其为"汉学"）。[1]

目前，世界上至少有40多个国家和地区开展了中国学的研究。从名称来看，有海外中国学、国际中国学、国际中国文化等等；从地域看，又可分为美国中国学、欧洲中国学、日本中国学、俄国中国学等等。然而，无论其名称如何变化，国外中国学有其共同点，那就是：其研究主体基本上是外国人，其视角是国外的，其话语体系和思

---

[1] 何一民、高中伟、冯兵：《本土中国学研究：由民族反思至民族复兴》，《四川大学学报》（哲学社会科学版）2013年第3期。

维方式是欧美式的，其目的是为所在国服务的。

二 为什么要构建中国学？

了解了国外中国学的发展历程后，我们再来看看百年来中国学术发展的主要问题。

近代以来，随着中国王朝政治力量的削弱和西方思潮的传入，中国古代的学术话语体系受到严重冲击。20世纪的中国学术经历了三次大的西学输入，一次是五四新文化运动，一次是50年代的苏俄学术体系，一次是80年代的思想解放大潮。五四新文化运动时期，因为传统学人国学学术根底深厚，即使西学大量传入，也未丧失言说和思考的能力，均能较好地融合中学西学，有的甚至最后回到国学上来，如王国维、胡适等；50年代的苏俄理论模式一统中国学术，其影响至今仍在；80年代的西学思潮曾给一度死气沉沉的中国学术带来生机和活力，人们开始重新观照中华人民共和国成立以年来苏俄化、政治化的学术话语和思维，力图建构科学的学术话语体系。然而在惊喜之余，惶惑也由此而生：由于很多时候对外来概念、术语等拿来即用，生搬硬套，未能很好地与中国学术语境融通，从而出现囫囵吞枣、食洋不化，中国学术如同"皮影戏"般亦步亦趋，一阵风过去，另一阵风又袭来，纷至沓来的术语、概念让学术界似乎得了眩晕症，以至离开了西方话语，就无以解读中国学问，从而出现了"失语症"。

学术界对中国学术"失语症"的批评由来已久。就文学而言，1996年，曹顺庆发表《文论失语症与文化病态》一文，指出当代中国文论患了严重的"失语症"，在学术界引起很大反响。曹顺庆指出："长期以来，中国现当代文艺理论基本上是借用西方的一整套话语，长期处于文论表达、沟通和解读的'失语'状态。"他认为："我们根本没有一套自己的文论话语，一套自己特有的表达、沟通、解读的学术规则。我们一旦离开了西方文论话语，就几乎没有办法说话，活生生一个学术'哑巴'。"① 不仅文论如此，其他很多学科也是这样。百年来的中国学术史，就一直处于这种"冲击—反应—接受—失语"的模式中。这种被动的接受与应对，使中国学术界躁动、焦虑、迷茫不已。在这一躁动与焦虑中，很多学者沉下心来做实证研究，并期望从踏实的研究中发现中国学术自身的规律，发出自己的声音，建构中国学的话语体系、理论体系和学术体系，不少高校和科研院所甚至为此而成立中国学研究中心，出版中国学刊物。如，1975年中国社会科学院情报研究所组建了"国外中国学研究室"，成为我国学术界开展国外中国学研究的最早机构；1997年复旦大学主办《中国学研究》；2006年华东师范大学海外中国学研究中心编辑出版《海外中国学评论》；2012年上海世界中国学论坛主办、世界中国学研究所编辑大型学术辑刊《中国学》；2013年1月12日，四川大学中国学中心成立大会暨第一届学术研讨会在四川大学望江校区举行。

因而，无论是大到国家战略、国家利益层面，还是小到学术、学科层面；无论是从国外汉学、中国学的发展历程，还是从百年来中国学术发展的主要问题来看，构建本土化的中国学已是历史的必然。

对如何构建本土化的中国学，学术界讨论颇多，其中张耀铭先生的观点最具代表性。为更全面了解其观点，下面将对其稍加引述。张耀铭先生认为，构建本土化的中国学需要特别重视四个问题。第一，要破除"欧洲中心论"的思维方式。第二，要提升中国的学术话语

---

① 曹顺庆：《文论失语症与文化病态》，《文艺争鸣》1996年第2期。

权。这里包含三层意思：一是批判性地反思西方话语、解构种种学术神话，这是"中国学"本土化的前提。这就需要对原有的理论和方法进行检验或修正；二是重新回顾中国的文化传统，重视中国原始经典的研究，发掘具有新的普遍世界意义、代表未来人类发展方向的思想资源，这是"中国学"本土化的重心。第三，要加强对当代中国的"历史叙事"研究。第四，要提高"中国话语"的吸引力。总而言之，本土化的中国学，不应该是艰深晦涩的理论，不应该用曲高和寡去诠释，更不应该将其搁置于暗室尘封当中。本土化的中国学在强调专业性、深刻性、国际性的同时，不能忽视实用性、大众性和可读性。具体来看，要从学科建设的高度来认识中国学的构建。一是要从学科分类概念上来构建中国学，即将中国学作为知识子系统，从而构建中国学的研究对象、主要研究内容、理论与方法；二是从高校人才培养、教师教学、科研业务等角度来构建中国学，而不仅是简单地、分门别类地加强对中国的研究。……从学科分类来看，当今的中国学就应该以中国为整体研究对象，重点研究中国的过去、现在和未来，中国从何而来，向何处去。具体说来就是主要研究中华民族的形成与发展，中国文化的形成与演变，中国人的特质，中国文明的内涵和特点，中国文化与西方文化的关系，现代中国国家的形成，现代中国的建设，现代中国的发展道路，中国历史发展的规律，中国于当今世界的地位作用等。中国学的研究方法具有整体性、综合性和交叉性。……它的主要任务是探讨中国历史、地理、人口、政治、经济、文化、社会等多领域的发展特点、发展规律，探讨当代中国崛起之路，发展之路，并服务于中国社会主义建设。[①]

---

① 张耀铭：《中国崛起与"中国学"的本土化》，《中国社会科学院院报》2008年6月26日第3版。

张耀铭先生强调中国学的整体性、综合性与现实性，可以说是高屋建瓴：贯通上下五千年，接续古今；强调整体性，融通各学科；提倡经世致用，服务于现实。这种从大学科观和现实需要出发的提法无疑是值得肯定的。但问题是，如何在强调整体性的同时，避免学术研究的笼统性，并兼顾各学科自身的特点。在强调现实性的同时，如何避免学术的功利性。我们知道，中国学虽然是一个整体，但这个整体毕竟是由各个分门别类的学科组成；学术研究要为现实服务，但过于关注现实的研究也许会伤害到学术自身的规律。而且，目前国内虽然不存在中国学概念的争议问题，却存在学术话语、学术理论怎样中国化的问题。应该说，我们所说的中国化既不是拒绝西方学术、回到故纸堆里的闭门造车，也不是一切为了现实需要而对任何学问做"六经注我"的功利化的图解。我们现在很多时候谈论中国学，除了那些很切近政治、经济、社会等重大现实问题的学科外，对于多数传统人文学科而言，如果过于功利地考虑是否与现实相关，恐怕就会因过于重视学科的现实需要而违背了学科自身的规律，从而牺牲该学科的学术价值。这样的教训，我们古有汉代的"今文经学"，今有"文化大革命"时期的学术政治化。所以，笔者以为构建中国学更为具体的目标应该是如何避免落入西学的话语体系中食洋不化，要从中国传统学问及西方学术中吸取有益养料，从而构筑起适应现代中国需求的、符合各学科自身规律的属于中国本土化的学术话语体系的问题。

三 文学地理学建构中国学的努力

在这些争论的声音中，有些学科已经开始行动，积极推进学科的本土化、中国化，就文学而言，如比较文学、文学理论、文学地理学等在这些年都在反思并取得了一定成绩。下面我们将以近几年热门的、在中国本土快速成长的文学地理学为例，探讨该学科为中国学的构建提供了哪些有益的经验与尝试。

一是要有明确的学科意识，把文学地理学提升到学科建设的高度。

文学地理学的研究自古就有。根据曾大兴教授的梳理，文学地理学的研究在中国经历了三个发展阶段：片段言说阶段（前544—1905），系统研究阶段（1905—2011），学科建设阶段（2011至今）[①]。片段言说阶段虽然时间跨度近2500年，但由于没有学科意识，故文学地理学的研究多是直观感悟和实证研究；即使到近代梁启超在《中国地理大势论》（1902）中已经提出了"文学地理"的概念，但其时"并没有对这个概念的内涵和外延加以任何界定"。到系统研究阶段，汪辟疆的《近代诗派与地域》与刘师培的《南北文学不同论》以及王国维的《屈子文学之精神》，堪称中国最早的三篇具有系统性的文学地理学论文，虽然他们的研究本身实际上开启了20世纪文学地理学研究之先河，但他们并没有使用"文学地理学"这个概念，更没有文学地理学的学科意识，甚至在地理认知上还出现某些偏颇。因而，即使走过了100年，文学地理学学科也没有在这些前辈手里建立起来。到20世纪80年代，人们才重新接续民国先贤们的研究，而进入90年代，"文学地理学的研究进入佳境，甚至成为文学研究领域的一个热门"，并在文学家的地理分布之研究、文学作品的地域特征与地域差异之研究、文学与地域文化之关系研究、地域性文学流派、文学群体之研究等方面取得了丰硕的成果。[②] 因而，陶礼天教授认为，

[①] 曾大兴：《文学地理学概论》，商务印书馆2007年版，第367页。
[②] 同上书，第399—400页。

1992年以后,"中国文学地理学研究已渐成显学"[①]。

虽然如此,但文学地理学究竟是什么,是一种研究视野,还是一种研究方法,抑或一门学科?似乎并没有一个明确的定位。有人认为文学地理学是文化地理学的一个分支,有人认为文学地理学是一种学术方法,也有人认为文学地理研究是文学史研究的一个补充。2011年4月19日,曾大兴在《中国社会科学报》发表《建设与"文学史"学双峰并峙的"文学地理学"》,对文学地理学研究的历史和现状做了一个简要的总结,对文学地理学的研究对象、学科性质、研究任务和发展目标等,做了一个初步的界定,明确提出"文学地理学研究的目标之一,就是建立一门与文学史学科双峰并峙的文学地理学学科",也就是隶属于文学这门一级学科的二级学科。[②] 正式宣告必须从学科和学科建设的高度来定位文学地理学的研究。

2011年11月11—13日,"中国首届文学地理学暨宋代文学地理研讨会"在江西南昌举行,[③] 来自全国各地的60多位学者就文学地理学的历史、现状、发展前景、研究对象、意义、方法等宏观及诸多微观问题进行了热烈的讨论,产生了许多重要的思想成果。会议期间,与会学者一致联名倡议成立"中国文学地理学会",并按照有关程序选举产生了"中国文学地理学会"的组织机构。"中国首届文学地理

[①] 陶礼天:《文学与地理:中国文学地理学略说》,陶礼天:《中国文论研究丛稿》,学苑出版社2011年版,第116页。

[②] 曾大兴:《建设与"文学史"双峰并峙的"文学地理学"》,《中国社会科学报》2011年4月19日;曾大兴:《建设与文学史学科双峰并峙的文学地理学科》,《江西社会科学》2012年第1期;曾大兴:《建设与文学史双峰并峙的文学地理学》,曾大兴:《文学地理学研究》,商务印书馆2012年版,第9—41页。

[③] 按:这次会议后来被学术界称为"中国文学地理学会第一届年会"。自此,该会每年举行一次国际性的学术会议,并出版论文集。截至2017年7月,中国文学地理学会已举办了7次年会,其中一次是在日本福冈国际大学举办的。从第六届年会开始,增加硕博论坛,以发现、奖掖年轻学人。

学暨宋代文学地理研讨会"的成功举行,以及"中国文学地理学会"的成立,是文学地理学学术史上的一个重要事件。它标志着经过老、中、青三代学者100多年的研究和探索,文学地理学终于得到学术界的正式认可,并从此进入一个新的、更为自觉的发展阶段,即文学地理学学科建设阶段。

正是因为有了明确的学科意识,使得文学地理学的研究不再局限于只是把它当作一个新的研究方法,不再局限于仅仅是文学史的补充,更不局限于是文化地理学的附庸,而是中国文学中与文学史并立的一门独立的学科,从而将文学地理学上升到学科自觉的高度并对该学科进行全面的探讨,也因此使得文学地理学在短短10年左右的时间内取得了过去几千年来所未有的大发展。①

二是要确立学科的研究对象,明确学科的内涵、外延及其原理、方法。

然而,明确的学科意识还只是构建学科的起步阶段。一门学科的构建不仅仅是起个名字或提出个概念,最重要的是需要有对该学科的内涵与外延进行明确的界定,需要有与该学科相应的原理、理论、研究方法等等,这才是一个学科是否能成熟和发展的关键。那么,文学地理学的研究对象是什么?有哪些内涵与外延?其基本的原理、理论和研究方法又有哪些?

作为文学地理学学科的重要领军人物,曾大兴教授对这些问题进行了长达20多年的探讨,其理论成果集中体现在《文学地理学概论》

---

① 参见李伟煌《中国文学地理学论著的数理统计与分析》,硕士研究生学位论文,广州大学,2012年。杨波:《大数据时代文学地理学研究的发展方向》,中国文学地理学会第七届年会暨第二届硕博论坛论文(现当代、比较文学与世界文学卷),西宁,2017年7月。按:目前曾大兴教授与其研究生正对2012年迄今有关文学地理学的研究成果做量化和质化统计。

（商务印书馆 2017 年 3 月出版）中，专被学术界一致公认为是文学地理学理论体系初步建立的标志。书中系统地阐释了文学地理学的研究对象与学科定位、地理环境对文学的影响、文学家的地理分布、文学作品的地理空间、文学扩散与接受、文学景观、文学地理学研究方法及知识体系等多个问题。"文学地理学是研究文学与地理环境之间相互关系所形成的文学事象的分布、变迁及其地域差异的科学。""文学地理学的研究对象，概括地讲，就是文学与地理环境的关系（简称文地关系）。""文学地理学研究的内容主要包括：文学与地理环境的关系，文学家的地理分布，文学作品的地理空间及其空间要素、结构与功能，文学接受与文学传播的地域差异及其效果，文学景观的分布、内涵和价值，文学区的分异、特点和意义，文学地理学的研究方法与文学地理批评等。"①

关于文学地理学的研究方法，过去学术界用得较为纯熟的是文献学的方法、文学史的方法、比较文学的方法、美学的方法、文艺心理学的方法、文艺社会学的方法等，这些方法虽然目前依然适用于文学地理学，但作为一个与文学史并立的学科，文学地理学有没有属于自己学科的特殊的研究方法？为此，曾大兴教授通过认真梳理后认为，文学地理学有其特殊的研究方法，如"系地法""现地研究法""空间分析法""区域分异法""区域比较法""地理意象研究法"等，并逐一对这些方法进行了理论阐释和个案分析。②

三是理清该学科与相关学科的关系。

一个成熟的学科，不仅要有确定的研究对象，界定学科的内涵与外延，提出该学科的基本原理、理论和研究方法，而且还要弄清楚该

---

① 曾大兴：《文学地理学概论》，商务印书馆 2017 年版，第 1 页。
② 同上书，第 13—14 页。

学科与其他相关学科是什么样的关系。

就文学地理学而言，它与文艺学、文学理论、文学批评等相关学科究竟是什么样的关系？对此，曾大兴教授认为：文学（文艺学）应由四个部分组成：即文学理论、文学史、文学地理学、文学批评，它们各自的地位和功能都很明确，都是二级学科。文学批评的对象是具体的作家作品和文学现象。如果从历史的角度批评作家作品和文学现象，它就成了文学史的批评；如果从地理的角度批评作家作品和文学现象，它就成了文学地理学的批评。文学理论的研究对象，不是具体的作家作品，也不是具体的文学史或文学地理，而是在文学批评、文学史、文学地理学的基础之上，抽象出某些理论、原理或者规律。如果它抽象出来的理论、原理或者规律，属于文学批评方面的，那就是文学批评的理论；属于文学史方面的，那就是文学史的理论；属于文学地理学方面的，那就是文学地理学的理论。因此，文学批评是一个最基础的二级学科，文学史和文学地理学是两个并列的较高级的二级学科，文学理论是一个最高级的二级学科（如图1所示）。[①]

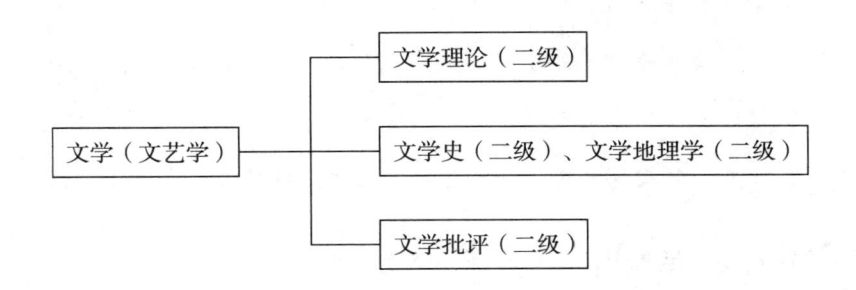

图1 文学（文艺学）的四个组成部分

---

① 曾大兴：《文学地理学概论》，商务印书馆2017年版，第11—12页。

此外，文学地理学与学术界热衷的生态批评、环境批评、后现代主义的空间批评等等究竟是什么样的关系？对于这些产生于西方的抽象的学术概念，曾大兴教授同样做了简洁却令人信服的中国式的论述。他说：

> 文学地理学批评，简称"地理批评"，是一种运用文学地理学的理论和方法，以文本分析为主，同时兼顾文本创作与传播的地理环境的文学批评实践。文学地理学批评与生态批评、环境批评有联系，也有区别。三者都要涉及环境，但生态批评只涉及生态环境，生态环境只是自然环境的一部分；环境批评只涉及自然环境，自然环境也只是地理环境的一部分；文学地理学批评则涉及整个的地理环境，既包括整个的自然环境，也包括整个的人文环境。因此，文学地理学批评的视野比生态批评和环境批评要大得多，它实际上涵盖了生态批评和环境批评。
>
> 文学地理学批评与后现代主义的空间批评有联系，也有区别。二者都重视文本的空间分析，但文学地理学所讲的"空间"与后现代主义所讲的"空间"不是一回事，前者是指具体的空间，后者是指抽象的空间。更重要的是，后现代主义的空间批评只限于分析文本的空间形式，文学地理学批评除了分析文本的空间形式，还要兼顾文本所产生和传播的地理环境。[①]

四是要立足本土，注重实证，避免虚浮的学风。

当文学地理学的概念被提出来后，一些从事外国文学和现当代文学研究的学人的第一反应就是：这不是丹纳、斯达尔夫人、康德早就

[①] 曾大兴：《文学地理学概论》，商务印书馆2017年版，第15—16页。

提出了的吗？然而，事实果真如此吗？为回答这一问题，曾大兴教授用了洋洋7万言系统地梳理了古今中外文学地理学学术史①，认为早在3000年前的《诗经》时代，人们便已意识到文学是有地方感和地域之别的，并将这种意识自觉地贯穿于文学作品的搜集、整理和编选之中，其中"十五国风"就是最早的典型的文学地理学的实践。春秋时期的《左传·襄公二十九年》（前544）记载季札观周乐时的一番评价，不仅是最早的音乐地理学批评，也是最早的文学地理学批评。而西方的文学地理学言论较早可上溯到法国18世纪的启蒙思想家孟德斯鸠（1689—1755）的《论法的精神》（1748），该书讲到了气候对文学艺术的影响。与季札观乐时发表的议论相比，西方（孟德斯鸠）的文学地理学研究比中国至少晚出了2292年。所以，陶礼天教授指出："西方文学地理学的提出和研究，应该是间接受到中国古代有关这一方面的学说和理论文献的影响。因为孟德斯鸠的著作，实际上运用了中国这一方面的丰富文献。"陶氏又说："梁启超提出'文学地理'这个概念及其研究理路，当是受到孟德斯鸠《论法的精神》和当时日本译介的西方人文地理学的影响；而《论法的精神》又受到中国古代相关文献关于文化地理风俗记载和论述的影响。"②

而丹纳、斯达尔夫人的文学地理学批评出现得更晚。法国19世纪的著名文学批评家斯达尔夫人（1766—1817）在《从文学与社会制度的关系论文学》（1800）和《论德国》（1813）两本书中，比较西欧南方文学与北方文学的地域差异，提出了不少有价值的见解。此后，法国另一位更多地涉及文学地理学研究的人就是文学社会学的开

---

① 曾大兴：《文学地理学概论》，商务印书馆2017年版，第367—462页。
② 陶礼天：《试论文学地理学的过去、现在和未来》，陶礼天：《中国文论研究丛稿》，学苑出版社2011年版，第146、148页。

先河者丹纳。丹纳在他的《英国文学史》（1864—1869）、《艺术哲学》（1865—1869）中一再谈到"文学创作和它的发展取决于种族、环境、时代三种力量"，"环境是包罗万象的名词，泛指文学的外部条件：包括范围，不仅有自然环境（如土壤、气候），而且还有政治和社会条件"。在德国，最早提到文学地理学的应是著名哲学家康德（1724—1804）的《自然地理学》，但他并没有对"文学地理学"这个概念的内涵做任何说明，他所讲的"文学地理学"虽然包含了文学，但远远不止于文学，而是包含了科学、艺术、哲学、政治等诸多方面，相当于后来的人文地理学。因而，中国自古就有文学地理学的创作和批评，且早于西方两千多年。对这一基于客观的、可信的学术史的梳理而得出的结论再次说明，在构建中国学的过程中，我们不能无视中国几千年的学术传统，不能只是浮光掠影地照搬西方学术概念。我们要有学术自信，要了解、尊重自己的学术传统。

事实上，这种实证研究贯穿于文学地理学研究的各个方面。学术界较早从事文学地理学研究的一批学者几乎都是中国古代文学和古代文论专业出身，其研究深受乾嘉考据学派的影响，讲求证据，不虚浮，所有的观点都是通过大量的实证研究归纳出来的。据李伟煌的硕士研究生学位论文《中国文学地理学论著的数理统计与分析》统计，1905—2011年，有关文学地理学研究的论文有1126篇，著作有257种[1]。这些论著95%属于实证研究，即使有5%的理论阐释，也是基于实证研究的基础上归纳总结出来的。故曾大兴认为："中国学者的文学地理学研究，不仅是对作家、作品、地名、地理环境、地理景观、地理意象、地理空间等的研究带有浓厚的实证色彩，即便是对理

---

[1] 李伟煌：《中国文学地理学论著的数理统计与分析》，硕士学位论文，广州大学，2012年，第9页。

论问题的探讨也带有不少实证研究的色彩。也就是说，中国学者的理论研究多是通过大量的实证研究得出一个结论，再根据大量的结论提炼出一个观点、概念或者理论，因此这个观点、概念或者理论一般是经得起实证检验的。"①

实证研究为文学地理学的本土化提供了得天独厚的学术基础。"扎根于中国数千年的文学研究传统，其学术体系、概念体系、话语体系带有鲜明的中国特色。"② 这种接地气的学术研究符合中国哲学和中国文论的思维方式，能有效避免中国学术陷入西方理论从概念到概念的虚浮的陷阱，能有效地避免对文本的"强制阐释"③，能有效地解读中国文学现象。文学地理学重视实证研究的成果表明，我们不必迷信西方理论，应有文化自信、文学自信和理论自信。正如陶礼天教授指出："我们现在研究文学地理学不要也不可能只依靠外国的理论。20世纪以来我们中国文学的研究总是有一个很大的误区，就总是用西方的文学观念、西方的文学理论和批评方法，来切割我们自己的传统。今天我们需要做的就是回到我们的自身，回到我们的传统，我们不能再迷失自己的方向。"④

五是要有世界视野，融通中西。

在构建中国学的过程中，我们强调要注重自己的学术传统，要有学术自信，但这并不意味去闭门造车、夜郎自大。就文学地理学而言，它是在中国土生土长的。但这个土生土长的文学地理学，并非自说自话的文学地理学，而是在充分考察古今中外的文学地理现象，充

---

① 曾大兴：《文学地理学概论》，商务印书馆2017年版，第448页。
② 李永杰：《阐扬文学地理学的中国风格》，《中国社会科学报》2017年5月26日第1版。
③ 张江：《强制阐释论》，《文学评论》2014年第6期。
④ 陶礼天：《关于文学地理学研究的简要回顾和点滴思考》，《世界文学评论》2016年第10期。

分研究和吸收中西方的文学理论和地理学理论的基础上提出的一套新的理论。

以"文学景观"概念为例。

英国学者迈克·克朗最早在《文化地理学》一书中使用了"文学地理景观"这个概念，但他并没有对这个概念的内涵和外延加以界定；而美国学者德伯里的《人文地理——文化、社会与空间》一书将文化景观分为"物质文化景观"和"非物质文化景观"。物质文化景观指有形的、可见的文化景观；非物质文化景观指无形的、不可见的但感官能却感受到的文化景观，如音乐、饮食习惯、嗜好等等。但他们把"景观"等同于"地理"，把"文化景观"等同于"文化特征"，却是不尽合理的。在汉语里，"景观"这个词是由"景"和"观"这两个单词组成的。陶礼天教授曾对"景观"一词的来龙去脉做过一番细致的梳理后指出："我国'景观'这个概念，在'成词'前，是密切与风景的'景'和观看的'观'联系在一起的，汉语'景观'一词，从来就包含了'观看'的意思。"[①] 景观既然包含了"观看"的意思，就表明它必须具备可见性，这是它的一个最根本的特点。因此，不可见的文化特征不能称为文化景观。

由此可见，文学地理学讲景观和文化景观，虽然吸收了西方的某些思想成果，但是也包含了中国智慧。第一，文学地理学所讲的景观不同于西方"景观学派"所讲的景观，即不把"窗外所有的事物"都当景观，只把土地以及土地上的那些具有形象性或可观赏性的物体当景观；第二，景观具有形象性或可观赏性，H.J.德伯里所谓"不可见的""非物质文化景观"不能成立。

[①] 陶礼天：《试论文学地理学的过去、现在和未来》，陶礼天：《中国文论研究丛稿》，学苑出版社2011年版，第152页。

由此，中国文学地理学学者在汲取国外研究合理成分的基础上，提出了具有典型中国风格的"文学景观"概念："具有文学属性的自然或人文景观，它以历史建筑或自然风景为载体，同时又具有文学的内涵和观赏的价值。文学景观是地理环境与文学相互作用的结果，它既是景观，又是文学的一种地理呈现。"①

再如对让学术界同人眩晕的"空间"概念的梳理与辨析。

学术界普遍认为，文学地理学的产生是受西方"空间"转向的影响，且不少人对"空间"概念的接受是囫囵的。那么，西方学术界的"空间转向"究竟是怎么回事？

20世纪中期以来，随着地理学的"文化转向"，西方学术界也开始了"空间转向"，不同学科、领域的学者纷纷就传统的空间概念提出新的阐释。大致说来，人们对空间的认识呈现两种维度。一种是将空间视为真实而具体的存在，认为空间是可以被标示、分析和解释的。如法国哲学家列斐伏尔在1974年出版的名著《空间的生产》一书中认为，空间是可以感知的、是物质的，可以采用观察、实验等经验手段来直接把握的。我们的家庭、建筑、邻里、村落、城市、地区、民族、国家乃至世界经济和全球地理政治等等，便是此一空间认识论的考察对象②。美国当代社会学家雷·奥登伯格《绝对的地方》一书中也指出：人们的日常生活主要分布于三个空间：第一空间，即居住空间；第二空间，即工作空间；第三空间，即购物休闲场所。另一种认为空间是精神的建构，是关于空间及其意义表征的观念形态，其代表人物就是爱德华·索雅。他在《第三空间：航向洛杉矶以及其他真实与想像地方的旅程》一书中讲到了三个空间。他指出：第一空

---

① 曾大兴：《文学地理学概论》，商务印书馆2017年版，第231—233页。
② 陆扬：《空间理论和文学空间》，《外国文学研究》2004年第12期。

间是"真实的",第二空间是"想象的",第三空间则既是"真实的",又是"想象的"。爱德华·索雅所提出的第三空间是对真实与想象空间的重构,他将主观性引入空间,将精神空间与社会和物质的关联域进行了整合。因此,第三空间不仅包含了物质和精神的维度,而且超越了前两种空间,呈现出极大的开放性。[1]

那么,这一发轫于西方且主要在哲学和社会学层面展开的后现代主义空间概念又如何影响文学地理空间概念的构建?曾大兴教授认为,后现代主义所讲的空间是哲学的空间,不是地理的空间;是具有普遍意义的空间,不是具体的既有核心区又有过渡带和边界的空间。后现代主义的空间批评只是分析作品中具有普遍性的空间结构,并不探讨作品中的这些空间要素与地理环境之间的关系。

因此,中国文学地理学的空间概念虽然受西方各种空间概念的影响,吸收了其合理因素,但又明确地从文学本位而不是哲学本位、社会学本位的角度,从文学地理学的角度而不是文化地理学、人文地理学的角度,是从通俗明晰的角度而不是玄虚的角度提出了属于文学地理学的三个空间:"第一空间,是指客观存在的自然和人文地理空间;第二空间,是指文学家在自己的作品中建构的,以客观存在的自然和人文地理空间为基础,同时又融入了自己的想象、联想与创造的文学地理空间;第三空间,是文学读者根据文学家所创造的文学地理空间,联系自己的生活经验与审美感受所再创造的文学审美空间。第一空间是真实存在的空间,第二空间是文学创造的空间,第三空间是文学再创造的空间。"[2] 这三个空间概念的提出,是受西方空间概念的启发,但其表达方式却是非常中国化的、接地气的,体现了构建中国学

---

[1] 曾大兴:《文学地理学概论》,商务印书馆2017年版,第335—338页。
[2] 同上书,第45页。

术话语体系、构建中国学派应有的世界视野、创新性和学术自信。

从 20 世纪 50 年代迄今,学人们对中国文学的研究,试图在古今中西理论的结合中寻找到契合点和突破口,然而却留下了诸多遗憾。由于中国古代文学理论在某种程度上存在着过于重感悟、重妙喻、欠缺明晰的理论的问题而不太适应现代文学阐释的需要,于是人们转而向西方借用各种理论。然而,因为西方各种文学理论往往源自哲学、社会学等,尤其是多为从概念到概念的哲学之思,加上译者的水平参差不齐,这就难免学界用这种舶来的、囫囵吞枣的理论来阐释中国文学现象时明显水土不服,总给人以隔膜感。也因此,一种接地气的、"不隔"的、通透的文学理论已是学术界多年的呼吁和期待,而文学地理学学科体系的建构及其基本原理、理论的提出以及对诸多概念的困惑的阐释,恰好为中国学的构建提供了一个成功的范式。这种"以中国本土的材料、数据、成果、观点、体系为主体;吸收各国研究中国的不同流派,相互融合、相互促进,才能形成世界范围内经得起时间和实践检验的中国学"。[1]

---

[1] 徐庆超:《中国学发展趋势展望》,《中国社会科学报》2015 年 1 月 14 日第 B03 版。

地理图像史料、文学地理学科背景与专业精神
——中国文学研究著作中的地理图像史料问题及反思

龙其林　钟丽美[*]

自20世纪90年代中期以来,中国文学研究陆续出现了一批丰富多彩的图文互文著作,学者们通过运用地理图像史料重新切入文学史,力图在无限趋近文学现场的背景下解读作家创作与文学文本。在文学研究界越来越热衷于使用地理图像史料的趋势下,也存在着一些值得忧虑的地方。一些出版社为刺激读者购买的欲望、扩大市场销路,大力进行图文互文文学研究著作的出版,或为文字研究著作重新配图,或鼓励学者自主选图。但有的出版社并无出版图文互文学术著作的经验与知识背景,在出版中较为随意地搜集及使用地理图像。一些研究者比较注意搜集纸本上的图像史料,喜欢选择已经出版著作中的图像,而缺乏自主发现、拍摄的新地理图像,来源比较单一;或缺乏专业背景,难以进行必要的真伪考辨或分析,缺乏审美眼光与文化史知识,地理图像史料的价值难以得到真正的体现。

---

[*] 龙其林,广州大学人文学院教授、硕士研究生导师;钟丽美,广州大学人文学院硕士研究生。

一 地理图像史料的穿越化与雷同化

由于专业的限制,中国文学研究界在图文互文著作中使用得最多的地理图像史料大多来源于书籍中的封面、作者像或插图、广告等。这些来自初版文学作品的地理图像史料,烙印上了特定历史时期的文化背景与审美习惯,能够为人们重新理解作家创作与时代环境提供新的触发点。"文学首先是感性的、情感的、形象的语言艺术,并非单纯理性概念的产物,文学史书写之所以一直处在未完成的'重写'状态,就在于文学历史本身的复杂性、丰富性和开放性,任何从单一角度出发试图'描述'或'还原'文学历史的文学史著述,都无法穷形尽相、尽善尽美地完成书写历史的意图。"[①] 但是,在图文互文逐渐为文学研究界认可、图文研究著作不断出版的时候,如何在著作中选择及使用地理图像史料的问题也随之浮出水面。在很多图文研究著作中,地理图像史料大多来源于初版期刊、书籍的封面、插图、作家照片等,形成了从纸质书刊寻找地理图像史料的研究共性。尽管书刊中的地理图像史料也具有非常重要的价值,正如文学史家杨义所说,"二十世纪中国作家在书籍装帧和插图上的构思和选择,不仅是版本学上的痕迹,而且在审美学上是作家灵魂的见证。既然把书刊装帧插图看作既是客观的,又是主观的,是主客观融合渗透的产物,就可以从一个特殊的视角,透过装帧插图,看取作家或隐或现的心灵世界,看取他们个人的修养和趣味,看取民族命运和中西文化冲突在他们心灵中的投射和引起的骚动"[②]。但问题在于,地理图像史料进入文学研

---

① 李明:《中国现代文学版图》,中西书局2010年版,第2—3页。
② 杨义主笔,杨义、中井政喜、张中良:《中国新文学图志》(上),人民文学出版社1996年版,第3页。

究著作的价值在于复原文学场景,以形象可感的空间契合文学研究,促进读者对于学术著作的理解。文学发生历史现场有着特定的时代背景、人文氛围,图文研究著作的编纂者应努力搜集与文学历史匹配的地理图像史料,以此构建文学发生学语境。即便无法获得与文学事件、作家创作、作品版本直接相关的地理图像史料,研究者也应尽可能地以同时期相关的地理图像史料加以弥补,否则不能做到图文时代的基本一致性,就很难在图文互文中达到理想的互映互现效果。

中国社会科学出版社2009年5月出版的"民国学术经典丛书"中收录了郑振铎的《插图本中国文学史》,并对原书的地理图像进行了大量的替换。出版社的本意是以更多的图像来丰富文学研究著作,使之显得更为生动有趣。但在具体的编纂过程中,却显示出辑录图像者对于图文互文研究方法的生疏。从整体上看,《插图本中国文学史》中使用得最多的地理图像史料均来自纸本书籍,多为各类图书的书影或插图,人物图像也多取自图书。例如,书中第36章讨论的是江西诗派的诗歌特点与代表性诗人,郑振铎在著作中认为:"宋代的五七言诗,经过了'西昆体',经过了梅、苏、欧阳,经过了苏轼,已经风格屡变了;但还没有一派规模极大,足以影响到后来人们的诗派出来。"[1] 为了呼应文学史的叙述,出版社选择了钱钟书的《宋诗选注》书影。但问题是,《宋诗选注》是钱钟书于1958年9月在人民文学出版社出版的著作,与北宋徽宗初年吕本在《江西诗社宗派图》中提出的江西诗派相隔800多年,完全是以现代的图像去填补北宋末年的文学地理景象,其情境的疏离可想而知。图文互文文学研究著作使用图像史料的目的之一,是希望能够借助地理图像史料复原文学历史现

---

[1] 郑振铎:《插图本中国文学史》(下),中国社会科学出版社2009年版,第435页。

场，为后人重新理解作家、作品提供新的视角。但将隶属于不同时代，相隔数百年的文学流派与地理图像史料混搭在一起，显然无法获得情境一体化的效果。"正是这些文学现场的'历史性'与所选图像的'当下性'，让读者难以真正投身于对文学现场的社会风尚、文化思潮以及审美趣味复杂性的体味。"[1]《插图本中国文学史》在谈到宋代的话本小说时，选择的是江苏古籍出版社出版的《清平山堂话本》书影，以与文中谈及的"说公案"题材话本作为呼应。但此图像与文学史语境又存在矛盾，且不说《清平山堂话本》仅为郑振铎的文学史一笔带过，并非文学史研究的重点，即便辑图者希望选择《清平山堂话本》的书影也应选择年代尽可能早的版本，而不是当代的出版社的本子。江苏古籍出版社（现更名为凤凰出版社）是1984年成立的出版社，虽以出版文史类古籍为主，但与北宋的间隔历史过于遥远。陈伟华的《基督教文化与中国小说叙事新质》中分析了徐訏创作于民国时期的小说《吉普赛的诱惑》，而选择的插图却是1997年花城出版社出版的《徐訏奇情小说集》封面，不免让人有时空置换之感。之所以形成这种文学地理现场与所选图像相隔遥远的情况，很大程度上在于图文著作的编撰者没有意识到图像史料所具有的关联意义，即地理图像本身即蕴含着诸多的文化信息，它们与特定时期的社会风尚、文化思潮有着隐秘的关联。

　　在地理图像史料进入中国文学研究著作的过程中，还经常遇到地理图像史料雷同化的问题。许多编纂者还没有意识到寻找稀见地理图像史料的意义，因而在具体的编纂过程中选择了较为常见的图像。郑振铎早在1932年出版的《插图本中国文学史》例言中，就极力强调

---

[1] 龙其林：《中国现当代文学史著中图文互文实践缺陷刍议》，《中国文学研究》2013年第4期。

地理图像史料新颖的重要性:"本书所附插图,类多从最可靠的来源复制。作家的造像,尤为慎重,不欲以多为贵。在搜集所及的书本里,珍秘的东西很不少,大抵以宋以来的书籍里所附的木版画为采撷的主体,其次亦及于写本。在本书的若干幅的图像里,所用的书籍不下一百余种,其中大部分胥为世人所未见的孤本。"[①] 但是当代许多学者并未重视这些经验,也没有皓首穷经地查阅稀见期刊、初版著作的学术精神,因而在地理图像史料的创新性上便难以做出特色。更令人尴尬的是,一些文学图文互文研究著作常常选择雷同化的地理图像史料,让读者有不断重复、缺乏新意之感。李明的《中国现代文学版图》是一部颇有想法的图文互文著作,作者力图建构起不同文学版图及其相互作用下形成的中国现代文学史。该书在写到描写上海的文学版图时,对上海的近现代历史与文明做了简要的概述:"1843年开埠以来,上海成为列强的殖民地。外滩的万国建筑,就是其殖民历史的见证。太平天国起义造成的社会动荡,把江南周边的财富都带到了上海,上海成为重要的现代文化消费城市。租借特殊的地理空间,也吸引了许多寻求自由的文人到上海从事文化活动。"[②] 与此同时,作者选择了上海的石库门和外滩两幅图像作为对文学版图的补充。但作者无意之中忽略了这样一个事实,绝大多数的图文研究著作在谈到上海时,习惯性地选择了石库门与上海外滩作为插图。在《中国现代文学版图》出版前三年,杨剑龙的《上海文化与上海文学》中使用了颇为相似的上海石库门与外滩图像。《上海文化与上海文学》是一部具体研究上海文学与文化的图文著作,搜集了一些典型的上海的地理图像史料,其中就包括1891年的上海外滩、上海石库门等。吴福辉的

[①] 郑振铎:《插图本中国文学史·例言》,上海世纪出版集团2005年版,第3页。
[②] 李明:《中国现代文学版图》,中西书局2010年版,第304页。

《插图本中国现代文学发展史》在分析商业都会兴起中的现代市民小说时，也选择了一张20世纪初的上海外滩图像，并且注释道："上世纪初的上海外滩，可见新的外国银行、总会正在兴起。"[①] 郑振铎的《插图本中国文学史》的辑图经验告诉我们，文学图文互文研究著作应努力拓展图像史料的寻找范围，让更多稀见的孤本或人们难以见到的书籍以图像方式呈现在读者面前，从而为人们理解文学研究的发生及发展过程提供更多的触发点。

二　文学地理学科背景与生命体验的匮乏

地理图像史料进入中国文学研究，不仅意味着文学研究范围的扩大，而且也意味着文学研究观念与方法的一大转变。由于地理图像史料来源极为广泛，这就需要学者们不断吸收相关学科的知识，如图像学、传播学、美术学、考古学、出版编辑学等，为解读和运用地理图像史料创造必要的条件。现实中的情况却是，大多数中国文学研究者几乎都出身于中文学科，虽在自身研究中会涉及其他学科，但毕竟缺乏专业化的学习积累，很难在短时间内形成文学地理学科的思维方式。现在很多文学研究图文互文著作采取一两人主编、众人合作的方式进行编纂，理论上这有可能实现文学研究、装帧研究、绘画研究等多学科知识的交融，实际情况却远非如此。由于中国大陆长期实行专业化的学科教育，而缺乏通识教育的传统，各学科之间隔膜较深，学生普遍难以在一个时期内学习和掌握不同学科的知识，自然很难建构起跨学科文学地理学的知识结构。当然这并不意味着跨学科的中国文学图文互文研究著作精品不会出现，只是比例较低。姚玳玫的《文化

---

① 吴福辉：《插图本中国现代文学发展史》，北京大学出版社2010年版，第57页。

演绎中的图像：中国近现代文学/美术个案解读》是一部非常典型的跨学科图文著作，作者运用美术学的知识来解读近现代文学，这对于研究那些同时擅长文学与美术创作的作家是一种尤为有效的方法。在该书的后记中，作者交代其先生从事美术学研究，因而有机会耳濡目染获得美术学的知识储备与审美锻炼。但对于大多数的研究者来说，则很难有如此机会进行专业化的训练与提升，因而在编纂图文研究著作时常常力不从心。

付祥喜的《新月派考论》为对新月社的书稿进行考证，全书只有图像若干，且将数据图标也作为图像加以统计，在图文互文著作中不仅无特色，反而因为对于地理图像进行了不当的揣测而令人啼笑皆非。在该书第四章"新月派重要成员若干史实考"中，付祥喜认为中华书局出版的陈学勇的《林徽因年谱》"所记林长民、林徽因赴欧的时间（约2月）和林长民在法国寄信给林徽因的时间（3月3日）似有误"①，特别选择了一张林徽因1920年赴欧途中与同船游客合影的照片为例进行反驳。作者为证明其关于林徽因不可能在1920年2月赶赴欧洲途中的判断，如此解读林徽因的这张照片："赴欧途中，林徽因曾与同船旅客合影（见图4-4），这张照片，在各种版本的《林徽因传》里都可见到。照片中的林徽因和外国妇女都仅穿了一件单薄的衣服，说明此时已是春夏之交或夏季。若是在早春2月，即使是在船舱里拍照，她们也不可能穿得那么单薄。"②且不说付祥喜在《新月派考论》中所使用的图像稀少，且图标又夹杂其间，审美趣味稀薄，也不论其所使用的是"在各种版本的《林徽因传》里都可见

---

① 付祥喜：《新月派考论》，中国社会科学出版社2015年版，第150页。
② 同上书，第150—151页。

到"①的陈旧图像，仅仅就其对林徽因与同船游客的合影就武断地得出时间不可能在早春二月的结论就存在重大问题。民国时期中国客轮前往欧洲航行路线通常是从沿海城市出发，由南中国海经马六甲海峡驶入印度洋，而后绕好望角向北前往英、法，或者从苏伊士运河入地中海后前往欧洲各国。稍微具有地理知识背景即可知道，客轮从南中国海后逐渐往南，不断接近赤道。客轮经过的马六甲海峡位于马来半岛和苏门答腊岛之间，是典型的热带雨林气候，终年高温多雨。即便客轮驶出马六甲海峡后，仍然需要在印度洋航行，其地理位置多位于赤道附近，属于典型的热带气候，全年高温。如果客轮要绕过好望角的话，那么其间还需要穿越赤道。因此在赴欧的航行途中，林徽因有非常多的机会"仅穿一件单薄的衣服"②，但这并不能证明不是在"早春二月"③，因为即便是二月的马六甲海峡或赤道附近印度洋其他区域，同样都处于常年高温状态。所以在当时轮船缺乏空调的条件下，林徽因和女游客为了适应炎热的天气或许只能穿着单薄的衣服——如果她们不愿意在轮船上穿泳装的话。倘若按照付祥喜刻舟求剑般的分析，1920年2月尚属早春必须穿冬装或者春装的话，那么，彼时的林徽因们只好在赤道的炎炎烈日下身着貂皮大衣或者棉衣拍照了。付祥喜不知何故表现出对于文学地理学的极度陌生，既未考察林徽因赴欧航行的路线图，也未查看世界气候带分布，在指责陈学勇《林徽因年谱》"有误"的急切心理下进行了似是而非的僵硬图像解读。不难发现，进行文学研究或者图文互文研究，如果缺乏一些最基础的知识背景或社会常识，只是照搬材料进行套用，便很可能因为研

---

① 付祥喜：《新月派考论》，中国社会科学出版社2015年版，第151页。
② 同上。
③ 同上。

究者知识构成的致命缺陷得出让人啼笑皆非的结论，其研究的严密性、科学性、可靠性、真实性便会大打折扣。"为学者若要读书而又不变呆，须于求知之外，反身而诚，三省吾身，把自己所读之书'于平日气禀姿质上验之，如滞固者疏通，顾虑者坦荡，智巧者易直。苟未如此转变，要是未得力尔'。"[①] 知识结构的完善需要长年累月的努力，很难指望通过一两年的读书即能全面提高，而需要以兼容并蓄的开放心态不断地观察、学习、提高，在学习中反思，在运用中检验。针对学术界的这类不断泛滥的荒谬"研究"，南京师范大学杨洪承教授提出了尖锐的批评："它们共同的问题正是缺乏对论题认真的审视、鲜明的问题意识、科学的论证及脚踏实地的学术研究。面对学术研究，作者缺乏应有的平静心态。老一辈学者的严谨治学态度、务实科研的风范，值得我们后学认真学习。当今急功近利地寻求科研捷径的做法值得警醒，学术研究概念模糊、指向不明式的做学问之方法不足为取。"[②] 所以对于从事中国文学研究的学者而言，只有不断地进行知识结构的更新，拥有更多文学地理学及其他跨学科的背景，才能对地理图像史料进行正确的解读，自然这也会对其从事的文字研究大有裨益。正如杨义所言："有千样的人，定然写出千样的书，书与书品位不一，良莠兼杂，其间的思想格调互异互殊，因而不知选择和分析的读书，只能把自己的思想变成一个烂泥潭，或一堆乱麻团。"[③]

与刻舟求剑般的解读地理图像同时并存的问题是，不少文学图文互文研究著作的编纂者缺乏审美眼光，他们仅仅将地理图像史料作为

---

① 张清民：《学术研究方法与规范》，中华书局2013年版，第20页。
② 杨洪承：《"新编年体"在史料整理与学术研究之间的徘徊——评付祥喜〈20世纪前期中国文学史写作编年研究〉》，《文艺研究》2014年第5期。
③ 杨义：《自序：读书之学与讲演之术》，杨义：《读书的启示：杨义学术演讲录》，生活·读书·新知三联书店2007年版，第2页。

· 62 ·

一种客观的历史记录加以看待，而不是将这些材料视为烙印着时代气息、生命体验的载体，因而无法从审美的角度进行恰如其分的图像考察。一旦将地理图像史料当作冷冰冰的僵硬材料，而不是饱含生命情感的对象，就很可能会在分析地理图像史料时只见到其表象，而无法深入其中挖掘出丰富的社会内涵与生命体验。同时，由于缺乏必要的专业熏陶，许多图文互文编纂者无法对地理图像史料的艺术水准进行判断，更无法选择最契合文学研究需要的地理图像史料。

张鸿声的《北京文学地图》是一部探究地理空间与文学关系的图文研究著作，作者力图重新勾勒北京城内的文学因素。不过令人遗憾的是，在著作中作者更多地选择了孤立、僵硬的城市建筑图像，而非充满叙事张力、富于情感内涵的图像，给读者留下的是冷漠的城市、散乱的文学、世俗的生活等印象，不仅文字研究欠缺理论深度，图像史料也多是冰冷的、毫无生命体验和情感蕴藉的。《北京文学地图》第六章"胡同里的文学故事"介绍老北京的红灯区八大胡同与作家、文学创作之间的关系，作者先从老北京的红灯区八大胡同究竟是哪八条胡同开始，分析了不同朝代北京红灯区的分布区域变迁，然后断断续续地介绍了有关一代名妓赛金花与前清状元洪钧、八国联军德军元帅瓦德西的传闻，以及冯玉祥在自传《我的生活》中对于八大胡同的恶劣印象、妓女谢蝶仙为林纾而死的故事等。而与这些充满世俗猎奇兴趣的文字叙述不相匹配的是，该书所选择的图像史料是地图上的八大胡同、八大胡同之胭脂胡同以及寻常可见的赛金花照片。不是说这些图像史料完全不能使用，而是若从图文情境合一、以图解文、图文互动的角度来看，这些拍摄的胡同或八大胡同的地图分布图像并无情感蕴藉与生命体验，作者难以从中寻找更多的体验阐发点，无法借图像拓展读者的阅读体验及审美想象。事实上，《北京文学地图》有不少文字内容都适合搜集富于故事性的图像史料。作者曾这样讲述赛金花的文学版本故事："赛金花的故事也在民间口述和文人笔下被赋予了无数让人惊叹的版本。这中间就有清末名士樊增项写的《前彩云曲》和《后彩云曲》，曾朴的《孽海花》和张春帆的《九尾龟》等等。抗战时期，以古喻今，历史题材成为戏剧创作的热点。在这一历史语境下，夏衍和熊佛西先后又都写了同名话剧《赛金花》。新中国成立以后，赛金花的故事似乎仍然没有讲完，于是又有大陆作家张弦和海外作家赵淑侠所写的小说和传记等多种作品问世。"① 在这里，清末、民国、当代不同时期有关赛金花形象的作品颇值得收集图像史料，以展现其形象在不同时期作家笔下的演变，或者其他有关赛金花的文学艺术文本表现。同样地，该书在说到中华人民共和国成立后对八大胡同的改造也颇值得以图像加以凸显："当时洪琛导演了以黄树卿、黄宛氏的罪行和旧社会妓女的悲惨命运为题材的话剧《千年冰河开了冻》，八大胡同教养院 30 多名妓女参加了演出，这出话剧后来还被拍成电影。参加演出的一些昔日妓女，还有数人考入北京人民艺术剧院、西北艺术学院。"② 如果话剧《千年冰河开了冻》剧照难以找寻的话，那么该剧的电影剧照应是可以找到的，可惜的是作者放弃了寻觅具有冲击力的图像史料的努力，其结果只能是降低图文互文的情感、审美效果。

三　田野意识的欠缺与专业精神的贫乏

许多图文互文研究著作编纂者并没有意识到地理图像史料的来源绝不仅仅局限于纸质书刊，而应该拥有更大的选择范围。事实上，文

---

① 张鸿声：《北京文学地图》，中国地图出版社 2011 年版，第 215 页。
② 同上书，第 217 页。

学研究的图像史料来源极为广泛，不仅包括常见的图书杂志书影、插图等，而且包括实物形态的故居、剧照等，还应该囊括碑帖、铭刻、瓷器、钱币、影视、陶艺、雕刻等与作家生活密切相关的各项内容，唯有如此，文学研究才能尽可能地与作家生活的时代背景、人生经历产生更多关联，从而丰富文学研究的可能性。可惜的是，一些文学互文研究著作的编纂者有意无意地忽略了这一点。

在当下的许多中国文学图文互文研究著作中，存在着从书面寻找地理图像史料的惯性，即将图像搜集的重心放在图书、期刊、报纸上，而缺乏更为丰富、多元的图像史料来源。关于历史现场是否可以被还原以及如何还原，一直存在着争议。当历史现场已经消失之后，后人能够接近历史现场的机会即在于尽可能地通过对各类历史碎片的搜集与整理，无限趋近于可能的真实历史场景。所以这时候史料的多少、价值的大小，就成为具有关键意义的因素。地理图像史料是历史事件的见证、人物形象的反映、历史故事的折射，对于还原历史场景意义非凡。但现在的问题是，许多文学图文互文研究者沉溺于纸质书刊的阅读与研究，而缺乏实践考察能力，无法将纸本上的信息与实际生活进行对接与转换，无法通过田野调查的方式扩展自身的研究观念和图像史料的搜集范围，因而也就无法获得更多趋近于文学现场的机会，其研究也常常显得缺乏新意。

崔明芬、石兴泽的《简明中国现代文学》是一部"简明、平实、通俗易懂、图文并茂的教材，为华语教育增添了新的内容，为当地的学生提供了一本明晰的文学史"，"《简明中国现代文学》便是一部适合我国港、澳、台地区以及东南亚各国华人的教科书"[①]。在这部图文

---

① 李岫：《一本图文并茂的文学史》，崔明芬、石兴泽：《简明中国现代文学》，社会科学文献出版社2011年版，第3页。

互文的中国现代文学史中,作者选择了不少图像史料,力图为文学史的叙述带来新魅力。但是该书在实际选择图像时使用较多的是书面化的地理图像史料,即著作、报刊、书影等。2013年,北京大学出版社推出了一套中国近现代文学编年史,分别是由袁进主编的《中国现代文学编年史:以文学广告为中心(1872—1914)》、钱理群主编的《中国现代文学编年史:以文学广告为中心(1915—1927)》、吴福辉主编的《中国现代文学编年史:以文学广告为中心(1928—1937)》、陈子善主编的《中国现代文学编年史:以文学广告为中心(1937—1949)》组成。这套编年史研究丛书视角新颖,以文学广告为中心,凸显近现代文学研究过程中的现代出版与传播因素,是对以往近现代文学研究不足的一种弥补。不过,这些著作中所使用的来自书报的图像史料固然可以在一定程度上说明近现代文学产生过程中的刊物形态、广告销售面貌,一定程度上帮助读者重回文学的出版、销售现场,但大多局限于书刊广告及书影的简单对应层面,呈现的是图像的客观记录意义,而缺乏对于文学生产形成过程中人的情感经验、生命样态更富深意的发现。很显然,书刊样态图像无法承载其他更多的社会样态、作家经历、历史事件等直接影响文学创作的地理因素,只能客观地反映文学发生中的物质样态。作为中国文学图文互文编纂实践和研究的代表性学者,杨义对于辑录图像有过经验之谈:"首先要'更新观念',把图书馆、博物馆和田野调查采集到的图,当作蕴含着丰富的信息量的文学史原始材料来看待,如文学文献学一样,把文学图志学当成专家之学去下一番硬功夫。这就开辟了文学史研究的一个巨大的文本领域,拓展了文学史对象的文本涵量和深度。"[①] 杨义在这里提出了一个

---

① 杨义主笔,杨义、中井政喜、张中良:《中国现代文学图志》,生活·读书·新知三联书店2009年版,第8页。

非常重要的观点,在图文互文研究中应拓展图像史料的考察范围,不能仅限于纸质版的图书即"图书馆"的图像,学者应该扩大自己的图像搜集范围,通过考察博物馆和大量的田野调查获得第一手的实物图像资料,在图文研究著作的编纂过程中根据需要选择使用。唯有如此,图像史料的来源才不会局限于从书籍到书籍的循环过程。

以地理图像史料切入中国文学研究,不仅是文学研究样式的丰富,更是研究观念与研究方法的转换。在这个过程中辑录地理图像史料成为重要的环节,需要耗费大量的时间和精力去搜集图像、分析图像及运用图像,并根据研究需要不断更新自身的知识结构,以满足文学研究的需要。因此,在文学图文互文研究中特别需要一种工匠精神,即"那种不惜花费时间精力,孜孜不倦,反复改进产品,对产品质量严谨苛刻的、不懈的追求行为"①。这种专业内的工匠精神在中国文学图文互文研究中的重要体现,即表现在对于地理图像史料持之以恒的搜集、专心致志地整理与研究,只有这样才能获得大量的第一手材料。杨义为撰写三卷本巨著《中国现代小说史》,读过 2000 多种原版书刊,论述过的作家超过 600 人,文学流派超过 30 个。正因为他秉持一种专业领域的工匠精神皓首穷经地进行钻研,才会有《中国现代小说史》陆续出版后所获得的海内外高度评价。范伯群在《中国现代通俗文学史》(插图本)的编写过程中花费了大量的时间和精力,其在后记中坦言:"我的这本书中的插图前后是积累了 25 年……我是想在梳理出现代通俗文学发展的历史之后,再通过 300 多幅图片,为这部专业断代文学史提供一份图像资料。"② 很难想象,如果没有这种板凳甘坐十年冷的工匠精神,研究者怎会在文学图文互文的专业领域

---

① 刘志彪:《工匠精神、工匠制度和工匠文化》,《青年记者》2016 年第 6 期。
② 范伯群:《中国现代通俗文学史》(插图本),北京大学出版社 2007 年版,第 596 页。

内做出大成绩、大特色呢。

  由于现代印刷和传播技术的不断改进，中国文学图文互文研究著作在21世纪之后蓬勃发展，出现了一批独具特色、丰富多彩的著作。尽管其中存在着这样或那样的不足，但是我们有理由相信，随着文学研究者知识结构的不断完善、地理图像研究观念的不断深入，在以后将会出现更多的在地理图像史料搜集与图文互文研究方面持续开拓的力作。

  ［基金项目：广东省高校优秀青年教师培养计划资助项目"图像叙事与文化记忆——中国文学史著中的图文互文现象研究"（项目编号：YQ2015129）；广州市社科联羊城青年学人项目"中国文学研究图文互文著作的资料整理与文献研究"（项目编号：16QNXR28）；广州大学2017年度青年拔尖人才培养计划"图像史料学的建构——中国文学史著及其研究著作中的图文互文实践与方法探析"（项目编号：BJ201717）；国家留学基金委青年骨干教师出国研修项目（项目编号：〔2017〕3105）。］

地理、空间与文学研究

北宋出使文学中的人文地理问题及其文化特征

方丽萍[*]

北宋与辽和平共处122年,其间各种名目的往来络绎不绝。[①]宋辽外交"大半多用词臣"[②],文学史上很多富有文名的士人如欧阳修、王安石、曾巩、苏辙等均曾为此任。宋人与出使有关的创作大致可分为三类:第一类,出使或伴使途中创作的诗歌;第二类,出使归来后给朝廷提交的,记录途经地、山川里程、交涉过程以及辽典章制度、风土人情等内容的奉使语录;[③]第三类,使臣亲友相关创作。上述三类作品能较为集中地反映北宋士人对辽山川地理、风俗民情、政治制度等的认知,也记录了他们对边界、疆域、两国关系、宋朝地位等问题

---

[*] 方丽萍,青海师范大学人文学院教授,硕士研究生导师。

[①] "宋人与辽金南北通问,各设国信使,使至俱置客省司四方馆使引进,有官押燕,有伴其后使,事不一,于即位上尊号、生辰、正旦则遣使贺,于国恤则遣使告哀、吊慰、祭奠,进遗留礼物,又有告庆谕、成报聘、报谢、报谕、祈请、申请、详问等目。"(《思陵录》),本文所说的使者包括出使者、接伴使、送伴使、馆伴使四类。

[②] (清)英廉等编:《钦定日下旧闻考》卷37《京城总纪》,文渊阁四库全书本。

[③] 《宋史·艺文志》有路振《乘轺录》1卷、《议盟记》1卷(不知作者)、寇瑊《奉使录》1卷、富弼《奉使语录》2卷,又《奉使别录》1卷、王曙《戴斗奉使录》1卷、《燕北会要录》1卷、《虏庭杂记》14卷、《契丹须知》1卷、《阴山杂录》15卷、《契丹实录》1卷(不知作者)、刘敞《使北语录》1卷、陈昉《北庭须知》2卷、史愿《北辽遗事》2卷等。

的思考，是值得关注的文学、文化史资料。

一　风土："极塞云物自惨淡"

辽据有今东北、内蒙古、河北、山西、俄罗斯和蒙古国的部分地区，幅员辽阔。白沟以北到燕山以南为汉族、奚族聚居地，燕山以北则为契丹族聚居地。与北宋的固定在京城接见辽使不同，辽"帝后居处，年每数徙，故受礼之处不一"。为了夸耀疆域广阔，也出于对使者的防范，辽接伴使会故意带宋使绕远路，每次所走路线也各不相同，致使辽境内很多地方"皆为宋使尝至之地"①，宋使也因此较多地经历了辽之山川，亲自体味了其气候与风土民情。

"东辽本是苦寒乡，况复严冬入朔疆。"②"旷野多黄沙，当午白日昏。风力若牛弩，飞砂还射人。"③北宋常使使辽一般都是农历年底出发，次年二月返回，恰是一年中最冷的时候，因此对辽的第一感受便是风沙与寒冷。嘉祐五年王安石送辽正旦使耶律思宁归国时写道：

　　余寒驾春风，入我征衣裳。扪鬓只得冻，蔽面尚疑创。
　　士耳恐犹坠，马毛欲吹僵。牢持有失箸，疾饮无留汤。
　　曈曈扶桑日，出有万里光。可怜当此时，不湿地上霜。④

此诗中有很多细节，如手冻得拿不住筷子、吃饭必须极快否则汤水

---

①　聂崇岐：《宋史丛考·宋辽交聘考》，中华书局1980年版，第303页。
②　（宋）苏颂著，王同策、管成学等点校：《苏魏公文集》之《后使辽诗·中京纪事》，中华书局1988年版，第172页。
③　（宋）欧阳修著，洪本健校笺：《欧阳修诗文集校笺》之《书素屏》，上海古籍出版社2009年版，第158页。
④　（宋）王安石著，李壁笺注、高克勤校点：《王荆文公诗笺注》之《余寒》，上海古籍出版社2010年版，第406页。

会冻住、太阳升起来但霜并不会消失等,非亲身经历者恐难以写出。

寒冷、风沙之外,使者们还较多地写到辽的人烟稀少、物产稀缺,万象萧疏:

> 冰霜叶堕尽,鸟兽纷无托。
> ——苏辙《木叶山》

> 万里沙陀险且遥,雪霜尘土共萧条。
> ——彭汝砺《尚德》

> 草白岗长暮驿赊,朔风终日起平沙。寒鞭易促鄣泥跃,冷袖难胜便面遮。
> ——韩琦《紫濛遇风》

> 桑干北风度,冰雪卷飞练。古来战伐地,惨淡气不变。
> ——刘敞《寄永叔》

辽在古代是征伐之地,太多的冤魂凝结成阴惨与戾气,自然不会明媚和煦。

梅尧臣有几十首送使诗,其中有大量类似表述,"白裘貂帽著不暖,莽莽黄尘车款款""地寒狐腋著不暖,沙阔马蹄行未穷"[①]。可见当时知识界普遍认为辽自然条件恶劣,物产匮乏。

此外,便是使臣对辽饮食、衣物及居住环境的不适应,如苏颂所写:

> 契丹饮食风物皆异中华,行人颇以为苦。
> ——《契丹纪事》题下注

[①] (宋)梅尧臣著,朱东润编年校注:《梅尧臣集编年校注》之《送石昌言舍人使匈奴》《送王景彝学士使虏》,上海古籍出版社2006年版,第890、973页。

赢肌已怯貂裘重,衰鬓宁禁霜雪侵。

——《次行奚山》

他还曾比较过契丹与中原的差异:

行营到处即为家,一卓穹庐数乘车。
千里山川无土著,四时畋猎是生涯。
酪浆膻肉夸稀品,貂锦羊裘擅物华。
种类益繁人自足,天教安逸在幽遐。①

这首诗表面看来是客观描述,但其中已暗含一点儿鄙夷——上天可能怜惜他们与热闹、繁盛、文明生活无缘,所以将安逸、自足作为补偿。

苏颂还被人问到"奚国山水何如江乡",他如此回答:

奚疆山水比东吴,物色虽同土俗殊。
万壑千岩南地有,扁舟短棹此间无。
因嗟好景当边塞,却动归心忆具区。
终待使还酬雅志,左符重乞守江湖。②

苏颂在诗里说奚与东吴风景表面上相似,但内在有很大的差异。东吴有奚的山色,但奚没有东吴的水光。奚地的风景可以算是不错,但这样的"好景"生于"边塞"似乎很是可惜。这首诗典型地反映出宋人的文化正统意识。在出使文学中,我们基本看不到对辽风景、

---

① (宋)苏颂著,王同策、管成学等点校:《苏魏公文集》之《契丹帐》,中华书局1988年版,第171页。
② (宋)苏颂著,王同策、管成学等点校:《苏魏公文集》之《同事合使见问奚国山水何如江乡以诗答之》,中华书局1988年版,第169页。

民情、制度的赞赏，他们突出辽气候的恶劣、饮食的粗粝、服饰的粗陋，使者不适应、也不喜欢辽的一切。出使对于他们来说是艰苦，是辛苦，他们只希望能尽快完成任务回到朝廷。

二 疆域："将吏戒生事，庙堂为远图"

石敬瑭割让燕云十六州，加之辽强烈的开疆拓土意识，辽拥有了大片本属中原王朝的土地。使臣入辽，面对这些"汉唐故地"，难免感伤、愧疚，"哀哉汉唐余，左衽今已半"，[①]"先王外荒服，赤子弃草莱"。[②] 大中祥符年间初使辽的路振曾有过如下记录：

> 虏政苛刻，幽冀苦之，围桑税亩，数倍于中国，水旱虫蝗之灾，无蠲减焉。以是服田之家，十夫并耨，而老者之食，不得精凿；力蚕之妇，十手并织，而老者之衣，不得缯絮。征敛调发，急于剽掠。[③]

刘敞也与路振一样注意到了辽地百姓的痛苦生活，他着眼于"没蕃"百姓对中原王朝的渴慕与忠诚，"思报汉恩身已朽，耻埋边壤死无名。今朝纵观非他意，得见官仪眼自明"[④]，笔下流出的是浓郁的无奈和感伤。

苏辙则寻找历史的原因：

[①] （宋）苏辙著，陈宏天、高秀芳点校：《苏辙集》之《奉使契丹二十八首》之《燕山》，中华书局1990年版，第319页。

[②] （宋）刘敞：《公是集》之《墨河馆连日大风》，中华书局1985年版，第97页。

[③] （宋）路振：《乘轺录》，赵永春编订《奉使辽金行程录》，商务印书馆2017年版，第16页。

[④] （宋）刘敞：《公是集》之《富谷老人臧自用云本京师兵士咸平中没番五十余年矣》，中华书局1985年版，第301页。

燕疆不过古北阙，连山渐少多平田。奚人自作草屋住，契丹駢车依水泉。橐驼羊马散川谷，草枯水尽时一迁。汉人何年被流徙，衣服渐变存语言。力耕分获世为客，赋役稀少聊偷安。汉奚单弱契丹横，目视汉使心凄然。石瑭窃位不传子，遗患燕蓟逾百年。仰头呼天问何罪。自恨远祖从禄山。（此皆燕人语也）①

奚族和汉族被辽欺压，是因为安禄山叛乱。目下他们只能苟且偷安，眼巴巴地注视着卑微的宋使与强势的契丹人周旋。对此，苏辙也只能是满心的苦涩与无奈。

使臣将微薄的期待寄托在地理的阻隔上。每当回途经高山大川时，诗歌的主题出奇的一致：

燕山如长蛇，千里限夷汉。

——苏辙《奉使契丹二十八首·燕山》

逼仄单车度，盘桓壮士悲。今朝识天意，正欲限华夷。

——刘敞《出山》

上天限夷夏，自古常风霾。

——刘敞《黑河馆连日大风》

从来天地绝中外，今作通逵近百年。

——苏颂《沙陁路》

东西层峦郁嵯峨，关口才容数骑过。天意本将南北限，即今天意又如何？

——韩琦《过虎北口》

---

① （宋）苏辙著，陈宏天、高秀芳点校：《苏辙集》之《奉使契丹二十八首·出山》，中华书局1990年版，第320页。

阴山、燕山本是汉民族与少数民族政权分隔的界限，燕云十六州割让后，处于中原的汉族政权失去了自然屏障。出使者频频表达对阻隔的依赖，除了对北宋政治、军事力量的不自信，更多地显现了两国交好背景下士人的不安全感。

曾巩提出了另一种阻隔方式——利用其他少数民族政权来阻隔辽的入侵：

> 南粟鳞鳞多送北，北兵林林长备胡。
> 胡使一来大梁下，塞头弯弓士如无。
> 折冲素恃将与相，大策合副艰难须。
> 还来里闾索穷下，斗食尺衣皆北输。
> 中原相观叹失色，胡骑日肥妖气粗。
> 九州四海尽帝有，何不用胡藩北隅？①

曾巩的方略可谓天真，我们可将之归为"天真派"。

对于宋辽关系，除了"天真派"之外，还有"天运派"：

> 曾到临潢已十龄，今朝复忝建幢行。
> 正当胡虏百年运，又过秦王万里城。
> 尽日据鞍消髀肉，通宵闻柝厌风声。
> 自非充国图方略，但致金缯慰远氓。②

此诗作于熙宁十年苏颂第二次使辽。苏颂为任宋使以金帛换和平感到屈辱，但也为王朝预约了希望。他从天运角度解释了辽的强盛，

---

① （宋）曾巩著，陈杏珍、晁继周点校：《曾巩集》之《胡使》，中华书局1984年版，第7—8页。

② （宋）苏颂著，王同策、管成学等点校：《苏魏公文集》之《某向忝使辽于今十稔再过古北感事言怀奉呈姚同事阁使》，中华书局1988年版，第169页。

而今辽已建国 70 年，繁盛将走到尽头。我们姑且称之为消极等待的"天运派"。

刘敞属"强硬派"，主张以武力复仇、血耻：

> 代北屯兵盛，渔阳突骑精。弃捐看异域，感激问苍生。
> 尚识榆关路，仍存汉郡名。可怜成反拒，未见请横行。
> 先帝曾亲伐，斯人昔溪征。大功危一跌，遗恨似平城。
> 往者干戈役，因之玉帛盟。权宜缓中国，苟且就升平。
> 名号于今错，恩威自此轻。奈何卑圣主，岂不负宗祊。
> 事有违经合，功难与浴评。复雠宜百世，刷耻望诸卿。
> 封畛唐虞旧，氛祲渤碣清。遗黎出涂炭，故老见簪缨。
> 寒谷青阳及，幽都日月明。此怀如万一，高挥谢纵横。①

汉唐故地成为异域，地名还是当年的，百姓却早已成为人家的顺民。如今宋辽交好，宋大国的地位、威严丧失，百姓生活艰难，作为宋臣的刘敞感觉十分屈辱。他认为目前的状态只是权宜之计，大家必须有收复河山的长远规划，并共同为此努力，争取目标的早日实现。到那一天，幽州才会阳光明媚，天地灿烂。

仁宗则可算是"忍让派"：

> 富郑公弼，庆历中以知制诰使北虏还，仁宗嘉其有劳，命为枢密副使……。一日，王拱辰言于上曰："富弼亦何功之有？但能添金帛之数，厚夷狄而弊中国耳。"仁宗曰："不然。朕所爱者土宇生民耳，财物非所惜也。"拱辰曰："财物岂不出于生民耶？"仁宗曰："国家经费，取之非一日之积，岁出以赐夷狄，亦未至

---

① （宋）刘敞：《公是集》之《题幽州图》，中华书局 1985 年版，第 311 页。

困民。若兵兴调发,岁出不赀,非若今之缓取也。"拱辰曰:"犬戎无厌,好窥中国之隙。且陛下只有一女,万一欲请和亲,则如之何?"仁宗悯然动色曰:"苟利社稷,朕亦岂爱一女耶?"①

类似的故事在正史也多见记载,应该是历史真实:一味忍让、苟且偷安,愿意牺牲一切以避免冲突。神宗估计收复旧疆的梦都不会做。欧阳修曾在诗中写到当时的局面是"将吏戒生事,庙堂为远图"②。是否"远图"值得怀疑,但胆小、怕事、一味忍让、迁就则是肯定的,这也是北宋朝绝大多数时候君臣共同的态度。

出使文学还能分出另一派——"欢好派",以彭汝砺为代表。他于哲宗元祐六年使辽,有出使诗60首。这些诗充溢着被研究者称为"大国情怀与和平畅想"③的和乐之气,我们试看下面几例:

> 今日日如昨日日,北方月似南方月。
> 天地万物同一视,光明岂复华夷别。
> 更远小人褊心肝,心肝咫尺分胡越。
> ——《望云岭自古北口》
> 伶人作语近初筵,南北生灵共一天。
> 祝愿官家千万岁,年年欢好似今年。
> ——《记京中伶人口号》
> 往来道路好歌谣,不问南朝与北朝。
> 但愿千年更万岁,欢娱长祇似今朝。

---

① (宋)魏泰撰,李裕民点校:《东轩笔录》,中华书局1983年版,第102—103页.
② (宋)欧阳修著,洪本健校笺:《欧阳修诗文集校笺》之《边户》,上海古籍出版社2009年版,第150页。
③ 沈文凡、陈大远:《宋辽交聘背景下的彭汝砺使辽诗》,《学习与探索》2011年第6期。

——《记使人语呈子开侍郎深之学士二兄》

彭汝砺认为世界是一体的，阳光覆照大地，南北方在同一片月光里，百姓生存在同一片蓝天下，本就没有分别。大家在这片共同的土地上，在各自皇帝的领导下其乐融融。只要双方皇帝都康健，这快乐与和谐便会千万年持续下去。他将分别者视为褊狭小人，认为他们将宋辽区分就好像是要在心肝之间、咫尺之内强分敌我，十分愚蠢。彭汝砺的这些诗，可能是"戒生事"内化至心灵深处的一种表现吧。王水照先生言北宋出使文学有"自欺欺人的强为说辞"，显示了"无力收复、自找借口的无奈之状"[①]，比较贴合使者的心境，与"大国情怀与和平畅想"的距离可能有些远。

三 尴尬的"使者体"

"书生多口慎勿出，累圣消兵在此中。"[②] 宋辽关系复杂，使者发言举辞须格外小心。使者出发前朝廷会预设一些问题，共同商定"标准答案"，皇帝有时也会参与。如元丰五年刘挚使辽前：

> 陛辞日，永乐城已陷，上数言西事，面授画一十余条预为问对之语，曰："此禁中自草，又历议所以然。"且曰："敌多辩诈，毋为所胜。"挚对曰："臣以诚信自将，上凭威灵。敌虽多诈，安能胜臣？闻言忠信蛮貊之邦行矣。臣谓问对之际，不必过为迁就。"上喜曰："诚是。"[③]

[①] 王水照：《论北宋使辽诗的两个问题》，《山西师大学报》1992年第2期。
[②] （宋）赵鼎臣：《驿中燕北使戏成》，蒋祖怡、张涤云整理《全辽诗话》，岳麓书社1992年版，第355页。
[③] （宋）李焘：《续资治通鉴长编》卷331，《文渊阁四库全书》本。

神宗提醒刘挚辽人的狡诈，要求他小心不要给对方可乘之机，而刘挚则认为只要秉持忠信的原则，与辽据理力争，不必一味地迁就忍让。

北宋使臣能彬彬有礼，不卑不亢，坚持原则。仁宗朝程戡曾为辽接伴使，御使中丞张观叮嘱他八个字："待之以礼，答之以简"，"戡佩服其言"[1]。《宋史·程戡传》还记录了程戡接伴时发生的一件事："契丹使过，称疾求著帽见。戡使谓曰：'有疾可毋相见，见当如礼。'使者语屈，冠而见。"可见他是接纳了张观的建议，很好地完成了任务。

史籍中流传着许多使臣与辽接触过程中不卑不亢，以表面谦恭有礼的言辞暗中表示不满、抗议，以灭对方威风的故事，如：

> 吕正献公以翰林学士馆伴北使。彼颇桀黠，语屡及朝廷政事。公摘契丹隐密询之曰："北朝尝试进士，出《圣心独悟赋》，赋无出处，何也？"北使愕然语塞。[2]

吕公著抓住对方考题的没文化、没水平发难，很是杀了辽的气焰。再如：

> 左正言孔道辅为左司谏、龙图阁待制。时道辅使辽犹未还，辽宴使者，优人以文宣王为戏，道辅艴然径出。主客者邀道辅还坐，道辅正色曰："中国与北朝通好，以礼文相接，今俳优之徒侮慢先圣而不之禁，北朝之过也。道辅何谢？"契丹君臣嘿然，又酌大卮，谓曰："方天寒，饮此可以致和气。"后辅曰："不和固无害。"既还，言者以为生事，且开争端。上问其故，道辅曰：

---

[1] （宋）江修复：《嘉祐杂志》，《文渊阁四库全书》本。
[2] （宋）周辉撰，刘永翔校注：《清波杂志校注》卷4，中华书局1994年版，第159页。

"契丹比为黑水所破,势甚蹙。每汉使至,辄为侮慢。若不校,恐益易中国。"上然之。①

宗道初入境,迎者至,欲先宗道行马。及就坐,又欲居东,宗道固争之。迎者曰:"主人居左,礼之常也,天使何疑焉!"宗道曰:"宗道与夏主比肩以事天子,夏主若自来,当为宾主。尔陪臣也,安得为主人!当循故事,宗道居上位。"争久不决,迎者曰:"君有几首,乃敢如是!"宗道大笑曰:"宗道有一首耳,来日已别家人。今欲取宗道首则取之,宗道之死得其所矣,但夏国必不敢耳。"迎者曰:"译者失词,某自谓无两首耳。"宗道曰:"译者失词,何不斩译者?"乃先宗道。迎者曰:"二国之欢,有如鱼水。"宗道曰:"然。天朝,水也;夏国,鱼也。水可无鱼,鱼不可无水。"②

正颜厉色、据理力争,言语交锋中不让对方占一点儿便宜。史家写来和我们今天读来,都感觉很是痛快,很受鼓舞。但是,这样的痛快淋漓毕竟有限,而且很难保证不令对方恼羞成怒。出使过程中,使臣既要向辽表示友好,又要维护大国的尊严,语言要得体,亲昵或是威严,随性还是严肃,"答之以简"还是"抑之以威",都需要使臣小心把握。有时候,同样的言行,在当时和事后,结果可能截然不同:或者被解释为维护国家尊严,也有可能被判定为"相挑为国生事"。更令人愤慨的是:无论出现什么争端,北宋王朝危机公关的唯一手段就是以惩罚"肇事者"来息事宁人。如:

(刘)沆使于辽,馆伴杜防强沆以酒,沆沾醉,拂袖起,因

---

① (宋)李焘:《续资治通鉴长编》卷105,《文渊阁四库全书》本。
② (宋)李焘:《续资治通鉴长编》卷196,《文渊阁四库全书》本。

骂之曰:"我不能饮,何强我至是!"辽使来,以为言,故出之。寻又降知和州。因诏:"使辽及接伴、送伴臣僚,每燕会毋得过饮,其语言应接,务存大体。"①

孤立看这一条材料,我们可能会以为刘沆言行不检,被"出官"是咎由自取。但我们需要扩大视野,了解更多真相:

> 北番每宴使人,劝酒器不一,其间最大者,剖大瓠之半,范以金,受三升。前后使人无能饮者,惟方偕一举而尽,戎主大喜,至今目其器为"方家瓠",每宴南使,即出之。②

辽人善饮,劝酒力度很大,且以酒场表现区别敌友。醉酒并非刘沆的主动选择,而拒绝烂醉,更是为了维护使者尊严与国家形象。刘沆的被处罚很是冤枉。

在战、和摇摆不定的北宋,类似刘沆这样左右为难、无论如何都不得体的使臣还有几位。陈襄治平四年出使,《宋史》本传言其"以设席小异于常,不即坐。契丹移檄疆吏,坐出知明州"。似乎是陈襄不顾大局、吹毛求疵,故意制造事端。但陈襄的出使语录证明他是在争取和辽平起平坐的待遇,牵涉到"国体"。除此之外,整个出使过程可以说都是其乐融融。如辽接伴使云"两朝通好多年,国信使副与接伴使副相见,如同一家",陈襄随即言"所谓南北一家,自古两朝欢好,未有如此"。并没有因为"不即坐"而影响出使任务的完成,甚至还可能增加了辽对北宋的尊重,但等待他的却是被外放。

态度强硬危险,表现亲和、友爱又如何呢?我们看一下余靖的遭

---

① (宋)李焘:《续资治通鉴长编》卷135,《文渊阁四库全书》本。
② (宋)魏泰撰,李裕民点校:《东轩笔录》卷15,中华书局1983年版,第171页。

遇(《胡语诗》):

> 夜宴设罢臣拜洗,两朝厥荷情斡勒。
> 微臣稚(雅)鲁祝若统,圣寿铁摆俱可忒。

这是一首应景诗,宴会丰盛,辽主恩厚,两国通好,感情深厚,并表达了对辽国祚和辽皇帝寿命的祝愿。余靖尊重对方文化,诗中使用了8个辽语词汇:设罢——侈盛、拜洗——受赐、厥荷——通好、斡勒——厚重、稚(雅)鲁——拜舞、若统——福佑、铁摆——嵩高、俱可忒——无极,为此也博得了辽国主的好感。但事情的结局却出人意料:

> 知制诰余靖,前后三使辽,益习外国语,尝对辽主效其国语。侍御史王平、监察御史刘元瑜等劾靖失使者体,请加罪。元瑜又言靖知制诰,不当兼领谏职。庚午,出靖知吉州。[1]

余靖的被弹劾是因为此事还可以有另一种阐释:谄媚、丧失气节。一切都取决于朝廷的解读、辽的态度、同僚的判断。

总之,在北宋,因王朝对外政策本身的不确定、不连贯以及摇摆性,使臣之"体"并没有具体的内涵,它充满着无数的不确定。有时候保持基本的"礼",可轻松"得体",有时候也会动辄得咎。对于使者来说,他可能的甚至可以说是一个十分随意的尺度,"得体"的难度又有多么巨大。"我本不来人强我,百年空使愧相如"[2]。这其实也是北宋士人大多不愿出使、但又不好直接言明的原因。

---

[1] (宋)李焘:《续资治通鉴长编》卷155,《文渊阁四库全书》本。
[2] (宋)刘敞:《公是集》之《持礼北庭回示希元并寄之翰彦猷当世》,中华书局1985年版,第167页。

四　使臣对辽的认知及四库馆臣的删改

宋辽两国在外交场合是依两国地理位置用"南朝""北朝"互称，显示的是双方地位的平等。但在北宋内部，诏告奏议以及诗歌中，则称宋为"中国"，称辽为"敌""虏""异类"等。宋出使诗文常强调对辽的恩惠，强调每年支付的岁币对北宋的微不足道和对辽的重要，"自非充国图方略，但致金缯慰远甿"[1]，"握节偶来观国俗，汉家恩厚一方宁"[2]，"使行劳苦诚无惮，所喜殊方识汉恩"。[3] 出使者愿意相信，他们的出使给辽送来了物质与精神的双重抚慰，是顾全大局，维持天下的和平。

同理，使臣也喜欢描写辽人对宋的倾慕与感情上的尊重与亲近：

> 谁将家集过幽都，逢见胡人问大苏。
> 莫把文章动蛮貊，恐妨谈笑卧江湖。
> 虏廷一意向中原，言语绸缪礼亦虔。
> 顾我何功惭陆贾，橐装聊复助归田。[4]

此诗是大国使者骄傲与自豪的写照：辽人仰慕中原文化，对使者谦恭有礼。宋人的文章在此地被作为写作的范本，苏轼的文名更是家喻户晓，如雷贯耳。苏颂诗中有不少使团被围观、辽人钦慕中原文化

---

[1] （宋）苏颂著，王同策、管成学等点校：《苏魏公文集》之《某向忝使辽于今十稔再过古北感事言怀奉呈姚同事阁使》，中华书局1988年版，第169页。
[2] （宋）苏颂著，王同策、管成学等点校：《苏魏公文集》之《过摘星岭》，中华书局1988年版，第163页。
[3] （宋）苏颂著，王同策、管成学等点校：《苏魏公文集》之《奚山道中》，中华书局1988年版，第162—163页。
[4] （宋）苏辙著，陈宏天、高秀芳点校：《苏辙集》之《奉使契丹二十八首·神水馆寄子瞻兄四绝》之三、四，中华书局1990年版，第321页。

的描写,"汉节经过人竞看,忻忻如有慕华心","皇恩百岁加荒景,物俗依稀欲慕华"。① 路振也有类似记录:

> 番汉子孙,有秀茂者,必令学中国书篆,习读经史。自与朝廷通好以来,岁选人材尤异聪敏知文史者,以备南使,故中朝声教,皆略知梗概。……至若营井邑以易部落,造馆舍以变穹庐,服冠带以却毡毛,享厨爨以屏除毛血,皆慕中国之义也。②

与此相应的是使臣对辽文物、制度的贬抑。景德四年"宋抟等使契丹还,言契丹所居曰中京,在幽州东北。城垒卑小,鲜居人,夹道多蔽以墙垣。……大率颇慕华仪,然性无检束,每宴集有不拜、不拱手者"。③ "外国表章类不应律令,必先经有司点视,方许进御。"④ "虏政苛刻""大约制度卑陋"⑤"犬类那思母爱偏"⑥。苏辙还曾在诗中写到辽人在外交场合的窘迫:

> 弯弓射猎本天性,拱手朝会愁心胸。
> 甘心五饵堕吾术,势类畜鸟游樊笼。⑦

辽本是自由奔放的民族,却要受宋各种礼仪的约束,举手投足都

---

① (宋)苏颂著,王同策、管成学等点校:《苏魏公文集》之《和过打造部落》《奚山路》,中华书局1988年版,第167、171页。
② (宋)路振:《乘轺录》,赵永春编订:《奉使辽金行程录》,商务印书馆2017年版,第20页。
③ (宋)李焘:《续资治通鉴长编》卷66,《文渊阁四库全书》本。
④ (宋)周辉撰,刘永翔校注:《清波杂志校注》卷6,中华书局1994年版,第250页。
⑤ (宋)路振:《乘轺录》,赵永春编订《奉使辽金行程录》,商务印书馆2017年版,第17页。
⑥ (宋)王珪:《长兴馆绝句》,傅璇琮等主编《全宋诗》卷497,北京大学出版社1991年版,第6005页。
⑦ (宋)苏辙著,陈宏天、高秀芳点校:《苏辙集》之《虏帐》,中华书局1990年版,第322页。

不自由，愁苦如同被关押在樊笼中的动物般难过。

刘挚、刘跂父子两代使辽，刘跂留有18首出使诗。这些诗，有对北宋王朝丧失疆土的痛心，有不得不与辽周旋的痛苦，"礼觉周旋异，心知笑语非"（《使辽诗十四首》其九），"舜韶方九奏，异类合来庭"（《虏中作》其三），也有对辽的蔑视，如"甘作河南犬，休为燕地人"（《虏中作》其二），"已无燕代色，但有犬羊腥"（《虏中作》其三），更有对天运的期待及无奈，"谁言无上策，会是有天时""悲伤此邦旧，会遣一朝新"（《虏中作》其一、其二）。他对辽人的描述有明显的歧视：

喜斗人皆勇，诛求俗故贪。为谋不耐暑，嗜味独便盐。

——《使辽诗十四首》其十

北宋公然表示对辽蔑视的还有范纯仁。他曾写信给时在关陕为官的弟弟范纯粹，告诫他不要试图在边塞立功，原因是"大辂与柴车争逐，明珠与瓦砾相触，君子与小人斗力，中国与外邦校胜负，非惟不可胜，兼亦不足胜。不惟不足胜，虽胜亦非也"。

因出使文学中对辽有太多的贬斥与蔑视，四库馆臣不得不大量改动其中的词句，如改"虏"为"北"，改"敌"为"人"，改"夷夏"为"中外"，"故疆"为"边疆"，改"蠢兹玁狁"为"瞻兹北陲"，改"边塞"为"朔漠"，改"边落萧疏"为"雪岭迢遥"。有时候，得改动全句：

"正当朔地百年运"——"同持汉使双符节"；

"忻忻如有慕华心"——"可能知得使臣心"；

"物俗依稀欲慕华"——"物俗依稀想梦华"；

"马前终日听夷言"——"马前频听异华言"；

"岁月肥丑㹗"——"岁月如转轮";

"燕山本华土"——"寸金比寸土"。

而当整首诗的贬斥倾向明显、局部改写无济于事时，馆臣就将其删除，如刘跂《房中作四首》、苏颂的《契丹帐》等。

五 结论

综上可知，北宋的出使文学不但是辽自然地理、人文自然的反映，也体现了宋人对于国家疆域、民族观念以及王朝的认知。王朝正统与文化中心的政治定位决定了士人历史、文化的骄傲感以及对北宋现状的屈辱与不平；北宋外交政策上的软弱、摇摆不定以及谏官的脱离出使语境、吹毛求疵都使得使臣不愿出使，在出使过程中格外谨慎小心，在创作时更是循规蹈矩唯恐授人以柄。表现在创作上就是思想感情中规中矩，温柔敦厚，作品的文学性偏弱，个性不突出。北宋的出使文学较鲜明地体现出宋型文化内敛、理性、成熟的特征，与唐型文化的积极、昂扬、青春热情截然不同。

从语词到主题的话语分析：以
《渔歌子》西塞山为中心

殷学国[*]

引言

作为特殊的存在，文学形象的构建离不开时、地、物、事等具体因素。反过来说，构建的要素又是进入文学堂奥、理解和把握文学形象、破解其秘密的路径和线索。构建要素对于结构分析具有方法的启示意义。不过，文学形象不仅是一个由物理要素构成的既定的具体的世界，还是一个由符号与形象构建的有待澄明的"可能性世界"。[①]因此，史地考据虽有助于揭示文学世界中的事实性因素，为文学研究的科学性提高了担保，[②]却不能全面呈现文学世界的丰富

---

[*] 殷学国，韩山师范学院中文系副教授，文学博士。
[①] 此处借用意大利文艺理论家 Umberto Eco 在 *Lector in fibula* 一书中关于"可能性世界"的概念，用以描述文本中情感、想象、观念的作用和读者接受对于形象世界的构造效果。
[②] 具体到人文学科的研究而言，所谓"科学性"表现为化经验实证为材料的物证，而取消其心理经验的内涵。看似严谨确凿，却在材料的选择和使用上表现出实用倾向，并以"自由"为其实用主义立场辩护，进而蔑弃人文研究所应秉持的理念、道德和精神价值等原则。

意蕴。就地理语词而言，历史地理中存在着地同名异与名同地异等错综现象，而文学文本中的地理语词，除指向上述物理性因素外，还包孕着意向性因素。也就说，文学中的地理语词不仅涉及物理性存在，还包括精神心理性关联即意义指向。史地考据之学固然有助于明确文学中的自然地理背景，却无法解决地理语词于文本中的意指问题。诗学意象意指多端、含藏深厚的特征。每一个古典诗学意象都是一个时空悠远的世界。中国诗学意象的语词符号分析是走向文学文本可能世界的有益途径。本文选取一个具体的古典诗学意象——西塞，探究其由语词到意象再到主题的发生机制，试图厘清地理语词于历史地理与文学地理中的意指关系，力求避免文学地理研究中的肤廓笼统之弊，为开发中华传统优秀意象提供方法启示。

一 何处是西塞

通过对语词概念的选择与组合，文本由此而构造。文本一方面对应外在的现实世界或作者的内心世界，另一方面形成自身的符号世界。从语言分析的角度而言，前者接近所指，后者类似能指。[①] 两个世界相互叠加、涵摄，文本作为特殊象征符号的结构与功能由此具备。文本中的语词，因此而被赋予双重或多重指称功能，既指向现实世界或思想世界的对象，又指向载有其出生证明

---

① 由索绪尔记号结构理论——能指与所指结合构成记号——所发展形成的符号学理论，以所指分别指向外物、心理表象和可言者，能指仅仅作为记号的功能中介。罗兰·巴尔特在此理论基础上，发明意指作用概念，用以描述语义行为。本文所谓所指包含外物和心理表象两方面的含义，而所指的可言者意思，则类似本文所谓"可能性世界"中的作者意向。从可言者角度考虑，符号的所指类似罗兰·巴尔特所谓意指作用的对象。因此，本文所谓作者意向的内涵类似于前述意指作用。另外，本文所谓"能指"更多地强调符号的能动性，即功能作用，而弱化其中介属性。

和成长印迹的档案①序列，还可能涉及某些特殊读者的苦心孤诣的发明。所指多端，文本不一，纠葛多有。反道而求，解纷理乱有赖析言别异。关于西塞意象的研究，笔者拟由具体语词的话语分析入手。

施蛰存先生《唐诗百话》第四十三条"张志和：《渔歌》五首"认为："第一首写西塞山前的渔人生活。这是湖北的西塞山"，并引陆游《入蜀记》佐证，"大冶县道士矶，一名西塞山，即玄真子《渔父》词所云者"②，同时列举唐人韦应物、刘禹锡、皮日休等有关西塞山的诗作，推断"唐代诗人所歌咏的西塞山，都是在湖北大冶县境内突出在长江中的一个石矶"。③ 不唯放翁，南宋吴曾亦持此见。④ 然此说并非定论，明人王世贞曾提出异议。

> 明日晨，过道士洑，洑有祠庙鼎焕，草树沿路蓊茂。而其最险处，峭壁直上数百尺，波涛若沸，幸风驶仅胜之。道士洑一名西塞山。陆务观谓："即张志和词'西塞山前白鹭飞'地也。"然所谓"桃花流水鳜鱼肥"及"斜风细雨不须归"，景象殊不类。其北岸遥山纵横，人家隐见树色中，亦佳境也，岂张潜所谓"妩媚散花峡"耶？"峡"当作"洲"。盖趁句之误耳。志和故当于此地渔钓。⑤

自然景象中的西塞山危岩耸立、惊涛若奔，《渔歌》中的西塞山

---

① 所谓"档案"是对相同或相近母题、结构、意象、原型等写作对象的互文性文本的比喻称谓。
② （宋）陆游：《渭南文集》，商务印书馆2005年版，第743页。
③ 施蛰存：《唐诗百话》，上海古籍出版社1987年版，第306页。
④ （宋）吴曾：《能改斋漫录》，上海古籍出版社1960年版，第276页。
⑤ （明）王世贞：《江行纪事》，《四库全书》，上海古籍出版社1987年影印，集部，第428册，第58页下栏。

则一派水流落花、微风细雨的风光；前者予人以惊险畏惧之观感，后者则令人顿生平和淡泊之体验。作为诗词文本与自然风景的双重阅历者，王世贞对照二者景象及其在己身所唤起的审美感受，认为二者所指非一；但出于慎重，又肯定张志和曾在此生活过，将"西塞山前"的"前"由山前江流推到对岸沙洲，以弥缝"西塞山"同词而异象的接受差距。

与王世贞采取模棱两可、曲为解说的态度不同，一些文人跳出接受的困境，以史传碑志为依据，为西塞山一词发明两个所指，分别对应多样文本中的不同指谓。

> 有两西塞，一在霅川，一在武昌。……志和词中有"霅溪湾里钓鱼翁"之句，明此，知志和之"西塞"正在霅川。而在武昌，乃曹武成王用师之城。洪内翰作《西塞渔社图》亦尝辨此。而《漫录》乃谓："志和西塞在武昌。"所见亦误矣。
> ——王楙《野客丛书》卷二十九"石头石城西塞"条[①]

> 西塞山，有两西塞山。"西塞山前白鹭飞，桃花流水鳜鱼肥"，此吴兴之西塞也；"势从千里奔，直入江中断。岚横秋塞雄，地束江流满"，此韦江州所咏武昌之西塞也。绝不相混。……吴兴西塞即今慈湖镇道山矶是也。
> ——胡震亨撰《唐音癸签》卷十六"诂笺一"

> 张志和《渔父词》云："西塞山前白鸟飞，桃花流水鳜鱼肥。"吴旦生曰：按有两西塞：一在武昌，一在霅川。故读此诗者往往误认之。《经锄堂志》云："西塞，郡城南一带远山是

[①] 王楙此条"石头""石城"载记几乎与吴曾《能改斋漫录》对应条目内容全同，惜其蒙人嘉惠而不言，责人之失而务尽。

也。"谓之西塞者，下菰城为屯兵之处，坐西向东故也。

——吴景旭《历代诗话》卷四十八"渔父词"条①

武昌之西塞山与吴兴之西塞山是西塞山于历史地理上的两个所指。吴兴西塞山之得名正缘于张志和《渔歌》。《渔歌》五首中有"西塞山前白鹭飞"和"霅溪湾里钓渔翁"句。读之者以为这是对同一处自然风光的实录式的描述，便据此推论：既然霅溪在吴兴，歌中的西塞山位于霅溪附近，那么，西塞山也一定在吴兴。后之读书者，循此思路，又为西塞山确定具体方位——吴兴磁湖镇道山矶。为解释西塞称号的来历和"道山矶"与"西塞山"一物两谓的歧义，就寻找出其地曾为戍城的说法以为佐证。不过，因曾"屯兵"而名"塞"，因"坐西向东"而谓之"西塞"，因"西塞"坐落而谓是山为"西塞山"，有因名立义、因义隶事之嫌，恐非命名之本。

一般而言，东西、左右、上下、表里等地理方位，通常依据某一参照对待而赋名。另外，作为语词符号的能指功能具有潜在的构造性，能指之间的组合生成新的能指，如"西塞山"系由"西塞"与"山"结合而成。从语词结构而言，先有"西塞"后有"西塞山"。虽然"西塞山"的意涵或与"西塞"有异，但对"西塞"的话语分析有助于揭示"西塞山"所指的结构。

---

① 材料中所引《经锄堂志》实为宋人倪思所撰《经锄堂杂志》，卷1"张志和"条云："吴兴人指南门二十余里下菰菁山之间一带远山为西塞山也，山明水秀，真是绝境。家有小舫，时时载酒浮游其上，当八九月，秋气澄爽，尤可爱玩，特恨无志和诗笔胸次耳。"清雍正《浙江通志》卷12："吴兴南门二十余里，下菰青山之间一带远山为西塞山。山明水秀，真是绝境。其谓之西塞者，下菰城为屯兵之处，坐西向东故也。"实为杂抄《经锄堂杂志》与吴景旭《历代诗话》相关内容而成。

河水重源，又发于西塞之外，出于积石之山。

——《水经注·河水》卷二

江水又东历荆门、虎牙之间，荆门在南，上合下开，暗彻山南。有门像虎牙，在北。石壁色红，间有白文，类牙形，并以物像受名。此二山，楚之西塞也。

——《水经注·江水》卷三十四

江水东历孟家溠，江之右岸有黄石山，水迳其北，即黄石矶也，一名石茨圻。有西陵县，县北则三洲也。山连延江侧，东山偏高，谓之西塞。东对黄公九矶，所谓九圻者也。于行小难，两山之间，为阙塞。从此济于土复，土复者，北岸地名也。

——《水经注·江水》卷三十五

《水经注》"西塞"一词而多指。积石山位于吐谷浑，北魏境域之外，所谓"西塞"系相对于整个北魏境域而言的西部边塞。荆门虎牙所在地域乃战国后期秦楚界划之区，两山正当顺江东进楚地的要道，实为楚国西部要塞。黄石之山所谓"西塞者"，实相对于黄公九矶而谓"西"，因两山夹峙、形同门户而谓"塞"。"于行小难"，似谓两山之间并非十分险阻，与夷陵"西塞"地形不类。《水经注》关于"西塞"的三处指谓，第一例因无具体指称，系泛指；后两例指向具体对象，系特指。无论泛指还是特指，三者皆于地可据，于义可训，是史地之书名物的本色。而吴兴"西塞山"所指模糊，义训难解，且得名突兀，先唐没有文献记载，唐后笔记地志多引张志和《渔歌》"西塞山前"为凭。循理推断，就发生顺序而言，吴兴西塞山的命名不应早于张志和《渔歌》的写作。

二　唐诗中的西塞

史传地志中的地理名词，对应于外在现实世界中的自然景观，意指单调而固定，易于界定。一旦因作者的选择——很多时候是偶然性的，而进入文学文本，尤其是诗词作品中，其原有所指由于写作的意向、文本的意蕴或接受的意愿而转移或削弱，从而形成新的所指。这个过程既是语词符号融入文本获得新的意味的过程，也是其由语词而意象化的过程。诗学文本中的"西塞"，一方面涉及物理实存，另一方面关系到诗人的身体经验与文化经验，二者交织构成符号的意义结构。

先唐诗歌中的"西塞"与《水经注》中的"西塞"，具体所指具有对应性。南朝乐府《襄阳乐》："江陵三千三，西塞陌中央。但问相随否，何计道里长。"① 乐府《懊侬歌》："江陵去扬州，三千三百里。"② 歌中"西塞"位于江陵到扬州的中途，当为黄石之西塞。沈约《入西塞示南府同僚诗》写诗人赴外府途中的见闻感想，诗题中"西塞"系泛指南朝西部疆域。③ 江淹《渡西塞望江上诸山诗》："南国多异山，杂树共冬荣。……石林上参错，流沫下纵横。"④ 西塞临江，且峡谷景象峥嵘，应为夷陵之西塞，且诗人曾从建平王刘景素镇卫荆州，经行荆门、虎牙实属当然。唐人诗作中的"西塞"所指一方面与六朝诗作保持延续性，另一方面则更加集中指向黄石西塞。

---

① 逯钦立：《汉魏晋南北朝诗》，中华书局1983年版，第1348页。
② 同上书，第1057页。
③ 参见《梁书》卷13："（约）起家奉朝请。济阳蔡兴宗闻其才而善之；兴宗为郢州刺史，引为安西外兵参军，兼记室。"沈约曾为朝廷闲职，时与朝会，今赴外府参军，故有此诗。南府同僚指在朝廷的共事者，入西塞赴郢州军府。南朝郢州西辖今湘西贵东，古夜郎之地，故诗人名之为"西塞"。
④ 逯钦立：《汉魏晋南北朝诗》，中华书局1983年版，第1588—1589页。

微月东南上戍楼,琵琶起舞锦缠头。更闻横笛关山远,白草胡沙西塞秋。

——李益《夜宴观石将军舞》,《全唐诗》

西塞无尘多玉筵,貔貅鸳鹭俨相连。……鲁儒纵使他时有,不似欢娱及少年。(杨巨源《邵州陪王郎中宴》,《全唐诗》)

两诗"西塞"皆泛指西部边塞,不过,"白草胡沙"系指西北边塞,而杨氏诗中"西塞"系指西南边域。① 这一所指于唐后诗作渐趋式微,宋、明诗作偶见,反而于清人诗作中复现,大概与清前中期西北拓边用兵有关。由此可见:一是中国历史文化气质唐后转为文弱的大致走向,二是各朝开国精神尚文与尚质之别。夷陵"西塞"在诗作中出现的频率也远较黄石"西塞"为低。

势从千里奔,直入江中断,岚横秋塞雄,地束惊流满。

——韦应物《西塞山》,《全唐诗》

王濬楼船下益州,金陵王气黯然收。千寻铁锁沉江底,一片降幡出石头。人世几回伤往事,山形依旧枕寒流。而今四海为家日,故垒萧萧芦荻秋。

——刘禹锡《西塞山怀古》[2]

七过褒城驿,回回各为情。八年身世梦,一种水风声。寻觅诗章在,思量岁月惊。更悲西塞别,终夜绕池行。

——元稹《遣行十首》其七,《全唐诗》

---

[1] 唐中后期,国力微弱,边疆日蹙,西北西域已失,吐蕃势大,时寇甘陕;西南南诏坐大,西南诸夷叛乱不止,境内奚侗诸蛮常有杀掠。

[2] 这首诗诗题及诗句异文较多。本文所录诗题采用《刘宾客文集》的表述,诗句取《景定健康志·文籍志》的记载。

楚色分西塞，夷音接下牢。归舟天外有，一为戒波涛。

——李商隐《风》，《全唐诗》

对照地理形势，韦氏诗作所描述的景象当为夷陵西塞之物色。就刘氏诗作文本所指涉的历史事件而言，诗题中的"西塞"应位于夷陵，然不能据此推断诗人因在此地而有此诗，因为单从诗句本身来看，与夷陵地理形势没有直接指涉关系，诗人主要通过驱遣历史事件结撰诗作，题中"西塞"成为该历史事件的象征符号。元氏以诗排遣羁旅愁怀，对照诗人旅宦经历，诗中"西塞"即夷陵"西塞"。[①] 从文本中的"楚色""下牢"等语词判断，李氏诗作中的"西塞"即属夷陵。[②] 虽然上述四例中的"西塞"所指一致，但其意向关联却大为不同——元氏诗作指向诗人经验，刘诗指向历史文本，韦诗和李诗指向地理形势。夷陵"西塞"于唐后诗学文本中极少出现，宋人王十朋《楚塞楼》《中秋对月用昌黎赠张功曹韵呈同官》二诗，皆属实指，形同地志。[③] 夷陵西塞的诗学没落或许同其在政治军事上的重要性的下降有关。秦楚征战与南北割据，沿江经营至为重要，[④] 而夷陵西塞是东进南朝的咽喉要道，政治军事的重要性使其获得更多的话语关注

---

① 《旧唐书》卷166："十四年三月，元稹会居易于峡口，停舟夷陵三日。时季弟行简从行，三人于峡州西二十里黄牛峡口石洞中，置酒赋诗，恋恋不能诀。"

② 据谭其骧主编《中国历史地图集》，下牢镇位于夷陵西北，西陵峡北侧，黄柏江自北经其西界，注入长江。

③ 王十朋《楚塞楼》："楚国封疆六千里，荆门岩峦十二背。南标铜柱北虎牙，天险城边古西塞。江山如故名尚存，形势虽强国何在。水流三峡无古今，月照孤城几兴废。"《中秋对月用昌黎赠张功曹韵呈同官》："江山旧恃白帝险，风俗犹带乌蛮朦。驱驰两月到西塞，梦寐万里还东皋。"第一首诗中前四句类同咏物，后四句同梦得"人世几回伤往事，山形依旧枕寒流"。就怀古主题而言，王氏说理文字终不若刘禹锡诗作意象自然有味。这一点或许是唐宋诗分别之一端。

④ 战国之际，秦人侵楚，由洛阳南下襄阳最为便捷，但有韩魏阻隔，出行不便；由巴蜀之地沿江、汉东下是理想之选。南北割据时期，江淮之间重要地域皆有南朝驻军，因此沿江东下进逼南朝，仍是首选。宋金对峙时期，双方沿秦岭淮河一线对垒攻夺，金人不可能绕过南宋防线或借道吐蕃进入长江上游。

度；大一统时代边塞转移，南北交流远比东西沟通更为迫切，夷陵西塞也逐渐从诗学话语中消逝。

伴随着夷陵西塞在话语言说中的频度下降，黄石西塞因其在南北交通上的枢纽位置，在国家政治军事生活中发挥着重大作用，因此成为诗学文本西塞意象中的主要所指。李白《流夜郎至西塞驿寄裴隐》："扬帆借天风，水驿苦不缓。平明及西塞，已先投沙伴。"诗人溯江夜行，拂晓投宿江畔沙洲驿站。根据自然常识推断，此处应为黄石西塞，因夷陵西塞峡陡流急，不易形成沙洲。

吴塞当时指此山，吴都亡后绿屑颜。

——罗隐《西塞山》，《全唐诗》

西塞山高截九垓，谶谣终日自相催。武昌鱼美应难恋，历数须归建业来。

——孙元晏《武昌》，《全唐诗》

上引两诗涉及吴楚争雄和武昌建都等历史故事，为黄石西塞留下了通向历史地理文本的线索，赋予其耐人寻味的历史意味。

匡庐旧业是谁主，吴越新居安此身。

——陶岘《西塞山下回舟作》，《全唐诗》

日下西塞山，南来洞庭客。晴空一鸟渡，万里秋江碧。

——张祜《西江行》，《全唐诗》

西塞长云尽，南湖片月斜。漾舟人不见，卧入武陵花。

——法振《月夜泛舟》，《全唐诗》

残日衔西塞，孤帆向北洲。边鸿渡汉口，楚树出吴头。

——齐己《过西塞山》，《全唐诗》

上述诗句中的"匡庐""洞庭""武陵""汉口"诸地,均位于唐朝鄂州周围州郡,散布于长江沿线,皆有水路相通。其中,"南湖"即李太白所谓郎官湖,就在武昌城南。"南来"与"向北"突显其沟通南北的重要性——在这里"塞"不仅意指关塞拒阻,还意味着行旅通道和驿站安顿,体现出对战争杀伐的超越。"吴越新居""卧入武陵"等诗句显示出诗人自觉地将"西塞"与"吴越""武陵"等地理文化符号相关联的意向,表达了诗人对安适、自由的精神追求,同时,地理空间方面的关联也暗示出诗学文本西塞意象的文化转向——由封闭艰险、战争杀戮向休闲安居、适性自由的意义转换。①

具体诗学意象所指对象的兴替和含蕴意味的转向,诚然有上述外在的社会因素的影响,但诗人偶然的创造性的使用也会促成意象的突转。另外,社会因素的影响也只有通过诗人的个性化的运用才能发挥作用。孟浩然《夜泊宣城界》:"西塞沿江岛,南陵问驿楼。……石逢罗刹碍,山泊敬亭幽。"诗中"西塞"泛指宣城郡西界沿江卫所关戍,具体所指与以往诗作不同,系诗人个性化的使用。由于这种新的所指尚未获得社会普遍认可,仅通过诗人意向在语词与对象之间建立暂时性的关联。这种关联既有可能因局限于个性化的书写而断裂于语用史中,也有可能因被更多的诗人反复使用而强化——新的所指由此获得

---

① 韦庄《西塞山下作》:"西塞山前水似蓝,乱云如絮满澄潭。孤峰渐映溢城北,片月斜生梦泽南。霾动晓烟烹紫蕨,露和香蒂摘黄柑。他年却棹扁舟去,终傍芦花结一庵。"所体现出来的闲适意趣就是这种转向的绝好证明。苏颂《送都官辛七丈赴治江夏》:"西塞山川余旧迹,南楼风月有清欢。"和陆游《六月十四日宿东林寺》:"戏招西塞山前月,来听东林寺里钟。"承继此种书写意向。题咏黄石西塞的诗作,虽然也有如王周《西塞山》"今谓之道士矶,即兴国军大冶县所隶也","西塞名山立翠屏,浓岚横占半江青。千寻铁锁无由问,石壁空存道者形"之类怀古之作,但总体而言,不复凭吊古迹或单纯自然形势的书写,多指向个体行旅或送行的生活经验和感受,自然地理已融进诗人的生活世界中。按:王周诗作于《全唐诗》和《全宋诗》两收,《全宋诗》"王周"条已辨,不赘述。

社会化的身份，融入语词所指序列，形成新的义项。前者如汪元量《送琴师毛敏仲北行》："西塞山前日落处，北关门外雨来天。南人堕泪北人笑，臣甫头低拜杜鹃。"诗中"西塞山"指杭州西境皋亭山，南宋使臣于此向元兵统帅纳降，故谓之"日落"；用"西塞山"代指"皋亭山"系诗人临时性借用，后世文人也未能就此所指予以接力书写，遂未能普遍化。至于后者，笔者拟于下文详论。

三 西塞的湖州化

张志和《渔歌》五首其一："西塞山前白鹭飞，桃花流水鳜鱼肥。青箬笠、绿蓑衣，斜风细雨不须归。"歌中"西塞山"具体所指，就创作心理而言，斯人已去不可考求；就游历行踪而言，诗人"扁舟垂纶，浮三江，泛五湖"，[①] 不居一处，凡以"西塞"名山者似乎都属于备选项；就其情感倾向而言，"太虚作室而共居，夜月为灯以同照，……浮家泛宅，沿溯江湖之上，往来苕霅之间"，[②] 诗人似乎并非只钟情于湖州山水。唯有从文本语词间探求其可能意指。张志和《渔歌》五首中涉及六处地理名词。第三首中的"霅溪湾"显然指的是湖州地理。第五首中"青草湖"与"巴陵"并举，二者共同指向洞庭湖。[③] 第四首中的"松江"指经吴江东流入海的笠泽，歌中"菰饭""莼羹"指向江东人物陆机、张翰——陆机锐进而罹祸，张翰辞宦取适而保全，诗人所肯定的松江主人应为张翰之流。第二首的"钓台"难以遽断。歌中"长江"系泛指，亦非今日所谓之长江。歌中"褐为

[①] （唐）颜真卿：《颜鲁公文集》，《四库全书》，上海古籍出版社1987年影印，集部，第357册，第653页。

[②] 同上书，第654页。

[③] 或以左思《吴都赋》"指包山而为期，集洞庭而淹留"为据，谓洞庭为太湖，不知所谓"洞庭"乃上句"包山"中的洞府之谓。

裘"隐藏着诗人的意向。"褐为裘"一方面对应其身披褐裘、十载不释的经历，另一方面表达了诗人对前代隐逸高士严光的崇戴之情。严光为避光武征召，曾披羊裘渔钓、隐居泽畔。诗人仰慕严光为人而效其着装，羊裘与褐裘虽然材质不同，但形制相同，都是不加裁制，前后围裹而成，为古代隐士的服饰符号。李德裕曾将严光与张志和加以类比，其《玄真子渔歌记》云："渔父贤而名隐，鸱夷智而功高，未若玄真隐而名彰，显而无事，不穷不达，其严光之比欤！处二子之间诚有裕矣。"[1] 因此，第二首中的"钓台"应为严陵钓台，位于富春江上游桐庐西境。歌中四地互不重复，都是江南著名的水乡胜地，自然条件与人文环境相得益彰。既然《渔歌》五首中已经有一首关于湖州水乡的歌诗，那么，第一首中的"西塞山"就应该指向别处。除非诗人生活的时代湖州西塞山已经闻名，且诗人写诗之际在西塞山所指与湖州城南一带远山建立意向关联。前者缺乏文献佐证，后者更无法求证。

当然，还有一种可能——诗人钟爱湖州山水，用两首渔歌分别书写，并将城南远山命名为西塞山，即湖州西塞山属于诗人对于西塞所指的个人化的创造使用。这种假设有着明显的内指性，一方面涉及对研究对象心理的把握，另一方面透露出设想者本人的情感、态度、价值等主观趋向。主观趋向也有赖于客观条件而得以发生。对于西塞所指"湖州化"而言，前提条件有二：一是张志和《渔歌》五首，尤其第一首"西塞山前"在当时影响极大，被视为"经典"而流行；二是张志和曾泛舟往来湖州作画、题诗，交往当世名士如颜真卿者，即与湖州有着时、地、人物方面的关联。后人崇拜经典、希慕名人，

---

[1] （唐）李德裕：《会昌一品集》，《四库全书》，上海古籍出版社1987年影印，集部，第360册，第539页。

希望与经典、名人发生联系——地理的接近关系或历史中的传续关系，以此自重。① 对经典的翻案或续写，是达成历史传续的重要方式；通过叙事和人文景观的发现与构建使名人和经典"地方化"，是实现地理接近愿望的有效途径。时、地、人物因素为故事的构造和传说的演绎提供了基本要素，地方志传和文人笔记成为故事、传说的主要文本形式。对经典的翻案、续写和关于名人的故事、传说推动文本经典转化为文学和艺术主题。人文景观的发现和开发在创造地方历史的同时，也蕴藏了地方的趣味和信念。人文景观和文学艺术主题相互助益，分别形成物化形态和观念形态的地方文化意象。② 张志和《渔歌》中的"西塞山"虽然未必指向湖州山水，但关于张志和与湖州山水关联的书写却最为丰富。由于经典和名人效应，湖州"西塞山"就不是单纯的自然物，而是具有丰富的人文意味的生活世界和艺术对象。西塞意象的主题化因西塞意象的"湖州化"而得以完成。

张志和"西塞山前"一歌完成了"西塞"由语词向诗学意象的过渡，同时也将"西塞"意象推上经典的高度。诗中水流花落，鹭飞鱼肥，一脉生机流转；斜风细雨，阴阳交泰，气机氤氲；渔钓之人，置身于天地山水之间，感受并融入这种自然气机之中，从而获得身心的安泰与自由。不仅语言清新自然，画面鲜明如绘，而且不着一句议论话头，而意味全出，境象与意蕴混融一体。如果以清丽自然为宗的话，这首诗完全达到了意象的最高层次。诗中境象全部由"西塞山前"而拓开，故可以"西塞"意象代指诗中境界。张志和完成了西塞意象的经典化，而唐朝末年的皮日休则是最早明确以西塞意象描绘江

---

① 一般而言，对名人、经典的借重，主要通过历史传续和地理接近两种方式而实现。
② 借助于仪式化的活动，文化意象的象征功能得以加强，符号与意义之间建立了稳固的联系。

南风物（指今江苏、安徽两省的南部和浙江省一带）的诗人。

  白纶巾下发如丝，静倚枫根坐钓矶。中妇桑村挑叶去，小儿沙市卖菱归。雨来莼菜流船滑，春后鲈鱼坠钓肥。西塞山前终日客，隔波相羡尽依依。

  ——皮日休《西塞山泊渔家》，《全唐诗》

  作为襄阳人，诗人超出乡土眼界局限，充分书写江南西塞意象之美。诗中所写系江南渔家日常生活的风光，老翁垂钓，儿子赶市，儿媳桑蚕，一切从容有序而悠然，令奔波江湖的诗人无限向往。诗中"莼菜""鲈鱼"不仅属于江南风物，更因江南人物的历史典故而成为江南的符号。由于符号的联想和辐射作用，诗中"西塞山"的所指由历史上的楚塞而转化为江南的吴山，并因诗人的描绘而成为自由理想生活的象征。

  昔年间里自浮沉，郎省那知遂有今。老去冯唐堪底用，愁来庄叟向谁吟？上林柳色春犹浅，西塞桃花水正深。知己如公居鼎鼐，不应长此泣南音。

  ——赵孟𫖯《次韵左辖相公》，《元诗选》

  往来苕霅旧山川，流水桃花思杳然。溪女浣纱春雨后，仙人把钓夕阳边。渔歌未用朝廷觅，惠政先由隐逸传。不信青衫浣尘土，水晶宫里住三千。

  ——张雨《赋西塞山送赵季文湖州学录》，《元诗选》

  上引二诗作者人物皆与湖州有关，赵孟𫖯为赵宋宗室，世居湖州；赵季文尝调任湖州知事，时人多赋诗相送，现去职，诗人赋诗赠别。赵氏诗中"西塞桃花水"指向张志和《渔歌》，显系以玄真子自况,暗示归隐林泉心志。张氏送别对象离职湖州,诗人题咏西塞山相送,"流水桃花"指向《渔歌》,"渔歌未用朝廷觅"句指向张志和逸事。两位诗人的意向中,都把张志和作为湖州的人物代表,把《渔歌》"西塞山前"作为湖州的文化符号。差别唯在,前者暗示,而后者明指。如果说上述两首诗中的"西塞山"主要指向互文的文本世界,那么,下面第一首诗中"西塞山"就由文本世界走向现实世界的地理空间。

  百里溪流见底清,苕花萍叶雨新晴。南浔贾客舟中市,西塞人家水上耕。岸转青山红树近,湖摇碧浪白鸥明。棹歌谁唱弯弯月,仿佛吴侬子夜声。

——韩奕《湖州道中》,《列朝诗集》

  平生只想住湖州,僻性迂情可自由。一片水声中倚杖,几重山色裏行舟。东林书卷贫犹买,西塞纶竿老未收。缓得归程过寒食,杏花村雨听鸣鸠。

——释德祥《过湖州》,《列朝诗集》

  诗人行经湖州,偶有题咏,对湖州具有标志性的自然和人文景观不能不有所表露。不然,可能干犯失题之讥。从所引诗作可知,西塞山已经取得湖州身份,并成为具有自然与人文双重属性的景观。韩氏诗中的"西塞"与"南浔"并举,南浔集市是人物活动的社会环境,而西塞则更多的是以人物活动的自然背景而存在。德祥法师诗中的"西塞"与"东林"对仗,一方面以"东林"虚指对"西塞"实景,另一方面在结构上指向互文文本——陆游《六月十四日宿东林寺》:"戏招西塞山前月,来听东林寺里钟";此外,"东林书卷"指佛经,"西塞纶竿"指设想中的垂钓生涯,指向诗人的精神世界。德祥法师诗中的"西塞"更富人文意味，不过这种人文意味不是由符号被赋予的，而是由眼前的西塞山联想、映射生发的。

西塞意象的"湖州化"一经完成——意象在现实层面指向湖州西塞山，便迅速凭借经典文本、典范人格和理想化的生活成为湖州的象征。凌云翰《夏日十二首》其五："人生出处在知几，西塞山空鹭自飞。学取玄真归隐好，钓船闲理绿蓑衣。"[①] 诗人成功地概括了上述三种因素——"西塞山空鹭自飞"指向《渔歌》文本，"学取玄真归隐好"是仰慕张志和的人格，"钓船闲理绿蓑衣"是仿效玄真子的生活样态。引申而言，张志和《渔歌》和其所代表的人生态度是推动西塞成为湖州乃至江南文化象征的内在力量。诗作涉及湖州主题者，如孙尔准《吴兴道中》（《清诗汇》第五册）："红深杜牧寻春路，绿上元真钓雨衣。西塞山前鱼正美，东林寺里鹤应归"，以"西塞山"入诗，以名山代指名郡。即使涉及与湖州相关的人物的诗作，如祝允明《济阳登太白酒楼却寄施湖州》："乡关浮云蔽落日，题诗却寄施湖州。余为先生牛马走，湖州乃是贺老俦。西塞山，杜若洲，与尔相期钓鳌去，千年江海同悠悠"，[②] 贝琼《题赵子昂秋江渔艇图》："西塞山前秋日微，沧波浩荡钓船归"，[③] 往往称美"西塞山"，寓地杰人灵之意。不唯如此，西塞意象还因其所指涉的水乡景致和所蕴含的休闲意味，成为江南地域的象征符号。

　　江南水，江路转平沙。雨霁高烟收素练，风晴细浪吐寒花。
迢递送星槎。

[①] （明）凌云翰：《柘轩集》，上海书店1994年版，第24页。
[②] （明）祝允明《怀星堂集》，《四库全书》，上海古籍出版社1987年影印，集部，第421册，第37—38页。
[③] （元）贝琼：《贝琼集》，吉林出版集团2010年版，第229页。

名利客,飘泊未还家。西塞山前渔唱远,洞庭波上雁行斜。征棹宿天涯。

——王琪《望江南》其七,《增订注释全宋词》第一册

词作中的"西塞山""洞庭湖"两个意象成为广义江南的象征。如果考虑到诗人所谓江南系指江东吴越之地的话,那么,洞庭湖是江右之域的象征,而西塞山就成为狭义江南的地标。故而,涉及湖州之外江南其他地方主题的诗词作品,也往往以"西塞山"表明对象的江南身份。叶梦得《应天长》"自颍上县欲还吴作"(《增订注释全宋词》第一册):"松陵秋已老,正柳岸田家,酒醅初熟。鲈脍莼羹,万里水天相续。扁舟凌浩渺,寄一叶、暮涛吞沃。青箬笠,西塞山前,自翻新曲。来往未应足。便细雨斜风,有谁拘束。陶写中年,何待更须丝竹。鸱夷千古意,算入手、比来尤速。最好是,千点云峰,半篙澄绿。"词人拟从顺昌府颍上县还吴县老家,词作中以"青箬笠""西塞山前""细雨斜风"表明一己心志兼标示江南地理文化特征。词人周密怀念剡中亲朋,以"流水桃花西塞隐"与"茂林修竹山阴路"(《增订注释全宋词》第四册)两大人文景观相对,凸显出最富个性的江南人文传统。程端礼《送江宁县典史陈授之》:"吏隐从教两鬓斑,县称难治赞尤难。传家清白百寮底,范我驰驱九折间。道在人乎终得誉,宦成官小本无患。雪消舟起秦淮枻,洗眼归看西塞山。"[1]前面三联赞送别对象虽不遇而守道笃,最后一联点出送别题旨,以"西塞山"作为归隐江南的符号。在上述诗作中,湖州西塞山成为构造江南意境地图的重要意象。

---

[1] (元)程端礼:《畏斋集》,新文丰出版公司1988年版,第28页。

四　西塞的历史喜剧

西塞意象的"湖州化"和"江南化"与张志和《渔歌》的经典化，双面而一体，都发生在一个经典影响和读者接受双向互动的历史建构过程之中。前者发端于唐末，酝酿于宋元，成熟于明清。后者虽与名流的推崇与皇家表彰有关，但主要还是通过后人的追赠而得以完成的。伴随着张志和《渔歌》的经典化，《渔歌》中的西塞意象因后人的反复题咏和仿效书写，成为传统诗词写作中的一个重要主题——西塞主题。由具体的意象到一般性的主题，由私人的专利到公共的文化空间，西塞主题被赋予文化符号的功能，能够以更多样的形式吸纳更丰富的价值、情感、态度和思想观念。由诗国而艺苑，依凭对江南地理文化的感知，文人将对文本的阅读经验转化为艺术世界的图像。西塞意象跨越诗国而进入艺苑，成为文人画的重要主题，如王诜《西塞风雨图》、乔仲常《玄真子西塞》和无名氏《西塞山图》（戴表元有题画诗《西塞山图》）等。另外，米元晖《苕溪晓望图》[①]、李结《雪溪渔社图》[②]、赵孟頫《秋江渔艇图》[③] 和钱选《渔翁牵罾图》[④]

[①] 徐蜀编《国家图书馆藏古籍艺术类编》中《历代题画诗》所收录诗作中，对于赵氏此画称谓不一。张翥诗作题画谓"苕溪晓望图"，扬基、刘敏、胡隆成、吴伦题画诗皆为"苕溪春晓图"。

[②] 或题画者为王诜，又作"西山渔社图"。王诜《西塞渔社图》历代画录没有记载，亦不见于宋人书信笔记。而李结《雪溪渔社图》，见于周必大《文忠集》卷18《跋李次山〈雪溪渔社图〉》。周氏题录关系分明，若为某人收藏则云"题某人所收或所藏某作"，如"题苏季真所藏东坡墨迹"。另，范成大《石湖诗集》卷10，诗云："李次山自画两图。其一泛舟湖山之下，小女奴坐船头吹笛"，"船头月午坐忘归，不管风鬟露满衣。横玉三声湖起浪，前山应有鹊惊飞。"从诗题及诗作看，图画内容系描绘玄真子《渔歌》诗境及其故事，纵非《雪溪渔社图》，亦属相关题材画作。或晋卿与次山皆有关于西塞主题的画作，但晋卿画作失传，后人将次山此作讹为晋卿。

[③] 据贝琼题画诗《题赵子昂秋江渔艇图》得画作名称。另，陈继儒题画作《题秋江渔艇》，而陈旅则谓《题子昂江天钓艇图》。不知三者所题画作是否同一。

[④] 据顾文琛《题钱舜举画渔翁牵罾图》诗题得画作名。

等，虽不以西塞名题，但"苕溪晓望""霅溪渔社"当以西塞为立意；赵孟頫、钱选皆为吴兴人，所绘渔隐题材的画作，意向中当有张志和《渔歌》的一段精神。对西塞主题画作的题咏，诗人借用西塞意象点醒画旨；对涉及溪山垂钓、渔隐鸥鹭、烟水泛舟之类题材的画作，诗人点窜张志和《渔歌》诗句、成词套语描绘画境。以上对语词、意象的点窜和借用即传统诗学所谓用典。西塞典故可以视为西塞意象主题化的另一种类型。

作为观念化的意象，主题一方面被视为精神或思想的象征，通向意义的世界，另一方面指向质料的世界，成为有待充实的形式。西塞主题意指方面的歧出，与对构筑其基础的质料世界的选择相关。由于张志和并未在《渔歌》或其他材料中指认"西塞山"的具体所在，后之文人在对西塞意象的点化改造时，既可以将其"湖州化"和"江南化"，也不妨将其"武昌化"或"黄石化"。

落尽桃花水满湖，西山西塞长新蒲。斜风细雨今如许，青笠绿蓑谁又无。

——白玉蟾《武昌怀古十咏·西塞》

赤壁江头白羽挥，鳜肥西塞酒同携。归期应在初弦月，家住康山西复西。

——岳珂《至鄂期年，以饷事不给于诗。己亥夏五廿有八日，始解维雪锦。夜宿兴唐寺，繁星满天，四鼓遂行。日初上，已抵浠黄洲几百里矣。午后，南风薄岸，舟屹不能移。延缘葭苇间，至莫不得去。始作纪事十解，呈旧幕诸公》

上述两诗，一为咏古，一为纪实。题旨虽异，但手法无别，都借用张志和《渔歌》中的意象如"桃花流水""斜风细雨""青箬笠"

"绿蓑衣"和"鳜鱼肥"等，稍加改造、点化而成。由诗题知，二人意向中的西塞意象指向黄石西塞。

对于文人意向中张志和《渔歌》西塞意指两歧的问题，清人查慎行曾以词作的形式予以幽默表出。

> 浮空欲蠹，翠色移来，正扁舟剪渡。一峰忽转，黄冠形状，迎人似俯。残霞红敛，送几点，神鸦飞去。指前头，隐隐孤城，已辨黄州烟树。
>
> 矶边小作迟留。向香火荒祠，笑问渔父，鳜鱼肥美？算只在，苕霅溪山深处。生前好事，多著了，清吟几句。又分得，西塞山前，别派斜风细雨。
>
> ——查慎行《长亭怨慢》

词序云："武昌县西道士洑，亦名西塞山。绝壁临江，上有张志和祠。"祠庙的构建出于对玄真子人格企慕的空间接近心理，同时召唤出观赏者关于玄真子存在的现场感。词作上阕描写行旅，下阕质疑玄真子与当地的关系——鳜鱼只生长在苕霅溪山深处，你在此地受祭，又怎能有肥美的鳜鱼上贡？怪只怪生前多写了几句好词，被请到异地接受供奉，以至于在此忍受风吹雨打。词人点出了人文景观的地理乖违而未能予以合理的解释。

> 岩峣势接建昌城，江表兴亡此战争。
> 当日南徐通北伐，他年西晋罢东征。
> 白衣感叹功何在，青盖谣言兆已成。
> 会猎不联唇齿助，无缘归命俟乌程。
>
> ——朱广川《西塞》，《清诗汇》第四册

西塞山高峻之势由江夏直接豫章，其得失直接关系江东存亡。如果不是由于东吴亡国，西塞山也不会"投奔"湖州。文学世界中数处西塞的共在并存，一旦落实到现实世界的地理空间，就演变为逻辑的矛盾问题——既然跨越时间和空间的西塞语词的具体所指和西塞意象的意蕴都发生了变化，那么"西塞"的同一性何在？如果不具有同一性，又为何冠以"西塞"的共名？以上问题类似于模糊性研究中的连锁悖论。[①] 在承认自然语言与文学语言的多义性和模糊性的前提下，必须强调的是，共同的能指记号、文本间的联想性关系或接受意向是上述同一性的形式担保。而诗人将逻辑的矛盾转换为历史的喜剧——同一性的困惑不是由于语词与意象的多重意蕴所致，而是由于外物自身的地理"迁徙"造成的。看似荒谬的解答蕴含着西塞意象由战争向休闲的主题转向，同时也提供了在多重文本关系中把握诗学话语、建构可能性世界的诗学启示。既然不能改变现实的世界，诗人并非毫无办法，他可以创造一个文本的世界，在文本的世界中按照自己的意愿安排世界，并赋予文本世界以秩序。

结语

诗学话语分析的价值就在于超越具体存在，以符号的关联性统摄相关话语，贯通语词、意象和主题，从而揭示中国诗学传统衍化转换的内在机制。西塞意象，不仅是中国诗学的经典意象，还是江南意境的象征符号，更是中国山水文化和隐逸文化的重要主题。作为文学地理中的西塞意象，其符号所指超越历史地理中的物理性存在，成为江南人文地理图景中的能动符指。西塞意象由历史上的楚塞而转向江南

[①] 陈波：《悖论研究》，北京大学出版社2014年版，第50—74页。

的吴山，迅速凭借经典文本、典范人格和理想化的生活成为湖州的象征，还因其所指涉的水乡景致和所蕴含的休闲意味，成为江南地域的象征符号和构造江南意境地图的重要意象。作为自由理想生活的象征，西塞意象成为山水艺术和隐逸文化的要素，并因之而成为诗国与艺苑的重要题材。西塞意象的话语分析，是在接受诗学的视域下，借鉴人文地理学和现象学的理论知识，以意向性理论打通现实世界、文本世界和可能世界的区隔，通过话语分析手段厘清从语词到意象再到主题的发生机制，呈现西塞意象的多种形态和丰富蕴含，并在一般意义上，揭示文化意象和人文景观的构造条件和方式。生成机制的分析并不追求对深层结构的还原，而保持构造与理解的审慎与谦逊。构造与理解是传统文化现代性转换的意向和基础。构造不仅仅意味着理性与知识的参与，还强调情感、态度、价值观的导向和激励因素——二者的充分互动才是人文传统所提倡的理解。文学尤其是诗学作品不仅描述历史的世界，还通过意象和故事影响我们对待历史和世界的情感和态度，从而在接受主体的精神层面实现传统与现代的对接和转换。

[基金项目：教育部人文社科重大项目"守正以创造：古今中西之争与后五四时代建设性的中国文论研究"（项目编号：16JJD750016），一般项目"地域、空间与审美——唐宋诗词岭南意象的人文地理学研究"（项目编号：13XJA751001）]

地域分野与文士流徙：汉晋文学地理研究纲要

李剑清*

俗语说，条条大道通罗马。

2006 年前后，笔者开始踏入魏晋文学领域，像"摸象"的瞎子一样，四处乱摸。几年间，似乎摸到了一些门道，得到省内外专家的认可，获得了教育厅、教育部人文社科基金项目的资助，《西晋文风演变研究》（陕西人民出版社，2010）、《关辅世族文化习性与文学观念研究》（中国社会科学出版社，2014）顺利出版。2013 年，在此基础上，以"地域分野：汉晋之际文士流徙与文学研究"为题，申报并获批了国家社会科学青年基金项目，试图从"文士流徙—文学地理"角度，研究汉晋之际的文学图景。

一 选题由来

为什么要选这样的题呢？

细细思忖，尽管自己像"盲人"一样，却能摸到"文士流徙—文

---

* 李剑清，宝鸡文理学院副教授、硕士研究生导师。

学地理"这个"门",主要是不断自我反思、自我否定的结果。研究西晋文风的时候,笔者采取了学界最常见的研究范式——时间性的线性思维,力求达到"逻辑与历史相统一"。不料在具体研究过程中,发现西晋文学的空间格局——以洛阳为中心的中原文学与以吴地为中心的东吴文学等。《西晋文风演变研究》对其有所论述,但未涉及关中三辅地域文学。2009年,就以"百年蓄势:公元3—4世纪关辅世族文化习性与文学观念"为题,申报教育部人文社科基金项目。从"地域—家族"角度,研究地望于关中三辅的魏晋文士,勾勒关辅世族文化习性与文学观念,弥补了西晋文学研究中忽视关中三辅地域的遗憾。在研究的过程中,发现只考察3—4世纪的关辅世族远远不够,便上溯两汉,下拓南北朝,梳理关辅世族在汉魏六朝800年间的发展与转型,试图将时间与空间两个维度结合起来。现在看来,效果不佳。容易让人觉得,不过是某一地域的文学史而已,甚至算不上地域文学史,最多算地域家族文学史中的个案研究。地理空间的全局意识不强,比较意识不明显。当然,在研究关辅世族的过程中,触及"永嘉之乱"时代,关辅家族的南迁问题,头脑里冒出一个词——"文士流徙"。细思之下,发现汉晋之际有三次较大的文士流徙现象。"文士流徙"成为打破旧有的、重组新的文学地理格局的基础。这样,就形成"文士流徙—文学地理"的研究意向。当然,需要说明的是,该课题为什么不称"文学家"而言"文士"呢?因为,"文学家"是在西方意义上的"现代文学观念"话语权力背景下形成的一个话语,西方现代文学观念是以非功利性的审美观念为主。这必然将中国古代擅长实用文体的能文之士排除在外。何况,文学家也没有统一的标准。曾大兴先生在《中国历代文学家之地理分布》一书中就深感标准的无依:"什么人可以算作文学家?一个时代一个地区究竟有多少文学家?

往往人言言殊，缺乏一个统一的标准和界定。"① 他以谭正璧先生的《中国文学家大辞典》为统计对象，不失为快刀斩乱麻的手段。顾名思义，文士即"能文之士"。班固《汉书·艺文志》与范晔《后汉书·文苑传》就有"能文之士"及其作品的记载。因此，使用"文士"倒是契合中国古代对文人群体的文化称谓。汉晋之际，文士也不仅仅以"文苑传"系统中的文士为对象，而是以《后汉书》《三国志》《晋书》等史籍中所记载的接受过良好教育的士人为主体，包括世家大族之名士、寒门庶族之士，还包括有明确著述意识之士，以及吐口璇玑却无意辞章之士。说直白点，只要有作品收录于严可均《全上古三代秦汉三国六朝文》与逯钦立《先秦汉魏晋南北朝诗》②者，皆为文士。

二 选题宗旨

司马迁说："我欲载之空言，不如见之于行事之深切著明也。"③这句话蕴含了丰富而深刻的思想方法。本课题力求在汉晋之际"文士流徙"的"行事"的叙述中，发掘其中蕴含的"深切著明"的知识图景：文士流徙所引发的文学地理格局的分异与重组、社会阶层的分化、社会结构的变化、文学走向的选择以及文学主题范式的强化等问题，进而勾勒汉魏六朝的文士生存空间与文学生态。具体来说，要实现以下几个目标。

---

① 曾大兴：《中国历代文学家之地理分布》"前言"，湖北教育出版社1995年版，第4页。
② 这与胡阿祥先生在《魏晋本土文学地理研究》一书中的"由文学作品入手确认文学家"的思路相近，但不用"文学家"之称谓。胡阿祥先生又有"六条件"之说。参见胡阿祥《魏晋本土文学地理研究》，南京大学出版社2001年版。
③ 司马迁：《史记》，中华书局1982年版，第3297页。

首先，本课题从"文士流徙"角度，揭示汉晋之际文学地理空间的分异与重组的动态过程。具体而言，汉晋之际，出现过三次大规模的文士流徙潮流。第一次发生在东汉末年到三国初，北方文士为了躲避战乱，大举南迁，寄寓荆州、江东、益州等地。其中，也出现因曹操南征荆州的北返。第二次发生在魏晋之际，随着蜀汉、东吴政权覆灭，西晋王朝大举迁徙益州、江东等地士人至洛阳。第三发生在西晋末年的永嘉之乱前后，五胡铁骑横扫神州，北方文士大举南渡避乱。汉晋之际的三次文士流徙，造就了文学地理格局的分野与重组。具体而言，汉末三国之际，北方文士的南迁，推动了南方学术文化的发展，进一步强化了地域的文化分野。魏晋之际，吴、蜀等南方文士迫于王朝的严令，向政治文化中心洛阳大规模迁徙。随着南方文士的北徙，文化上的地域分野得到接触、碰撞。西晋永嘉前后，神州陆沉，北方文士大规模南渡，再一次塑造了南北地域的文化分野。文士流徙深刻地加剧了汉晋之际的文学地理空间分异与重组。汉末三国之际，北方文士的南迁和北返，确立了魏、蜀、吴文学的地理空间分异。魏晋之际，随着南方文士的北徙，打破了原有的文学地理空间格局。永嘉之乱前后，衣冠南渡，文学中心南移，汉末以来的文学地理空间的分异格局得以重组。因此，研究文士流徙，可以有效揆度文学地理之间的衍生与流变。

其次，本课题揭示汉晋之际文士流徙引发的社会阶层的分化、社会结构的变化，以及地域文化的碰撞融合，深入理解汉晋之际的文化转型。具体而言，汉末三国之际，北方文士沿不同的路线，南迁至江汉之滨，与当地的土著大族杂处其间。因为家族利益和地域政治利益，与土著大族之间既有争夺又有合作。在动荡不安的时代，寻觅既有军事势力又有政治远见的政治集团。他们联手出谋划策,尽效死力,举族辅佐,促成了三国鼎立的对峙局面。在对峙政权内部,饱受文化熏陶的南迁文士,往往比文化程度较低的土著大族更有地位。当然,为争夺更多的政治特权和经济利益,他们也会倾轧,造成政权内部的社会阶层分化与社会结构的变化。三国归晋之后,西晋王朝征召蜀地文士、吴地文士。南方文士也逐步认同了统一王朝,但毕竟经历了家败国亡之痛。南方文士无论被迫还是自愿北徙至洛阳,既要以文学、学术等文化"软实力",试图赢得北方士族的文化认同,又要饱受亡国之痛与鄙夷奚落。因此,西晋社会阶层中,北方玄学文士往往高居其端,而南方文士屈居中下层。西晋时代,南北文士在激烈的碰撞中,加速了地域文化的融合。北方文士热衷玄学,渐成士族。南方文士渐染玄学,力求士族化。因此,士族化追求成为西晋社会的时尚。永嘉前后,举族南渡的文化士族联络江东土著士族,成就了中国历史上的门阀政治。因此,从文士流徙入手,分析汉晋时代的社会阶层分化与社会结构变化,揭示汉晋社会的"文学场域"与文化生态。

最后,研究汉晋之际的文士流徙,揭橥文学主题范式、生命体验与文学精神,乃至汉晋之际的文学走向,避免文学地理研究将复杂的、充满个性精神的文士,符码化为数据的倾向。具体而言,汉晋之际,文士们流离迁徙,流寓异乡,饱尝思乡之苦,领略嘉会之乐,忍受离群之怨,体味无依之痛,体证山水之道等精神痛楚。他们反复书写"登楼思归""嘉会寄亲""离群托怨""何枝可依""寄情山水"等五大文学主题范式,为中国文学熔铸了永恒的主题。同时,文士流徙也深刻地影响了汉晋之际的文学走向。汉末三国之际,为避乱而南迁的文士因"世积乱离",唱出"梗概多气"的调子。而魏晋之际,迁徙至洛阳的南方文士为了得到北方士族的认同,追求"缘情绮靡"。

永嘉之乱前后，北方士族流寓南方，勠力王室，促成了"士族—皇权"共治天下的格局；在文化趣味上崇尚玄学，一变"缘情"文学为玄言文学。因此，汉晋之际的文士流徙，推动了文学由"气"到"情"再至"玄理"的演变。可见，文士流徙是揭示汉晋之际文学走向、理解五大文学主题，以及塑造文士精神世界研究的坦途大道，在一定程度上避免了文学地理研究将复杂的、充满个性精神的文士符码化为数据统计等倾向。

因此，该课题的选题宗旨并非一种宏观的理论体系建构，而是从汉晋之际的"文士流徙"入手，勾勒文学地理空间格局的衍生流变与文学生产的社会场域，揭示汉晋时代历史进程中的内核驱动。这一研究课题，不仅对汉晋文学具有一种理论认知价值，乃至对整个文学研究也具有一种示范价值，更对理解全球化时代的人员流动与当前中国社会的文化转型有着重要的启示价值。在全球化的社会中，人员流动已经远非汉魏六朝时代的南北地域，农民工从乡村涌向全国各地的城市，南北方人员交错流动，甚至出现了"出国热"和"返国潮"。这正深切地影响着社会阶层与社会结构。处在流动潮中的个体（人员），也经历着复杂的情感体验和心理变化，在与不同文化背景的人员交流的过程中，不断进行文化碰撞与观念更新。相信对汉晋之际文士流徙的文学地理研究与社会学研究，能启发我们深刻理解当前社会的文化转型。

三 研究现状

中国传统文化的知识系统中，有着强烈的地理方舆意识。早在原始时代，先民生活在广袤的天地宇宙世界中，就"仰观象于天，俯则观法于地，观鸟兽之文，与地之宜"（《周易·系辞下》），建构了巫术性质的八卦知识系统。同时，在上万年乃至几十万年的迁徙流动中，原始先民增长了山川、河流、海洋等知识见闻，形成了《山海经》的"山川、物产、风俗与图腾"为一体的地理性质的巫术知识系统。在早期国家形态的文明时代，统治者为平治水土、相土阜财、体国经野等政治经济目的，形成了《禹贡》中的"九州与畿服"政治性质的地理知识系统。在大一统的汉代，班固在帝国地理疆域的格局下，吸收先秦时代的以音乐、诗歌为形态的地域风俗描述，建构了《汉书·地理志》中的以"风俗为中介"的文学地理知识系统。只要翻开清乾隆时代编纂的《四库全书总目提要》中的史部"地理类"的书目，就让人深感历代地理方舆学书籍之多，真可谓浩如烟海！然而，其范式不外乎是以"天下想象"为核心的大一统语境下的帝国疆域与地域风俗叙述。19世纪中叶，清廷遭遇"三千年未有之历史大变局"的政治危机与文化危机，有识之士掀起了西北边疆史地的研究热潮[1]。20世纪早期的地理学研究，也是在这种政治危机下积极吸收西方现代学术意识展开的。1902年，梁启超在《中国地理大势论》等文中纵论中国政治、经济、军事、学术文化之地理分野与流变，成为以西方现代舆地学研究中国地理大势之第一人。30年代，顾颉刚、史念海《中国疆域沿革史》，童书业《中国疆域沿革略》等著作都有强烈的政治诉求。史念海追述说："当时正是国难当头，日本帝国主义之侵凌日甚一日，东北三省早已沦陷，其锋芒及于山海关内，北京（当时称北平）势同前线，几有不可终日之势。顾先生曾感慨地说：

---

[1] 清末西北边疆史地研究著作，松筠《西陲总统事略》、徐松《西域水道记》、龚自珍《西域置行省议》、沈垚《新疆私议》、魏源《圣武记》、张穆《蒙古游牧记》、何秋涛《朔方备乘》等。参见田澍、何玉红《西北边疆史地研究的回顾与反思》，《中国边疆史地研究》2011年3月第21卷第1期。另参见汪晖《东西之间的"西藏问题"》上编"殖民主义与民族主义的变奏"中对西藏问题的论述，生活·读书·新知三联书店2011年版。

'吾人处于今日，深感外侮之凌逼，国力之衰弱，不惟汉唐盛业难期再现，即先民遗土，亦岌岌莫保，衷心忡忡，无任忧惧。'……顾先生一再指出，必须详细论述疆域损益及其演变踪迹，借以使国人具知创造祖国山河之匪易，寸土皆应珍视，不能令其轻易沦丧。"[1] 这些还是延续着政治地理学的研究范式。20世纪的文化地理学范式却是政治思想守旧的刘师培建立起来的。可以说，刘师培是从文化地理角度思考传统学术与文学之第一人。早在1905年，他在《南北学派不同论》中专论传统学术、文学之南北地域分野与性格差异。其中《南北文学不同论》一文，开文学之地理研究之先河。20—40年代，陈寅恪《天师道与滨海地域之关系》（1931—1933）等文考察了学术与地域的关系。1942年，他在《隋唐制度渊源略论稿》中，明确提出"魏晋南北朝学术与宗教皆与家族、地域两点不可分离"的论断。这标志着"地域—家族"研究范式的确立。另外，丁文江《历史人物与地理之关系》（1922）、汪辟疆《近代诗派与地域》（1935）、贺昌群《江南文化与两浙文人》（1937）、王汝棠《文学与地域考》（1941）等，借助西方现代学术意识与方法，运用数据统计法，进行文学地理研究，令人耳目一新。1923年，钱穆先生开始研究《楚辞地理考》，随后完成了《周初地理考》（1931）、《史记地名考》（1941）等历史地理学的文章，汇编成《古史地理论丛》[2]。20世纪80年代以来，国内学界突破"文革"时代的僵化思想，受国外研究影响（如台湾学者陈正祥的《中国文化地理》在1983年由生活·读书·新知三联书店出版），追踪民国学者的学术理路，掀起了大陆的文化地理学研究热潮。

---

[1] 顾颉刚、史念海：《中国疆域沿革史》"重排本前言"，商务印书馆1999年版，第3页。

[2] 参见钱穆《古史地理论丛》"出版说明"，九州出版社2011年版。

尤其是近些年来，在曾大兴等先生奔走呼告下，文学地理学渐成显学。文学地理学理论体系在曾大兴的《文学地理学研究》（2012）和梅新林的《中国文学地理形态与演变》（2006）等理论著作中基本完成。针对以往文学研究过分重视时间性维度，忽视文学空间的研究，是建构文学地理学学科体系的逻辑起点。正如曾大兴先生在2016年华中师范大学召开的"文学地理学学科建设核心问题专题研讨会"上说的，"以前我们研究文学主要是从时间角度入手，今天所编写的各种各样的文学史，……基本上都是以时间为顺序，甚至只是以时间为依据，我们看到的似乎只是文学发展的时间问题，而忽略了对文学空间的研究，尤其是从地理空间角度研究文学问题的成果是很少的"。[1] 曾大兴先生更重视作为一门学科的文学地理学建设。他说："文学地理学可以作为一门学科，同时也可作为一种新的研究方法。……当然把文学地理学当成一门学科也是重要的，甚至比作为一种研究方法的文学地理学更为重要。"[2] 近年来出现了一批有质量的专著，如曾大兴《中国历代文学家之地理分布》（1995）、杨义《重绘中国文学地图》（2002）、李浩《唐代三大地域文学士族研究》（2002）和《唐代关中士族与文学》（2003）以及梅新林《中国古代文学地理形态与演变》（2006）、曾大兴《文学地理学研究》（2012）和《气候、物候与文学》（2016）等。另外，港台地区和海外的相关研究中，代表作有钱穆《略论魏晋南北朝学术文化与当时之门第关系》（1963）、严耕望《战国学术地理与人才分布》（1983）、陈正祥《中国文化地理》（1981）以及日本学者谷川道雄《地域社会在六朝政治文化上所起的作用》（1989）、加藤利行《西晋文学研究》（2004）等。

---

[1] 邹建军：《文学地理学学科建设的三个重要问题》，《世界文学评论》2016年第1期。
[2] 同上。

就汉魏六朝这一历史时段的文化（学）地理研究而言，20世纪90年代以来，出现了以卢云《汉晋文化地理》（1991）、方北辰《魏晋南朝江东世家大族述论》（1991）、葛剑雄《中国移民史》（1998）、章义和《地域集团与南朝政治》（2002）、王永平《六朝江东世族之家风家学研究》（2003）和《中古士人迁移与文化交流》（2005）以及张灿辉《六朝区域史研究》（2008）等为代表的史学性质的文化地理研究。出现了以刘跃进《门阀士族与永明文学》（1996）、曹道衡《南朝文学与北朝文学研究》（1999）、胡阿祥《魏晋本土文学地理学研究》（2001）、卫绍生《魏晋文学与中原文化》（2004）等为代表的文学地理研究。

纵观20世纪以来的文化地理与文学地理研究，取得几个方面的成绩：第一，从地域角度梳理历史人物、文学家的地理籍贯和地域分布，如丁文江《历史人物与地理之关系》、曾大兴《中国历代文学家之地理分布》；考察中国文化（学）的地域性格与空间分异，如刘师培《南北学派不同论》、卢云《汉晋文化地理》、胡阿祥《魏晋本土文学地理学研究》等；考论地域社会的政治作用，如谷川道雄《地域社会在六朝政治文化上所起的作用》、章义和《地域集团与南朝政治》等；建构文学地理学学科体系，如曾大兴的《文学地理学研究》（2012）、梅新林的《中国古代文学地理形态与演变》等。第二，从"地域—家族"视角考察宗教、学术、文学等文化与地域之关系，如陈寅恪《天师道与滨海地域之关系》、钱穆《略论魏晋南北朝学术文化与当时之门第关系》、方北辰《魏晋南朝江东世家大族述论》、王永平《六朝江东世族之家风家学研究》、刘跃进《门阀士族与永明文学》、李浩《唐代三大地域文学士族研究》和《唐代关中士族与文学》等；第三，从南北地域文化交流角度考察中古士人迁徙与社会阶层升降等，如葛剑雄《中国移民史》、王永平《中古士人迁移与文化交流》《汉晋间社会阶层升降与历史变迁》等。

尽管取得了相当成绩，但仍存在一些不足。第一，受西方现代学科观念所囿，史学、文学研究壁垒森严；发展不均衡，史学研究成绩斐然，而文学研究相对滞后。第二，对文士流徙关注不够，文学地理学研究与"地域—家族"文化研究中的地域空间多呈静态分异。第三，侧重考察中古士人迁徙在南北地域学术思想文化上的交流价值，较少关注对中古文学思潮变迁的价值意义。因此，从文士流徙角度考察汉晋之际的文学，尚有较大的研究空间。

四　全书结构

全书结构由上、中、下三编与结论构成。

上编：文士流徙的历史考察。属于基础研究，主要研究汉晋之际文士流徙的三次历史潮流。按照时间维度分为三章，梳理汉末三国、西晋以及永嘉之乱前后三个时段的文士流徙史料。

中编：文士流徙与文化场域。属于理论研究，主要从社会学和地理学角度，研究文士流徙引发的汉晋文学地理格局、社会阶层的分化以及汉晋文学生态。共分四章内容：第一章"文士流徙与汉晋社会驱动系统"，分析汉晋之际文士的流徙方向、路线、原因、性质、社会功能和文化价值等问题。第二章"文士流徙与汉晋文士阶层分化"，分析文士流徙引发的汉晋社会阶层的分化以及社会结构的变化，社会阶层与社会结构的变化如何直接影响了汉晋文坛的文学场域。第三章"文士流徙与汉晋地域文化分野"，分析文士流徙如何引发了汉晋地域文化的接触、碰撞与融合。尤其是永嘉之乱后，文化命脉也随之南迁，深度开发江南的经济发展、提升了江南思想文化的水平等。第四章"文士流徙与汉晋文学地理空间",分析文士流徙引发的汉晋文学地理空间格局的变化。

下编:流徙文学主题范式。属于文学研究,主要探讨文士流徙与汉晋文学走向,以及流徙文学主题范式的熔铸。共分五章:第一章"'登楼思归':文士流徙与家园情结";第二章"'嘉会寄亲':文士流徙与沙龙意识";第三章"'离群托怨':文士流徙与行旅述怀";第四章"'何枝可依':文士流徙与人生幻灭";第五章"'寄情山水':文士流徙与生死超越"。

最后,是该课题的结论,主要考察文士流徙对中古文学整体走向的影响。

五 研究方法

古语云:"工欲善其事,必先利其器。"为了更好地研究汉晋之际的文士流徙与文学地理、社会阶层、文学主题与文学走向等关系,该课题运用以下几种研究方法。

(一)文史互证法。陈寅恪先生在《元白诗笺证稿》中运用"以诗证史"的研究方法,启人心智。不过,陈先生是以历史学为本位的研究。本课题以文学为本位,因此,将陈先生的"以诗证史"的研究方法稍加调整,变成"文史互证"法。首先,梳理《后汉书》《三国志》《晋书》《资治通鉴》《建康实录》《东观汉记》《殷芸小说》《古今注》《华阳国志》《世说新语》《高僧传》等史籍中有关文士流徙的历史文献,以证汉晋文学地理空间、文学场域等问题。其次,梳理汉晋文人文集中有关流徙的诗文作品等,以证汉晋文士流徙过程中引发的社会学问题。通过文史互证法,勾勒短时段的社会阶层分野、社会空间结构(包括文学空间与地域文化)等。

(二)学科交叉法。本课题运用文化(学)地理学、社会学、家族学等相关学科理论,来阐释汉晋之际文士流徙所引发的社会阶层分化、地域文化的接触碰撞、文学地理格局的分野与重组等诸多问题。文学地理学强调文学的地理纬度,弥补了以往文学史叙述中"重时间"维度的缺陷。本课题的研究对象是汉晋之际的这一历史阶段,自然不乏时间性维度。文化地理学则重视地域空间的文化形态,而文化的主体是人,地域文化的撞击融合是由流徙中的人完成的。因此,文化地理学可以为该课题提供一定的方法论。借助文化地理学的研究方法,力求做到"时空结合",以揭示文学地理空间格局的变化。而流徙文士与土著人士共居一地,处在不同的社会阶层之中。只有运用布厄迪"反思社会学"的社会阶层、文化资本以及文学场等理论,才能使这些问题敞亮起来。另外,汉晋之际文士流徙不是个人之举,乃是举族而迁,而土著士人也是以家族为单位的,本课题的研究还须借助家族学的学科理论。

(三)逻辑演绎法。作为一种历史现象——文士流徙,背后蕴含的本质,如文士身上所承载的地域文化因素、不同地望的文士之间的交游与地域文化碰撞融合之间的关联性、文士流徙引发的社会阶层的变化与社会结构的变化、文学地理格局的分野与重组以及文学主题范式与文学走向等问题,都需要逻辑演绎方法来分析。

(四)数据统计法。本课题中的诸多问题,如迁徙的文士人数、土著家族的人数、社会阶层的分布、文士流徙过程中形成的诗文作品等,都需要运用数据统计法,以图表展示,让人一目了然。

(五)个案研究法。之所以要运用个案研究法,是因为数据统计法容易把具体的、充满个性精神的文学家符码化。当然,本课题分析流徙文学的主题范式，不是以单一的文学家为单元，而是以汉晋时代的众多作家相关作品为单元来分析，这样有利于揭示文士流徙对汉晋文学的影响以及"流徙文学"的精神价值。

　　［基金项目：国家社科青年基金项目"地域分野：汉晋文士流徙与文学研究"（项目编号：13CZW027）］

唐代长安传奇小说创作嬗变之空间解读与群体分析

王 伟[*]

长安是唐代传奇小说创作的基地,也是展衍世俗歌泣生活百态、建构小说抒情体系的文学空间。鲁迅《唐宋传奇集》、汪辟疆《唐人小说》所搜录的唐人传奇小说中,关涉长安或三辅者占总数的73%以上,而《李娃传》《霍小玉传》《柳毅传》《莺莺传》等杰构更是取境长安。可见,长安与唐代小说在文化媒合上具有先天性。然而,学界多据文本对传奇做本位分析,或依世态对其进行文化关联性研究,而较少结合长安城市空间迁动、阶层文化升降、世风时态变化对其进行交互式研究(此类研究前此有戴望舒、妹尾达彦、朱玉麒等)。职是之故,本文从长安文化事件、文化环境、文化群体的动态变化入手,研究唐代传奇与长安文化的关系,希冀结合区域文化环境对唐代传奇小说的创制、传播空间进行深入的探析。

---

[*] 王伟,陕西师范大学文学院教授。

一　长安文化事件与传奇小说

唐代长安政治中心地位的确立主要通过对皇权的塑造来实现。皇权塑造多以礼仪规范为手段，并赖官吏选任体系来实施。在革除先唐选士积弊的基础上，李唐立国就以科举为手段逐步建构知识性官僚体系，长安是这一文化事件的主要举办地。无论是州县解送，还是官学生徒，众皆以"京兆为利市，同华为荣美"（《唐国史补》卷下），故"里闬无豪族，井邑无衣冠，人不土著，萃处京畿"①。《唐摭言》载牛僧孺进京干谒，韩愈、皇甫湜首先关心的是牛氏的居住地。当得知尚居国门之外时：

> 二公沈然良久，乃曰："可于客户税一庙院。"僧孺如所教。……奇章之名，由是赫然矣②。

历史事实中，牛僧孺贞元二十一年（805）进士及第，但该故事所折射的社会风尚却颇具可信度。长安借科举而对士子产生巨大的向心力，并左右一时文化风尚，从而成为影响唐代小说创作的重要因素。

伴随经济与商业的繁荣，长安城市化进程明显加快，都市文化空间重新布局，庶民文化渐次繁荣。其在雅俗两界所呈现出的巨大引力足令科举士人群体炫目，选艳征歌、寄情声色遂成为他们精神生活的主动选择。"长安有平康坊，妓女所居之地，京都侠少萃集于此，兼每年新进士以红笺名纸游谒其中。时人谓之风流

---

① （唐）杜佑撰，王文锦点校：《通典》，中华书局1988年版，第417页。
② （宋）李昉：《太平广记》卷180，中华书局1961年版，第1342页。

薮泽。"① 科举士人寄兴青楼，流连北里，面对群妓的风流举止、裂帛歌喉、柔曼舞姿、入时妆束，遂多生眷恋。白居易《和元九与吕二同宿话旧感赠》："见君新赠吕君诗，忆得同年行乐时。……闻道秋娘犹且在，至今时复问微之。"② 即是对此类生活的追忆。而歌妓声名之黜陟、身价之升降则全视士人之品题，"誉之则车马继来，毁之则杯盘交错"（《云溪友议》卷中）。在不受伦理束缚的情况下，士妓间不唯欢场作秀，亦有深挚情爱。如誓不独生而以身殉情的欧阳詹与太原妓，不邀财货但慕风流的霍小玉与李十郎，唱酬往还而心交神会的薛涛与白居易，他们的风标品第都独高一时。此类遇合无疑为"士妓"小说母题诞生提供了绝好的温床。以士子冶游经历为主题者首推张鷟《游仙窟》。小说自叙奉使河源途中的艳遇，文中十娘、五嫂尽为名妓风范，遇仙经历亦为青楼宿妓的真实写照。其以欢场燕笑和身体放浪等感官刺激为重点，表明该题材尚处初期阶段。中唐士人趋重实务，吟赏烟霞但不忘接通地气。《霍小玉传》《李娃传》俱以长安平康里为情节展衍地，情致委婉却又旁涉科举、家族、门第等社会问题，皆具"以一家写尽天下"的典型性。现实中，士妓因才色而相互吸引，但一旦落实于婚嫁，则饱受社会舆论和世俗成见的拘制，遂多以悲剧收场。《霍小玉传》中李益一出场就陷入与家族利益的矛盾之中，而《李娃传》中李娃最终虽获得比霍小玉幸福的结局，但仍难掩双方门第不对称的尴尬。有唐一代，不乏歌妓从良者，但为人姬妾者众，为士人嫡妻者寡，这是唐代士妓文学的普遍结局③。《霍小玉传》《李娃传》在情境营造、细节描写和人物刻画上都呈现出精巧圆熟的特点，

---

① （五代）王仁裕撰，丁如明点校：《开元天宝遗事》卷上，上海古籍出版社2012年版，第15页。
② （唐）白居易著，顾学颉校点：《白居易集》卷14，中华书局1979年版，第285页。
③ 陶慕宁：《青楼文学与中国文化》，东方出版社2006年版，第259页。

标志着"进士与歌妓"母题创作的成熟。稍后，欧阳詹、戎昱、杜牧等都从不同程度丰富并发展了这一创作趋势。

科举取士使长安社会文化和士林风气为之一变，它不仅造就了不同往古的士人群体，也造就了唐传奇小说的作者和读者群体，同时对传奇小说的题材选择、精神特质和美学风貌产生了重要影响。

二　长安文化群体与传奇小说创作

家族是中国古代最基本的社会单元，家族内部家教门风常对族员思想、精神与言行产生着潜移默化的作用。魏晋以后，家族或以文胜，或以武显，或以艺称，子承父业，前后相继，累世为学。家族潜在的文学传统自然对族员的文学趣味、创作产生影响。以唐代居处长安的小说家而言，张鷟、张荐、张又新、张读乃至其外祖牛僧孺均有小说传世；段成式及其亲家温庭筠、后辈段安节、段公路等亦以小说名于一时，这不仅是长安文化影响之因，亦为家族门风传承之果。

《旧唐书》云，张荐"深州陆泽人。祖鷟字文成……子又新、希复，皆登进士第……希复子读，登进士第，有俊才"[1]。张鷟为张荐之祖，张荐为张又新之父，则张荐又为张读之祖，牛僧孺乃张又新姻亲，为张读之外祖。张鷟生于唐高宗显庆三年（658），于上元二年（675）进士及第，因"倪荡无检"不为主政者悦，遂以旁逸之才在小说创作上为世人瞩目。《游仙窟》因笔调直露，为一时讶然。《朝野佥载》则记载南北朝至玄宗时的奇闻逸事，于史料颇有可观处。张鷟孙张荐天宝中居史职，参典礼仪，久居长安。受门风影响，其传奇创作亦以怪为美，所著《灵怪集》虽佚，但据李剑国由《太平广记》

---

[1]　（五代）刘昫：《旧唐书》卷149《张荐传》，中华书局1975年版，第4023—4026页。

《太平御览》所辑残篇来看，其作秉承六朝志怪小说之遗韵，专述鬼神之事。张荐子又新、希复皆进士及第。长庆中，李逢吉欲倾翰林学士李绅，"求朝臣中凶险敢言者"（《旧唐书·张荐传》），又新预其事。可见，家族特有之好言险怪传统并未消退。希复子张读，大中六年中进士，以《宣室志》享名于唐末传奇界。《宣室志》得名于汉文帝夜半问贾谊神鬼之事的典故，以明该书述"神鬼之事"的主旨。全书表现出从长篇传奇故事向六朝单篇鬼怪小说的回归。此外，牛僧孺乃张又新姻亲，为张读之外祖。牛僧孺贞元二十一年（805）进士及第，其小说创作以《玄怪录》最为人知。该书多托言先唐往事，并辅以隋唐时事，内容以神仙道术、定命再生、鬼怪妖物等为主。尽管张氏籍属深州（今河北深县）、牛僧孺望出安定（今甘肃灵台），但其传奇小说几乎全部完成于长安任职期间[①]。以张氏家族为主体，由血缘、姻缘关系交结而成的文人群体，表现出以下共同特点。首先，作者多为进士出身。其次，都有长期居留长安为官的仕宦经历。这不仅体现出家族文化传统对其小说创作趋向的潜在影响，也表现出长安这一特殊的地理文化空间对其小说创作冲动的影响。再次，从张鷟《朝野佥载》《游仙窟》、张荐《灵怪集》、张读《宣室志》到牛僧孺《玄怪录》，其小说多述神怪灵异事，对志怪题材表现出高度一致的浓厚兴趣，可以说张氏家族小说家的长安创作具备一定的群体特征。这个长安传奇小说世家的创作几乎与唐代历史相始终，成为唐代长安文学群体在传奇领域中的代表。

以段成式为代表的段氏家族亦属居处长安的小说家群体。段氏家族于隋唐之际以军功起家，其四世祖段志玄属太宗元谋功臣，数代之

---

① 张同利：《长安与唐代小说》，博士学位论文，南开大学，2010年，第65页。

内皆以战功立名，并于唐初自临淄徙家长安。段成式父段文昌，为家族辟文质发展新路。段成式自幼居长安。及长，于修行里营置私第①。其"博学强记，多奇篇秘籍"②，后赖《酉阳杂俎》于文坛留名，该书序云："固役不耻者，抑志怪小说之书也。"③但就内容而言，其远逸志怪题材之外，包含自然天象、文籍典故、草木虫鱼、方技医药、佛家故事等，颇显其见识之广博。段成式子段安节为温庭筠婿④，著《乐府杂录》，书成于任职长安期间。《乐府杂录》记载唐代音乐之乐调、乐制、乐坛逸闻和名流掌故，为唐代乐坛留下了珍贵的记录。段安节的岳父温庭筠亦为晚唐音乐名家和词作家，其《乾䣠子》撰于咸通三年夏末秋初由荆南萧邺幕回长安闲居以后。其于序言中所申之"能悦诸心，聊甘众口"，创作主旨与段成式《酉阳杂俎》自序以滋味言其书，颇具同气相投之意。段安节弟段公路于万年尉任上撰《北户录》，其于序中虽言与"鬼神变怪，荒唐诞委之事"划清界限，但其博物之旨亦与小说家相类。段氏家族于中晚唐以小说知名，与张氏家族一样，这个家族文学群体也体现出血缘与姻亲相互交融的特点，但在创作旨趣上，以广博见长，以趣味娱人，体现出晚唐小说在宏大叙事和求怪追新之外的另一种发展面向。濡染于长安文化，张氏、段氏小说家族的出现，以一种群体优势对唐代小说创作产生深广影响。

除却以血缘、姻缘为纽带，还有以业缘因素凝成的长安小说群体。由于政治文化优势的吸引，四方士人群聚长安，其间虽有政治利益的考量，亦不乏文学旨趣的吸引。中唐以白居易、白行简兄弟为中心，以元稹、李绅、陈鸿、李公佐为外围所形成的创作圈即为

---

① 方南生：《段成式年谱》，见段成式《酉阳杂俎》，中华书局1981年版，第305页。
② （宋）欧阳修：《新唐书》卷89《段志玄传》，中华书局1975年版，第3764页。
③ （唐）段成式撰，曹中孚校点：《酉阳杂俎》，中华书局1981年版，第1页。
④ （宋）李昉：《太平广记》，中华书局1961年版，第2782页。

显例。他们之间既有诗歌往来，更有传奇创作的相互促进。前述白行简《李娃传》题材源于李公佐的口述，元稹《莺莺传》则有李绅《莺莺歌》相和。陈鸿《长恨歌传》亦是其与白居易传歌相和的产物：

> 元和元年冬十二月，太原白乐天自校书郎尉于盩厔。鸿与琅琊王质夫家于是邑，暇日相携游仙游寺，语及此事，相与感叹。……乐天因为《长恨歌》。……歌既成，使鸿传焉①。

朋辈闲游间，有感李杨故事当以"出世之才"传之后世，遂众推白居易赋《长恨歌》志之，而陈鸿又以《长恨歌传》相配。宴会之闲谈佐欢，为小说题材搜集提供便利。友朋赏游，唱和砥砺，又为小说创作激发无限灵感。

以学业结缘的士人群体也是推动小说创作的重要因素。一方面，唐代小说家大多都多载征战科场，工诗善文，他们好奇尚趣的品格、浪漫风流的情调和对卓异不凡之艺术境界的孜孜追求为小说繁荣奠定了坚实基础。如京兆唐临《冥报记》中，多数篇章都点明传述者的姓名身份，其中声名较著者有卢承业、崔敦礼、岑文本、马周、韦琨等，在其周围无形的产生了一个由士大夫、亲属、僧人组建构成的文化群体，这个群体既为其小说创作提供丰富素材，又是其忠实读者。另一方面，进士群体加入新贵阶层后，必然要在精神文化领域有所展现。唐代浪漫的时代气息和充满激情与进取意识的士人风貌艺术地展现在初盛唐诗歌中。至中唐，国势衰退，士人事功之心渐衰，多于现实之外寻求寄托。具体到传奇创作上，体现为以六朝志怪小说"粗陈

---

① 汪辟疆校录：《唐人小说》，上海古籍出版社1978年版，第119页。

梗概"的结构方式为基础，辅以想象、虚构，在才子佳人、思妇望归、学子奇遇等情节言说中解释现实人生、消解内心怨愤，表面似痴人说梦，实则直逼现实。

三 长安文化空间与传奇小说创作

伴随商业繁荣，长安坊里空间重新布局，城市区域功能的细化不仅对城市文化和世俗文艺多元化走向具有推助之力，而且对传奇小说创作产生了多层面影响。

首先，欢歌宴饮、士人聚会对传奇素材的搜集、创作具有推动作用。

长安俗讲、说话之风甚为流行，中唐时长安甚至出现了专攻俗讲的文溆和尚，聚众谈说，听者填咽，冠绝一时[1]。妓院亦有以此娱人者，"其中诸妓多能谈吐，颇有知书、言语者"[2]。一些上层文人甚至亲自上阵表演，"韦绶罢侍读，绶好谑戏，兼通人间小说"[3]。长安内外所流行的俗讲、说话之风，对于唐代小说的创作产生了较大的影响。"古小说的创作不同于文人诗歌和散文的创作，在大多数情况下，它主要经历两个阶段。前一个过程是口头形式的故事，后一个过程是文字形式的小说。"[4] 唐代长安市井间流行的"戏谈""说话"，有利于口头故事的流播，并使其最终在文人手中走向书面化。韦绚亦言其于夔州任刘禹锡幕僚时，"士人剧谈卿相新语，异常梦语，若谐谑卜

---

[1] （唐）赵璘撰，曹中孚点校：《因话录》，上海古籍出版社2012年版，第154页。
[2] （唐）孙棨撰，曹中孚点校：《北里志》，《唐五代笔记小说大观》本，上海古籍出版社2000年版，第1403页。
[3] （宋）王溥：《唐会要》卷4，中华书局1955年版，第47页。
[4] 李剑国：《唐五代志怪传奇叙录》，南开大学出版社1993年版，第15页。

祝，童谣佳句，即席听之，退而默记"①，由谈而记，反映出《刘宾客嘉话录》产生的过程。唐代长安不仅士子狂欢，百官亦多征管逐弦。"自天宝以来，公卿大夫竞为游宴，沉醉昼夜"②，席间除却歌舞，亦有闲谈佐欢，"昼宴夜话"。剧谈之内容亦颇宽泛，"文人剧谈、卿相新语、异常梦话"（《刘宾客嘉话录·序》）。这无疑为唐代传奇小说提供了极好的搜集素材的机会。沈亚之《异梦录》云：

> 元和十年，亚之以记室从陇西公军泾州，而长安中贤士，皆来客之。……陇西公曰："余少从邢凤游，得记其异，请语之。"……是日，监军使与宾府郡佐，及宴客陇西独孤铉、范阳卢简辞、常山张又新、武功苏涤，皆叹息曰："可记。"故亚之退而著录③。

陇西公于酒宴将邢凤怪异之事作为佐兴的话题讲述，沈亚之退而记录，可见文士雅集对传奇创作素材的搜集颇有助益。"贞元中，予与陇西公佐话妇人操烈之品格，因遂述汧国之事。公佐拊掌竦听，命予为传。乃握管濡翰，疏而存之"④，可见《李娃传》是在宴会闲谈中完成了题材搜集，并由白行简握管整理而成的。《东城老父传》中言："元和中，颖川陈鸿祖，携友人出春明门，见竹柏森然，香烟闻于道，下马觐昌于塔下，听其言，忘日之暮，宿鸿祖于斋舍，话身之出处，皆有条贯。"⑤ 陈鸿祖与友访贾昌，"听其言"而完成了故事骨架的搭建。可见宴集闲谈是传奇小说题材搜集的重要场合。以单篇传

---

① （唐）韦绚撰，阳羡生点校：《刘宾客嘉话录》，《唐五代笔记小说大观》本，上海古籍出版社2000年版，第792页。
② （宋）司马光撰，胡三省音注：《资治通鉴》，中华书局1956年版，第7784页。
③ 鲁迅校录：《唐宋传奇集》，齐鲁书社1997年版，第97页。
④ 汪辟疆校录：《唐人小说》，上海古籍出版社1978年版，第106页。
⑤ 鲁迅校录：《唐宋传奇集》，齐鲁书社1997年版，第79页。

奇而言，诸如《任氏传》《离魂记》《庐江冯媪传》《非烟传》《长恨歌传》《冯燕传》等，都经历了由"昼晏夜话，各征其异"到"握管濡翰，疏而存之"的过程。这反映出长安市民文学样式对唐代小说发展的推动作用。

其次，城市结构的变化也对传奇小说的情节设置产生了重要影响。

"在小说文体兴起和独立的唐代，这些小说类作品一个普遍的写作技巧就是对虚构性的遮掩，……在虚构技巧还远远没有作为合理的文学叙事功能得到受众普遍的认同与接受之前，构建作品真实的外壳以致'信史'的效应，当然成为创作者趋之若鹜的经营对象。这种真实的外壳——实际上也是一种虚构——主要表现在人物事件发生发展的时间与空间设置上。"[1] 清人徐松云："余嗜读《旧唐书》及唐人小说，每于言宫苑曲折，里巷歧误，取《长安志》证之。"[2] 对小说地理背景史料的运用，正是基于唐人对长安市坊结构真实性记叙这一特征而进行的。现存唐代小说多以长安为背景，以真实街坊名称搭建叙事空间，坊名更替与情节变化相对应，舞台设定与人物行为语言、房屋家具、服装饰品紧密吻合，从而使故事体现出强烈的现场感和真实感。《华州参军》中出现的永崇里、荐福寺、金城里、崇义里、群贤里等真实地名，使读者倍感亲切，且使故事充满可信性，并丰富其场景的空间想象。但仅指出这些地名的真实性，还不足以说明小说虚构技巧的逼真，关键是这些地名还与长安坊里空间的文化意蕴相互依存，所以妹尾达彦对《李娃传》中长安坊里地名进行分析后认为"故

---

[1] 朱玉麒：《隋唐文学人物与长安坊里空间》，荣新江主编：《唐研究》（第9卷），北京大学出版社2003年版，第86页。

[2] （清）徐松撰，张穆校补，方严点校：《唐两京城坊考》，中华书局1985年版，第1页。

事情节之所以展开,一个重要的因素就是利用了当时长安的街衢所代表的含义"①。因此,长安坊里的空间结构对于唐代小说的情节设置、形象塑造、场景布局均具有重要影响。

最后,曲江作为重要的文学地理空间,为人物命运和情节变化提供了现实可能②。

曲江是长安城内的著名景区,也是信息交流与传播的重要场所。刘驾《上巳日》云:"上巳曲江滨,喧于市朝路。相寻不见者,此地皆相遇。"(《全唐诗》卷五八五)描写出曲江三月人群络绎于道,乃至城内遍觅不得之人皆可于此地相遇。基于此,曲江常成为传奇小说关目设置、情节展衍的重要背景。《华州参军》写柳参军与崔小姐相遇,云"上巳日,曲江见一车子,饰以金碧,半立浅水之中。后帘徐褰,见掺手如玉,指画令摘芙蕖。女之容色绝代,斜睨柳生良久"。曲江乃长安坊里的公共景区,在踏青人流中,柳参军与崔小姐邂逅,乃极自然之事。这是温庭筠精心设置的关目。裴铏《昆仑奴》记载大历年间奇侠昆仑奴磨勒帮助主人崔生从勋臣家盗出红绡妓以促成姻缘的故事。在后半部分写及失踪的红绡妓如何被勋臣家人发现时,写道:"姬隐崔生家二岁,因花时,驾小车而游曲江,为一品家人潜志认,遂白一品。"③ 长安坊里,曲江确实是一个"万人如海一身藏"的市隐之地,但曲江作为公共空间,正如刘驾诗云:"相寻不见者,此地皆相遇。"所以红绡妓在曲江出现也必定被人发现,这是长安城

---

① [日]妹尾达彦:《唐代后期的长安与传奇小说:以〈李娃传〉的分析为中心》,刘俊文主编:《日本中青年学者论中国史》(六朝隋唐卷),上海古籍出版社1995年版,第520页。

② 朱玉麒:《隋唐文学人物与长安坊里空间》,荣新江主编:《唐研究》(第9卷),北京大学出版社2003年版,第86页。

③ (唐)裴铏:《昆仑奴》,汪辟疆校录:《唐人小说》,上海古籍出版社1978年版,第269页。

郭的地理必然。因此无论是故事的开端，还是中间的高潮，裴铏无不青睐于曲江作为遇合地的设置。曲江的出现无疑加深了读者对这一长安坊里故事"艺术真实"的判断，也会勾起读者对现实场景的联想，并对小说真实性产生认同。《李娃传》中郑生被其父从天门街挽歌现场带出，"至曲江西、杏园东，去其衣服。以马鞭鞭之数百。生不胜其苦而毙，父弃之而去"①。这里特别点出郑父鞭打其子的场所是在曲江，一则是因为曲江为游乐地，住户稀少，以免家丑外扬；二则曲江乃唐代进士欢歌宴饮的场所，故借其承载的文化意蕴，来发泄郑父对其子放弃初衷、沦落无望的愤恨，从而引发故事转折，韵味隽永。

四　长安文化意象与传奇小说创作

长安为三辅核心，并为都城所在，其文化形象在小说中体现出鲜明的阶段性，即：以安史之乱为界，呈现出初盛唐的富庶繁华和中晚唐的没落衰颓两种迥然相异的面貌。

在唐代小说中，初盛唐的长安呈现出繁盛的大唐气象，这在物质生活豪奢、社会吏治清明方面表现得尤为突出。如玄宗造华清宫之广汤池，"环回甃以文石，为银镂漆船及白香木船，置于其中，至于楫橹，皆饰以珠玉。又于汤中垒瑟瑟及丁香为山，以状瀛洲、方丈"（《明皇杂录》卷下），可谓极尽豪奢之能事。杨贵妃姊妹则更令人咋舌，"贵妃姊妹竞车服，为一犊车，饰以金翠，间以珠玉，一车之费，不下数十万贯，既而重甚，牛不能引"，这种富贵逼人的豪奢之气与盛唐长安的富庶、繁荣不无关联。陈鸿祖《东城老父传》中借贾昌之

---

① （唐）白行简：《李娃传》，汪辟疆校录：《唐人小说》，上海古籍出版社1978年版，第103页。

口追述玄宗在骊山的欢娱场景，"每至是日，万乐俱举，六宫毕从"，"角抵万夫，跳剑寻橦，蹴球踏绳，舞于竿颠者，索气沮色，逡巡不敢入，岂教猱扰龙之徒"，长安东郊骊山的繁华热闹可与城中相呼应。

　　盛世不仅体现在物质生活的豪奢，在精神层面则表现在社会风气淳厚和政治吏治清明等方面。玄宗早年"急于为理，尤注意于宰辅"，欲用张嘉贞为相而忘其名，深夜访中书直宿者韦抗，抗以为其人乃张齐丘。玄宗遂命草诏书，事毕韦抗归中书宿，而玄宗"不解衣以待"，夜漏未半，复召韦抗，谓其人乃张嘉贞①。为了任命宰相玄宗竟一夜未眠，反复记忆，其任人之慎重可见一斑。有明主方有贤臣，陈鸿（一说是吴兢撰）《开元升平源》写玄宗猎于渭水，姚崇于行所条奏朝政，皆被采纳②。这种君明臣贤、君臣互信的关系是长安盛世的精神表现。吏治清明，士人方有较多晋身机会。《东城父老传》中贾昌以微贱之躯，得玄宗赏识，令世人直叹"富贵荣华代不如"，其命运戏剧性的转折透露出盛世长安之社会政治环境的清明。风清气明在民间也有表现。《绿衣使者传》写长安杨崇义妻与邻人私通，将其杀害，后为架上鹦鹉道明真相。《传书燕》写长安郭行先之女绍兰，适巨商任宗，任宗为贾数年不归，绍兰遂附书梁间双燕以寄任宗，其于荆州得书，为之泣下。两则故事中鸟之灵异实蕴"天下有道"的深致含义，张说为其立传，亦当是因其所昭示的民风清明、天下太平的意义。

　　安史之乱后，长安呈现出一片萧条落寞的氛围，中晚唐人唯有通过追忆和传说在内心复活理想之城，使其处处透射出今昔对比的失意和落寞，小说中的长安遂由自由阳光之城沦为暮光之城。如作为"潜

---

① （唐）郑处诲：《明皇杂录》，中华书局1994年版，第15—16页。
② 鲁迅校录：《唐宋传奇集》，人民文学出版社1999年版，第113—115页。

龙"之地的兴庆宫和"观风俗而劝人"的勤政楼,在盛唐曾是极其热闹的歌舞之地,但在中唐却是物是人非。

　　唐玄宗自蜀回,夜阑登勤政楼,凭阑南望,烟云满目,……遂命歌《凉州词》,贵妃所制,上亲御玉笛为之倚曲。曲罢相睹,无不掩泣①。

玄宗于乱后咏旧歌、访旧人、奏旧曲,在悲凉至极的氛围中体味时空交错给人所造成的失落感。"烟云满目",只四字即将玄宗复登勤政楼的迷茫失意之感渲染得淋漓尽致。安史之乱后长安的萧条落寞还出现在以个人命运变化为主的传奇中。如《东城老父传》写贾昌于安史之乱后回到长安,"居室为兵掠,家无遗物,布衣憔悴,不复得入禁门矣。明日,复出长安南门道,见妻儿于昭国里,菜色黯焉。儿荷薪,妻负故絮。昌聚哭,诀于道,遂长逝"②。与玄宗不同的是,贾昌的失落感更多地表现在物质生活的匮乏和生活来源的丧失。此外,此种失落还表现在个人命运的失意上。安史之乱后,玄宗重归长安,成为被人幽囚的太上皇,"时移事去,乐尽悲来。每至春日、冬之夜,池莲夏开,宫槐秋落,梨园弟子玉管发音,闻《霓裳羽衣》一声则天颜不怡,左右嘘唏"(《长恨歌传》),正是其失意身世的真实再现。作为小人物的代表,贾昌的命运在安史之乱后也有巨大转变。当他回到长安城,毅然选择了于长安佛寺修习释家经典,其师过世后,甚至"服礼毕,奉舍利塔于长安东门外镇国寺东偏,手植松柏百株。构小舍,居于塔下。朝夕焚香洒扫,事师如生"。他的举动不是简单的看破红尘,而是个人对时代与命运剧变后无可奈何的选择。

---

[1] (唐)郑处诲:《明皇杂录》,中华书局1994年版,第35页。
[2] 汪辟疆校录:《唐人小说》,上海古籍出版社1978年版,第114页。

安史之乱后唐小说中长安的"双城"形象，是唐人在追忆中形成的，是基于现实的想象。其虽不能与现实完全对接，但却蕴含着唐人对盛世长安之政治清明、国运亨通的理想"国家"模式的反思和建构，也蕴含着他们对安史之乱后萧条落寞的长安的失望之感。就现实意义而言，无疑有借鉴和警示意味。

五　结语

毫无疑问，文体的发育渐变既有其内在理路可循，亦受外在情势制约。外在制约力量包括历时性与共时性因素，也包含时间与空间两种因素。唐代长安由于其本身的特殊性，它不但见证历史的演进，也为其提供重要的发生场所。从此角度看，唐代长安的空间场所、文化风貌、文化群体对传奇文体本身的衍变具有潜移默化的作用。这在表面上展现为场景的借用和相关文化群体的生成与塑造，但潜在的却是对其内在精神走向、美学趋向产生的巨大影响。因此，中国古代的文体研究，不仅应细究其文学的"在场"因素，也应辨析其"场外"因素，如此方能对文体发展提供较为充分的诠释语境。

论赖特小说的政治性与
《土生子》的空间政治

李美芹[*]

作为20世纪美国非裔文学史上具有承上启下作用的黑人作家，理查德·赖特既是"抗议文学"的先驱，又是非裔美国人19世纪四五十年代文学的代言人。美国著名黑人学者勃莱顿·杰克逊甚至把1940年至1957年这段时期称为"赖特时代"。国内外对赖特小说的研究成果非常丰富，主要从抗议小说、存在主义、黑人争取基本生存权的斗争、身份政治、话语权、黑人刻板形象等方面进行评述，但对其中所体现的意识形态政治性及空间政治却关注甚少。

实际上，"空间是政治的"[①]。赖特小说一直是政治性的。赖特作品中充斥着对空间和种族空间政治的隐喻性描述和体现。在其"抗议"题材的小说中，表达着相似的主题：种族歧视和种族偏见极大地阻碍着美国黑人与白人之间的对话与交流。这种黑白之间的巨大鸿沟，体现在当时具体的时代背景和空间政治格局中，即赖特及同时期

---

[*] 李美芹，浙江工商大学外国语学院教授，研究生导师，英语博士。
[①] Henri Lefebvre, *The Production of Space*. 1974, trans. Donald Nicholson‐Smith, Cambridge, Massachusetts: Basil Blackwell, 1991. — "Reflections on the Politics of Space", Trans. M. Enders, *Antipode*. 1976 (8), p. 67.

黑人所面临的政治、经济和文化困境,也对理解赖特与非裔美国人种族政治发展脉络至关重要。赖特的小说中充斥着黑人为争取空间生存环境所做的抗争。其《土生子》在黑人别格的恐惧、逃亡中体现了其生存的存在主义哲学意义的同时,在其所拥有的不确定和非终极的空间位置中,表现了黑人的不安全感和在主流社会所设定的"空间表征"中重新定义"空间阈限"的"表征空间",是列斐伏尔"空间三一论"和福柯"空间权力论"的文学表征。

一 "黑带区"的政治性与"空间表征"

《土生子》对"黑带区"的描写,充分体现了亨利·列斐伏尔"空间表征"与生产关系密切相关的理论。列斐伏尔的"空间表征"理论认为"空间表征与生产关系及其施行的秩序相联系,因此也与知识、符号、代码等关联"。[①] 由此可见,空间表征是与生产关系密切相关,由社会强势集团或主流社会构想的主导空间秩序。《土生子》中主人公别格和他的家人生活在与白人隔离开的芝加哥南部贫穷肮脏的"黑带区",便是"空间表征"的产物。"黑带区"在美国历史上的确存在。20世纪初,大批美国黑人心怀所谓"美国梦"涌入芝加哥,以期寻找向往中的希望与财富。人口膨胀造成住房紧张,为了解决此问题,同时为了彰显白人区别于黑人的优越性,白人人为地划分出一定的区域让黑人生活其中,这部分地区通称"黑人贫民窟"(Black Ghettos,也即"黑带区")。这一地区的存在反映了白人主流社会对"空间表征"的规划和设计。在《土生子》中,赖特通过别格和他的

---

① Henri Lefebvre, *The Production of Space*. 1974, trans. Donald Nicholson – Smith, Cambridge, Massachusetts: Basil Blackwell, 1991, p. 33.

朋友之间的对话，揭示了历史上这一特殊空间的存在。别格和其黑人朋友们在策划抢劫一个白人的商店时，有一个小插曲。当别格问朋友格斯"你知道白人住在哪儿"时，格斯往东边一指，说"过了'线'，在别墅路那边"。① 这条"线"，既是把白人区和黑人区隔离开的物理线，也是有着鲜明意识形态特点的"心理线"。从更广泛的范围来看，这个城市的所有黑人人口，都局限在芝加哥的一个有限的世界里，这就是小说中的"黑带区"。显然，"黑带区"边缘的这条"线"如同隐形的篱笆，成功地在白人和黑人之间筑起了一道心理防线并将他们隔离开来。渐渐地，两种人由于这种物理空间的区隔产生心理和精神隔膜，双方难以近距离接触彼此的心理空间和精神世界。因此，物理空间的区隔关系体现的是种族的隔离状态，种族隔离的心理隔离通过空间区隔得以实现。

赖特竭尽全力巧妙传达"黑带区"的存在，具象化了美国黑人历史乃至美国历史的一部分。"黑带区"的存在，揭示了空间历史中体现的权力历史。黑人聚居区的形成并不是一个简单的黑人数量增多的问题，而是有越来越少的地区肯接纳黑人。"黑带区"是由于种族歧视和白人的传统偏见以及一些经济原因造成的，在"黑带区"空间形成的历史过程中折射着白人空间权力形成的历史。

空间以及空间政治构成种族社会的社会关系。在肤色和社会财富所表征的物理空间里，白人区和黑带区的划分与肤色和社会财富密切关联，而肤色和社会财富又反作用于市民的价值观念、社交圈和社会行为。赖特用艺术化手法所呈现的，不仅仅是黑白两种人种之间地理上的区隔，而且反映了由地理间隔所体现的价值错位、行为颠沛、心

---

① ［美］理查德·赖特：《土生子》，施咸荣译，译林出版社 1999 年版，第 23 页。

理隔离和历史分歧以及如别格一样的黑人所遭受的痛苦。空间是社会的产物，同时反作用于社会。所以，空间和空间表征同时也反作用于社会关系。小说中被别格杀死的白人百万富翁道尔顿的女儿玛丽·道尔顿因深受共产主义思想的影响，想尽力向别格表现友好时，曾说："你知道，别格，我早就想要到这些公寓里去"，她指着隐现在他们两旁的又高又黑的公寓房子，"光是看看你的民族怎样生活。你懂得我的意思吗？我去过英国、法国和墨西哥，可我不知道离我十条街的人们怎样生活。我们彼此是那么不了解。我光是想看看。我想要了解这些人。我这辈子从来没到一个黑人家里去过"。① 在种族和阶级"空间表征"的规训下，物理空间的区隔实现了社会空间的隔离作用，白人区和黑带区两个社会空间表征截然相异的意识形态，形成二元对立，客观上隔离了两个群体。"种族隔离所构建的是特权地理，特权地理不仅监管财富边界——构建不平等可再生的空间形式，而且同时建构和监管重组地理边界。没有生理基础，重组却能通过隔离空间被创造和维持。"② 种族、阶级两种"空间表征"复杂地交织纠结在一起，谱写两对二元对立（白人和黑人、富与贫）等级社会，构建等级空间——白人区与黑带区。

《土生子》通过描写"黑带区"也表现了权力的空间化这种现代社会规训操控的基本策略和方式。在《土生子》中，赖特描写了当时的美国政府为了集中管理黑人所建立的"黑带区"状况，影射了特别为黑人制定并实施的诸多不平等法律法规等，以体现政府利用种族隔离空间实现其权力空间化的意图。据记载，当时芝加哥百

---

① ［美］理查德·赖特：《土生子》，施咸荣译，译林出版社1999年版，第79页。
② Don Mitchel, *Cultural Geography: A Critical Introduction*, Malden, Massachusetts: Blackwell Publishers Inc, 2000, p. 255.

分之九十的黑人聚居在四个小角落的黑人聚居区里。从 1877 年至 20 世纪 60 年代，美国特别是南部诸州通过一系列法律，在公共场所施行种族隔离制，剥夺非裔美国人的选举权等权利。这些法律就是臭名昭著的"吉姆·克罗法"。事实上，这是南方的奴隶制政治权力的伪装形式，其目的是剥夺黑人的政治和经济权利，以确保他们生活在社会底层，冲突较少，实质上确立了不平等的种族主义制度。"吉姆·克罗法"限制了黑人在生活的各个方面的行为，例如乘坐公共汽车、住房、性别等等，也因而书写了白人的"空间表征"，规训了空间秩序。1927 年，芝加哥房地产委员会颁布了"示范种族限制性公约"，禁止黑人使用某种尺寸的土地或接受某些地方的财产，以保护白人居民免受黑人的侵扰，芝加哥因而成为美国居民区隔离最严重的城市。显然，法律是在政治经济环境中对人们做出限制的最强大武器。统治阶级与主流社会总是会按照有利于保障现有生产方式和强势集团利益的原则来建构社会空间秩序，以表达主流意识形态的"空间表征"。赖特虽在小说中没有直接提及这些法律，在具体描述时也是着墨不多，但令读者窥斑见豹，揭露了产生犯罪的社会根源。美国通过"吉姆·克罗法"等不平等法律使权力空间化，规训并操控着黑白等级社会的"空间表征"，种族奴役、种族压迫得以实现。由此，种族即政治。"种族在空间中结构，也在空间中构建。空间也常常通过种族构建。"[1]

"空间表征"所规训的空间秩序其实表征的也是一种意识形态，反映的是白人内心深处相对于黑人的天然优越感。白人不仅认为黑人的黑肤色说明他们人种低劣，还根本否定黑人的智力。托马斯·别格

---

[1] Don Mitchel, *Cultural Geography*: *A Critical Introduction*, Malden, Massachusetts: Blackwell Publishers Inc, 2000, p. 230.

杀人后设计了一系列灭尸、绑架信、逃跑等计谋同白人周旋,白人警察起初根本没想到这种智商颇高的计谋会是由黑人设计产生的,因为在白权社会的默认公理中,黑人整个人种的智力就是很低下的,黑人的机体本身就无法具有高深的智谋。正是这种荒诞意识导致他们把别格杀人案判断成强奸杀人案,并主导着美国白人的行动:大规模的黑人搜捕,各种案件的诽谤栽赃,都接袭而来,"在南区的一些敏感地区"已有数百个貌似别格·托马斯的黑人被捕;十几位女士指控别格强奸。别格一个人犯了罪,导致的是对整个南区黑人的大规模搜捕行动和解雇黑人群体的热潮。空间的意识形态性可见一斑。在这种价值判断中,物理空间的自然特性消退,转而被赋予浓厚的社会性色彩,正是意识形态与空间互相赋以政治内涵。

二 "表征空间"的政治性及对空间关系的阐释性和逾越性

《土生子》也揭露了表征空间的政治性。根据列斐伏尔的"空间三一论","表征空间"属生活空间,既是居住者及使用者的空间,也是受控的空间,被动体验的空间、想象试图改变调试的空间。话语和权力的"空间表征"制约着"表征空间",但个体的"表征空间"在阐释"空间表征"的同时,也可在极为有限的范围内挑战并逾越"空间表征",以此表达个体的精神内容和空间政治立场。因而,物理空间在个体生活中的政治性,"表征空间"和"空间表征"一样,具有极强的意识形态性。[1]

《土生子》开篇以"闹钟在静悄悄的黑暗房间里响起来"描写

---

[1] Henri Lefebvre, *The Production of Space*. 1974, trans. Donald Nicholson – Smith, Cambridge, Massachusetts: Basil Blackwell, 1991.

了白人话语和权力"空间表征"规约下的"表征空间"。闹钟吵醒了居住在芝加哥南部狭小破败简陋空间里的别格和家人。房间拥挤不堪,两张小床占据了大部分空间。别格和弟弟睡在一张床上,而其母亲和妹妹则睡在同一房间的另一张床上。每天早晨,家里人起床时,别格的妈妈不得不让两兄弟转过头去好让两个女性穿衣服。事实上,别格家庭的居住格局是赖特时代无数非裔美国家庭的写照,影射出当时美国黑人活动范围的局限性。有限生活区域导致黑人甚至没有足够的空间来保护他们的隐私。别格年幼时因一家五口挤在一间房里曾经目睹父母的床笫之欢。即使在这样恶劣的生存环境中,黑人们还要付比白人多得多的房租。尽管黑带区的物品质量低劣,黑带区的物价也比白人区的高得多。在"黑带区"卖五分钱一块的面包,穿过黑白分界线则卖四分钱一块。别格曾对他的朋友格斯说,"这儿的太阳可比家里的旧暖气片暖和多啦"。"是的,他们这些白人房东当然不会供应多少暖气"[1]。很容易想象,在他们的房子里,黑人无法获得足够的热量。法律使他们没法获得基本的生活必需品。

　　理查德·赖特还巧妙地安排了一场恐怖的人鼠大战来喻示黑人的生存状况。当一只巨大的老鼠进入别格一家的房间时,别格的妹妹维拉怕得要死,躲到了角落里。当大鼠被困到一个角落时,别格用鞋子猛烈地砸碎了其头部杀死了它。躲在角落里的动物一方面喻示着别格一家和所有黑人的空间生存困境,别格和老鼠都是他们生活环境的受害者,无法逃脱这世上的苦痛。另一方面,别格用鞋子砸死老鼠的举动,也表明别格不想受困于这种"空间表征"中,表达了其以暴抗暴

---

[1] [美]理查德·赖特:《土生子》,施咸荣译,译林出版社1999年版,第17页。

的方式来定义自己主体性"表征空间"的潜意识。这就是生活在白人的"表征空间"里黑人的残酷现实。从道尔顿家回家后，别格面对自家破败的陋室，感受到了这种强烈的反差：在自己家，一家四口挤在一间陋室里，而在道尔顿家，作为司机的他可以自己享用一间有两个暖气片的房间，也不会像在家里一样闻到做饭的味道，听到水开的声音。因而，别格开始接受这份工作时，动力在于利用白人的"空间表征"获得自己的"表征空间"——有属于自己的房间，拥有自己独立的小世界。

如此"表征空间"阐释的是 20 世纪早期无数美国黑人家庭生活在贫困潦倒的封闭空间里的社会现实和人种差别的"空间表征"。物理空间狭小的本质为社会空间的隔离和差别，而社会空间的隔离和等级差别进而人为书写了人种之间所谓本质区别，进一步强化了种族主义话语。别格等底层黑人贫苦、低贱，只能蜷缩在黑带区简陋、肮脏的出租屋内，房租却还要比白人租的好房子贵。黑人的居住空间如同黑人一样被他者化，以此阐释了白人的空间主体性，强化了白人身份和主体的"表征空间"。空间本无优劣贵贱，意识形态的"表征空间"使空间构成贵贱差别，从而造成居住者表面意义的高低贵贱。空间即话语，话语物化于空间，话语构建的等级社会在差异的空间关系中体现得淋漓尽致。

但是，"表征空间"同时具有逾越性。可以说，非裔美国人的历史，就是逾越强势社会设定的"表征空间"、建立非裔美国人自己"表征空间"的过程。历史学家 Andrew Wiese 谈到"空间和空间斗争是非裔美国人生活的中心"。[1] "白人种族主义通过非凡努力限制他们

---

[1] Andrew Wiese, *Place of Their Own: African American Suburbanization in the Twentieth Century*, Chicago: The University of Chicago Press, 2002, p. 288.

(非裔美国人)占有、使用空间,甚至限制他们在空间中移动。面对这样的种族主义,非裔美国人进行斗争,捍卫和拓展他们的可利用空间。"① 著名黑人女性主义批评家贝尔·胡克斯(Bell Hooks)发表过相似的见解:"从奴隶制时期至今,很多抵制斗争叙事具有同样的空间政治情结,尤其是修房造屋的需要。"② 黑人由南方逃往据传会获得更大自由的北方,本质上而言是为了扩大其生存空间、寻找"大房间"的过程。美国的国土辽阔,但从美国诞生后,种族隔离一直是美国社会体制中挥之不去的弊端之一。南方的种族隔离情况更为严重。所以,别格·托马斯一家怀着向往自由的天真的心情举家迁往北方城市芝加哥。可惜,赖特笔下的芝加哥这个"大房间"的环境和其他地方是没有什么区别的。无论别格走在什么地方,也不管白人还是黑人的世界,他的存在都是那么的渺小、无足轻重。黑人的活动范围被限制在一个非常狭小的范围内。在这个狭小的范围内,他们没有自由,没有与白人同等的权力、自由,有的只是种族隔离、种族歧视。这就为别格以后无意杀人提供了广阔的社会背景。就在别格被捕后,他向他的律师麦克斯说,"他们画了一条线,要你待在线的这一边。他们不管你这边有没有面包。他们不管你死活。随后他们就那么谈论你,当你想要越过线的时候,他们就杀死你。那时候他们觉得他们应该杀死你。每个人都想杀死你……"③。因此,别格之流被困在一个充满激情、屈辱和恐惧的狭窄贫穷的房子里向往着创建自己的"表征空间"。黑人被"不同地"对待,因

---

① Andrew Wiese, *Place of Their Own: African American Suburbanization in the Twentieth Century*, Chicago: The University of Chicago Press, 2002, p. 291.

② Bell Hooks, "Black Vernacular: Architecture as Cultural Practice", *Visual Rhetoric in a Digital World: A Critical Casebook*, ed. Carolyn Handa, Boston: Bedford/St. Martin's, 2004, pp. 395–400, esp. p. 397.

③ [美]理查德·赖特:《土生子》,施咸荣译,译林出版社1999年版,第392页。

为他们的"不同"肤色。同样的,由于限制性法律,白人不愿意或不敢靠近别格和他的亲戚。

在空间缺失、社会空间不在场的状态下,美国黑人也以"表征空间"为途径进行种族抗争,种族对话体现为空间对话,身份建构以空间占有和空间关系平衡为主要内容。可以说,空间是主体建构社会、行使权力的载体和媒介,同时也是他者建构主体的必要途径。因而,别格通过反抗意欲建立的"表征空间"又是存在主义式的,体现了存在主义所强调的人的选择和存在的超越性,即:人总是不断地超越现在而面向未来,总是不断地设计、选择和创造自己。别格的失手杀人是存在式的对现实隐性的表达再现,是因为在他的意识层面,他想对抗现实中的可怕堡垒,建立起自己的"表征空间"。他以前已经起过多次杀心,这是对白人社会深层意识的反抗,是设计定义黑人主体性"表征空间"的内在需求。现实生活中的黑人几乎没有选择,他们一无所有,而"整个世界都是他们的(白人的)",这可能是激起他对客观存在抵制,内心意识强烈的最深层次的根源。潜意识里对整个白人社会的恐惧和谋杀的行动,也是别格失手误杀玛丽的必然性的解释,所以当感觉到有朝一日可以公开此事是他干的,他心底竟然油然而生一种可怕的自豪感。通过误杀白人,他已摆脱了现实生活中在白人面前唯唯诺诺、腼腼腆腆的汤姆叔叔式的别格形象,一次一次超越着白人为黑人设定的"表征空间",拥有了真正的自我"表征空间"。别格的行为代表着从消融于美国白人社会的一个唯唯诺诺的黑人形象到具有独立意识的存在,尽管一开始别格的斗争注定是孤独的,但他必将唤醒一些麻木沉沦在社会底层的黑人,用他们挑战性的"空间实践",颠覆白人设定的"空间表征",建立自己的"表征空间"。

三 空间实践的规训性和挑战性

列斐伏尔"空间三一论"的另一环节"空间实践"产生社会空间,包括"每一社会构成特有的生产、再生产及具体场景和空间体系"。① 他认为,正是由于"空间实践","空间表征"和"表征空间"才得以建构。从概念上看,"空间实践"几乎囊括了所有社会实践,同时强调社会实践的空间性。日常生活体现为"空间实践",而在"空间表征"的渗透和制约下,"空间实践"常常体现为规约的空间行为,但不排除对规约的逾越。两种空间行为分别产生两种"表征空间"——规约性"表征空间"和挑战性"表征空间"。② 在种族"空间表征"中生活的黑人们,有的内化了种族"空间表征",其"空间实践"严格服从"空间表征",而另一些人则意识到种族空间秩序的虚构性和社会构建性,因而以各种方式,不同策略对其发出质疑和挑战。

《土生子》中,别格的母亲托马斯夫人、妹妹维拉和情人蓓西就是那种内化了种族"空间表征"并严格服从其规训的空间实践者。托马斯夫人在种族、性别和阶级的三重压迫下循规蹈矩,甘于忍受生活带来的一切,生活在主流社会为他们建构好的规约性"表征空间"中,不敢越雷池一步。虽终日努力劳作,但依然食不果腹,贫困得要靠救济来勉强度日。她内化白人的价值观,笃信宗教,希望孩子们信靠基督,遵守白人的社会秩序。在别格坐牢后,她甚至希望借助牧师让别格为自己的行为忏悔。为了求得道尔顿夫人的原谅,她去监狱探

---

① Henri Lefebvre, *The Production of Space*. 1974, trans. Donald Nicholson – Smith, Cambridge, Massachusetts: Basil Blackwell, 1991, p. 33.

② Ibid.

望别格时不顾尊严给白人妇女下跪，并因此激怒别格。别格的妹妹维拉胆小无知且奴性十足。她目光短浅，根本意识不到受压迫的真相，终日埋头于缝纫活儿，希望借此改善家境。她终日生活在恐惧之中，对所受压迫不敢有丝毫反抗，心甘情愿地待在强势力量为自己设定的种族、阶级和性别空间里。非但如此，她还与母亲一道，劝别格"改邪归正"，甘做"白人统治的同谋，黑人男性权威的威胁者"[1]。别格的女朋友蓓西则因不堪忍受三重压迫，以一种异端自毁的方式变成了象征性的瞎子。她酗酒纵情，唆使别格为她偷窃，却不愿意和他一起承担。她愚昧无知，无法理解别格希望拯救如她一样"瞎眼"黑人的渴望和抱负。最后，因是别格杀人后的知情者而成了别格的刀下之鬼。

"空间由两个途径生产，一个是社会构成（生产方式），另一个是心理构建（构想）。"[2] 其中，社会构成影响心理构建。黑白二元对立的"空间表征"规训下，别格的"空间实践"则对主流"空间表征"既有唯唯诺诺的服从，又有报复性的逾越。他的"表征空间"虽然努力想迎合白黑对立且白人优越的"空间表征"，却也有忍无可忍的挑战。由于对美国白人社会的恐惧和在白人构建的社会空间中处于失语状态，别格虽骨子里充满反叛精神，但由于习惯于主流社会"空间表征"中对黑人自我"卑下"的心理构建，行动上却时时显得畏首畏尾。在白人所构建的等级森严、黑白对立的"空间表征"中，别格对白人潜意识的恐惧使他第一次到白人道尔顿家去应聘时，感到道尔顿家所在的街区有一种骄气，一种安定，一种自信。而他则事事处处如

---

[1] ［美］伯纳德·W. 贝尔：《非洲裔美国黑人小说及其传统》，刘捷、潘明元等译，四川人民出版社 2000 年版，第 53 页。

[2] Stuart Elden, "Between Marx and Heidegger: Politics, Philosophy and Lefebvre's *The Production of Space*", *Antipode*, 2004（1）, 86–105（20）.

履薄冰，表现得如临大敌："他怯生生地拉开院门的门闩，朝石级走去。他停住脚步，等人责问他。什么也没发生。"① 甚至连按门铃，他都显得草木皆兵："他按了一下门铃，听见屋内丁零零响起来，不由得吓了一跳，或许他按得太重了？"② 刚到道尔顿家里时，他几乎乱了方寸，在与道尔顿家人之间的对话时，言语结结巴巴、微弱低沉、低声下气，举止小心翼翼、畏畏缩缩、腼腼腆腆。"他站在那儿，稍稍弯着膝盖，微张着嘴，弯腰曲背，眼睛看东西也是浮光掠影的。他心里有数，在白人面前，他们就喜欢你这副模样。"③ 白人喜欢的，是黑人在悄没声儿的失语状态中去消融自己。无论是否愿意，别格都表现得自觉努力迎合顺应白人的"空间表征"。小说所描述的美国现代社会是一个处处渗透着米歇尔·福柯的规训权力理论中论及的权力网络与反抗的监狱式规训社会，在这样的社会中，无所不在的权力控制并改造着别格，以使他"驯顺"。在全景敞视监视机制中，别格无意识地按主流"空间表征"所表征的社会规范规定自己的行为和思想，自觉自律地成为一个"驯顺"的被压迫者，小说主人公别格的悲惨生活正是监狱式现代社会的自然产物。

尽管规训权力无孔不入，无比强大，却并非万能。监狱式社会不能消除一切反抗，别格和他的朋友们以各种方式、不同策略对强势集团所构建的"空间表征"进行着质疑和挑战，其"空间实践"也在有意识地挑战白人通过构建"空间表征"所建立起的白人优先的"表征空间"，努力想构建黑人主体性的"表征空间"。首先，这部分黑人意识到了这种空间表征的不公平性和这种不公平的来源。别格与他的

---

① ［美］理查德·赖特：《土生子》，施咸荣译，译林出版社1999年版，第49页。
② 同上书，第50页。
③ 同上书，第54页。

黑人朋友格斯在外面聚会时，别格说："他妈的，瞧！我们住在这儿，他们住在那儿。我们是黑人，他们是白人。他们什么都有，我们什么都没有。他们干啥都成，我们干啥都不成。就像关在监狱里似的。有一半时间，我觉得自己像是在世界外面，巴着篱笆眼儿在往里瞧……"①别格的话暗示着，他们已经意识到黑白之间的空间区隔和由区隔而造成的社会不公。空间在现代权力规训技术中占据着重要和关键的地位，现代社会的权力操控部分地是通过空间的组织安排来实施完成的。整个黑带区犹如全景监狱的巨大隐喻，对黑人身体的控制同各国对空间的限制得以实现。通过"监狱"式的权力空间化建构，权力弥散于空间的监视中，权力因此无孔不入、无处不在，在监视的空间中得以实施和实现对黑人身体的规训，黑人身体成为白人/监视者与黑人/囚犯之间重组政治力量交锋的场所。美国种族权利对黑人身体的干预、驾驭、使用和改造可见一斑。

但是，黑人们也很清楚掌握着权力的统治阶级可以通过立法构建有利于他们的空间表征，而这种空间表征时刻都在限制着黑人的职业和身份。别格和他的伙伴们的对话很好地体现了这一点。

"每次我只要一想到我是黑人他们是白人，我住在这儿他们住在那儿，我就觉得仿佛有什么可怕的事要在我身上发生……

"哟，看在老天爷分上！像这样的事，你是没一点办法的。你干吗要操这份心呢？你是黑人，他们制定法律……

"他们干吗让我们住在城市的一个角落里？他们干吗不让我们驾驶飞机，管理轮船……"②

---

① ［美］理查德·赖特:《土生子》，施咸荣译，译林出版社1999年版，第21—22页。
② 同上书，第22页。

可见，正是恶劣的社会环境迫使别格等意识到黑白不平等根源的黑人通过暴力的"空间实践"来保护自己，并且成为一座可以随时爆发的活火山。这种空间表征使别格等黑人内心充满仇恨怨怒和破坏潜力。别格的伙伴们预谋抢劫白人布鲁姆的店铺，虽最终因为别格故意同自己的同伴打架阻挠，但一旦成行，后果将不堪设想；因为恐惧被迫害，别格喜欢随身带着枪。最终，别格杀人、焚尸、写绑架勒索信、逃跑，虽始自恐惧，却并非无意识为之。可以说，别格的空间实践体现着别格对白人所设定的"空间表征"的反抗和对定义自身主体性的"表征空间"的重新设计。当然，为了维护既有的"表征空间"，强势阶层必然采取暴力的惩罚方式。为挑战法网恢恢的规训权力，主人公别格的挑战性"空间实践"最终付出了生命的代价。

四 结语

空间是政治性的。《土生子》的空间关系表征着种族政治关系。其实，赖特的抗议小说中无处不体现着黑人为争取种族政治空间所做的抗争和努力。《土生子》所描述的"黑带区"权力化的"空间表征"中，凝结着种族隔离社会中黑人困苦破落的生存写照。赖特的成功之处在于，他并没有停留于对黑人苦难生活的描述，而是进一步描述了黑人为建立自己的主体"表征空间"而进行的抗争性"空间实践"，以此提醒白人主流社会，隐藏在受压迫黑人心中的怒火一旦爆发，主流社会所构建的"空间表征"必然坍塌。

黑人的历史本身就是为争取社会空间、平等空间和空间融合而抗争的历史。美国黑人为自由而斗争并构建主体性的过程，实际上就是空间体验的过程。从美丽非洲的主人到戴着手铐脚镣蜷缩在阴暗潮湿、拥挤不堪的贩奴船只舱底的奴隶，从种植园中被当作"会说话的牲口"到摆脱枷锁的自由人，从私刑盛行、隔离成法的美国南方人再到北方城市贫民窟的贫民，从"新黑人"到美国总统，美国黑人无时无刻不在体验着强势集团塑造的"空间表征"，也无时无刻不在这种空间表征中通过空间实践塑造自己变动不居的身份，构建自己的"表征空间"，宣示自己的社会在场。在这个过程中，赖特式的作家们和别格们的抗争，为这种空间体验增加了浓墨重彩的一笔。在黑人诸如此类社会在场的宣示中，美国社会必然也会学会不再重枝叶而轻根本，各种族合力所构建的"表征空间"也会更加彰显人文情怀。

[基金项目：国家社科基金一般项目"二十世纪非裔美国文学中的种族政治研究"（项目编号：14BWW073）]

双城映像：宋元话本小说的空间书写

夏明宇[*]

有宋一朝伴着商业经济的繁荣，中国社会正发生着"不断城市化"的巨大变迁[①]。繁荣富庶的两宋都市，成为万民向往之地，也是书会才人们创作时描摹书写的对象。宋元话本小说以"为市井细民写心"[②]为创作旨趣，成为两宋都城市民生活的"实录"[③]。以两宋都城东京与杭州为叙事空间的小说比较多见，宋莉华将此类小说作品称作"两宋双城记"[④]。孙逊、葛永海则从"双城"发端，认为"宋元话本主要反映了两宋双城各具特色的城市映像：一是北宋移民追忆中的东京梦华，二是效学汴京气象的临安风貌"[⑤]。学界前贤揭橥了"双城"现象的意涵，拓展了小说研究的空间取向。但因他们多从小说史的整

---

[*] 夏明宇，文学博士，上海大学图书馆助理研究员。

[①] ［美］费正清、赖肖尔：《中国：传统与变革》，陈仲丹等译，江苏人民出版社1996年版，第143页。

[②] 鲁迅：《中国小说史略》，《鲁迅全集》第9卷，人民文学出版社2005年版，第287页。

[③] 程毅中：《宋元小说的写实手法与时代特征》，程毅中：《宋元小说研究》，江苏古籍出版社1998年版，第429页。

[④] 宋莉华：《汴州与杭州：小说中的两宋双城记》，《中国典籍与文化论丛》第7辑，北京大学出版社2002年版。

[⑤] 孙逊、葛永海：《中国古代小说中的"双城"意象及其文化蕴涵》，《中国社会科学》2004年第6期。

体视域对其进行观照，故而对宋元话本中的"双城"现象挖掘尚不足。只有细致考索宋元话本小说中的都市空间形态，把握都市空间的内涵与人文意蕴，才能洞悉话本小说家的创作初衷与创作技巧，更好地体认"过去的人们所生活于其中的环境、风俗与心灵生活"[①]。

神圣与凡俗：两宋故都的世俗图景

　　宋元话本小说的双城空间，涵盖了此岸劳生与彼岸超升的双重维度，既描画了市民百姓日常生活的市井空间，也书写了置身红尘的寺庙道观等神圣空间。宋元话本小说中以北宋都城东京为书写空间的作品有《杨思温燕山逢故人》《闹樊楼多情周胜仙》《金明池吴清逢爱爱》《简帖和尚》等，以南宋都城杭州为书写空间的作品有《西湖三塔记》《错认尸》《新桥市韩五卖春情》《陈可常端阳仙化》等。地标是都市地理空间的标识，宋元话本小说的双城地标主要有金明池、樊楼、西湖、相国寺、灵隐寺等市民百姓耳熟能详的游玩胜地。

　　金明池不仅是个风景胜地，照映出北宋曾经之富丽，它还是世事沧桑的见证。《计押番金鳗产祸》的故事时间跨越北宋、南宋，叙事空间也由东京转移向杭州。故事前半部分发生在东京，讲述计押番闲暇时来到金明池垂钓，钓到了一只能说话的金鳗，并预言若其遇害，计押番一家必将遭到报应。靖康之变后，故事空间又转移到了杭州，押番一家果然皆死于非命，应验了金鳗之预言。东京的樊楼与金明池

[①] 高小康：《中国古代叙事观念与意识形态》，北京大学出版社2005年版，第106页。

遥相呼应，成为俊男靓女游乐艳遇的情感发生空间，它们一起见证了北宋王朝的盛世。《宣和遗事》后集载，"樊楼乃丰乐楼之异名，上有御座，徽宗时与师师宴饮于此，士民皆不敢登楼"。后集还引刘屏山《汴京杂诗》："梁园歌舞足风流，美酒如刀解断愁。忆得少年多乐事，夜深灯火上樊楼。"① 《汪信之一死救全家》故事里的宋五嫂，南渡前曾在汴京樊楼煮鱼，幸运的是，高宗皇帝来西湖游玩时与她偶遇，并品尝了她的绝活儿，从此，宋嫂鱼羹便盛名远扬。金明池与樊楼的富庶与浪漫，随着靖康之乱的爆发，只能成为遗民们温暖与隐痛交织的遥远记忆。南宋遗民吴自牧追忆昔日杭州生活时说道："矧时异事殊，城池苑囿之富，风俗人物之盛，焉保其常如畴昔哉！缅怀往事，殆犹梦也。"② 此种幻灭感可谓乱离之人心境的真实写照。

南宋杭州地标以西湖为最著，《西湖老人繁盛录》《武林旧事》等笔记中都有精彩的笔墨对它进行过描画。与金明池、樊楼的命运相若，西湖在时人与遗民的心中，并非只是浪漫的胜地，它同样潜伏着波涛诡谲的人世险恶，有着令人扼腕的悲情发生。《西湖三塔记》以"西湖"为题，记述了流传于民间的白蛇故事的早期形态。故事讲述奚宣赞清明时节来西湖游玩，遭到女怪的迷惑，误入妖境险些丧命。后在奚真人的施法下，三个怪物现形为乌鸡、獭、白蛇，并被三个石塔镇于西湖中心，至今古迹遗踪尚在。西湖故事，融现实与虚幻、美丽与恐怖于一体，显示了都市空间的多维面孔。

除了樊楼、金明池、西湖等特色鲜明的地标性都市空间之外，宋元话本小说中还叙写了大量与市民日常生活紧密相关的寻常空间意象，如东京的天汉州桥、白虎桥、金梁桥、状元坊、枣槊巷等，杭州

---

① 丁锡根点校：《宋元平话集》，上海古籍出版社1990年版，第344页。
② （宋）孟元老等：《东京梦华录》（外四种），古典文学出版社1956年版，第1页。

的万松岭、钱塘门、梅家桥、众安桥、武林门、西湖苏堤等。这些真实而琐细的地理空间，让话本小说烙上了时代的印记，成为早期话本小说内在的身份证明。《张生彩鸾灯传》中的舜美与素香在私奔至杭州城北关门的时候，因为人潮汹涌而失散，焦急中的舜美不知从何处寻找素香，故事中交错浮现的杭州地名，恰恰表征了他惶惑惊恐的心灵地图："舜美自思：一条路往钱塘门，一条路往师姑桥，一条路往褚家堂，三四条叉路，往那一路好？踌躇半晌，只得依旧路赶去，至十官子巷，那女子家中，门已闭了，悄无人声。急急回至北关门，门又关了。"这里的寻常巷陌皆为市民熟知的真实地名，让受众感同身受，故事的真实效果大大增强。

相对于世俗风味浓厚的地标景观与寻常巷陌，寺庙等宗教性活动空间，因其对彼岸世界的终极关怀，而天然地附着神圣的意味。宋元时代儒道佛三教合一，在佛教中国化并与儒教、道教相融合之后，特别是佛教的三世轮回学说，给中国传统儒教专重今世的观念以巨大冲击。神宗时，全国的寺院宫观达4万多所，还有官府不承认的大量"淫祠"[1]。寺庙的存在俨然成为底层民众自我救赎的"稻草"，"经由对人外力量——不论是祖先或神灵——的崇拜，而得到个人和家庭的利益"[2]。普通百姓对宗教祈福禳灾、寄托来世等"实用"功能的关注，让相国寺、灵隐寺等神圣空间披挂上浓厚的世俗色彩。

相国寺在北宋承平时期，不仅是市民朝拜的神圣空间，同时是万民同乐的凡俗空间。"相国寺每月五次开放万姓交易，大三门上皆是飞禽猫犬之类，珍禽奇兽，无所不有。"[3] 相国寺凡俗与神圣交织的空

---

[1] 周宝珠：《宋代东京研究》，河南大学出版社1992年版，第520页。
[2] 蒲慕州：《追寻一己之福——中国古代的信仰世界》，允晨文化实业股份有限公司1995年版，第269页。
[3] （宋）孟元老等：《东京梦华录》（外四种），古典文学出版社1956年版，第19页。

间，也是小说叙事情节的转捩点。《简帖和尚》里的东京人皇甫殿直、奸诈的绰口和尚、被皇甫休弃的娇妻，三人因为正月初一的烧香风习而于大相国寺偶遇，至此故事真相浮出，情节发生逆转，最终作恶的和尚被绳之以法，离散的皇甫夫妻得以破镜重圆。不同于相国寺"皇家寺院"的庄严荣耀，南宋杭州的灵隐寺更像是一个"隐士"，隐居在西湖与飞来峰之间。《陈可常端阳仙化》中的灵隐寺，是郡王府朝拜的圣地，也是落魄秀才陈可常剃度栖身之所。郡王府每年端午节都有去灵隐寺斋僧的惯例，这使得贫僧与权贵有了结识的机缘，端午叙事也就由此而衍生。除了地处双城的相国寺、灵隐寺之外，宋元时期在民间具有普遍影响力的庙宇还有东岳庙。"越以东岳地遥，晋人然备蒸尝，难得躬祈介福，今敕下，从民所欲，任建祠祀。"[1] 文献载录可见，东岳庙行祠在宋代遍布各地，它是双城寺庙空间的延伸补充，《皂角林大王假形》《杨温拦路虎传》等小说中多有描述。相国寺、灵隐寺等都市寺庙是"双城"市民心灵放逐的内部空间，而东岳庙等远离都市的庙宇只能是他们心灵放逐的外部空间了。如果说游赏相国寺与灵隐寺多少还有点悠闲娱乐与宗教朝拜的成分，那么，参拜东岳庙则更多地与市民的苦难诉求直接关联，它们从不同层面给虔诚的香客以心灵慰藉。

庙宇既是都市人祈福禳灾的神圣空间，又是都市人娱乐狂欢的世俗空间，还是沉迷于繁华生活的都市人的救赎空间，它们与都市凡俗的市井空间相对相依，共同构成了小说叙事的空间景观。正如凯文·林奇所说的那样，"景观也充当着一种社会角色。人人都熟悉的有名有姓的环境，成为大家共同的记忆和符号的源泉，人们因此被联合起

---

[1] 曾枣庄、刘琳：《全宋文》（第8册），巴蜀书社1990年版，第318页。

来，并得以相互交流。为了保存群体的历史和思想，景观充当着一个巨大的记忆系统"。① 因此，宋元话本小说中的市井空间与寺庙空间，从凡俗与神圣两个维度，书写生活悲欢与灵魂吁求，不仅为"双城"叙事提供了一个敷演故事的地理空间，还能由此窥见两宋都城的片段风貌，再现一段尘封久远的世俗图景。

融入与游离：江湖空间的漂泊流动

"双城"中的世俗空间与神圣空间，是就空间的物态而言的。若越过空间的物象表层而进入意义层面，则能发现在这些物象背后，皆灌注着底层百姓喜怒哀乐的生命体验。宋代商业经济的发达，必然对"安土重迁"的传统社会心理结构带来冲击，造成"游民"人数的激增。"游民虽然历代都有，但是游民能够形成群体，在城镇之间流动却是在宋代，所以江湖的形成大体上说也是在宋代。"② 江湖人的职业可谓五花八门，他们与普通市民的生活空间既相远离，又颇为切近，举凡勾栏瓦舍、占卜卦肆，甚至城郊野店、山林丛莽等，皆为江湖空间之组成部分。厕身于主流社会的江湖空间，因其流动性与丰富性而成为都市生活的必要补充，又因为游民身份的复杂性，让其又成为都市人的隐患。

勾栏瓦舍是宋元时代兴起的通俗文艺表演场所，市民们在此能够享受到江湖艺人所带来的精彩表演。"江湖艺人基本上也形成于宋代，由于宋代城市结构的变化，从城坊制变为街巷制，商业手工业繁荣起来，促进了对娱乐业的需求。于是一些具有文艺天分的游民，在流入

---

① ［美］凯文·林奇：《城市意象》，方益萍等译，华夏出版社2001年版，第95页。
② 王学泰：《发现另一个中国：对江湖、庙堂与民命的历史考察》，中国档案出版社2006年版，第161页。

城市后可以通过创作和表演通俗文艺作品来谋生，他们便是最早的江湖艺人。"① 江湖艺人除了在路边"打野呵"② 之外，大多都在勾栏瓦舍里进行表演。《东京梦华录·京瓦伎艺》较早记录了东京瓦舍的演出盛况："崇、观以来，在京瓦肆伎艺：张延叟，《孟子书》。主张小唱：李师师、徐婆惜、封宜奴、孙三四等，诚其角者。……诸棚看人，日日如是。"从小说的叙事空间来看，勾栏瓦舍具有阴阳两面，阳性一面，它是广大市民的享乐空间，契合他们的精神需求；阴性一面，它又成为浮浪弟子们为非作歹、藏污纳垢之所。《都城纪胜·瓦舍众伎》载："瓦者，野合易散之意也，不知起于何时；但在京师时，甚为士庶放荡不羁之所，亦为子弟流连破坏之地。"③《宋四公大闹禁魂张》中的赵正在偷了王秀的衣裳之后，来到桑家瓦里消遣了一把。《史弘肇龙虎君臣会》中的郭威在发迹之前，常来瓦子消磨时光，因为杀了勾栏里的弟子，被迫逃命天涯。勾栏瓦舍是市民们流连忘返的娱乐场所，映照出江湖艺人的辛苦身世以及底层市民的精神诉求，它是宋代发端的通俗文艺商业化的发祥地，由此可考察两宋都城商业文化之一斑④。

宋代巫鬼信仰弥漫。鲁迅先生曾下断语云："宋代虽云崇儒，并容释道，而信仰本根，夙在巫鬼。"⑤ 这种民间信仰的存在，导致从乡野到都城，占卜算命等巫术肆行。占卜者多谙熟阴阳五行之学，具有高超的洞察能力，当然，其中亦有不学无术、糊弄百姓之徒。《杨温

---

① 王学泰：《发现另一个中国：对江湖、庙堂与民命的历史考察》，中国档案出版社2006年版，第163页。
② （宋）孟元老等：《东京梦华录》（外四种），古典文学出版社1956年版，第441页。
③ 同上书，第95页。
④ 吴晟：《瓦舍文化与宋元戏剧》，中国社会科学出版社2001年版，第18页。
⑤ 鲁迅：《中国小说史略》，《鲁迅全集》第9卷，人民文学出版社2005年版，第106页。

拦路虎传》中自封"未卜先知"的占卜先生，给杨温占出了凶卦并给予"出百里之外，方可免灾"的解脱之法。为祛除心病，杨温偕妻子前往东岳还愿禳灾，结果引出了一段厄运烟波。不仅普通市民留意卦肆空间，有时连帝王将相也对占卜有着心理依赖。《赵伯升茶肆遇仁宗》中的仁宗皇帝在梦见一金甲神人后，赶忙召唤太监为他占卜解梦，在皇帝眼里，整个皇宫都可以算是他的卦肆"江湖"。

与都市中"安分守己"的瓦舍艺人、算命先生等江湖人不同，另有一些江湖人则只能沉淀在"湖底"，他们潜伏于市民出行必经的城郊地带，经营起打劫的勾当，将江湖空间牵引到城外。城郊与都市相互依存，两处的江湖空间也存在着对立、并存与转换的关系。与都市里"合法"的江湖空间相对立，山野江湖乃是处于社会边缘的"非法"江湖。出没于山野江湖的游民，多没有赖以谋生的一技之长，只能通过谋财害命等暴力手段来谋生。"在这个空间中，游民的第一需要是生存，这是'江湖'存在的依据，与这个'江湖'相邻的是'沟壑'。在江湖上挣扎的人们，最后大多填于沟壑。"[①]南宋时期社会矛盾空前激化，绿林聚义此起彼伏，各类江湖势力趁机扩大地盘，或小打小闹、夺取财物，或打家劫舍、杀人越货，更有甚者则占据山头、攻城略池。险恶的江湖空间在宋代已然形成，它也成为小说家与受众最为关切的社会空间。《十五贯戏言成巧祸》中杭州城里的刘大娘子，在回娘家的路上，遇到了城郊山林边的静山大王，管家被杀死，自己不得已做了压寨夫人。城郊地带，交通便利，入则城市，出则山野，行人来往不绝，便于犯案。王学泰从"江湖"的形成历史来看待古代小说的成长时认为，"作为首次写到江湖的小说《水浒传》，

---

① 王学泰：《发现另一个中国：对江湖、庙堂与民命的历史考察》，中国档案出版社2006年版，第155页。

其故事形成于南宋期间，也就是不奇怪的了"。① 其实，早在宋元话本小说中已有大量的江湖空间书写，它们实为《水浒传》江湖空间之滥觞。

江湖空间或置身都市角落，或介于城乡之间，它们作为都市空间的延伸与补充，与"魏阙"空间相对相倚。其中努力融入都市主流生活的江湖空间，因其遵循着都市的空间秩序，而渐渐成为都市空间不可或缺的组成部分，江湖人也慢慢被都市接纳为市民。而游离于都市生活的江湖空间，因其难以遵守都市的空间秩序，江湖人逐渐被都市空间所排拒，被迫走向反动，直至沉降"沟壑"。

私密与开放：情色空间的隔而不断

江湖空间寄居于都市外部场域，对于小说受众而言，他们更关注都市内部的私密空间，特别是与情色活动相关题材的故事。书会才人在创作时定会考虑到受众的"媚俗"心理，"从满足市井听众好奇猎艳的趣味到迎合他们的庸见，直到喂养他们粗俗的正义感"。②"宋元话本小说中往往出现情色为题材的故事，情色故事主要以放纵、淫欲、通奸为主进行空间叙述与主体活动，并构成'色欲'空间内涵与意识。"③ 与江湖空间的开放性相对，情色空间的首要构成条件就是它的私密性，故而小说家在建构情色空间时，会选择市民百姓难以目击却又可以窥探的场所，制造一种隔而不断的空间效果。

---

① 王学泰：《发现另一个中国：对江湖、庙堂与民命的历史考察》，中国档案出版社2006年版，第161页。

② 康正果：《重审风月鉴——性与中国古代文学》，辽宁教育出版社1998年版，第181页。

③ 金明求：《虚实空间的转移与流动——宋元话本小说的空间探讨》，大安出版社2004年版，第146—147页。

宋元时代娼妓业发达，北宋东京时有"色海"①之艳称，青楼妓馆、茶肆酒店等公共场所就是最寻常的情色空间。罗烨《醉翁谈录》载"平康里者，乃东京诸妓所居之地也。自城北门而入，东回三曲。妓中最胜者，多在南曲"。②此处有关平康里的描述，多借用唐代《北里志》中的语句，但也反映出东京娼妓聚居地的大致情景。《东京梦华录》共有十余处直接提及"妓馆"，如曲院街，"向西去皆妓女馆舍，都人谓之'院街'"。③南宋一朝，偏安江左，享乐风气更甚，娼妓业更是达到了登峰造极的地步，其繁盛状况相较北宋东京则有过之而无不及。宋元时代的妓女大体有三种身份，"基本上都以官妓（包括宫妓、地方官妓、市妓）、家妓和私妓并存的格局延续发展"。④妓女因其身份的不同决定了她们营业空间的差异，其中市妓已获得官方认可，拥有相对稳固的安全的经营空间，私妓因为"不隶乐籍"而不受官方保护，只能流动性地出没于酒楼、茶坊等场所，情色空间流动不居。

宋元话本小说以市民生活为中心，情色叙事跳脱出唐传奇"妓女—进士"模式，另辟"妓女—商人"一途，商人替代书生，担当了情色故事的第一号男主角。《错认尸》中的杭州商人乔俊，在东京上厅行首沈瑞莲家寄宿两年之久，用高昂的价钱来兑取"市妓"情色空间的稳定舒适。与唐传奇《李娃传》中的荥阳公子相似，乔俊在金钱散尽后也被老鸨逐出了青楼。《新桥市韩五卖春情》故事发生于新桥市，这是杭州延展出的卫星城，小说中的暗娼金奴，因为是"私窠子"身

---

① （宋）胡仔纂辑，廖德明校点：《苕溪渔隐丛话》（前集）中载录有"京师素号酒色海，溺者常多济者稀"，人民文学出版社1962年版，第184页。
② （宋）罗烨编，周晓薇校点：《新编醉翁谈录》，辽宁教育出版社1998年版，第26页。
③ （宋）孟元老等：《东京梦华录》（外四种），古典文学出版社1956年版，第12页。
④ 武舟：《中国妓女文化史》，东方出版中心2006年版，第7页。

份，只能租赁民房从事情色勾当。在借居商人吴山的商铺阁楼后，情色空间还是不太隐秘。"有好事哥哥，见吴山半晌不出来，伏在这间空楼壁边，入马之时，都张见明白。"楼下经商，楼上淫乱，这种看似隐蔽实则半开放的情色空间，是由都市楼房的建筑格局所决定的，闹市中店铺比邻，隔墙有耳，更容易走漏风声。

宋元话本小说在叙述商人情色故事的时候，还将目光投注到他们的妻女身上。其实，商人在外风流贪欢之际，其妻女也暗地里进行着亡命的情色活动，她们的情色空间往往就是自家的居室或后院。《错认尸》中的小妾周氏，因丈夫乔俊外出经商长久不归，便对佣工小二心生爱慕，二人最终突破了主仆身份界限，苟合成奸。卧室情色空间，安全而又隐蔽，不会受到外界的干扰。不过，世上本就没有不透风的墙，他们的情色空间在大夫人的干涉下随即瓦解。情色行为的私密性，要求情色空间必须隐蔽隔绝，于是，"楼上"空间便成了偷情者的最佳选择，一场场情色叙事就在"楼上"空间展开。《任孝子烈性为神》就多次出现"楼上"空间，主人公任珪乃临安城药铺主管，在他白天忙于经商之际，妻子梁圣金却将他家的"楼上"空间变成了与老情人的淫乐窝，甚至当着楼下瞎眼老公公的面，干起了苟且之事："遂携周得手揭起布帘，口里胡说道：'阿舅上楼去说话。'这任公依旧坐在楼檐下板凳上念佛。这两个上得楼来，就抱做一团。"楼下瞎眼老公公依旧在念佛，楼上却早已是情欲沸腾的"色海"，佛性与情色在此空间夸张对比，充满了反讽意味。

社会地位决定社会身份，社会身份又决定了人的社会存在空间，并进而决定了情色叙事的空间差异。小说家对地位较高的商人及其妻妾等人的情色空间着墨较多，而对于地位较低的商人女儿们的情色空间多一笔带过。商人后院中涉世不深的女孩，怀着对情爱的好奇、向往、恐惧等各种复杂的情愫，在受到与她朝夕相处的异性的攻击时，一不小心就会上当受骗甚至失身，她们丧失了情色空间建构的能动性，任凭家里佣工的摆布。这些无良的佣工在主家"一年长工，二年家公，三年太公"①，掌控了情色空间的建构权力。《错认尸》中与周氏通奸的佣工小二，丑事泄露后，又诱奸了雇主的女儿玉英。《计押番金鳗产祸》中的佣工周三本是流浪孤儿，主家收留他来帮忙打理酒店，他却骗奸了雇主的女儿庆奴。少女与佣工的情色活动多局促紧张，情色空间模糊难辨，呈临时性与碎片化，这与他们的卑微身份暗相契合。

情色风习不仅浸染俗世社会，也波及了红尘之外的庙宇道观。僧人本应六根清净，忘却尘世情缘，可在现实中偏偏还有一群难忘尘俗的"情僧"。孙逊认为，"情僧形象在宋人小说中大多异化为专重男女性爱的淫僧"。② 宋元时代僧侣情色观念的变迁，与时代的"情色"风习分不开，《东京梦华录》记载："景德寺，在上清宫背，寺前有桃花洞，皆妓馆。"③ 东京的寺庙与妓馆共处同一空间，染此世风，让情僧悄然蜕变为淫僧。据《清异录》记载，汴京大相国寺僧人以艳娼为妻，称为"梵嫂"④。僧人的情色故事多发生在寺庙里，偶或也有越出了寺庙的高墙。《勘皮靴单证二郎神》中的韩夫人，因治病被安排到太尉杨戬宅上休养。韩夫人的居住空间戒备森严，一般外人难以接近，可还是被庙官二郎神凭借神功轻易攻破，太尉府的深宅大院变成了二人的淫乐空间。话本小说中如孙神通之流跨越寺庙的僧人毕竟不多，更多的僧人只是将寺庙当作情色的道场。《五戒禅师私红莲记》

---

① （明）洪楩编，谭正璧校点：《清平山堂话本》，上海古籍出版社 1987 年版，第 220 页。
② 孙逊：《中国古代小说与宗教》，复旦大学出版社 2000 年版，第 168 页。
③ （宋）孟元老等：《东京梦华录》（外四种），古典文学出版社 1956 年版，第 20 页。
④ （宋）陶毂：《清异录·梵嫂》，中华书局 1991 年版，第 64 页。

中的五戒禅师未能克制情欲的冲动,与收养的红莲女一晌贪欢,清净的长老房变成隐秘的情色空间。不过,这一隐私很快就被明悟禅师所窥破,五戒禅师羞愧难当随即坐化而去。僧侣的情色活动,不论是发生在豪门后院还是寺庙密室,这些看似安全隐蔽的情色空间,终归会露出破绽。可见,绝对安全隐蔽的情色空间是不存在的,它被冥冥中的那只隐匿于天空、地底抑或心灵深处的天眼所逼视,让情色空间瞬间崩塌。

出于心理补偿的私念,书会才人还创作出一些专供自我赏读的才子佳人类的情色故事,抚慰一己潦倒落魄的平生遭际。《张生彩鸾灯传》讲述落榜秀士张舜美元夕夜观赏杭州灯火,偶然捡拾到一幅花笺纸,凭借纸上文字的暗示得以与彩鸾灯女幽约欢会。素香与舜美的情爱恰似激流闪电,素香的卧室成了情色叙事空间。但这偶遇的爱情在当时并不能被家长所接受,二人随后密谋私奔。才子佳人类的情色故事,与宋元时代日趋世俗化的市民理想格格不入,它只能是书会才人们对于理想爱情的虚幻想象。

情色空间的叙事建构,以与外界的隐蔽隔断为要务,但是再隐蔽的情色空间,也难免会私情外泄。隔而不断的空间布设,让情色叙事往往就此中断,当事人要么为情殒命,要么只得远走天涯。因此,宋元话本小说的情色空间只是暂时性的私密存在,它其实比江湖空间更为漂泊不居。

结语

宋元话本小说的双城空间书写,承载着创作者们对两宋故国的文化记忆与眷念情怀。中国历史极少有如赵宋王朝那样遭受两次惨烈的外族入侵,那是一个民族永难抹去的集体记忆。正是这种前所未有的大变局，深深地震撼并刺痛了乱离人的心灵，两宋故都的繁华往昔，那些熟悉的街衢、酒肆、池苑、青楼、寺庙等空间物象，成为他们魂牵梦绕的所在。这些承载着历史故事、集体记忆、民族认同的空间景观，成为小说受众怀乡与望乡的温暖符号。

"居庙堂之高则忧其民，处江湖之远则忧其君"，是宋代文人的践行操守，故而他们在遭受挫折流落江湖时，仍旧割舍不掉其关怀庙堂的政治情结。书会才人笔下的江湖空间，也一样寄寓了落魄才子们对于高远庙堂的深情遥望。话本小说中的江湖空间，是底层"细民"的谋生所在，也是才人们自己置身的生活空间，充满了辛酸、无奈、动荡、凶险等多重心理体验，折射出他们漂泊江湖的潦倒身影。

有宋一朝重文轻武，享乐风气弥漫。在这样的世风熏染下，上至帝王高官，下至街坊游民，甚至寺庙僧侣，情色活动在社会各阶层中暗流涌动。宋元话本小说情色叙事及其空间建构，就是时代风习的一面镜子，映照出时人的精神原色与审美趣尚。宋元话本小说的情色空间书写，对明清世情小说的创作影响深远，直接沾溉了《金瓶梅》等章回小说的情色空间建构。

[基金项目：国家社会科学基金一般项目"空间视域下的宋元明白话短篇小说研究"（项目编号：17BZW127）]

少数民族文学中的"河流"书写及其隐喻意义

孙胜杰[*]

"河流"意象在小说叙事中一般都理解为某种象征：惜时叹逝、愁情恋语、离别契阔、覆水难收以及蓬勃的生命力等等，这些以时间观为主导的河流象征意义是汉语思维的阐释。而少数民族文学中的河流意象却不是自然客体从外部世界移入主体心理的那种简单的、表象性的对象物，而是更接近原始意象，是用母语思维、一种直觉的方式表达对世界的认识，一种借助经验和想象建构起来的空间性的图式。笔者主要选取了黄佩华（壮族）、李进祥（回族）、叶梅（土家族）三位当代少数民族作家，虽然他们分属于不同民族、身处不同地域以及作品风格不同，但相同的是，他们在文学作品中都将河流作为原型意象进行河流场域的叙事，河流不但是所属民族的自然环境和生存底色，更是各自族群历史与记忆的映射。

---

[*] 孙胜杰，文学博士，黑龙江大学博士流动站研究人员，哈尔滨学院讲师。

一　民族审美意象与精神家园的象征

"审美意象"是文学创作主体"细微复杂思想感情的载体，它的反复使用暗示着创作者内心有所指向，象征着感性观照之外的更为普遍的意义"[1]，每个少数民族所具有的独特民族文化使少数民族文学作品中会产生一些惯常性的审美意象。而少数民族审美意象本身附着的民族、宗教情感，源于该民族在自己地域的生存需要以及"民族特质文化生活中所凝结形成的独特的心理素质、性格特征、人文生态等"[2]，所以，"审美意象"最开始的意义并不是单纯的审美，而是后来才衍化为独立的审美对象。"河流"作为民族的一个完整而鲜活的审美意象，形成的心理过程除了与自然地理环境有关，最重要的还是积淀在人类意识深处的"河流孕育生命的根深蒂固的集体无意识"[3]。

河流承载着深厚的中华文明，人类生命起源的母体原初形态诞生于滨海河畔，在后来的生存与繁衍过程中也都要依靠河流的滋养。在少数民族丰富的创世神话中，比如满族、彝族、景颇族、侗族、布依族、土族、柯尔克孜族、哈尼族等民族中有一个共同的水创世、水生人祖的母题。满族诸神始祖（《萨满神歌》）是女神阿不凯赫赫让大海生出无数水泡，然后水泡聚成球体漂浮于水面而孕育；基诺族（《阿摸腰白》）的创世女神阿摸腰白正是大海所生；哈尼族神话《刚

---

[1] 马慧茹：《当代回族小说中的审美意象与精神追求》，《西北民族大学学报》（哲学社会科学版）2010 年第 2 期。
[2] 陈丽琴：《壮族当代小说民族审美导论》，民族出版社 2010 年版，第 148 页。
[3] 孙胜杰：《20 世纪中国小说中的"河流"原型研究》，黑龙江人民出版社 2016 年版，第 24 页。

背阿利和刚背阿布》①、彝族创世史诗《梅葛》②和珞巴族传说③中都有河流孕育始祖的叙述。河流与少数民族文化的重要载体神话紧密相连，凝聚了少数民族原生态的群体文化心理意识，成为具有原型意义的少数民族文学中反复出现的审美意象。

少数民族文学中的河流审美意象"联结着深层的民族文化和民族审美意识，暗示着民族的过去，也预示着民族未来的情感走向"。④每个民族都有一条母族文化象征的河流，从整体上代表了本民族文化的发展历程，是其精神家园的象征。对于地处边陲的各个少数民族而言，河流带给民族作家的是一个深远而广阔的想象空间，浇灌了民族作家的心灵，流入他们的作品。如湘西之于沈从文；清水河之于回族作家李进祥；红水河之于壮族作家黄佩华；波努河之于瑶族作家蓝怀昌……

壮族作家黄佩华小说叙事的地域背景集中以两条河流——驮娘江和红水河为依托，"驮娘江委婉迤逦，富有女性意味；红水河雄奇险峻，极具雄性色彩"，两条河流成为黄佩华塑造"民族文化性格与人文精神的核心寄托"⑤，并且两条河流分别对应着不同的形象塑造与审美风格，雄性的红水河对应的是老汉的人物形象与阳刚的审美风格；阴柔的驮娘江对应的是女子的人物形象与婉约的文学风格。女子与男子在社会中的地位作用是同等的，共同支撑着桂西北壮民族的家庭与

---

① 刚背阿利和刚背阿布是一对兄妹，按照天神的旨意分别在河的上游和河的下游洗澡，但不久妹妹刚背阿布便受孕生下了两个肉葫芦，成为哈尼族的始祖。
② 哥哥在河头洗身体，妹妹在河尾喝河水，一月一次，九个月后，妹妹生出一个大葫芦，葫芦里装的有汉人、彝人、傣人和苗人的祖先。
③ 天神的女儿麦冬海依在天河洗澡，因为口渴难耐遂喝了一口河水而受孕。
④ 陈丽琴：《壮族当代小说民族审美导论》，民族出版社2010年版，第269页。
⑤ 温存超、黄佩华：《地域文化小说与民族文化书写》，《广西民族大学学报》（哲学社会科学版）2014年第3期。

村寨,这是壮民族的一种生活形态,也是一种民族精神。清水河是回族作家李进祥的"文学地理",在小说集《换水》的后记里他这样写道:"走不出清水河,像走不出一段爱情;走不出清水河,像走不出一种宿命。"清水河是宁夏境内黄河的支流,是一条咸水河,无法饮用、灌溉,当地人称是"多余的河",但被李进祥书写成一条极具民族特色的河,河水虽苦涩,却成就了作家洁净的人生。

"回归家园"是20世纪中国文学的一条很重要的文学发展流脉。城市化、现代化飞速发展,人类离自然、乡土越来越远,重返家园,重新建立人与乡土自然的关系已经成为现代人迫切的需要。少数民族文学作品中呈现出的家园意识有的指向少数民族的宗教文化家园,也有的指向中国的传统文化家园,但最终都归结为一种精神家园。"精神家园是主体坚信不疑的、被认作是自己生存的根本、生命意义之所在的终极价值和目标体系,是以符号、形象等象征物存在的文化世界、价值世界、意义世界。"[①] 所以,少数民族作家通过对自然界河流的书写来表征对"家园"的寻找,寻求回归家园,追求生命的价值与意义。河流是"家园"的象征,是"根"的存在形式,家园文化情结是在寻"根"的过程中表现出来的,作家在创作的时候也会把对河流深层的集体无意识心理经验不自觉地表达出来。

21世纪,黄佩华创作了两部规模宏大的长篇,打破了以往乡村叙事的格局,试图通过家族叙事把封闭的乡村和开放的城市打通,积极探索民族文化与现代文化的发展之路,这两部长篇分别是《生生长流》(2002年)和《河之上》(2016年)。《生生长流》通过农氏家族五代八个主要家族成员充满神奇的一生呈现家族命运的悲欢离合,讲

[①] 陈杰:《论精神家园的建构》,《湖湘论坛》2007年第3期。

述了壮民族近百年的历史。"生生长流"是作品的主题，也是作家对民族传统文化的态度。红水河象征着壮族文化，也是民族的根性所在，红水河滋养了农氏家族。小说中故事发生的地域包括传统乡村与现代都市两个空间，农氏家族的成员遍布世界各地，他们的故事也在不同的时间和空间里上演，而使他们联系在一起的唯一纽带就是对家乡红水河的眷恋，古老的家族文化精神就像农氏家族的长者农宝田对红水河的眷恋一样源远流长。

随着城市化、现代化进程的加快，红水河的水力开发已经刻不容缓，要在红水河上建立发电站，农宝田（农氏家族的曾祖父）的坟墓就必须迁移。就在农氏族人迁坟的时候，被红水河优美的风光所感动，最终族人把农宝田的骨灰撒进了红水河，象征着生命与红水河一样生生长流。七公农兴发在都市（台湾）生活了半辈子，但老年的七公最后选择回到红水河。农氏家族每个人心中都涌动着归家的渴望，而且最后的归宿地也都是红水河。农氏族人的回归选择其实也正是黄佩华对民族传统文化的不同常人的思考。长期以来，城市和乡村都被人们在潜意识中当作两种对立的生活模式，认为乡村"是落后、愚昧且处处受到限制的地方"，① 而城市则是先进、开放、文明的所在。而在土著壮族作家黄佩华这里，农村并不意味着愚昧，传统并不是一定要被文明所排斥，农氏家族五代人以开放的态度、积极进取的精神从农村到县城再到省城，最后到京城，直到到国外，这是红水河人坚强韧性、自信乐观精神的代代传承，否则，原始洪荒的红水河流域的儿女能够走出万里险恶关山是很难想象的。

《河之上》叙事的地理背景是右江，右江源于广西百色市。以往

---

① ［英］雷蒙·威廉斯：《城市与乡村》，韩满子等译，商务印书馆2013年版，第1页。

黄佩华书写的河流故事发生地大多是乡村，而《河之上》则是发生在城市与山区之间，讲述了熊家、龙家、梁家三个家族命运的兴衰。而这三个家族的命运都和一场影响了中国现代历史的工农武装起义——右江起义（百色起义）相关，这是中国共产党在少数民族区域发起的一场很重要的起义。以此为开端掀开了龙、梁、熊三个家族三代族人之间纷繁复杂、百转纠结的人生命运。从农村到城市，从家族到国家，黄佩华小说的叙事格局在发生着改变，正如学者黄伟林所说，"红水河成为他民族想象的载体"，而右江小说是"从家族、民族叙事进入了家国叙事"，唯一不变的是，不管是驮娘江、红水河也好，右江也罢，作品中始终都流淌着一条"堪称他小说创作的民族河流"[1]。

在少数民族作家那里，对自身民族身份的认同在根本上"基于个体自身对认同于某个群体的心理需求"，身份上属于这个民族/族群的"代言人"，这种"自觉承担的社会使命"[2]也会自然融入作家创作的潜意识中。从地域与民族文化的关系看，"民族的集体无意识往往使民族作家在创作时自觉或不自觉地以本土地域和本民族群体的社会生活为表现对象，成为本土地域和本民族的忠实'书记'"[3]。这种文学创作现象在中外文学史上普遍存在，其中的意义不只是作家对于熟悉的地域环境的驾驭，更深层的意义在于作家创作的过程其实质是对本民族文化之根的探寻和体验。所以，少数民族作家笔下的河流既是个体的人生之河，也是少数民族的文化之河、艺术之河。作家在进行文学创作的时候对于家园，可以重构、坚守、追寻，少数民族作家对于

---

[1] 黄伟林：《从家族、民族叙事到家国叙事——论黄佩华长篇小说〈河之上〉的叙事意图》，《南方文坛》2016年第3期。
[2] 刘华：《谁是少数民族作家？——对作家"民族身份"的文学人类学考察》，《民族文学研究》2006年第2期。
[3] 温存超、黄佩华：《地域文化小说与民族文化书写》，《广西民族大学学报》（哲学社会科学版）2014年第3期。

家园的不同态度源于对家园的文化认同以及家园思考，多维度的思考正是研究其家园意识的价值所在。

二 传统与现代碰撞中的孤独坚守

21世纪以来，随着全球化、城市现代化进程的飞速发展，作为知识与文明聚集区域的城市成为人们生存空间的核心，传统城乡二元社会结构模式的发展状态逐步被打破，明显地表现在两个方面：乡村不断被城市同质化，即乡村城市化和农民进城。作家在文学创作过程中一般也会紧跟时代发展的趋势，但对于少数民族作家来说，对城市空间以及所表征的现代文明所持有的态度是暧昧的，面对不断扩张的城市和乡村的退守，态度是审慎的，文学作品中对于作为传统文化象征的乡村以及母族文化象征的河流成为永恒的存在空间。

少数民族本身有着独特的文化气质，这种特殊的文化魅力让各民族文学"浸润着古老的民族文化精神"[1]。河流是少数民族精神家园的象征，但"河流也是流动的乡土"[2]，这也是民族文化在全球化、城市化进程中所要面临的困境。回族作家李进祥在作品中提出民族文化发展困境和全球化语境下的民族文化发展问题，"清水河"在作品中隐喻着作家在民族发展过程中所秉持的自省文化态度。综观李进祥小说中的人物形象，本土人对于城市的渴望异常强烈，想象着城市里的楼高、水甜、遍地金钱……《换水》中的马清和杨洁到城市打工是他们最大的愿望，想象着远方的城市"像天堂一样"；《遍地毒蝎》中的瘸尔利，在城里学会了做蝎子生意，低价买，高

---

[1] 李进祥：《换水·序》，宁夏人民出版社2012年版。
[2] 蒋林欣：《河流：独特的现代文学乡土空间》，《社会科学家》2016年第6期。

价卖，赚取其中的差价；《天堂一样的家》中马成在城里安了家，站稳了脚跟。

民族文化与城市文明的碰撞是少数民族所必须经历的，城市文明之河在民族文化发展过程中带来了丰厚的物质财富、先进的经验技术、前卫的思想观念的同时也带来了沉重的精神伤痛。瘸尔利（《遍地毒蝎》）虽然蝎子生意学成了，但儿子却死在了"母猪"（故事发生地的河湾村人把毒蝎叫"母猪"）毒下；农民工马清夫妇（《换水》）千辛万苦来到城里打工，饱尝了城市的残酷，马清在建筑工地出了意外，因为没钱看病，妻子杨洁只好卖身，最后身染疾病；马成（《天堂一样的家》）在城市终于拼杀成功，有了进城农民工都艳羡的楼房、户口、女人，可是城里人给的"土包子"的名字永远都甩不掉。在少数民族文学作品中，农民向城求生，最终如果失败，母族是可以接受的，作为母族传统文化象征符号的河流不仅可以让族人恢复活力而且有着精神疗效。李进祥的作品所要表达的正是这样一个"回归"主题，入城并非走进天堂，反而在城市的打拼中渐渐丢失了自己，历经磨难的人们最终回到了清水河，河流在李进祥的笔下不只是自然景观，而是母族文化象征的永恒空间。《屠户》中的屠户回到河湾村的无比亲切，感到"河湾村的阳光就是不一样"[1]；《换水》中的马清和杨洁带着遍体鳞伤的城市遭遇回到故乡清水河，因为"清水河的水好，啥病都能洗好！"对于回族来说，"清水河"的救赎与宽容会接纳每一个族人的回归。当裹挟着文明沙石的河流汇入母族文化传统的清水河，传统与现代相撞、弱势与主流相交，可以融合借鉴，但并不意味着完全被同化，李进祥在作品中用由城返乡的故事

---

[1] 李进祥：《换水》，宁夏人民出版社2012年版，第188页。

阐释着自己对清水河所表征的民族传统文化的坚守。

对于作家来说，"认同危机"产生的根源在于身陷多元文化的碰撞中，对以往所认同的文化根脉产生怀疑、困惑。在少数民族文学中，城市的扩张与乡村的退守正是现代文明与古典文明撞击的隐喻，而少数民族作家对乡土的坚守无疑表达了他对以城市文化为代表的现代文明所持的一种审慎的态度。因为在少数民族作家看来，城市并非是天堂一样的一方净土，与其说它代表了知识与文明，不如说它以此为外衣，不断吞噬传统文化中美好的一切。城市的发展与现代化进程是以对广大乡村的吞噬、对乡土传统价值观念的解构与颠覆为代价的。因此，对在现代化、城市化、全球化发展过程中历经伤痛的少数民族来说，对传统文化的坚守才显得意义非常。

三 民族文化差异："河之女"的爱情悲剧

一方水土养一方人，河流如同天然的屏障，隔断了生存在河流空间的人与外界的交流，河流边的女子生于自然，长于自然。在自然界河流中长养的女子有着超越俗世之美，超越伦理之善，河流赋予了她们纯朴、自由、执着的特质，河流让"人"向"神"亲近，使"人"的生命美化、自由化，如翠翠（沈从文《边城》）、伍娘（叶梅《最后的土司》）、阿依舍（李进祥《女人的河》）、细妹（韦俊海《渔镇女》）等，她们与河流有着无法割舍的情缘，成长的路上犹如神秘而变幻莫测的河流，时而平静柔和，时而波涛汹涌。《边城》中流经"边城"的河叫酉水，"近水人家多在桃杏花里，春天时只需注意，凡有桃花处必有人家，凡有人家处必可沽酒"。酉水滋养成长起来的翠翠"天真活泼，处处俨然一只小兽物。人又那么乖，如山头黄麂一样，从不想残忍事情，从不发愁，从不动气"①，丝毫没有心机，犹如璞玉一般单纯。阿衣舍和清水河的缘分也难解难分，"她觉得自己与这条河一定有一种很隐秘的联系。在这条河边长大，又从河的上游嫁到了河的下游，始终没有离开过这条河，这条河就像是自己的亲人"。② 伍娘是个"江流儿"，桡夫子在龙船河的旋涡里发现了装着伍娘的木盆，在河流中出生，在河流的滋润下长大，并且成为龙船河最美妙的女子，"自小便会学鸟飞兔跑，树摇草动，将山水天地间的灵气都采到了心里，她会用身体的动作表达一切"。"河水做过摇篮、不会说话的伍娘对世间的万事万物有着自己特殊的领悟，几乎从来到这个世界开始，她就朦胧地感觉到有无数的精灵在天地间活跃，她惊奇太阳的落下月亮的升起，花儿的开放和庄稼按时的成熟。"③

这些"神"一样的女子对爱情的追求是"与自然的神意"融为一体，生死为情、自由不羁。翠翠对爱情的感知是在梦中采摘虎耳草，美丽歌声将灵魂轻轻地载浮；伍娘对爱情的选择亦如此，她可以把自己的初夜奉献给敬仰的"神"——覃土司，但爱情要给那个虽然一无所有而自己深爱的外乡人——李安。还有细妹与跛崽的爱情，既没有理性的选择，也没有实际利益的考量，一切皆因爱，"与自然的神意合一"的爱情具有自然的高贵与神性的严肃，是人性和神性的统一，但也恰是因为这份爱情不为世俗道德和实际利益所羁绊，结局多以悲剧而谢幕。爱与怨都可以是一种宿命，河流承载着爱情的悲剧，生活在河畔的女子爱它的生命之馈、养育之恩，怨的是它的封闭保守、蛮荒穷困。

---

① 沈从文：《边城》，沈从文：《沈从文作品集》，北岳文艺出版社2004年版，第254页。
② 李进祥：《女人的河》，宁夏人民出版社2012年版，第2页。
③ 叶梅：《妹娃要过河》，作家出版社2009年版，第254页。

探寻爱情悲剧发生的原因，一方面正是因为对自由与爱的执着；另一方面归根结底是文化上的矛盾冲突。如果被河流包围的地域空间可以看作是与世隔绝的世外桃源，但与传统的桃源乌托邦不同的是这里有着稳定的秩序，中国传统男权社会的男尊女卑思想根深蒂固，"女性处于客体地位，社会文化意识形态和信息总是将女性摆在次等的地位"①。河流在这里其实已经"不只是一个地理环境，它还是一种不同的文化、一种不同的价值象征"②。河流承载着多重矛盾冲突，最突出的表现是对女性话语权的禁锢甚至剥夺，在与傩送、天保的爱情中，翠翠自始至终都没有开口说出自己心中真实的想法，"羞涩"让她成为这场三角爱情的失语者，也成为河流空间中的"失语"者。叶梅非常巧妙地利用了自己土家族少数民族的文化身份，直接把伍娘设置为一个哑女，"她的'失语'暗喻着在菲勒斯中心主义社会中女性话语的'残缺'，也是女性身份与角色的隐喻"。对爱情的执着与忠贞并没有给她们换来所谓自由、美好，而是依然处在被控制、被漠视的男权主流社会存在的"他者"，最终成为边缘人，一个"失语"群体。

生存于男性中心社会文化结构中的女性，她们视传统文化中的"服从"为其人生美德与行事标准，失去话语权只能默认男性规范的合理性，在这种传统文化观念长期禁锢下的女性丧失了自我意识和对自我命运的掌控能力，从而沦为悲剧的主要承担者。《撒忧龙船河》（叶梅）中的巴茶，对爱情义无反顾，从见到跳丧覃老大便甘愿随他一生漂泊于河上，可是巴茶依然没有摆脱命运的悲剧。覃老大爱上了客家女子莲玉，她只是无奈地刻薄诅咒，她想用生儿子来挽留丈夫，

---

① 李银河：《女性主义》，山东人民出版社2005年版，第5页。
② 张新颖：《沈从文精读》，复旦大学出版社2016年版，第108页。

无奈与覃老大总是无果,于是与覃老二有了不伦关系,最后胎死腹中。《山上有个洞》(叶梅)里杏儿妈本是河边一个普通的苗族女子,牟土司踏青时在河边偶遇杏儿妈,并且强行占有了她。杏儿妈在没有名分并且知道牟土司已经娶了七个女人的情况下还是选择走进这个野蛮土司的皇城。"水性柔弱,总是屈从于刚强",这些土家族的旧式女子质朴、善良、勤劳、美好,但她们面对爱情婚姻的不幸时是屈从,把一切苦难的根源归结于命运的不公平,无力掌控命运的同时更不具备个体独立与反抗意识。这条"河"是男性中心文化的河,河流空间中女性对话语权的争夺总是带有悲剧性、突围性。"水虽然在所有物质中最为柔弱,但也是最坚强"①,所以,她们这些河之女逆来顺受,在爱情婚姻中选择自我牺牲,但她们始终是少数民族文化人格的恪守者,巴茶为了覃氏家族血脉的传承,毅然把莲玉与和覃老大的孩子抚养成人;杏儿妈带着对土司的恨独自守着女儿杏儿执着地活着。

民族文化差异与隔膜是导致"河之女"爱情命运悲剧的一个很重要的方面,文化隔膜加深了她们的痛苦与无奈。《最后的土司》(叶梅)中,作者借助伍娘与覃土司、李安之间的爱恨纠葛就是对少数民族文化差异的一个复杂隐喻。外乡人李安因为触犯了族规,被砍去一条腿,覃土司委托哑女伍娘照顾,养病期间两个人彼此爱慕。在得到覃土司允许的情况下,两人成婚。按照土家族的族规,女子的初夜应该献给土司。伍娘恪守着敬神献己的族规,可是覃土司突然发现他自己爱上了伍娘,决定真正对伍娘行使初夜权,而不是像以往那样只是个形式,最后新娘依然是"完璧归赵"。他想利用这次行使"初夜权"的机会,让伍娘嫁给自己。可是在伍娘的心

---

① [美]艾兰:《水之道与德之端》,张海晏译,商务印书馆2010年版,第59页。

目中，他是神圣的土司，高高在上，对于他的"初夜权"在伍娘看来那是她要虔诚地完成的义务，无关爱情。对于外乡人李安而言，即使他爱伍娘但不能接受这种民族文化，对于覃土司是夺妻之恨，对于伍娘是百般折磨，尽管伍娘真心爱着李安，但是愤怒与仇恨的欲火最终还是燃烧毁灭了彼此。

《最后的土司》中，作者叙述了三个人的爱情悲剧，但是从开始到结束，作为悲剧女主人公的伍娘没得到一次话语权，对自己的身体和爱情没有任何的自主权，被裹挟在外乡人李安和土司覃尧两者之间，与其说作者所叙述的是两个男人对爱人的争夺，不如说是汉文化与土家文化的争夺。李安代表的是外乡人、爱情、汉文化；覃尧代表的是土司、神崇拜、土家族文化，这三种文化矛盾的撞击最终把伍娘推向了死亡的深渊。爱情、政治、民族差异的冲突纠葛所表征的正是民族间价值观、文化观、伦理观的不同，在种族隔膜已经成为全球性问题的当下，尽管交融过程中的裂变与阵痛在所难免，但加强不同文化间的交流沟通和彼此尊重亦特别重要。

四 结语

对于河流的关注有着人类学意义上的溯源考察与诉求，少数民族文学对河流的阐释可以折射出民族文化特征，河流是民族审美意象与精神家园的象征。但随着现代化、全球化进程的加速，传统中国社会处于现代化、城市化的大背景中，人的生存体验和生活经历都在发生着前所未有的异样变化，现代工业、都市文明给人们带来了与传统中国社会异样的人生体验和生活经历，以河流为代表的原始、古朴的乡土自然与那种"优美、健康而又不悖乎人性的人生形式"都在渐渐消逝，这些都使得人们特别是文学家们在彼此、今昔的对照中更加怀念那乡土上的一切风景与人物。对河流的解读也是窥探民族文化差异的一个特殊途径，少数民族文学对河流的书写，其实质是对自身独具魅力的文化有了清醒的认识，唤醒民族责任感，在多种文明相遇的情况下以母族文化为基准，吸取他元文化中有益于本民族发展的养分，增加民族文化的含金量，同时使依赖于民族传统文化的民族文学创作愈加绚丽多彩，并拓展中国当代文学的创作领域。

文学景观研究

唐诗中的烽火及其文化景观价值

高建新[*]

烽火,古代用于边防报警的烟火,也称烽燧,有白天、夜间之分。白天放烟叫"烽",也称烽烟,夜间举火叫"燧"。烽与燧,不仅指白天施放的烟、夜间所举的火,也是施放烟火的地方,即烽火台。烽火台又称烽候、烽堠、烽墩、烟墩、墩台,是古代重要的军事防御设施,通信、预警、戍守是其最重要的功能。关于烽火及其功能,笔者另有专文详加讨论。[①]中国历代王朝都非常重视烽燧的营建戍守,以保证边疆与国家的安全。唐代是继秦汉以来的统一帝国,国力强大,疆域广阔,边境线漫长,元稹所谓"开远门前万里堠"(《和李校书新题乐府·西凉伎》),与北方和西北的突厥、回鹘、吐谷浑、党项以及东北兴起的靺鞨、青藏高原的吐蕃等时有战事发生,体现在诗中,关于烽火的描写就显得非同凡响,并成为令人瞩目的文化景观。

---

[*] 高建新,内蒙古大学文学与新闻传播学院教授。
[①] 高建新:《烽火及其设置》,《文史知识》2016 年第 12 期。

一

欣逢盛世的自豪,"花舞大唐春"(卢照邻《元日述怀》)的由衷喜悦,"心雄万夫"的用世精神,愿繁荣持久的美好心愿,"使寰区大定,海县清一"(李白《代寿山答孟少府移文书》)的强国理想,"功名只向马上取,真是英雄一丈夫"(岑参《送李副使赴碛西官军》)的壮志情怀,不做旁观者的清醒自觉的主体意识,烽火在唐诗尤其是初盛唐诗中,首先表现的是边疆立功、慷慨许国的英雄主义豪情。初唐诗人杨炯的《从军行》,最能见出唐人的风采:

烽火照西京,心中自不平。牙璋辞凤阙,铁骑绕龙城。
雪暗凋旗画,风多杂鼓声。宁为百夫长,胜作一书生。

点燃的烽火,激起强烈的爱国激情,"自不平"体现了国家兴亡、匹夫有责的担当。诗人愿意投笔从戎,奔赴战场。《载酒园诗话又编》称结尾二句"是愤语,激而成壮"。[①] 后来杜甫追奉的"健儿宁斗死,壮士耻为儒"(《送蔡希鲁都尉还陇右因寄高三十五书记》),便是杨炯勇武精神的传扬。与杨炯同为"四杰"的骆宾王有《边庭落日》一诗,通过大量典故和史实,抒发了建功立业的壮志:

紫塞流沙北,黄图灞水东。一朝辞俎豆,万里逐沙蓬。
候月恒持满,寻源屡凿空。野昏边气合,烽迥戍烟通。
膂力风尘倦,疆场岁月穷。河流控积石,山路远崆峒。
壮志凌苍兕,精诚贯白虹。君恩如可报,龙剑有雌雄。

---

① 陈伯海主编:《唐诗汇评》(上),浙江教育出版社1995年版,第70页。

紫塞，指长城，秦所筑长城之土皆紫色，故称。流沙，指古居延，先秦时居延称"流沙"或"弱水流沙"(《尚书·夏书·禹贡》)。黄图，书名，借指京城、京都，骆宾王《同崔驸马晓初登楼思京》："白云乡思远，黄图归路难。"俎豆，俎和豆，古代祭祀时用来盛祭品的两种礼器，亦指祭祀、奉祀。《论语·卫灵公》："卫灵公问陈于孔子。孔子对曰：'俎豆之事，则尝闻之矣；军旅之事，未之学也。'"沙蓬，一年生草本植物，多生于沙丘和沙地，幼嫩植株可作羊和骆驼的饲料，是边地的典型植物："连年出塞蹋沙蓬，岂比当时御史骢"(纪唐夫《骢马曲》)。开头四句说，自己一反当年孔子所说，了却祭祀之事，辞别京城，远赴居延古塞。接下来两句"候月恒持满，寻源屡凿空"说，所来之地，都是当年匈奴放牧、张骞出使的边远之地。候月，《史记·匈奴列传》："举事而候星月，月盛壮则攻战，月亏则退兵。"凿空，指张骞开通西域；持满，弓弦满张，指严阵以待。"野昏边气合，烽迥戍烟通"两句说，四野苍茫，与边地的烟雾融为一体；烽火台高远，却有燧烟报通消息。由于前铺后垫，这两句显得格外雄浑壮阔。接下来四句说，体力在征战中耗尽，岁月在驰骋疆场中度过。黄河滔滔，控带着积石山；愈行愈西，山路已远离崆峒山。积石，指积石山，在青海东南部，延伸至甘肃南部边境，为昆仑山脉中支，主峰海拔 6282 米。崆峒，山名，在今甘肃平凉市城西 12 公里处，峰林耸峙，危崖突兀，主峰海拔 2123.3 米，唐属陇右道肃州福禄县，是古丝绸之路西出关中之要塞，有"西来第一山"之称。结尾四句说，将士们壮志凌云，气贯长虹，为报君恩，带着如干将莫邪铸的锋利宝剑奔赴沙场，不惧怕任何危难。苍兕，《史记·齐太公世家》："苍兕苍兕，总尔众庶，与尔舟楫，后至者斩！"司马贞《史记索隐》引王充曰："苍兕者，水兽，九头。"崔颢《赠王威古》诗表达的是相同的愿望：

三十羽林将，出身常事边。春风吹浅草，猎骑何翩翩。
插羽两相顾，鸣弓新上弦。射麋入深谷，饮马投荒泉。
马上共倾酒，野中聊割鲜。相看未及饮，杂虏入幽燕。
烽火去不息，胡尘高际天。长驱救东北，战解城亦全。
报国行赴难，古来皆共然。

烽火不熄，战尘弥漫，将士顾不上坐下来安享美酒佳肴，就长驱东北，解围孤城。"报国行赴难"大有曹植"捐躯赴国难，视死忽如归"（《白马篇》）之气概。中唐诗人杨凌《北行留别》："日日山川烽火频，山河重起旧烟尘。一生孤负龙泉剑，羞把诗书问故人。"委婉表达的亦是投笔从戎、疆场立功的愿望。王维《陇西行》写关山雪浓，烽戍无烟，意在突出飞马传书的刻不容缓：

十里一走马，五里一扬鞭。都护军书至，匈奴围酒泉。
关山正飞雪，烽戍断无烟。

"十里""五里"，古人标记路程以封土为堠，五里一堠，十里双堠。由于边关上大雪纷飞，烽火台无法举火、燃烟报警，只能驰马递送军书。"走马""扬鞭"，凸显了十万火急的军情，营造了紧张的战争气氛。酒泉，河西四郡之一，是丝绸之路上的重镇。汉沿弱水岸筑长城接酒泉塞，其间设置了大量的烽燧、障，遂成为历代屯兵设防的重镇。[①] 戴叔伦《行营送马侍御》作于唐宗室将领李皋军中：

万里羽书来未绝，五关烽火昼仍传。
故人多病尽归去，唯有刘桢不得眠。

[①] 参见谭其骧主编《中国历史大辞典·历史地理》，上海辞书出版社1996年版，第581页。

万里之外羽书频传、边关烽火昼起，战事一触即发。诗人以"建安七子"之一刘桢自喻，说自己忧思国事，难以入眠。五关，泛指北地关塞。李益《暮过回乐烽》表现守疆卫国的担当：

烽火高飞百尺台，黄昏遥自碛西来。
昔时征战回应乐，今日从军乐未回。

回乐，县名，故址在今宁夏回族自治区灵武县西南。回乐烽，回乐县（今宁夏灵武西南）附近的烽燧。当烽火在百尺高台上熊熊燃起之时，黄昏也从遥远的大漠西边无声到来，又一个漫长的守边之夜也随之降临。同是征战，古今不同，昔时是"回应乐"，今日是"乐未回"。在"回应乐""乐未回"的对比中，体现了守边将士誓死卫国的豪迈之情。无名氏《杂曲歌辞·水调歌第一》诗说：

平沙落日大荒西，陇上明星高复低。
孤山几处看烽火，壮士连营候鼓鼙。

诗描绘的是驻守西北边境上的唐军闻警候令的情景。驻守之地辽阔荒远，莽莽平沙上太阳落下，星光升起，一片寂静；连营驻守的军士，查看周围孤山上燃起的烽火，同仇敌忾，严阵以待。《唐诗选脉会通评林》："杨慎列为神品。蒋一葵曰：赋事而其情自见。汪道昆曰：如画塞齐图。周珽曰：雄才浩气，干霄薄云。言当日落星明之际，能登山而望烽火，连营而候鼓鼙，则军律严整有备，更何虏寇之能犯可患也！"[①]

---

① 陈伯海主编：《唐诗汇评》（下），浙江教育出版社1995年版，第3058页。

二

秦汉以来，北方游牧民族与中原农耕民族的冲突一直没有得到解决。一方面是高高垒砌的长城，一方面是奔驰嘶鸣的战马，攻击与反攻击形成的剧烈冲突从来就没有止歇过："秦家筑城避胡处，汉家还有烽火燃。烽火燃不息，征战无已时"（李白《战城南》）。在秦筑长城、防御胡人的地方，汉时仍然烽火高举。只要烽火熊熊燃烧，战争就远未有结束之日。唐朝建国之初，太宗就说："千里长城，岂谓静边之计？""使万里之外，不有半烽；百郡之中，犹无一戍。永绝镇防之役，岂非黎元乐见"（《平薛延陀幸灵州诏》）。① 太宗希望通过和平的方法，解决令历代统治者棘手的边患。表现在唐诗中，就是祈望边境上烽火不燃，全无战事，平安祥和："烽火无传警，江山已净尘。天开一岁暖，花发四时春"（丁儒《归闲诗二十韵》）。因为没有烽火报警，四下平安，边民的生活一片安详。遍游西北的晚唐诗人马戴有《送和北虏使》诗，描绘西北游时所见：

路始阴山北，迢迢雨雪天。长城人过少，沙碛马难前。
日入流沙际，阴生瀚海边。刀环向月动，旌纛冒霜悬。
逐兽孤围合，交兵一箭传。穹庐移斥候，烽火绝祁连。
汉将行持节，胡儿坐控弦。明妃的回面，南送使君旋。

诗一开始，即点出了北方边境的环境气候特点：巍巍阴山、漫天大雪、万里长城、茫茫戈壁、无边瀚海，在这样严酷的环境下，"刀环向月""旌纛冒霜"，四望寒凉，战争一触即发。即使如此，诗人祈

---

① （清）董诰等编：《全唐文》（一），上海古籍出版社1990年版，第35页。

望斥候（侦察敌情的哨兵）远移，祁连山烽火断绝。刘禹锡《和白侍郎送令狐相公镇太原》诗说：

　　十万天兵貂锦衣，晋城风日斗生辉。
　　行台仆射深恩重，从事中郎旧路归。
　　叠鼓慼成汾水浪，闪旗惊断塞鸿飞。
　　边庭自此无烽火，拥节还来坐紫微。

天兵，太原军名，《新唐书·地理志》：太原府"城中有天兵军，开元十一年（723）废"。诗赞美令狐楚带兵严整，由他镇守晋阳城，敌人必不敢犯，边庭烽火由此而绝，令狐楚可以功成而归。司马扎《古边卒思归烽戍》一诗从战争带来的深重灾难入笔：

　　有田不得耕，身卧辽阳城。梦中稻花香，觉后战血腥。
　　汉武在深殿，唯思廓寰瀛。中原半烽火，此屋皆点行。
　　边土无膏腴，闲地何必争。徒令执耒者，刀下死纵横。

有田不得归耕，因人远在东北的辽阳城。梦中丰收的稻花飘香，醒后是残酷战争带来的血腥。统治者高居深殿，一心想的是开疆拓土。由此中原硝烟弥漫，处处燃起烽火，壮男人人须上战场。为了争夺边境上贫瘠的土地，大开杀戒，不惜使耕田者尽死于刀下。全诗感情深沉，有理有据，控诉了最高统治者不顾百姓死活而发动的不义战争，堪与杜甫《兵车行》前后辉映，亦是对中唐诗人刘商"万姓厌干戈，三边尚未和。将军夸宝剑，功在杀人多"（《行营即事》）反战精神的继承。盛唐诗人郎士元的《送李将军赴定州》则从民族关系的角度描写战争，思考深入，值得做重点分析：

　　双旌汉飞将，万里授横戈。春色临边尽，黄云出塞多。

> 鼓鼙悲绝漠，烽戍隔长河。莫断阴山路，天骄已请和。

战争来源于对土地和资源的争夺，也来源于仇恨和偏见，尤其是数千年来对抗的北方游牧与中原农耕两大族群，《汉书·匈奴传》说：

> 夷狄之人贪而好利，被发左衽，人而兽心，其与中国殊章服，异习俗，饮食不同，言语不通，辟居北垂寒露之野，逐草随畜，射猎为生，隔以山谷，雍以沙幕，天地所以绝外内地。是故圣王禽兽畜之，不与约誓，不就攻伐；约之费赂而见欺，攻之则劳师而招寇。其地不可耕而食也，其民不可臣而畜也，是以外而不内，疏而不戚，政教不及其人，正朔不加其国；来则惩而御之，去则备而守之。其慕义而贡献，则接之以礼让，羁縻不绝，使曲在彼，盖圣王制御蛮夷之常道也。

这一段论述大致代表的是中原汉族统治者对北方游牧民族的看法。在中原汉族统治者（所谓"圣王"）眼里，北方游牧民族贪婪好利，尚未开化；习俗、语言与中原迥然不同；处于荒漠之野，随草畜而居。"圣王"对他们不仅心怀偏见，而且始终是以警惕的目光注视着他们，基本采取不接触、不亲近的态度，所谓"与汉隔绝，道里又远，得之不为益，弃之不为损。盛德在我，无取于彼"（《汉书·西域传下》），生怕因有丝毫的闪失而带来灾祸。诗人郎士元则要求最高统治者要为游牧农耕两大族群留有交往的空间和沟通的管道，所以在诗中格外真切地说："莫断阴山路，天骄已请和"，不要随意地阻断通往北方游牧民族生活地区的阴山之路，因为"天骄"已经请求和解，"请和"即可化干戈为玉帛。《唐风定》："不独工炼，乃见壮采。"① 此诗与鲍溶《寄李都护》："去年河上送行人，万里弓旌一武臣。闻道玉关烽火灭，犬戎知有外家亲"有异曲同工之妙。各民族之间的和解与相互信任尊重，是解决冲突、消灭战争的唯一途径。

李涉的"卢龙已复两河平，烽火楼边处处耕"（《奉使京西》）与韦庄的"江边烽燧几时休，江上行人雪满头"（《江边吟》），表达的都是对和平生活的祈盼。前者说烽火楼边人们在忙着耕种农田，呈现出一派和平景象；后者说征人已头白如雪，都是因为江边烽火不熄。

三

唐诗中的烽火构建起特有的边疆景观，在投笔从戎、边疆立功的功名观中，又包蕴着浓浓的思乡之情，其中体现了一种更为深挚的家国情怀，在不知不觉中感染人心，打动人心，如王昌龄《从军行七首》其一：

> 烽火城西百尺楼，黄昏独坐海风秋。
> 更吹羌笛关山月，无那金闺万里愁。

诗一开头即点明烽火是安置在城西高达百尺的楼上。烽火所指示的就是万里的边疆、遥远艰苦的戍守，随时随地发生的敌情。在一望无际的青海湖边，秋凉侵人，四顾苍茫，辽阔的历史时空与眼前寂寥的景象、孤独（群体孤独）的处境交会，自然引发了戍守者思亲念远之深情。羌笛一声，吹出的又是抒发征戍离别之情的《关山月》，无限的思绪一时间涌上心头。虽然短短四句，历代评价极高。《唐诗绝

---

① 陈伯海主编：《唐诗汇评》（中），浙江教育出版社 1995 年版，第 1336 页。

句类选》：" 桂天祥曰：起处壮逸，断句伤神"；《养一斋诗话》：" 诗之妙，全以先天神运，不在后天迹象。如王龙标'烽火城西百尺楼'云云。此诗前二句便是笛声之神，不至'更吹羌笛'句矣"；《唐诗摘抄》："当黄昏独坐之时，乡思已自'无那'，岂意羌笛更吹山《关山月》之曲，闻之使人倍难为情矣。"[1] 再如李颀《古从军行》：

> 白日登山望烽火，黄昏饮马傍交河。
> 行人刁斗风沙暗，公主琵琶幽怨多。
> 野云万里无城郭，雨雪纷纷连大漠。
> 胡雁哀鸣夜夜飞，胡儿眼泪双双落。
> 闻道玉门犹被遮，应将性命逐轻车。
> 年年战骨埋荒外，空见蒲桃入汉家。

李颀善写边塞诗，有"海上千烽火，沙中百战场"（《古塞下曲》）的描写。在诗人看来，战争带来的已不是单方面的伤害，因思念故乡或痛失亲人而洒泪的并不仅是汉人，也有胡人。随着岁月的流逝，荒外的战骨已分不出是胡是汉，一场场惨烈战争换来的只是"蒲桃入汉家"这一满足统治者享乐的结果。沈德潜评说："以人命换塞外之物，失策甚矣。为开边者垂戒，故作此诗"（《唐诗别裁》卷五）。在诗人眼里，战争给胡汉两家带来的伤害是无差别的，诗人们站在历史的高度去观照胡人与汉人，企盼着边疆的和平与民族的友好。《史记·大宛传》：武帝太初元年（前104），汉军攻大宛，"往来二岁。还至敦煌，士不过什一二。使使上书言：'道远多乏食；且士卒不患战，患饥。人少，不足以拔宛。愿且罢兵，益发而复往。'天

---

[1] 陈伯海主编：《唐诗汇评》（上），浙江教育出版社1995年版，第434页。

子闻之,大怒,而使使遮玉门,曰:'军有敢入者辄斩之!'贰师恐,因留敦煌。"与此诗有异曲同工之妙的是王贞白《塞上曲》:

> 岁岁但防虏,西征早晚休。匈奴不系颈,汉将但封侯。
> 夕照低烽火,寒笳咽戍楼。燕然山上字,男子见须羞。

诗深刻地反思边塞战争。岁岁防虏,年年征战,没有战功,却频频封侯。战争夺去了无数士兵的生命,只给个别人带来了好处。"夕照低烽火"一句,色彩浓重,宛如图画,夕阳缓缓下沉,远远望去比高耸的烽火台还要低。李益《赴渭北宿石泉驿南望黄堆烽》一诗的议论更为透辟:

> 边城已在虏尘中,烽火南飞入汉宫。
> 汉庭议事先黄老,麟阁何人定战功。

黄堆烽,烽火台名,在长安至渭北途中。边城已笼罩在敌人的战尘之中,烽火一燃,即可照见汉宫,可见危险近在咫尺。诗人感慨唐朝廷议事先尊道教的荒唐做法,麒麟阁悬挂的功臣像并非立下赫赫战功者。贯休《古塞曲三首》其一:

> 单于烽火动,都护去天涯。别赐黄金甲,亲临白玉除。
> 塞垣须静谧,师旅审安危。定远条支宠,如今胜古时。

单于犯边,烽火传警,都护奔赴天涯,平定战争。定远,班超,经营西域30年,诏封为定远侯;条支,古代西域国名。三国时,属波斯国,在今西亚两河流域。诗人说古有班超,今天骁勇善战的边将胜于古时。诗人身处风雨飘摇的晚唐,更期待能出现像班超那样具有非凡政治和军事才能的一代英才。温庭筠《遐水谣》:

  天兵九月渡遝水，马踏沙鸣惊雁起。
  杀气空高万里情，塞寒如箭伤眸子。
  狼烟堡上霜漫漫，枯叶号风天地干。
  犀带鼠裘无暖色，清光炯冷黄金鞍。
  虏尘如雾昏亭障，陇首年年汉飞将。
  麟阁无名期未归，楼中思妇徒相望。

  遝水，荒远之地的河水。此诗写边塞的苦寒异常，以衬托征战的艰辛。"狼烟""枯叶"句描写尤有特点：狼烟堡上霜气漫漫，秋风卷落叶吹得天地枯干。狼烟堡，燃放狼烟的城堡，指烽火台。结尾写功名未立，有家难归，隐含着对无休止战争的厌倦。裴羽仙《哭夫二首》其一，通过对亲人深入敌境被擒、音信全无，表达了对战争的痛恨：

  风卷平沙日欲曛，狼烟遥认犬羊群。
  李陵一战无归日，望断胡天哭塞云。

  题注："时以夫征戎，轻入被擒，音信断绝，作诗哭之。"诗借历史上著名的李陵事件抒发了诗人自己的怨愤。正值草美马肥的秋天，仅率领五千步兵的李陵被八万匈奴兵围困，虽经浴血奋战，五千士兵中仅有四百余人退回至居延塞。《史记·李将军列传》："单于既得陵，素闻其家声，及战又壮，乃以其女妻陵而贵之。汉闻，族陵母妻子。自是之后，李氏名败，而陇西之士居门下者皆用为耻焉。""望断胡天哭塞云"一句，自然激起读者对历史往事的追忆。已在匈奴生活了18年的李陵，眼睁睁看着持节匈奴19年的苏武终归汉朝，哀痛欲绝，"椎心而泣血"（李陵《答苏武书》）。饯别之时，"陵起舞，歌曰：'径万里兮度沙幕，为君将兮奋匈奴。路穷绝兮矢刃摧，士众灭兮名已聩。老母已死,虽欲报恩将安归!'陵泣下数行,因与武决"(《汉书·李广苏建传》)。苏武不在,李陵满腹的心事又能和谁诉说呢?唯有撕心裂肺的痛楚至死相随:"嗟乎子卿!夫复何言!相去万里,人绝路殊,生为别世之人,死为异域之鬼,长与足下生死辞矣。"(李陵《答苏武书》)

四

唐王朝从一开国就不断开疆拓土,其疆域比汉代还要大,[1]《新唐书·地理志》:"明年,平高昌,又增州二,县六。其后,北殄突厥颉利,西平高昌,北逾阴山,西抵大漠。其地东极海,西至焉耆,南尽林州南境,北接薛延陀界;东西九千五百一十一里,南北一万六千九百一十八里。"明年,指贞观十四年(640),这年唐太宗平定了高昌灭麴氏王朝,置西州,治高昌(今新疆吐鲁番南)。大唐十道,"即汉之十三州之变形也。此种道之建置,多因于自然地理之形势,究其最初之意义亦不过地理上之划分,实非行政上之具体区域也"。[2] 十道中之四道——河北道、河东道、关内道、陇右道,与北方及西北方的游牧民族政权接壤,由此要在边境上设立更多的烽火台,警戒来犯之敌,护卫国家的安全。烽火台既是重要的国防设施,又是典型的文化景观。

所谓文化景观,是地球表面文化现象的复合体,反映的是一个地区的地理特征,是附加在自然景观上的人类活动形态,[3] "是地面上可

---

[1] 李晓杰:《疆域与政区》,江苏人民出版社2011年版,第104页。
[2] 顾颉刚、史念海:《中国疆域沿革史》,商务印书馆2015年版,第132页。
[3] 《中国大百科全书·地理学·人文地理学》,中国大百科全书出版社1984年版,第223页。

以感觉到的人文现象的形态"。① 中国的边疆一般分为地理边疆、人文边疆、历史边疆三种。地理边疆亦即国防边疆；人文边疆又分为民族边疆、文化边疆、政治边疆三种。烽火台多建在国家靠近国界的疆土即地理边疆（国防边疆）上，这里地理形态丰富，有宽阔的草原、荒寂的大漠、茫茫的戈壁、奔流的黄河、绵延起伏的山峦以及数不尽的关隘、亭障、驿站、塞墙，还有横亘于北中国的万里长城。烽火台所建之处，多为北方、西北方的游牧与农耕的结合地带，呈现的往往是内地看不到的游牧民族的巨幅风物画卷，烽火台与边疆特有的地理风貌、浓郁的民族风情相互映衬，由此构成雄伟壮阔的文化景观，给观者带来新奇的、别样的感受，正如李益《送柳判官赴振武》诗所谓"虏地山川壮，单于鼓角雄。关寒塞榆落，月白胡天风"。振武，唐方镇，治所在单于都护府（今内蒙古和林格尔县西北），北有阴山，西南临黄河和东受降城，军事地位重要。"壮""雄"二字极富表现力，写出了此地河山壮丽，气候非常，人物风流。如李世民《饮马长城窟行》：

　　塞外悲风切，交河冰已结。瀚海百重波，阴山千里雪。
　　迥戍危烽火，层峦引高节。悠悠卷旆旌，饮马出长城。
　　寒沙连骑迹，朔吹断边声。

诗人视野辽阔，"塞外""交河""瀚海""阴山"，指示的是唐代北部、西北部边疆，典型的地域再贯以悲风、寒冰、翻卷的水波，千里飘飞的雪花，更见出守边环境的严酷。即使如此，守边将士丝毫不放松警惕，烽火高悬，报国热情高涨。军旗飘扬，唐军浩浩荡荡，穿

---

① 中国大百科全书编辑部：《中国大百科全书·地理学》，中国大百科全书出版社1991年版，第436页。

越长城而出。同为军事防御工事,一般认为,烽火台的修建要早于长城:"幽王为烽燧大鼓,有寇至,则举烽火"(《史记·周本纪》)。但自从长城出现后,长城沿线的烽火台便与长城结为一体,成为长城防御体系中的重要的组成部分,许多烽火台甚至就建在长城之上。烽火台下、长城边上,往往就是厮杀的战场。李益《统汉峰下》(一作《过降户至统漠烽》):"统汉烽西降户营,黄河战骨拥长城",可见出战争的频繁和惨烈。结尾句"寒沙连骑迹,朔吹断边声",说在一望无际的大漠上,留下骑兵队伍一串串的马蹄印;呼啸的北风,遮断了塞外的胡笳吹角等声音。汉李陵《答苏武书》说:"凉秋九月,塞外草衰,夜不能寐,侧耳远听,胡笳互动,牧马悲鸣,吟啸成群,边声四起",描绘出一幅苍凉的边塞图景。全诗豪迈大气,充满了英雄主义精神。李世民诗突出的是边地气候的严寒及唐军高昂的士气,岑参《北庭西郊候封大夫受降回军献上》则主要描绘出一幅边地风俗图:

  胡地苜蓿美,轮台征马肥。大夫讨匈奴,前月西出师。
  甲兵未得战,降虏来如归。橐驼何连连,穹帐亦累累。

在表达"不战而屈人之兵"(《孙子兵法·谋攻》)的自豪之余,诗人起首就写"胡地苜蓿美",深有用意。因为"苜蓿美",所以"征马肥"。轮台,今新疆轮台县,地处天山南麓,塔里木盆地北缘,是丝绸之路上的重镇,苜蓿又是张骞凿空西域后引进中原的:"苜蓿随天马,葡萄逐汉臣"(王维《送刘司直赴安西》),诗含蓄地赞美了汉代拓土开疆的历史功绩。"橐驼何连连,穹帐亦累累",展现的是北方游牧民族的生活图景,巍峨绵延的天山下,有数不清的骆驼,数不清的毡帐,由此见出此地的广阔和富饶。李宣远(一作杨达)《并州路》描绘的也是一幅北方游牧民族的生活图景:

· 201 ·

秋日并州路，黄榆落故关。孤城吹角罢，数骑射雕还。

帐幕遥临水，牛羊自下山。征人正垂泪，烽火起云间。

并州，古代十二州之一。汉以今山西及陕西的旧延安、榆林等府地为并州，北朝至唐则专以今山西旧太原府为并州，属于汉唐的游牧之地，所谓"秦地雄西夏，并州近北胡"（宋璟《奉和圣制答张说扈从南出雀鼠谷》），"并州近胡地，此去事风沙"（李端《送王副使还并州》）。诗写秋日并州所见所闻，真切又哀伤。《唐诗笺注》评说此诗："塞下悲凉，又当寥落，吹角声传，射雕人返，则又将暮矣。'帐幕''牛羊'，塞外景物，行人触目不堪，况复烽烟忽起，读之凄警异常。"[①] 晚唐诗人江为的《塞下曲》，描绘的是北方荒寒之地的图景：

万里黄云冻不飞，碛烟烽火夜深微。

胡儿移帐寒笳绝，雪路时闻探马归。

黄云，边塞之云，塞外沙漠地区黄沙飞扬，天空常呈黄色："沙平连白雪，蓬卷入黄云"（王维《送张判官赴河西》），"度碛黄云起，防秋白发生"（马戴《赠淮南将》）；碛烟，即狼烟："三道狼烟过碛来，受降城上探旗开"（薛逢《狼烟》）。万里黄云凝滞，天色阴沉昏暗，白日报警的碛烟、深夜燃起的烽火也会幽微不明，故须探马（侦察兵）不时出发、归来，报告平安。"胡儿移帐寒笳绝"一句，衬托出边塞的异常安静。晚唐诗人陆龟蒙亦有"朔雪埋烽燧，寒笳裂旆旌"（《江南秋怀寄华阳山人》）的描写，雪之深、天之寒，已在不言中。刘言史《赋蕃子牧马》描绘的景色在今内蒙古河套地区：

---

① 陈伯海主编：《唐诗汇评》（中），浙江教育出版社1995年版，第2185页。

> 碛净山高见极边，孤烽引上一条烟。
> 蕃落多晴尘扰扰，天军猎到鹈鹕泉。

蕃落，游牧部落；天军，当指天德军，初名大安军（一作天安军），在今内蒙古巴彦淖尔市乌拉特前旗一带，与振武军同为唐朝北方边疆的重要军事机构。《新唐书·方镇表一》：贞元十二年（796），"朔方节度使罢领丰州及西受降城、天德军，以振武之东、中二受降城隶天德军，以天德军置都团练御史，领丰、会二州、三受降城"。诗说寂静的大漠一直延伸到了边境的最远处，孤立的烽燧升起了一条烟报告平安。北方游牧之地多有晴天朗日，戍边的天德军将士打猎一直到了胡人饮马的鹈鹕泉。鹈鹕泉，又称胡儿饮马泉，李益有《过五原胡儿饮马泉》诗，诗人自注："鹈鹕泉在丰州城北，胡儿饮马于此。"[①] 汉隋曾在丰州置五原郡，治九原（今内蒙古巴彦淖尔市临河区东），辖境相当于今内蒙古河套西北部及其迤北一代。[②]

五

烽火台虽处在不同的地理环境下，但典型地呈现了不同历史时期的人类活动尤其是军事活动形态，展现了人类在恶劣的自然条件下顽强的生存能力、自我保护能力和非凡的创造能力，是人类有意识地在自然景观之上叠加了自身所创造的景观。自然景观体现的是大自然的伟力与神奇，文化景观映证的是人类文明与进步的足迹，更多体现的是族群乃至国家的意志，尤其是像烽火台、长城、大运河这样影响时代社会的文化景观。烽火所在之地，总是视野辽阔，空间巨大，连山

[①] （唐）李益著，范之麟注：《李益诗注》，上海古籍出版社1992年版，第79页。
[②] 谭其骧主编：《中国历史大辞典·历史地理》，上海辞书出版社1996年版，第98页。

带海，云天苍茫，总有令人振奋的壮美景致，人类文化作用于自然景观的成效鲜明："玉门山嶂几千重，山北山南总是烽。人依远戍须看火，马踏深山不见踪"（王昌龄《从军行七首》其七），"沙尘接幽州，烽火连朔方"（李白《北上行》），"千岩烽火连沧海，两岸旌旗绕碧山"（李白《永王东巡歌十一首》其六），"铁马半嘶边草去，狼烟高映塞鸿飞"（赵嘏《降虏》），"古戍苍苍烽火寒，大荒沈沈飞雪白"（李颀《听董大弹胡笳声兼寄语弄房给事》），"戍楼往往云间没，烽火时时碛里明"（崔希逸《燕支行营》其二），"塞城牧马去，烽火射雕归"（温庭筠《送并州郭书记》），"万里榛芜迷旧国，两河烽火复相连"（刘商《送刘南史往杭州拜觐别驾叔》）。这其中，张蠙《过萧关》中的描绘更有情味："陇狐来试客，沙鹬下欺人。晓戍残烽火，晴原起猎尘。"萧关在今宁夏固原东南，是古代西北边地著名的关隘。陇狐傍客，沙鹬近人，一"试"一"欺"，写出了动物与人的亲近。拂晓的戍楼里残存着未冷的烽灰，晴朗原野上已扬起狩猎的尘土，戍边的日子就这样一天一天地继续着。

　　时光流转，王朝更替，烽火已渐渐熄灭，硝烟也随风散尽，但烽火台（烽候、烽堠、烽墩、烟墩、墩台）却依然高耸，傲视苍穹，见证着历史上曾经发生过的惊心动魄的故事。北风呼啸，军旗猎猎，战马嘶鸣，刀剑铿锵，仿佛还在耳旁回响。无数将士远离家乡、抛妻别子、披星戴月戍守的历代长达数千年相续修建的烽火台蕴含着巨大的文化景观价值，值得我们进一步发掘。

文学景观之生成起点与发展过程

——以江南三大名楼为例

杜雪琴[*]

近年来,文学地理学研究越来越受到学界关注,并呈现欣欣向荣之势。其中对"文学景观"的探讨,成为一个较为热门的话题。"文学景观"是文学地理学研究的对象之一,是以"自然景观"或"地理景观"为基础,又有别于"文化景观"的一种"景观"类型。它是处于天地之间的、可以被人类看见的,同时又进入文学作品里的、与文学密切相关的,具有人文属性与文化内涵的景观。本文以"江南三大名楼"——湖北武汉市黄鹤楼、江西南昌市滕王阁、湖南岳阳市岳阳楼为例,对文学景观之生成起点与发展过程问题做进一步探讨。

一 文学景观的生成起点

文学景观是进入文学作品且具有可视性的地理景观,其形成不可能无缘无故,而是有着发生与发展过程,比如产生的源头、流传的路

---

[*] 杜雪琴,文学博士,三峡大学文学与传媒学院副教授。

线和变异的特征等。那么,文学景观的生成起点到底是什么呢?

一是作家与自然的相遇。

文学景观生成起点中,作家与自然的相遇是首要条件。首先,自然界的景观如山川河流、亭台楼阁等,确实存在于天地之间;其次,它们具有宏伟而奇特的气象,当作家与自然相遇之后,能够引起他们的共鸣;最后,作家与自然之间形成一种互动审美的关系,作家对山川、河流、楼宇之气象感叹备至,自然地理亦以独特的形貌影响着作家的认知、审美、想象与信仰等。作家之所以能够独立进行文学创作活动,就在于特定的地理环境为其提供了生命的能量与心理的结构,以及在此基础上形成的审美趣味、审美想象与审美判断。因而,一位作家的心理结构与审美趣味的生成,与其所生存的特定自然山水环境密不可分。而作家所从事的文学创作,很大程度上就是寻求自然世界里存在的种种有价值的东西,因此,让天地间的万物在其作品里形成种种印记、影像而得以留存下来。当作家本体的地理基因与天地之物的氤氲之气相会合的时候,就会产生感悟上的灵机一动以至撞击出思想的火花,这就是真正文学创作的开始。于此,作家之所以能够创作出众多的文学作品,就在于以地理作为展开想象、抒发情感的现场,从而用自己的生存智慧与审美想象来完成自我的生命表达。所以,从根本上来说,作家文学创作的文本之根,在于自然世界的天地之物。人类与地理又是一种相互依存的关系:人类的存在如果没有地理作为基础,那么也就失去了生存与活动的场所;如果地理没有人类的栖居,那么也就失去人文的精神和生命的光彩。对于作家而言,正是与美丽而丰富的大自然相遇,其诗句才有产生的基础,其诗情画意才有表达的途径;作家的笔下因为那些美丽的自然意象与自然景观,其语言便不会显得苍白与贫乏。如果诗人们从来不曾与黄鹤楼相遇,从来没有登临过滕王阁，也从来没有探访过岳阳楼，也许就不会出现诸如"黄鹤一去不复返，白云千载空悠悠""落霞与孤鹜齐飞，秋水共长天一色""先天下之忧而忧，后天下之乐而乐"等千古传的名句。换言之，这些巧夺天工的自然与人文景观，如果没有诗人们的歌颂与吟咏，或许就不会具有如此的神圣与宏伟之人文气象。人世间的情缘来自不经意的邂逅与相遇，作家的审美体验和文学创作亦来自与天地万物的相遇、相知与相惜，来自他们与大自然万物生灵进行的深度对话。由此可见，人类的存在与发展是以自然万物作为物质基础，作家与自然相遇的过程中，作家与自然的互视过程中，文学景观得以形成。

二是自我与对象的互视。

如果仅仅只是作家与自然的简单相遇，并没有产生出情感的共鸣，那么也就不会有千古的诗句流传下来。正是作家的自我与自然万物的深情凝视，从而产生或美好、或悲伤、或憎恶、或激扬的情感，以此在作家的脑海中形成对于自然的印象，最终上升到对人生、对自然、对社会、对世界等的感悟。这种互视是一种双向作用的关系，最终的结果是自然对作家自我的影响，而作家美好的心灵以及笔端流露出的情感，对于大自然的美丽、高尚的抒怀，再次影响了读者对于大自然的情感。法国学者斯达尔夫人曾以文学与德行的关系来论述文学的重要性："德行在我们身上产生的印象与美术或自然界中一切壮丽的东西使我们产生的情感，这两者中间是存在着某些关系的。古代雕像的一定比例，某些画幅的宁静而纯朴的表现、音乐的和谐、肥沃的田野中美丽的景色的外观，它们在我们心中激起的兴奋同正直的行为在我们心中激起的赞叹之情之间也不无相通之处。人为的或天然的怪诞可以震撼人们的想象于一时，但真正的思想却只能建立在秩序的基础之上。"[1] 诚如此言，自然与人文景观的宁静、纯朴、和谐与美好的外观，与人们看到"美丽的景色的外观"之时的"赞叹之情"，不无相通之处，或者说人的心灵与自然之灵存在着某种共通之处，共同激发了一种壮丽的情感、纯朴的情绪、宁静的和谐与高尚的意境，而这正是作家自我与自然界中的对象互视所产生的结果。诗人要把握真实而非虚假的自我，只有深刻把握住自我，才有资格去把握世界；既要对自我进行深度审视，同时自我与其所凝视的对象（或许是这个时代、自然世界、整个人类、逝去历史）形成一种互动的关系。换言之，诗人在与对象相互凝视之中，其"自我"有没有对这个时代悲欢苦乐的、真实的、虔诚的独特感受，有没有感知到别人所没有感知到的世界，有没有感悟到别人经历过但没有表达出来的感受，有没有表达出已经被岁月遗忘了的感受。而只有在自我的审视与它视之中，才能不断完善自我和把握自我，从而达至人性深处和时代底蕴。正如宏伟壮观的岳阳楼有着得天独厚的自然环境，也有着傲视千古的人文内涵，但千百年来其目睹着不断的水患与兵祸，听到的更多的是哀乐伤情之音。正是因为人世间有太多的不幸，范仲淹登临此楼而吟出千古绝唱之"先天下之忧而忧，后天下之乐而乐"，才作为一种道德准则的精神力量，成为无数人反复吟诵与自勉的座右铭。

三是以文字表现自然。

自然世界的丰富多彩在作家脑海里留下了深刻的影像，他们结合自己的人生体验、价值观念、文化积淀、审美趣味等，用诗、词、联、文、曲等文学形式表达自己的情感，有的甚至成为永久流传的经

---

[1] ［法］斯达尔夫人：《论文学》，徐继曾译，人民文学出版社1986年版，第14页。

典文本。当然不同的作家对于自然景观的描绘并不相同，因为每一个个体对于同一处自然景观的感受也是有异的，同是一处黄鹤楼、滕王阁、岳阳楼，不同作家笔下的描绘不尽相同。自唐宋以来，崔颢、李白、白居易、苏轼、岳飞、陆游等文人登上黄鹤楼并留下诸多诗篇，流传至今而经久不衰，为当地增添了不少文化的光彩。面对高耸挺拔的黄鹤楼，面对浩浩荡荡的长江，唐代李白作《黄鹤楼送孟浩然之广陵》诗：

故人西辞黄鹤楼，烟花三月下扬州。
孤帆远影碧空尽，唯见长江天际流。

烟花三月，繁花似锦，诗人在黄鹤楼送别友人孟浩然，并没有太多的离愁别绪，眼前的碧天、楼宇与江水的美景令人愉悦，诗人的情感深厚而含蓄；楼宇与江水的浩然之气，内化为一种潜在的精神形态，形成一种情感的冲击力而散发出来。唐代另一位诗人崔颢亦作《黄鹤楼》诗：

昔人已乘黄鹤去，此地空余黄鹤楼。
黄鹤一去不复返，白云千载空悠悠。
晴川历历汉阳树，芳草萋萋鹦鹉洲。
日暮乡关何处是，烟波江上使人愁。

此诗开篇从黄鹤楼的传说写起，由怀古之情而写眼前实在之物，晴空万里之下汉阳城中的树木，鹦鹉洲上茂密繁盛的芳草，烟波浩渺的大江却令人乡愁顿生，吊古实为伤今，抒发人生失意以及思乡情怀，形成悠悠、幽深、邈远、苍茫之意境。江水滔滔之流动成为一个有生命的流程，长江成为诗人生命的河流，黄鹤楼亦成为诗人生命之楼宇，诗人在这里寻找着生命的永恒。同是李白，在不同时刻登临黄鹤楼的感受又不一样，如另一首《望黄鹤楼》：

> 东望黄鹤山，雄雄半空出。四面生白云，中峰倚红日。
> 岩峦行穹跨，峰嶂亦冥密。颇闻列仙人，于此学飞术。
> 一朝向蓬海，千载空石室。金灶生烟埃，玉潭秘清谧。
> 地古遗草木，庭寒老芝术。寒予羡攀跻，因欲保闲逸。
> 观奇遍诸岳，兹岭不可匹。结心寄青松，永悟客情毕。

"望"字即全诗之核心，东西南北、上下左右、纵横侧环地望见整个黄鹤山，但见山峰形态各异，山峦而起伏、峰峦而叠嶂、参差而不齐、凌空而跨越、宽阔而无边、幽深而昏暗。诗人写景之真意，实为表现客居他乡之情感，暗喻其奔波流浪、怀才不遇之人生境遇。除此之外，古人与今人登黄鹤楼的感觉也是不同的。如现代毛泽东《菩萨蛮·黄鹤楼》：

> 茫茫九派流中国，沉沉一线穿南北。烟雨莽苍苍，龟蛇锁大江。黄鹤知何去？剩有游人处。把酒酹滔滔，心潮逐浪高！

诗歌创作于1927年，当时国内形势错综复杂，国共合作初步取得胜利，大革命处于低潮时期，诗人将忧虑之情渗透到山林的姿态和云雾雨雪的气候变化之中，一笔写景，一笔抒情，情与景两相交融。诗人登楼望远，但见烟雨茫茫，两山并立，烟波浩渺，此时心潮澎湃，豪放而深沉，面对祖国的壮丽河山，有对革命前途的焦虑，也有对未来生活的信心，更有革命的乐观主义精神。此诗并不似历代黄鹤楼诗的温婉忧愁，格调在沉郁中透露着高昂，情绪步步高升，反映了一代伟人的气魄与胸襟。总体而言，诗人们登临黄鹤楼有一个总体印象：首先，不仅可以领略到万里长江的壮阔浩渺，可以体味到萋萋芳草的枯荣忧伤，可以缅怀骚人墨客的牢骚苦闷；其次，此楼因仙鹤的传说而带有浓郁的神话色彩，所以在雄浑壮观之间更有一种飘飘欲仙的感觉，里面更是夹杂有一股道教的气息。于此，登临黄鹤楼的感受，与登临岳阳楼时的沉重与忧患，登临滕王阁时的怨愤与不平，是极为不同的。所以，不同的楼宇，诗人们的描绘是不同的。而同一处黄鹤楼，作家们在呈现出同一种气象的基础上，又在同一位作家、同一时代的作家、古人与今人的笔下，显得千差万别；而那些带着灵动气韵的文字，赋予我们对文学景观多样化的审美想象，也成为我们今天解读文学景观的重要史料。

四是以自然表达自我。

文学景观的基础不仅来自自然界的物质存在，同时也来自人类的活动赋予的人文价值与意义。人类与自然之间本是一种互动的关系，作家正是在自然的基础上表现内在自我，自我的情感、自我的理想、自我的历史等，一切皆来自对自然世界、人类社会的观察和体悟。自然界本是具有生命力的灵性物质之所在，它们以独特的情感方式，如晴空万里、乌云密布、微风轻拂、狂风骤雨等，与人类进行着交流，作家在此情绪的感化中与之形成审美互动的关系。在作家所建构的诗学世界里，自然万物并不是独立而自足的存在，山清水秀原来正是诗人们内在心灵的反射。诗人若有美好的心灵，绘出的自然是美丽灵动的画境；若是迷乱之心灵，绘出的也便只是迷乱的水墨画而已。因此，自然之于自我，自我之于自然，正是一种物与我的融会、情与景的贯通、感性与理性的交织、理想与现实的融合。唐人李白的《黄鹤楼送孟浩然之广陵》，唐人崔颢的《黄鹤楼》，宋人范仲淹的《岳阳楼记》，唐人王勃的《滕王阁序》等，它们全都出自一个自我，一个诗人内在鲜活灵动的自我，一个活生生的思想者的自我，一个具有民族责任心的自我，一个诗歌艺术探索者的自我。这些诗作都来自诗人们的真切体验与深刻感受，将自我与故乡的自然山水连接起来、将自我与人类的命运对接起来、将自我与国家的历史前途连接起来，将自我的现在与过去联系起来，将自我的现在与未来联系起来，因而形成了以"自我"为中心，以自我的情怀与体验去发现、去观察自然世界与人间社会的万象。那座"芳草萋萋""烟波江上"的黄鹤楼，那座"落霞孤鹜""秋水长天"的滕王阁，那座饱含诗人"忧乐"深情的岳阳楼，其实都是诗人自我情感与内在思想的影像。如果没有丰富多彩的自然世界、诗人内在的"自我"、诗人对于自然山水的独到观察、诗人对于人类所面临问题的思考以及诗人对于世界重大问题的探索，也就没有如此开阔深厚的思想与独立而适中的艺术探索，那么，这些独特而意味深长的诗歌，也就不会成为经典流传乃至名垂青史。于是，文学景观的生成起点经历了以下过程：始于原始的自然与人文景观—作家与自然的相遇—自我与对象的互视—以文字表现自然—以自然表达自我，正是作家的自我与自然诗意相遇之间，在情与景的交融之间，文学景观得以形成并向前发展。

二　文学景观的发展过程

每一处文学景观形成之后，必定有一个发展的过程，与作家的创作、读者的接受、社会的状况、历史的沉积等有着密切联系。杨义先生认为："中国古人凭着经验和智慧，发现人类居住的地球表层的山川水土的差异，影响了生物存在和器物制造的品质，又体验到山川水土上氤氲着一种'气'，与人类呼吸相通，生命相依。地理环境以独特的地形、水文、植被、禽兽种类，影响了人们的宇宙认知、审美想象和风俗信仰,赋予不同山川水土上人们不同的禀性。"① 诚如斯言,天地间的万物由于区域、气候等的差异,呈现出不同的地质与地貌特征,同时,影响着人们的"宇宙认知、审美想象和风俗信仰"。文学景观亦是如此,自然与人文景观由于区域、气候等差异,本就具有不同的自然风貌特征,而不同作家通过审美想象又赋予它们不同的文学色彩,因而呈现出不同的精神特性,其自然与人文特征亦随着时代的更迭、岁月的变迁、历史的演变而不断发生变化。在传播与交融、传承与变异的过程中,作家必然与读者发生碰撞,与社会产生交流,并在民众心中形成意象化的形态,而在历史的沉积中得到保存与发展。

一是作品与读者的相遇。

作家的文学创作受自然与人文景观的影响,其创作出来的文学作品,走向社会而与读者相遇,作者与读者的思想必然发生碰撞。作家总是会在作品中设计一个自我想象的形象,读者也会对此形象进行多义性地解读、阐释。湖南岳阳楼已有1700多年历史,几经兴废。宋人范仲淹的《岳阳楼记》,构建了一个"朝晖夕阴,气象万千"的岳阳楼形象:

> 若夫淫雨霏霏,连月不开,阴风怒号,浊浪排空;日星隐曜,山岳潜形;商旅不行,樯倾楫摧;薄暮冥冥,虎啸猿啼。登斯楼也,则有去国怀乡,忧谗畏讥,满目萧然,感极而悲者矣。
>
> 至若春和景明,波澜不惊,上下天光,一碧万顷;沙鸥翔集,锦鳞游泳;岸芷汀兰,郁郁青青。而或长烟一空,皓月千里,浮光跃金,静影沉璧,渔歌互答,此乐何极!登斯楼也,则

---

① 杨义:《文学地理学的本质、内涵与方法》,杨义:《文学地理学会通》,中国社会科学出版社2013年版,第4页。

有心旷神怡，宠辱偕忘，把酒临风，其喜洋洋者矣。

唐人李白《与夏十二登岳阳楼》，刻画天上云间的岳阳楼之形象：

楼观岳阳尽，川迥洞庭开。雁引愁心去，山衔好月来。
云间连下榻，天上接行杯。醉后凉风起，吹人舞袖回。

两位诗人的千古吟唱，传达了相通的心律节奏。有对须臾人生的真实叹喟、对生命律动的真实书写、对人间悲欢的真切体验，也有宏伟博大的气势，同时难掩对人生深沉的悲凉。他们在现实羁绊与自由意志的深刻矛盾中，怀着对理想的苦恋、向往并在悲歌中艰难前行，因而那条通往世界的本真之路立刻豁然通畅起来。差异亦很明显，李诗观岳阳楼，天上、云间、月夜的遐思与情怀，其意境高超、莹洁、洒脱而旷达，具有一种幽深的宇宙意识和生命情调，充盈着高妙的宇宙意识与对人生感触的诗情追求，真实的人生与宇宙的哲学妙境两相呼应。范文则更为丰富，将洞庭湖的早晚晴雨、春夏秋冬的景致刻画得淋漓尽致，且写景状物曲尽其妙，炼词达句精辟通达，运思谋篇独具匠心。登楼远望，但见江湖交汇，港汊迂回，湖中有山，湖外有湖，而渔帆点点，芦叶青青，鸥鹭翔集；洞庭而秋月，远浦而归帆，平沙而落雁，渔村而照晚。更见日影、月影、云影、雪影、山影、塔影、帆影、烟影、渔影、鸥影、雁影等交相而辉映，气象而万千。面对如此雄浑壮丽之亭台楼阁、湖光山色，怎能不叫人心旷神怡而豪情万丈？更重要的是，诗人将登临岳阳楼时的"忧乐"情绪表现得异常深刻，而这种"忧乐"之情成为一条历史的主线而流传下来，历代文人政客登临此楼，无不以此作为情感之感召。于此看出，文学创作作为一种与意识相关的行动，和作者的个人经历、生活体验、思想意识以及创作个性等密切相关。而诗人赋予这些形象以太多空白，供读者发挥自己的想象以便填充。作家的创作与读者的接受正是一种双向作用的关系。到过岳阳楼的读者读到范仲淹、李白等的作品，心领而神会，读者与诗人之间便形成了一种审美沟通的关系；没有到过岳阳楼的读者，则会产生无限遐想，对绰约丰姿的岳阳楼、雄伟博大的洞庭湖有一种美丽的憧憬，顿生向往之情。因而，一首诗创作出来以后，并不单属于诗人本人，而是诗人与他的读者相遇后，与读者共同完成。不同时代、民族、国度的读者，在对诗文不断阅读以至反复体验的过程中，佳作良篇成为经典流传下来，其间饱含着诗人深刻的美学价值与深厚的人生哲理，其意蕴阐释不尽，经得起岁月的检验而常说常新。相反，如果一首诗意境太过直白、形象太过单一，仅仅只是哗众取宠之作，不可避免地会在时光流逝中被淘汰。那些著名的文学景观，经过读者的选择、再选择，岁月的洗礼、再洗礼，历经千秋万代而流传于后世。正如岳阳楼因为"李杜文章在，光芒万丈长"一样，今天读者便在那些光耀千古的诗章中，回味其风华绝代之形貌、丰姿卓绝之意蕴。

二是作品与社会的相识。

作家对景观的描绘有一个与社会相识的过程。有的自然与人文景观本身就极具魅力，因而作家的描绘为其锦上添花，作品中的描述也与社会大众的愿望相符合。有的自然与人文景观并没有宏伟壮丽之势，但作家通过自己的审美想象以及文字的润色，让其有了千姿百态之韵味，因而增添了自然景观的人文魅力，同时提高了大众的审美品位，使此景观更具文化的内涵与魅力。于此，自然与人文的因素对于文学景观的形成，是相辅相成的关系。作家的文学创作，离不开具体而实在的自然景观，也脱离不了自我对生命的感受和体验，更无法离开社会现实而存在。文学作品的产生离不开特定时期的生活潮流和历史情境。文学作品除了表达自我的情感需要之外，也需要为人类社会服务，更需要被社会认可且接受，而且好的作品为人类历史留下了宝贵的精神财富，会一直得到社会的普遍认可，否则只会被历史的烟尘湮没以至无痕。唐人杜甫《登岳阳楼》对社会的现状进行细致观察，流露出对底层人民的深度关切，对社会、政治深刻的忧患意识，更有对自我生命的反省和挣扎：

> 昔闻洞庭水，今上岳阳楼。吴楚东南坼，乾坤日夜浮。
> 亲朋无一字，老病有孤舟。戎马关山北，凭轩涕泗流。

唐人白居易《题岳阳楼》，吐露出诗人羁旅漂泊之感以及对朝臣权贵的怨愤之情：

> 岳阳城下水漫漫，独上危楼凭曲栏。春岸绿时连梦泽，夕波红处近长安。
> 猿攀树立啼何苦，雁点湖飞渡亦难。此地唯堪画图障，华堂张与贵人看。

两首诗均与作家的人生经历相联系，与当时的社会背景相契合，诗人们对于社会的忧患意识以及对当时朝廷的爱憎之情，在字里行间流露出来。诗人将社会不堪的现实，自我悲苦的人生体验，社会的悲剧命运与观岳阳楼的情景相结合，此情此景浸润了太多的愁情与悲凉，无疑与当时的社会、民众产生了共鸣。而杜甫诗作中更渗透着强烈的社会批判精神、民族的忧患意识和失望情绪，形成一种悲剧格调；反观当时在唐玄宗后期政治衰败迹象日趋严重的岁月，这种格调更具有穿透历史云层的深刻性、透彻性。诗人在历史的动荡和不尽的黑暗中，传达的正是生死之哲学体验、人生之苍凉感，当面对祖国的大好河山，雄伟的岳阳楼与茫茫的洞庭水时，不禁在苍凉之中流下悲怆的眼泪，他所忧虑的实在是一个国家、一个民族的前途与命运，他用认同众生的与人类理想的尺度去度量社会、历史和现实，因而此诗成为扣人心弦的千古绝唱。从某种意义上来讲，特定时代下社会生活曲折艰难的进程，也造就了作为个体人的不断自我否定、自我审视与自我实现，并向着自由新境界行进的现实。而人们对于时代、社会、人生领悟的多向度融合，在文学景观之上找到了一个视点。于此，面对着这样一些自责、自省、自审的且永远不得安宁的灵魂，面对饱含着如此沧桑、深情、诗意的文学景观，岂能不引起人们的关注与崇仰？

三是民众心中的意象叠加。

文学景观经过历史的变迁，留下了岁月的痕迹，同时在民众心中形成意象叠加效应。意象与物象并不是一回事，只有进入审美体验活动中的物象，才能称为意象。意象叠加包括两方面的内容：一是表层意象，即处于物理层面上可看、可触、可感的，即自然与人文的景观；二是深层意象，即存在于人物的想象、心理与情感之中的，通过人们的审美想象与审美判断，蕴含人们生存智慧的意象。外在与内在意象两相融合成为文学景观，著名文学景观必定是包含有旧的、新的、过去、现在以及未来的多重意蕴，从而具有多角度的自然之美，多重曲折的艺术之韵、艺术之美、艺术之思。江西滕王阁是一处著名的文学景观，是历朝历代的封建士大夫们迎送和宴请宾客之处。明代开国皇帝朱元璋也曾设宴阁楼之上，并命诸大臣、文人赋诗填词，观看灯火。最脍炙人口的仍属王勃《滕王阁序》。随后唐代王绪作《滕王阁赋》，王仲舒作《滕王阁记》，一时"三王记滕阁"成为佳话。众多文人雅士包括张九龄、白居易、杜牧、苏轼、王安石、朱熹、黄

庭坚、辛弃疾、李清照、文天祥、汤显祖等,都曾以滕王阁作为歌咏对象,有众多传世佳章存留下来。唐人王勃著《滕王阁序》:

> 时维九月,序属三秋。潦水尽而寒潭清,烟光凝而暮山紫。俨骖騑于上路,访风景于崇阿;临帝子之长洲,得天人之旧馆。层峦耸翠,上出重霄;飞阁流丹,下临无地。鹤汀凫渚,穷岛屿之萦回;桂殿兰宫,即冈峦之体势。
>
> 披绣闼,俯雕甍,山原旷其盈视,川泽纡其骇瞩。闾阎扑地,钟鸣鼎食之家;舸舰迷津,青雀黄龙之舳。云销雨霁,彩彻区明。落霞与孤鹜齐飞,秋水共长天一色。渔舟唱晚,响穷彭蠡之滨;雁阵惊寒,声断衡阳之浦。

宋代文天祥《滕王阁》:

> 五云窗户瞰沧浪,犹闻唐人翰墨香。日月四时黄道阔,江山一片画图长。
>
> 回风何处搏双雁,冻雨谁人驾独航。回首十年此漂泊,阁前新柳已成行。

元代虞集《滕王阁》:

> 危楼百尺倚栏杆,满目江山不厌看。空翠远凝江树小,落霞飞送酒杯宽。
>
> 千年剑气冲牛斗,半夜天香下广寒。我欲乘鸾朝帝阙,五云深处是长安。

明代汤显祖《滕王阁逢琪叔为别》:

> 才名真似玉潾潾,江上相逢琪树春。更别未须明日去,章门

风雨解留人。

　　兄弟街头会亦奇，兰亭已矣更何之？临岐并作苍茫语，樽酒弦歌日暮时。

如果说黄鹤楼在民众心中有一种神话的色彩，夹杂一股道教气息；岳阳楼在民众心中的形象，则往往是一种国士情怀之象征；而滕王阁却体现的是一种对往事的忧伤与嗟叹，成为文人骚客们排忧解闷之所。诗人王勃登阁而远眺，但见云雾雨霁，彩彻分明，落霞孤鹜，秋水长天，渔舟唱晚，泗水横滨，雁阵惊寒，声断衡阳；群山郁苍，群木蔚翠，高阁蔚然，吐纳霞气，南浦云飞，沙鸥翔集；气势而磅礴，气象而万千，令人叹为观止！诗人建构了一个恢宏而博大的审美境界，表现了一种大无畏的批判精神，表达了中国众多知识分子的共同命运；同时在浩渺江湖与空蒙苍穹里，寄托了人类最深远、最宽广与最美好的理想，因而，令人敬佩以至神往。联想到诗人的绝代风华与怀才不遇的强烈反差，让人感受到一种千古的忧伤与悲怆，正如"《离骚》为屈大夫之哭泣，《庄子》为蒙叟之哭泣，《史记》为太史公之哭泣，《草堂诗集》为杜工部之哭泣；李后主以词哭，八大山人以画哭；王实甫寄哭泣于《西厢》，曹雪芹寄哭泣于《红楼梦》"。①而王勃则将怀才不遇之情寄哭泣于《滕王阁序》。宋代爱国词人文天祥也表现出这样的幽怨，他曾两次路过洪州，眼见大宋江山沦落敌手，帝王尚不知亡国之危，而自己怀着一片忧国忧民之心，却不被重用，郁郁而不得志。诗人愤懑之余登上滕王阁，眼前是一片大好河山，其心情却无比悲怆。诗文之间抒发了对国家前途的担忧，北地沦陷，国势颓微，谁能力挽狂澜？同时感叹光阴如箭，事业未竟之无

---

① ［清］刘鹗：《老残游记·自叙》，人民文学出版社 2000 年版，第 1 页。

奈。元代虞集诗受到五代南唐僧人诲讥诗中禅境、诗意相融合的影响，诗中所采用的意象，充满清和、空灵与淡远之气。而明代汤显祖诗在抒发与兄弟离别之情的同时，又有对现实生存环境的深层体验，并在社会批判中有一种自尊自重的潜意识。可见，滕王阁上的忧伤、愤懑之情，岳阳楼上的"忧患"意识，黄鹤楼上的道教气息，均是历代诗文所建构的一个又一个意象，在民众心中形成意象叠加之效应，从而形成整体的印象而延续下来。

四是文学景观的历史层积。

文学作品往往是一个时代的思绪，是一个时代人的智慧，更是一个民族历史的情感律动，进入文学作品的文学景观自然也是如此。无论是作为"万里长江第一楼"的黄鹤楼，还是有"洞庭天下水，岳阳天下楼"之美誉的岳阳楼，抑或是作为"西江第一楼"的滕王阁，均是经过历史的累积与岁月的侵蚀，无不经历过时代风雨洗礼，甚至联系着一个民族的盛衰兴亡，凝聚了一代又一代人的缱绻与辛酸。学者曾大兴认为："在所有的文化景观中，又以文学景观的意义最为丰富，因为文学景观是可以不断地被重写、被改写的。越是历史悠久的文学景观，越是著名的文学景观，其所被赋予的意义越丰富。尤其是那些著名的文学景观，可以说是人类思想的一个记忆库。"[1] 文学景观是通过一代代人的不断阅读与阐释，甚至不断重写与改写，而成为现在的具有多重文学内涵与人文精神的景观。马克思曾言，任何事物都是"历史的暂时物"，它们必将在特定的历史、文化、哲学、宗教、美学等环境中萌芽、开花、结果乃至衰败。文学景观的发展也遵循着同样的规律，它们也是"历史的暂时物"，在特定的历史时期萌生、变异、

---

[1] 曾大兴：《文学地理学概论》，商务印书馆2017年版，第242页。

发展、深化甚至衰落。因此，应在对现场考察、文本研究的基础上，将之放到对人类文化以及人类社会互动关系的研究中来。概而言之，即在历史文化的普遍联系中、在历史文化发展的特定规律中，理解、发现和把握文学景观的生成起点、发展过程、文本特征、价值意义等。而对于江南三大名楼的认识也有一个历史发展的过程，无数文人墨客登临黄鹤楼、岳阳楼、滕王阁，留下了大量诗、词、文、联等作品，成为众多真情、深刻而生动的篇章。正是在李白等对黄鹤楼的"神往"之中，范仲淹等对岳阳楼的"忧乐"之情中，王勃等对滕王阁的"歌哭"之中，来理解、领悟历史上对于此楼的认识，其诗文间内蕴着千百年来深厚精深的文化底气，一直在生机勃勃地感动着现代人的心灵。他们之于人类社会的总体把握，之于美之历程的深刻洞见，之于艺术魅力的深刻参悟，启发着一代又一代的作家与读者，成为后来者文学创作的标本。这些著名的文学景观，通过历朝历代文人们的歌咏、吟唱，成为具有多样性、多义性的审美意象之所在，其间凝聚了诗人们千百年来文化生命之血脉，而形成独特的生命智慧、鲜活体验、审美想象以及复杂生动的精神形态。那一座黄鹤楼也并不只是黄鹤楼，那一座岳阳楼也并不只是岳阳楼，那一座滕王阁也并不只是滕王阁，它们既是自然和人文世界中的客观存在，同时又是一种意象化的存在；它们历经沧桑、饱含忧伤，经过历史的风云而几经修缮，在重建与重修的过程中，结合了当时人的智慧与想象，终而成为现在我们所看到的文学景观。其厚重与意义已经远远超过一个名胜古迹之存在，它们完全成为一个历史与文化的象征物，而成为一种永恒的象征，一片永不消散的迷雾，一个千古不变的诱惑。而一切的历史终将过去，它们抖落一地风尘迈入新的时代，我们正与它们进行着深层次的对话，并以现代的眼光审视着这些凝聚人类智慧的文学景观，一方面在历史的轨迹中透视其生命力之所在，一方面将之放在世界文化的语境之中，重新审视、阐释、延伸其内涵、价值与意义。

　　文学是人类与自然世界打交道的方式，自然世界又以文学来塑造人类，人类又以文学来认识自然世界。文学景观已然成为中华民族文化中一个重要的组成部分，或者说是一面迎风飘扬、光耀千古的旗帜，是一棵根深叶茂、郁郁葱葱的大树，是一艘乘风破浪、勇往直前的巨船，是一片广阔饱满、肥沃丰饶的原野。而在这片茂盛、丰沛、丰美的广袤原野里，作家与自然的邂逅变得更加诗情与画意，作家的自我在与自然的深情凝视中，表达自我对世界的深情厚谊与欲罢不能，并为景观增添青春妩媚、千姿百态之光彩。他们以文学作品与读者相遇、与社会相识，文学景观于是成为民众心中永恒的意象形态，亦成为中华民族恒久的艺术瑰宝。它们所蕴含的神采和意蕴在不断丰富着、发展着、延续着，并与这个文明古国一道经历千古风雨而历久弥新着。这些凝聚着千百年来人类智慧结晶的文学景观，源源不断地滋养着人类的灵魂，为人类提供了生生不息的能量，并为我们指明了未来发展的方向。诚如学者陶礼天所言："对于文学地理学来说，其研究的中心与重心——笔者以为就是'景观学'的研究，也就是说景观研究或者说文学的景观和文化地理的景观及其关系的研究，才是具体的文学地理学研究的未来。"[①] 对于文学景观的研究，包括存在于天地间的文学景观，所有这一切都将会走向未来！

[①] 陶礼天：《略论文学地理学的过去、现在和未来》，《文化研究》2012年第12辑，第257页。

气候与文学研究

气象美学建构与自由乌托邦情结

王 东[*]

气象是自然界最重要的部分,因为它不仅连接着大气圈层,也关联着生物圈、岩石圈等,它是连接人与自然关系的典型领域,人类受气象条件的影响很大,以至孟德斯鸠(Charles de Secondat, Baron de Montesquieu, 1689 – 1755)得出结论说气候寒热不仅影响人的感官水平,而且还影响社会政体形式,如希腊阿提卡地区因为气候土壤贫瘠形成了大众形式的政体,而在气候土地条件丰饶的斯巴达地区则建立了贵族政体。[①]这种说法虽然有气候决定论的嫌疑,但是却提醒我们应该对气象影响力有清醒的认知。卢梭(JeanJacques Rousseau, 1712 – 1778)、斯达尔夫人(Madame de Stael, 1766 – 1817)、丹纳(Hippolyte Taine, 1828 – 1893),赫尔德(Johann Gottfried Herder, 1744 – 1803)等对气候地理影响文艺的认知和描述,也正是对这一认知的深入理解。尽管人类对于气象的体验和认识很早就有,而且在 18、19 世纪还一度成为文化热点,但都没有将气象作为独立的审美领域来研究。

---

[*] 王东,南京信息工程大学文学院教授,硕士研究生导师。
[①] James, P. E. & Martin, G. J. *All possible worlds: A history of geographical ideas* (2nd ed.), New York: John Wiley & Sons, 1981, p. 104.

真正将气象作为审美对象,并作为一种美学理论提出来,则是近些年的事情,豪梅尔斯·洛斯顿、马达丽娜·代克努、斋藤百合子等学者的相关论述就是重要标志。他们在提出气象美学的时候,基本上是将气象审美作为自由使者来标签的,或者说,气象美学是被作为传统美学的"重要他者"出现的。

一 气象——自然的"野性"

气象的"野性"是科罗拉多州立大学著名哲学教授霍尔姆斯·罗尔斯顿(Holmes Rolston,III)提出的概念。霍尔姆斯·罗尔斯顿认为,气象美学是一种天体宇宙美学(Celestial Aesthetics),云作为气象因素,既是宇宙天体的一部分,也是联通人与宇宙天体的介质,更是人类最为切近地观看宇宙变化的景观部分(Landscape)。"云就像是宇宙中的星辰那样,透露出自然宇宙的空灵。云每天都换上美衣来秀出不同的气质,阳光、晴天、雨天、暴风雨等天气设置着我们的情绪"。[1] 这就是说,气象的即时变化,有着现代科技无法捕捉的不确定性和神秘性。罗尔斯顿称之为"野性"(Wild)。"所谓'野',就是指在各种性质上,都混合着稳定性(Stability)和自发性(Spontaneity)、秩序性与混乱性。……'野'保留了一些不可控制的(Uncontrolled)、或者非法则的(Unlawful)、或者飘忽不定的(Erratic)、或者自发自主的(Spontaneously Autonomous)元素。大自然的'野'就是一种超出人类计划和控制的本性,它先于人而存在。"[2] 这一"野性"在气象中得到了典型展现,因而被罗尔斯顿赋予了很强的自由意

---

[1] Rolston H. III. "Celestial Aesthetics: Over Our Heads and/or in Our Heads", *Theology and Science*, 2011, 9 (3): 280.

[2] Ibid.: 278.

识和反秩序性的意识形态价值,以此对抗艾伦·卡尔松(Allen Carlson)说的"秩序鉴赏"(Order Appreciation)和"变得可见并可以被理解"的科学叙事。① 同时,罗尔斯顿还在气象的"野性"上延续了关于自然的肯定美学思路,即认为云等铸就的气象现象拥有着至善至美的性质,已经没有了艺术那样的缺陷性,甚至也没有生物物种等自然事物的缺陷。② 可见,罗尔斯顿将气象美学建构在云、气、光等非功利的自由乌托邦层面,从而超出了一般的自然鉴赏可能具有的缺陷性范畴,使得气象美学具有了泛宗教形而上的气息,其中还蕴含着对传统自然美学的批判精神和对现代科技的反思意向。他的文章《天体美学:在头顶之上和(或)头脑之内》即是从康德"头顶的天空,内心的法则"幻化而来,它充分肯定了气象审美所具有的神秘性和不确定性。"事实证明,气象比任何预测都要复杂,大气环流运动也很难用模型来模拟。"③ 这一点得到了气象科学界的认同。比如混沌理论之父罗伦兹(Lorenz)说:"全球变暖争论证明了(不确定性),难以捉摸的特性之一是云一直在被塑造着。"混沌理论(Chaos Theory)诞生于气象学,"因为大气系统中的混沌元素,导致我们不能提前预知超过两周的天气"。④ 在气象美学建构的合法性上,罗尔斯顿突出了气象审美所具有的宇宙秩序(Order)与混乱(Chaos)的辩证法则,赞美了气象变化的终极不可预测性。

---

① Carlson A. "Appreciating Art and Appreciating Nature," *Landscape, Natural Beauty, and the Arts*, ed. by Kemal S. and Gaskell I. Cambridge: Cambridge University Press, 1993, p. 217.

② [英] M. 巴德:《自然美学的基本谱系》,刘悦笛译,《世界哲学》2008年第3期,第15—17页。

③ Rolston H. III. "Celestial Aesthetics: Over Our Heads and/or in Our Heads", *Theology and Science*, 2011, 9 (3): 281.

④ Lorenz E. N. "Climatic Determinism," *Meteorological Monographs*, 1968, 8 (30): 1–3.

二　气象——审美的超验性

除了罗尔斯顿，维也纳大学科学史和理论研究中心的马达丽娜·代克努（Mădălina Diaconu）也是明确建构气象美学的学者。代克努在《气象美学：好天气是否一定悦人？》中提出了"气象美学"（Meteorological Aesthetics）的超验性本质。她认为气象审美来自人世间（Anthropocene）的生命情感触动，人们观看云景（Cloudscapes）、大地景观（Earthscapes）和气象景观的形而上经验和情绪感受是一种典型的自然审美。在这里，气象审美中感受到的自然秩序和领悟到的天堂启示是核心，代克努心中的"自由情结"也得到了寄托和抒发。代克努认为，"人对天气的趣味差异都源于个人的偏好而不是天气状况的描述。好天气本身无论如何都不会产生认识上的偏差"，并引入圣·艾福瑞（Saint Ephrem）对天气的叙述，认为气候的风平浪静是"叙利亚的天堂象征"。[①] 代克努引入艾福瑞对天气的隐喻描述，为的是说明气象审美的超验形而上。"静稳天气就像是贞洁（Chastity），而剧烈变化的天气活动则是性生活失调。"[②] 在代克努看来，气象的风云变幻富有"野性"征候，具有伦理超验性。因此进行气象审美，人们必定要冲破传统世俗的功利观念，从而可以直接感受到神秘性和超验性。比如鲜艳的日落色彩，在传统审美中，会激起无数赞美，但在具有现代科学知识的人们眼中，则成了一种危及生命健康的恶毒之花，因为日落美景背后所藏的是气溶胶和大气污染，并且，人们往往会在这种审美情感中融入

---

① Diaconu M. "Meteorological Aesthetics: Does a Beautiful Weather Have to be Fine？" *Special seminar of Research Centre for Theory and History of Science*, December 8th, 2014.

② Ibid.

对现代科技的反思，以及对世俗欲望生活的批判，从而领悟到上帝的声音。①

在气象美学的这种建构中，最为关键的就是挖掘人对自然力量的敬畏。这种敬畏就是对自由的礼赞，也是对过去几个世纪压抑自然审美历史的批判。自然审美，在美学创立之初就被判为低人一等。18世纪中期的鲍姆嘉通（Baumgarten）首次使用"美学"概念时，就没有考虑自然范畴，而是按照大陆哲学的理性思维方法来研究感觉和感性，其关注的对象是感性规律本身，并不是自然。康德对自然的伟力和崇高的赞誉，并没有在后继者席勒、黑格尔那里得以延续。在后两者看来，艺术才是美学的一切。19世纪中叶开始的反黑格尔主义的思潮，虽然有倡导"回到康德去"的口号，但"自然审美"仍然被忽略了。20世纪，大陆美学传统有阿多诺等学者对自然"非确定性"的肯定，但是，其大多数"都没有达到'将自然视为自然'的自然审美的那种深度"。②按照马尔考姆·巴德（Malcolm Budd）的看法，自然美得以被重视是由罗纳尔德·赫伯恩（Ronald W. Hepbum）开始的。③ 1966年，赫伯恩在论文《当代美学及其对环境美的忽视》（*Contemporary Aesthetics and the Neglect of Natural Beauty*）中，认为当代已经开始发生了自然审美的转变，部分原因是自然哲学不再是教育材料（Educator），另外一些原因是审美趣味自身发生了变化，自然审美的普遍性和富于渗透性（More Intensely and Pervasively）获得了高

---

① Diaconu M. "Meteorological Aesthetics: Does a Beautiful Weather Have to be Fine?" *Special seminar of Research Centre for Theory and History of Science*, December 8th, 2014.
② 刘悦笛:《自然美学与环境美学：生发语境和哲学贡献》,《世界哲学》2008年第期3期,第4—5页。
③ [英] M. 巴德:《自然美学的基本谱系》,刘悦笛译,《世界哲学》2008年第3期,第9—21页。

度关注，因为身处自然的我们也是自然的一部分（in Nature and a Part of Nature），它打破了艺术审美的框框和限制（Frame）。[1] 这实际上就是气象审美的无边界性。

三　气象——日常的无边界性

气候是我们每天都要面对的基础条件，它不仅涉及我们的呼吸，也关涉到我们的听觉、视觉、触觉等所有感知觉。所以，美学作为感性学，将气象作为关注对象，是理所当然的。因为气象气候是我们每天必须身处其中的生存条件，它具有无边界性（Frameless Character）。这也正是斋藤百合子（Yuriko Saito）将气象纳入日常生活美学（The Aesthetics of Everyday Life）的缘由：

> 我选择气象作为日常生活美学考察的对象，是因为它与艺术有着许多不同之处。第一，气象不是一个独立于我们的时空封闭客体，它环绕着我们，并与我们的整个身体相互作用、彼此交融。第二，气象影响我们的身体和精神是通过所有的感知觉（Senses），而不仅仅是视觉和听觉。第三，气象与我们各种实践活动亲密绑定，涉及我们的利益，这并不像艺术客体那样被通常认为是排除日常生活关联的。第四，气象并不是静止的，而是不断在变化的。最后，也许是最重要的，无论是怎样的文化和地理环境，也不论是他对艺术界如何熟悉，气象曾经是、现在是、将来也是人所必定经历和体验的世界（除非一个人生活在没有窗

---

[1] Hepbum R. W. "Contemporary Aesthetics and the Neglect of Natural Beauty", ed. by Williams B. and Montefiore A. *British Analytical Philosophy*, London: Routledge and Kegan Paul, 1966, pp. 287–292.

户、温度完全可以自控的住所)。①

从上面可以看出,斋藤百合子将气象作为美学对象来考察,是因为气象的无边界性,它决定着气象审美与人的感知觉反应有着特殊的关系,即气象审美不会像艺术审美那样精致化和高高在上,不会像博物馆的绘画、艺术厅的交响乐等艺术活动那样将审美隔绝到一个神境地位。后者在一定程度上,是一种霸权面目,反映了社会的阶级性和压迫性历史。因此,斋藤百合子建构的气象美学,就被赋予了日常性、平民性、自在性等意识形态价值,气象审美越来越符合当代生活的民主自由态势。②

第一,气象审美是一种人与天气融为一体的经验方式,没有艺术审美所拥有的定点(Point)。天气体验是最直接的,也是丝丝入扣、沁人心脾的。就像托马斯·勒迪(Thomas Leddy)说的,炎热的体验,并不局限在视觉上的烈日黄晕和晴朗无云,听觉上的知了吱吱地叫,也包括所感受到的热量蒸腾和湿气窒息,瞬间吹过干燥嘴唇和火热肌肤的令人惬意的微风等。除此之外,在湖面上跳漾的阳光,我们在太阳底下的清晰影子,以及伴随着除草机的轰鸣声而散发出来的新鲜草木气息等,都是炎热体验的有机部分。③ 这即是说,气象的日常无边界性构筑了审美基础,即它可以以一种与自然融为一体的审美感知,成就一种无处不在的美学态度。这在最大程度上实现了美学的意识形态使命:使没有时空限制的全方位感性解放成为一种可能,它为我们全身心投身大自然的呼吸中,聆听空气和宇宙力量流动的声音提

---

① Saito Y. "The Aesthetics of Weather", *The Aesthetics of Everyday Life*, ed. by Light A. and Smith J. M. New York: The Columbia University Press, 2005, p. 157.
② Ibid., p. 158.
③ 参见 Leddy T. Sparkle and Shine, *British Journal of Aesthetics*, 1997(7): 267。

供了方向。

第二，相对于艺术审美的"物体"（Object），气象审美是一种沉浸和植入，没有了艺术审美那种僵化的主客观照模式。比如下雪天既可能是积极活跃的能量展示，也可能是安静平和，甚至是柔和的忧伤呈现。我们或在雪中忧伤地行走，或是在雪中热情地与伙伴打雪仗、挖洞造型，它深入了我们的生活内部。斋藤百合子因此借用了环境美学的"介入"（Engagement）概念来阐释。沿着这个"介入"思路，斋藤百合子肯定了气象作为日常生活审美的种种特性：或作为日常活动的背景；或直接影响我们的情绪和感觉——气象体验因人而异，因境而异，呈现着其辩证性和灵动性；或有着丰富的样态——因为有着地域、地形、季节等时空的差异而呈现出稍纵即逝性（Impermanence）。而且，斋藤百合子还将这种稍纵即逝性引入了对气象科技的评判，认为天气的不确定性是根本的，也是令人沉迷的，而僵化的科技发展始终无法摆脱不确定性的诅咒和制约。斋藤百合子认为气象的本质不是可供观赏的极端天气形态，而是始终"影响我们整个存在（Entire Being），它与我们日常生活完整地、亲密地相连"。"因此，气象审美非常有生活气息，非常温馨，在内容和程度上也都因人而异，因地而异。"[1] 乔纳森·M. 史密斯（Jonathan M. Smith）对这样一种美学态度评价说："因为人不能像艺术那样，将天气从总体自然语境（the Context of Nature in General）中分离出来，因此，不能把天气作为审美客体（Aesthetic Object）看待。……相应的，看待天气的态度（Manner）也不能是人们看待艺术那样的传统观念。……这样，我们也反对将天气激起的情感作为审

---

[1] Saito Y. "The Aesthetics of Weather", *The Aesthetics of Everyday Life*, ed. by Light A. and Smith J. M. New York：The Columbia University Press, 2005, p. 159.

美经验客体的一部分。"① 这就是说气象审美反对主客观隔离的审美方式。

第三,斋藤百合子构建了一系列对立范畴——日常生活与艺术,气象审美与艺术审美,身心融入与客体观看,现代与传统、东方与西方等,其崇尚前者而抑制后者的态度显示了她所具有的非西方立场,即她将后者看作是固垒、权威、专制、控制、欲望、野心、西方中心论,而将前者看作是一种亲和、自由、自在、反控制、东方魅力、存在本身等。这是一种学者的自由情结在作祟。为飚扬这一非西方或反西方的价值立场,斋藤百合子在文中举的例子都源于日本的俳句(Gaiku)。② 这样一种颠覆权威和西方中心论的自由观念,有着其他美学家的认同。"自18世纪以来,选择一个艺术客体,隔离它所处的环境成为西方美学的普遍惯例。然而,现在美学认识已经发生了变化,人们都认识到审美活动无处不在,而这种情况在非西方文化中更为普遍。"③ 如果说艺术审美模式是西方的话,那么,气象审美则是东方的。可见,斋藤百合子建构气象美学,消解的不仅仅是传统的艺术美学体系,而且是西方价值体系的象征系统,其革命的意识形态意图昭然若揭。而且,在斋藤百合子看来,气象美学不仅具有平民性、自由性、自在、谦和、反人为控制等特点,而且还可以成为进一步批判理性、科技、控制、专制、人类野心等特质的武器:"天气,作为自然客体和现象,是关乎人类培养教育、操纵和控制事物的最前沿阵地之一。也就是说,不管科技如何发达,甚至可以改变河流航道,治愈疾

---

① Light A. and Smith J. M. *The Aesthetics of Everyday Life*, New York: The Columbia University Press, 2005: introduction xiii—xiv。

② 参见 Saito Y. "The Aesthetics of Weather", *The Aesthetics of Everyday Life*, ed. by Light A. and Smith J. M. New York: The Columbia University Press, 2005, p. 165 – 170。

③ Berleant. A. *The Aesthetics of Environments*, Philadelphia: Temple University Press, 1992, p. 157.

病，克隆动物，或者能精确地进行天气预报，但我们人类在气象领域却没有操控一切的绝对权威。在这个人类可以随心所欲操控大部分自然领域的高科技时代，我们并没有控制住围绕我们周围的天气和气候。相反，在大自然的伟力面前，我们感受到的是悲悯和无能的挫败感。我们能感受自然超出人类控制的美丽，在今天特别重要。这告诉我们，承认自然的伟力不能被人所驯服，或者人在自然力面前认输等并不是人类的耻辱，也不会导致文化的绝望。如果我们学会谦卑地接受和优雅地庆祝这一点的话，那么，它将是审美快乐的源泉。"[1]

斋藤百合子从艺术审美传统出发建构"重要他者"——气象审美的方法，决定了她对于气象美学自由附加值的强调，以及她对气象美学未来使命的推崇。

---

[1] Saito Y. "The Aesthetics of Weather", *The Aesthetics of Everyday Life*, ed. by Light A. and Smith J. M. New York: The Columbia University Press, 2005, p. 172–173.

先唐山西的气候地理变迁与诗的繁荣

王青峰[*]

近代以来，山西在世界上的形象是水资源严重短缺、生态环境恶化、空气污染严重、经济社会落后的内陆欠发达地区。这种既衰且弱、又脏又差的形象几乎湮灭了山西在历史上的辉煌，很难使人联想到山西曾经有过江南水乡般的秀丽风光，曾经出过许多叱咤风云的文坛巨匠。而这一切迥异于现代的印象、具有颠覆性的历史事实与古代山西的气候地理变迁密切相关。

一 先唐时期山西地理气候的变迁充分证明山西是"河东水乡"与"草原风情"的二元组合

中国古代气候地理多次变迁，由极寒到极热，冷暖交替。即使在相对单一稳定的温暖期内或寒冷期中，也会出现逆袭、反常的年份。这就更增加了气候变迁的复杂性。与之相适应，地理状况也发生了与现在明显不同的改观。而这又引发了一系列从物产到人文的古今差异。对于这些，宋朝的沈括（1030—1094）、清朝的刘献廷（1648—

---

[*] 王青峰，山西省社会科学院办公室，副研究员。

1695）早有关注，只是由于他们拿不出很多实质性的事实以资佐证，所以，后人未曾多加注意。① 比较权威可信的是现代科学家竺可桢对中国古代近五千年来的气候变迁所做的系统性研究，同时，辅之以形象直观的图示，让人一目了然近五千年来气候变迁的四个温暖期和四个寒冷期。②

从汉朝至唐朝，确切地讲是宋以前，山西的气候地理特征可谓是中、南部"河东水乡"与北部"草原风情"并存。山西中、南部的气候地理特征，类似于现在人们印象中的江南水乡。相反，当时的江南其实并非现在人印象中的水乡风貌，而是大部分地区接近于欠开发的半原始森林状态。③

关于河东，古代有三个层面的地理区划：一是河东道④，辖区覆盖现在的山西全部与河北、内蒙古的一部分；二是河东郡，辖区接近于现在的运城、临汾、太原一带；三是河东县，大致就是现在的永济市。这种区划由汉至唐，多次变迁。如《旧唐书·志第十九·地理二》河东道三："河东，隋县，州理所。开元八年，分置河西县。其年，罢中都，乃省，乾元三年，复置。"那么，本文的河东取第二种区划，即以山西中部、南部概言河东。"汉代以后在河东设有皇帝行

---

① 中国李白研究会编著：《中国李白研究（2006—2007）——李白与当代文化学术研讨会论文集》，黄山书社2007年版。
② 参见竺可桢《中国近五千年来气候变迁的初步研究》，《考古学报》1972年第1期。竺可桢认为，第一个温暖期发生在公元前3000年至公元1000年，当时的年平均气温比现在高大约2℃，之后的气温有一系列的上下波动，波动范围为1℃—2℃。而竺可桢认为最低温度发生在公元前1000年，公元400年、1200年和1700年。
③ 参见王青峰《贬谪与唐诗》，三晋出版社2014年版，第24页。
④ 唐太宗李世民在州县之上建立"道"。全国分为十道：关内道（陕西），河南道（黄河南、淮河北），河东道（山西），河北道（河北），山南道（四川东、重庆、湖北），陇右道（甘肃、宁夏），淮南道（淮河南、长江北），江南道（长江以南、岭北以北），剑南道（四川西），岭南道。

宫，其中有蒲坂迎光宫、蒲坂首山宫、平阳宫、安邑宫、汾阴宫"①等。隋朝时设有"汾阳宫""晋阳宫"，唐朝时更在河东设立北都。可见，历代帝王对河东都非常重视。《汉书·季布传》记述文帝对河东守季布说"河东吾股肱郡"，武帝时立后土祠于汾阴，此后，汉、唐皇帝在祭祀后土之余兼有巡狩河东之意。②

就水资源分布与河流湿地的情况来看，新石器时期，河东基本上处于"仰韶温暖期"，汾河中游湖泊众多，水量丰沛。期流量充沛。至汉、唐时，依然水系发达，湖泊众多，除黄河、汾河、涑水、沁水、浍水等主要河流，还有各个河流沿线多处分布的淡水湖③。可见，地表水和地下水都是相当丰富，足以航运。这一点，可从汉武帝曾乘大型龙舟入汾驾幸河东祭祀后土的典故中反映出来。《秋风辞》中说"泛楼船兮济汾河，横中流兮扬素波"，表明汾河的水流量在汉代秋季枯水期还足以承载大型船体。至于现在已淡出世人视野的涑水、沁水和浍水，在魏晋南北朝时期也是大河里水满小河里溢。④可见，汾涑流域的水资源在当时足以满足农业生产的需要。据考证，"此区域的湖泊有汾河流域的王泽、方泽和太子滩；涑水流域有盐池、女盐泽、董泽、浊泽、晋兴泽、张泽；沁水流域最著名的湖泊为濩泽"⑤。在太原盆地一带残留的湖泊被后人称为祁薮、

---

① 朱华：《西汉安邑宫铜鼎》，《文物》1982 年第 9 期。
② 以汉武帝时期为例：元封四年（前 107）"其赦汾阴、夏阳、中都死罪以下，赐三县及杨氏皆无出今年租赋"；元封六年（前 105）祠后土，诏曰："其赦汾阴殊死以下……"；太初二年（前 103）祠后土，诏曰："……其赦汾阴、安邑殊死以下"（《汉书·武帝纪》）。
③ 从新绛县出土的陶楼下部当作池塘的底盘中的浮鸭和游鱼形象可以推知水产养殖的情形。
④ （北魏）郦道元著，陈桥驿校证：《水经注》，中华书局 2007 年版。
⑤ 田世英：《黄河流域古湖泊钩沉》，《山西大学学报》1982 年第 2 期。

昭余祁等等。① 河东水系发达、湖泊众多的情况在明代也有记载。明末学者顾祖禹的《读史方舆纪要》中记载的湖泊有：乌城泊（崞泽）、小桥泊（平遥境）、张赵泊（平遥境）、胜水陂（孝义境）、台骀泽、汾陂、文湖等。这更加证明了唐代河东水乡的客观真实性。而这众多的湖泊水系既为水稻等农作物补给了源源不断的地下水，也为古代粮食贸易提供了在水路交通运输方面得天独厚的先天条件。

  在农业种植方面，喜温湿的水稻曾经是河东的优质高产作物，这一点迥异于现代人的既有观念。"王事靡盬，不能艺稻粱，父母何尝。"②说的就是"河、汾之东"③（今翼城一带）种植水稻的情况。可见，春秋时期这里就开始培植水稻了。《汉书·地理志》记载："河东土地平易。"汉武帝时期，"用事者争言水利"④"发卒数万人"，着力于规模化的农田水利建设，如河东郡守番系曾经"引汾、引河入渠"⑤。武帝时河东渠亩产四石，比300年前战国李悝时期一亩一石半的产量提高了1.6倍⑥。东汉安帝元初二年，"诏三辅、河内、河东、上党、赵国、太原各修理旧渠，通利水道，以溉公私田畴"。⑦ 此外，

---

  ① 从历史文献上看，在传说中的原始社会末期，以伊祁氏（又称陶唐氏）为首的氏族部落联盟生活在这一区域。据《史记·五帝本纪》等文献记载："尧名放勋，姓伊祁氏，号陶唐。"故而，《周礼·职方》中说："并州薮曰昭余祁。"《水经注》中也说："（侯甲水）经祁县故城南，自县连延，西接邬泽，是为祁薮也，即《尔雅》所谓昭余祁矣。"至北魏时，昭余祁古湖北边上游已大量淤积。唐代《元和郡县志》中只记载了文湖。元至元十一年（1247），当地居民取水，"浚得细水为昭余池"。大湖已演变成池，蓄水容积已大为减少，昭余祁在唐、宋时期已近湮废。《大清统一志》也记载："至明又涸，顺治九年（1652）复溢。"
  ② 程俊英等：《诗经注析·唐风·鸨羽》，中华书局1991年版。
  ③ （汉）司马迁：《史记·晋世家》，中华书局1959年版。
  ④ 赵李娜：《汉代河东郡农业状况初论》，《农业考古》2005年第3期。
  ⑤ （汉）班固：《汉书·沟洫志》，中华书局1962年版。
  ⑥ （汉）班固：《汉书·食货志》，中华书局1962年版。
  ⑦ （南朝宋）范晔著，（唐）李贤等注：《后汉书·安帝纪》，中华书局1965年版。

汉代河东郡汾涑流域适合水稻栽培，官府雇用"习水利"[①]的江浙人种植水稻，汾涑下游的皮氏汾阴及蒲坂的"五千余顷"[②]"河壖地"[③]大量栽培水稻。[④] 河东郡成为全国重要的粮食生产基地。《汉书·地理志》中记载，河东郡有"根仓及湿仓"[⑤]。京城长安亦从河东郡籴谷来供应其粮食消费，"宣帝五凤中大司农耿寿昌奏言：故事，岁漕关东谷四百万斛以给京师，用卒六万人。宜籴三辅、弘农、河东、上党、太原郡谷，足供京师，可以省关东漕卒过半"[⑥]，"天子皆从其计"。直至汉魏时期，曹操"军食一仰河东"[⑦]。除水稻外，耗水较多的小麦在河东地区也有规模化种植。春秋时期，晋国的汾涑流域已经种有小麦。在《左传·成公十年》中记载："（六月），晋侯欲麦，使甸人献麦。"[⑧] 此外，稻麦复种大约产生于东汉[⑨]，而在唐代发展成为有一定普遍性的种植制度。[⑩] 这种情况一直传承至今。现在的晋祠一带仍然种植水稻与小麦。

就植被覆盖而言，总体上看，先唐时期，河东为代表的黄河中游地区的森林和草原植被，总体保持状况良好，虽有人为砍伐、破坏，

[①] （汉）班固：《汉书·沟洫志》，师古注："越人习于水利，又新至，未有业……"，中华书局1962年版。

[②] 新绛县出土的水田模型也说明了东汉时期河东郡仍然种植水稻。《山西省经济地理》中记载现今晋南水稻种植区域为：临汾盆地的汾河下游沿岸一带，其中以临汾市龙子祠灌区金殿乡最为集中，其次为洪洞县霍泉灌区，以及襄汾、侯马、新绛、稷山、河津等汾河沿岸低洼地，与上文表述的古代水稻产地基本吻合。

[③] 张维邦主编：《山西省经济地理》，新华出版社1986年版，第243页。

[④] 张国维：《山西新绛县发现汉代陶楼》，《考古》1987年第10期。

[⑤] 晋南的汉墓中大多数都有随葬明器陶仓的出土，且每座墓中的陶仓模型往往不止一件，这些都反映了汉时河东郡粮食丰收、囤积颇多的现实生活。

[⑥] （汉）班固：《汉书·食货志》，中华书局1962年版。

[⑦] （晋）陈寿著，陈乃乾校点：《三国志·杜畿传》，中华书局1964年版。

[⑧] 卫斯：《山西平陆出土的汉代农作物》，《农业考古》1984年第1期。

[⑨] 严火其、陈超：《历史时期气候变化对农业生产的影响研究——以稻麦两熟复种为例》，《中国农史》2012年第2期。

[⑩] 蓝勇：《唐代气候变化与唐代历史兴衰》，《中国历史地理论丛》2001年第1期。

但是与大自然的恢复能力大体相当。汉朝时期，河东森林植被良好。东汉灵帝时，为修洛阳宫室，"发太原、河东、狄道诸郡材木"[①]，可知，此时河东境内仍有大量森林分布，属于"森林—森林草原地带中的褐色土——重黑垆土亚地带"[②]。事实上，河东森林覆盖幅度较大，至唐代时汾阳、太原一带仍然竹林遍布。可惜的是，唐代后期黄河中游的森林遭到战火涂炭，面积不断萎缩，而河东地区这一生态环境的恶化变迁过程从宋代至明，不断加速，使得河东地区森林的破坏程度、速度远远超越了自然的修复能力，"所破坏的地区也更为广泛"。[③] 特别是明代的"烧荒"政策与大量的建筑砍伐彻底破坏了山西的生态环境。

就"草原风情"来看，河东北部忻州、朔州以北存在大面积的森林型草原牧场，即山地森林广布，平地草场连绵。而汾河沿岸以北的草原畜牧有着悠久的历史。秦末汉初，班固的先人班一在山西代县一带发展畜牧业，富可敌国。濒临汾水的"杨、平阳，西贾秦翟，北贾种、代"[④]，成为农牧区之间的贸易中心，由于种、代百姓"不事农商"，"故杨、平阳陈掾其间，得所欲"。临汾人卫青"少时归其父，

---

① （南朝宋）范晔著，（唐）李贤等注：《后汉书·张让传》，中华书局1965年版。
② 朱显谟：《黄土高原土壤与农业》，农业出版社1989年版，第71页。
③ 史念海：《历史时期黄河中游的森林》，《河山集·二集》，生活·读书·新知三联书店1981年版。朱士光：《历史时期农业生态环境变迁初探》(《地理学与国土研究》1990年第2期)认为，黄土高原上植被的严重破坏是唐宋以后的事。其后果是助长或促进了鄂尔多斯高原和河套西部的三个沙漠的形成与发展。史念海：《历史时期森林变迁的研究》(《中国历史地理论丛》，1988年第3期)和《论历史时期我国植被的分布及其变迁》(《中国历史地理论丛》1991年第2期)两文，认为黄河流域、长江流域、珠江流域及东北地区的森林植被的减少大多始于唐宋之际。林鸿荣：《隋唐五代森林述略》(《农业考古》1995年第1期)指出，唐代北方森林面积进一步缩小，不少林区残败，生态后果远远高于南方。而南方自然条件优越，生态环境良好。程民生：《宋代林业简论》(《农业考古》1995年第1期)指出，宋代的天然林带主要分布于山区。如南方的四川、湖南、江东和两广、福建北部，北方则主要集中于秦岭山脉和京西路的部分地区以及太行山区。以上内容参见于赵李娜《中国农史》，2012年第2期，摘要。
④ （汉）司马迁：《史记·货殖列传》，中华书局1959年版。

其父使牧羊"。①《汉书·酷吏传》载:"咸宣,杨人也。以佐史给事河东守,卫将军青使买马河东,见宣无害,言上,征为厩丞。"可知汉时河东仍大量养殖马。《史记·河渠书》中也提到河东百姓在汾阴、蒲坂的黄河滩地"菱牧其中",说明畜牧业在此地的普遍。东汉末年,河东郡守杜畿"渐课民畜牸牛、草马,下逮鸡豚犬豕,皆有章程。百姓劝农,家家丰实"②,大力发展牧殖业。直到唐代,河东路山区及泽、潞、辽等州军,还农牧混杂。③ 史念海在《唐代河北道北部农牧地区的分布》中指出,"燕山以南,在唐代已经都成为农耕地区,司马迁所规定的碣石龙门间的农牧地区分界线,这时应北移到燕山之上"。也就是说,唐代以后,天然草场遭到破坏,正如邹逸麟在《前揭书》中所说:"唐宋之际华北平原的次生草地和灌木丛渐为大片栽培植被替代,黄河中游地区植被破坏严重,太行山区森林至北宋已为童山。"不过,山西中部、北部从汉末三国时期,南匈奴内附,聚居于山西的北部。历经北魏、东魏、北齐,山西北部的这种游牧环境,陶冶了当地人群粗犷豪迈、朴质厚重的性格,这些在诗歌等文学作品中表现明显的地域风格。所以,山西"河东水乡"与"草原风情"的并存,可以说是将江南与塞北两种不同的风格特色集于一身的复合体。"江左宫商发越,贵于清绮;河朔词义贞刚,重乎气质"④,有着明显地域差异的两种艺术风格在河东诗歌中同时得到展现。

二 "河东水乡"与"草原风情"对人文环境的影响

马克思指出:"任何历史记载都应当从这些自然基础以及它们在

---

① (汉)司马迁:《史记·卫将军骠骑列传》,中华书局1959年版。
② 史念海主编:《唐史论丛》第3辑,陕西人民出版社1987年版。
③ 史念海:《中国历史地理纲要》(上、下),山西人民出版社1991年版。
④ (唐)魏征等:《隋书·文学传序》,中华书局1973年版。

历史进程中由于人们的活动而发生的变更出发。"① "河东水乡"与"草原风情"的气候地理特征对人文环境的影响明显。由此形成的优越的人文环境使这一地区成为士林之渊薮。不过，二者对人文环境的影响略有不同，"河东水乡"远比"草原风情"的基础性地位重要。

　　与此相一致，在人口方面，古代河东人口整体繁盛，但主要聚集于"河东水乡"覆盖区，这与河东地区物产富庶的资源禀赋有关。但是以"安史之乱"为界，河东人口开始减少。《资治通鉴》记载，唐朝开元盛世时期，唐玄宗天宝十三年（754），"有9069154户，52880488人，今人估计此年实有1300万户，7500万人"。② 不到十年，人口减少了3590万，只剩下1690多万了。"唐肃宗乾元三年（760），户部奏：户二百九十余万，口一千六百九十余万。"（只有169个州上报户口，区域不足"安史之乱"前的一半）此后终唐之世，人口一直在一千多万，再也没有增加多少。户数损失率高达67.1%，人口损失率高达67.9%。③ 杜甫在《石壕吏》中反映的就是北方人口锐减的情况。黄盛璋在《唐代户口的分布与变迁》中指

---

① 中共中央马克思恩格斯列宁斯大林著作编译局编译：《马克思恩格斯选集》（第2卷），人民出版社1995年版，第67页。
② 葛剑雄、冻国栋等编著：《中国人口史》认为：唐朝人口峰值在唐玄宗天宝十三年（754）前后，有1430—1540万户，人口在8000万—9000万之间。又记载，唐朝人口峰值在7475万—8050万人。复旦大学出版社2001年版，第159、182页。赵文林，谢淑君：《中国人口史》认为：唐玄宗天宝十三年（754）唐朝人口巅峰为6300多万。人民出版社1989年版，第179页。王育民：《中国历史地理概论》（下册），认为：唐朝天宝年间户口峰值为8050万人。人民教育出版社1988年版，第54页。
③ "安史之乱"是历史上三次大规模人口迁徙之一，波及今天的河南、河北、山西、陕西、山东、安徽等当时的人口稠密地区。长时间的动乱、饥荒、疾病以及自然灾害让死亡率大大提升。使得我国的人口、经济中心由黄河流域向南转向长江流域。人口分布格局发生了重大变化。襄州人口增加120%，鄂州增加100%，苏州增加30%，泉州增加50%，广州增加75%。五代十国时期，南方九国中，只有吴和吴越两国君主为华南本地人，南汉君主是早期移民后裔，其他六国的君主均为华北移民。南北人口分布格局比例从初唐时：华北占据75%，华南占据25%。到唐亡时：南北人口分布格局比例各占50%。

出:"安史乱后人口比重发生变化,黄河中下游让位于长江中下游,汴河两岸让位于汉江襄鄂等州,沿海港市户口猛增。"① 林立平在《唐后期的人口南迁及其影响》中指出:"经过安史之乱的人口南迁,我国古代的人口分布重心也由此基本上从黄河流域转向了江南。江南人口密度已居各道之冠。"② 胡道修在《开皇天宝之间人口的分布与变迁》中亦认为,"'安史之乱'是南北人口升降的主要转折点"。③

"河东水乡"对人文环境的直接影响就是对文化教育的重视,不仅是大众化教育的整体水平高于其他地区,更体现在家族式的精英教育也成为区域文化的时代高标。陈寅恪云:"盖自汉代学校制度废弛,博士传习之风气止息之后,学术中心移于家族,而家族复限于地域,故魏、晋、南北朝之学术、宗教皆与家族、地域两点不可分离。"④ 从汉至唐,山西家族式精英教育的名门望族很多,诸如河东柳氏、闻喜裴氏、龙门薛氏、蒲州吕氏、太原王氏。就文学而言,从魏晋南北朝至隋唐,以王氏最盛。"天下王氏出太原",唐朝王氏后人分布在晋阳(今太原)、祁县、绛郡、龙门(今河津)等地⑤,如"河东三王"王通、王绩、王勃,可谓代表隋唐时期文学领域的最高水平。而薛家的薛道衡、薛收、薛据等也是超一流的大

---

① 黄盛璋:《唐代户口的分布与变迁》,《历史研究》1980年第6期。
② 林立平:《唐后期的人口南迁及其影响》,《江汉论坛》1983年第9期。
③ 胡道修:《开皇天宝之间人口的分布与变迁》,《中国史研究》1984年第2期。胡焕庸:《中国人口地理(上)》(《中国史研究》1984年第4期)指出,安史之乱后,人口分布格局发生重大变化,南方远远超过北方。费省:《论唐代的人口分布》(《中国历史地理论丛》1988年第2期)认为,元和时期的淮河以南及江南地区为大面积的人口密集区,人口占全国三分之一。
④ 陈寅恪:《隋唐制度渊源略论稿》,中华书局1977年版,第17页。
⑤ 李爱军:《山西历史战争景观诗歌及诗人空间分布及形成动因研究》,《晋阳学刊》2009年第5期。

文豪，此外，柳家的柳宗元、裴家的裴度等也都名垂千古。这些文化家族围绕"河东水乡"而产生，地域集中在当时经济、文化繁荣程度仅次于京城长安的河中（蒲州，今永济）、晋阳等地。以至于河东成为唐代山水田园诗人与边塞诗人扎堆的地方。仅王姓中创作过边塞诗歌的诗人就有王勃、王维、王昌龄、王翰、王崖、王之涣、王驾等多位重量级人物。

汉、唐"河东水乡"的人文环境随着生态环境的变迁而更移。气候的温暖湿润为河东农业经济的发展创造了条件，而农业经济的发展反过来又为社会经济的整体发展和繁荣奠定了基础。当然，气候在总体温暖的大趋势中，也不排除个别年份的气候反常。如8世纪中叶，也就是"安史之乱"前后，气候由暖转冷。"安史之乱"可以看作是唐代地理气候转折的标志性事件。宋以后，伴随着气候地理的变迁，河东地区水乡不再，文化的优势开始向南北两个方向转移，北面是随着金元等少数民族政权中心南移北京，山西的忻州、平定等地成了新的区域文化中心。金元时期的文化名人元好问就是忻州人，并形成了以他为中心的"河汾诸老"等文人圈子。由"河东水乡"到江南水乡的变迁，使得生态良好、生活富裕、文教繁荣的长江中下游流域异军突起，南方的人文环境取代并超过了汉、唐"河东水乡"的盛况。

三 "河东水乡"与"草原风情"推动唐代诗歌的繁荣

文学作为人学，是对现实生活、地理环境的综合反映。古代山西地理环境的二元性造就了文学作品的二元性，也影响了文学作品与艺术风格的复杂性。因此，文学作品才各具一格，表现出强烈的地域色彩与地域文化风格。"河东水乡"的气候地理特征反映在诗歌创作之中，就表现为山水田园的闲适逸淡之情，而"草原风情"的气候地理特征反映在诗歌创作中则为边塞诗歌的粗犷豁达、豪放慷慨之气，正如清代翁方纲所言："大约以幽、并慷慨之气出之，非尽追摹格调而成。"（《石洲诗话》）

"河东水乡"与"草原风情"的秀丽风光易于激发人的创作灵感，对于身处其间的骚人墨客来说，"非陈诗不足以展其义，非长歌不足以骋其情"。[①] 不过，受相似自然和人文环境的影响，他们的作品往往有很强的趋同性。山水田园诗、居家闲适诗、四时无题杂兴等表现的都是相同地理气候环境的内容。竹喧浣女、莲动渔舟、独坐幽篁、牧童驱犊等水乡意境，以及蒲津古渡、鹳雀楼、广胜寺、杏花村、并州道中、雁门三关等区域文化景观，使各个时代的诗人创作出具有相似地域风格的作品。类型化的题材与内容强化了其区域文学的主旋律，甚至可以说，这一类型化的特征也促进了河东文学的整体繁荣。当然，这也不排斥极具个性化的表达，而且，正是得益于那些个性化作品才更加丰富了河东文学审美风格的多样性。这种以类型化为主导的多元化特征，反映在创作者的空间分布上就是诗人的地域化集群，明显集中于运城、太原、晋中等地。

"河东水乡"与"草原风情"的二元组合推动了唐诗的全面繁荣。无论是从量到质，河东诗歌都是唐诗的重要组成部分。事实上，山西在唐朝涌现出100多位优秀诗人，《全唐诗》中记录的2300位诗人中有籍贯可考的共758人，其中，"山西籍诗人82人，作品有5000多首，占《全唐诗》总数的1/10强"[②]。其中包括"草原风情"所影响的唐代边塞诗歌（或战争诗歌）的创作，读之"使人

---

① （梁）钟嵘著，曹旭集注：《诗品集注》（增订本），上海古籍出版社2011年版。
② 申维辰：《山西文学大系》卷2，山西人民出版社2005年版。

神气鹰扬,毛发洒淅,足以作人勇往之志"。唐代山西边塞诗人24人,"其中太原市4人、晋中市3人、运城市16人。三市中又集中在太原市区、永济市、祁县三地,其中永济市一地10人,占唐代(山西边塞)诗人总数的41.7%"①。由此可见,"草原风情"对唐诗产生的深远影响,使山西无逊于唐代其他的区域文学而屹然别立一尊。

就"河东水乡"而言,唐朝的王绩可谓河东山水田园诗的巨擘。作为志不获展、隐逸山野的知识分子,自然风光、田园生活最易于成为其借以吟咏情性的物质媒介,也最易于进入文人笔下用以抒情言志。王绩曾说:"诗者,志之所之;赋者,诗之流也。""题歌赋诗以会意为功。"故王绩的诗大都是抒情言志之作。有时描绘河东自然山水奇特、美好的景象,有时抒发隐逸生活的闲适,还有时以诗的形式抒写他对哲理的领会。凡此种种,他都能以幽居者的细腻感悟和笔触来描摹、再现"河东水乡"的山容水态,并诗化地勾勒出当时鸟鸣山更幽的气候地理特征。从文学史的宏观脉络来看,王绩上承陶(渊明)、谢(灵运),下启王(维)、孟(浩然)。具体来看,王绩的山水诗是其四类题材:山水、田园、饮酒、哲理(玄言)或咏史诗中成就最大的一类。

别有青溪道,斜亘碧岩隈。崩榛横古蔓,荒石拥寒苔。野心长寂寞,山径本幽回。步步攀藤上,朝朝负药来。几看松叶秀,频值菊花开。无人堪作伴,岁晚独悠哉。

——《黄颊山》

策杖寻隐士,行行路渐赊。石梁横涧断,土室映山斜。孝然

---

① 李爱军:《山西历史战争景观诗歌及诗人空间分布及形成动因研究》,《晋阳学刊》2009年第5期。

纵有舍，威辇遂无家。置酒烧枯叶，披书坐落花。新垂滋水钓，旧结茂陵罝。岁岁长如此，方知轻世华。

——《策杖寻隐士》

野人迷节候，端坐隔尘埃。忽见黄花吐，方知素节回。映岩千段发，临浦万株开。香气徒盈把，无人送酒来。

——《九月九日赠崔使君善为》

石苔应可践，丛枝幸易攀。青溪归路直，乘月夜歌还。

——《夜还东溪》

在这些诗歌中，王绩作为深入自然的读书人，在宫体诗横行的初唐，能够沉下心来，体察大自然、描写大自然、讴歌大自然，把后人的思绪再次带回到千年之前的"河东水乡"。

就"草原风情"而言，薛道衡、王勃、王昌龄、王翰、王之涣、卢纶、耿沛、王崖、温庭筠以及聂夷中等都是隋唐著名的边塞诗人，此外，王维、杨巨源、柳宗元、吕温、王驾等人都有描写"草原风情"的诗作，他们在诗歌中充分描摹边塞的草原风光，拓展出与"河东水乡"别样的审美效应。如"从来幽并客，皆向沙场老"（王昌龄《塞下曲四首》），反映出唐代的知识分子盛兴漫游草原边塞之风，其诗歌中描摹、歌颂"草原风情"是再自然不过的事情了。此外，杨巨源的《述旧纪勋太原李光颜侍中二首》、王崖的《塞上曲二首》、聂夷中的《闻人说海北事有感》、温庭筠的《塞寒行》等都是唐诗中歌颂"草原风情"的精品。总之，古代山西的"草原风情"特征也极大地扩展了文学表达的题材视域，为诗歌的繁荣画出不可磨灭的一笔。

四 结语

先唐山西的气候地理是"河东水乡"与"草原风情"的二元组合体，这一自然禀赋直接影响着山西的人文环境，影响着唐代诗歌的繁荣发展。可以说，如果没有适合于"河东水乡"与"草原风情"的气候地理，就不会有唐代山西的文学繁荣，这无疑对中国历史上文学的巅峰——唐诗，是一个重大的缺憾。而自宋开始，直至明清时期以降，山西气候地理的严重恶化与山西文化生态的衰落，又反向证明了这一点。

区域文学
地理研究

当代中国区域文学研究的尝试与思考
——《湖北文学通史·当代卷》主编感言

刘川鄂[*]

《湖北文学通史》为湖北省十二五文化规划项目,由湖北省作家协会组织编写。古代部分两卷由华中师范大学王齐洲教授主编,第三卷近现代部分由华中科技大学何锡章教授主编,第四卷当代部分主编为湖北大学刘川鄂教授。该项目2011年初启动,2014年底出版[①]。历时三年有余,共150余万言。全书勾勒出湖北文学3000多年的历史,厘清了湖北文学数千年的发展轨迹。阐明了湖北文学在中国文学中的重要地位,充分论证了它曾是中国文学的重要源头之一。湖北当代文学史首次入卷,填补了研究该领域的空白。容量宏富、体例明晰、结构完整,是目前国内篇幅最浩繁、体例最完备、时间下限最切近的地方文学通史。既是一部地方文学发展的资料文献史,又是一部区域文学研究的学术史。其编纂规模和学术水准在全国各省市已出版的60余种区域文学通史中名列前茅,是中国区域文学研究的重要成果,是湖北地方史写作的重要收获。有益于推动湖北文学事业的发展,

---

[*] 刘川鄂,湖北大学文学院教授、博士研究生导师。
[①] 湖北省作家协会组编:《湖北文学通史》(全4卷),长江文艺出版社2014年版。

对推进对外文化交流，提升旅游经济的文化品位，发展文化产业等，也有明显的参考价值。该书出版后，学术界发表过一些书评[①]，湖北省作家协会和湖北大学分别举办过研讨会，省内外专家对其特点、不足及文学史价值包括文学地理学价值进行了多方探讨[②]。该书还先后获得了湖北省、武汉市社科成果奖。

越特越好还是越优越好？

通过《湖北文学通史·当代卷》的写作，笔者对当代中国区域文学和当代中国文学的关系有了更深刻的认识。

当代中国文学前40年呈一体化的显著特征，共性大于个性、全国性统领地方性。即便是对文学地方性、民族性的挖掘，其旨归也在于对整体意识形态的赞美上，它只作为意识形态的要素而存活，构成宏大叙事的不同手法和特色。文学的地方色彩往往只是题材和风格意义上的。近20年（90年代至今）处于世纪转型期，文化多元，文学多样，文学之时代性与地域性呈多元共生之复杂态势。当今世界，国家在社会文化生活中的地位是压倒性的，远远高于民族和地区因素。中国是一个文学传统稳定、政治结构稳固的国家，从整体而言，当代中国任何时期任何区域的文学都只是国家文学大树

---

① 参见徐汉晖《区域文学：历史·空间·审美——评〈湖北文学通史〉的理论自觉与实践实绩》，《理论月刊》2016年第5期；钱刚《区域文学史的标杆之作——评〈湖北文学通史·当代卷〉》，《湖北大学学报》（哲学社会科学版）2016年第5期；李晓华《地域文学史的扛鼎之作——评〈湖北文学通史·古代卷〉》，《长江丛刊》2016年第5期；江河《湖北区域文学史研究的扛鼎之作——评〈湖北文学通史〉》，《文艺报》2016年5月18日第1版。

② 参见贺绍俊《经典化的完成式和进行时——评〈湖北文学通史〉》，《光明日报》2016年6月13日第10版；王先霈《湖北古代文学的几个特点——读〈湖北文学通史〉古代部分》，汪树东《湖北百年文脉的学理性贯通——评〈湖北文学通史〉近现代卷》，王又平《同当代文学一路走来》，《湖北日报》2016年1月17日第8版。

上的枝和叶。从当代中国文学的历时性发展来看，国家文学一体化时期，湖北文坛只是一体化之组成部分。国家文学多样化时，湖北文坛之"湖北元素"亦有量的增加。基本规律是：国家文学繁盛时，湖北文坛欣欣向荣。国家文学凋敝时，湖北文坛一潭死水。根深叶则茂，干遒枝则劲。

中国地大物博、人口众多、多民族融合，地方性因素或曰地域特点或隐或显地存在当代文学之中，成为各地闪亮的"文化徽章"。由于全球化进程加剧和中国的改革开放、社会转型，导致经济、代际、性别等因素在社会生活中的作用上升而地域因素相应缩小。这一变化深刻影响甚至改变了各地域作家的创作风貌。以个体化方式从事审美创作的作家，更自由更便捷地参与到跨地域的、全国性的乃至全球性的文学思潮和创作中，各地域文学呈现出共性更模糊、个性更多样的复杂面貌。

相对于京、津、沪、陕、苏等地而言，湖北的文化特质和地域风貌本来就不甚明显。湖北乃农业大省，其文化品格以建立在农耕文明基础上的世俗理性为主导。湖北虽为荆楚文化之源头，但儒家汉文化的强势渗透，使荆楚传统断若游丝。神秘诡奇、浪漫多姿、文采飞扬的楚文化，只在少数几个作家的创作中有遥远的回响。湖北地处内陆腹地、东西南北交会之处，交通相对便捷，易受多方文化影响，尤以近代以来为甚。因此湖北的文化品性是庞杂的，其文学也更具开放性和包容性。任何试图以一两个关键词概括只属于湖北的湖北文学特色都有以偏概全、顾此失彼之虞。也正因为如此，所谓当代湖北作家群这个概念其行政区域意义大于文学风格含义。

在写作"当代卷"诗歌部分的过程中，笔者一直被中国文学的统一性与区域性问题纠结着。笔者深深感到，从区域的角度拉出一条湖北诗歌的发展线索，并尽可能地从题材、风格和语言等方面发现一些当代诗坛的"湖北元素"，殊为不易。

当代湖北诗歌的"湖北元素"既表现在承接古代屈原现代绿原的政治抒情诗中，也表现在对荆楚人文风情山乡村民的生活抒情诗中。湖北红色抒情诗发达固然有湖北文坛意识形态化特征鲜明的原因（比如：湖北军旅出身的政治诗人特别多），但它并非为湖北诗人专美，因为红色抒情诗是现当代中国诗坛的传统主流文体，是转型期主旋律文学的必备品种。以对带有政治意味的时代重要事件的抒发为主要特征的时事抒情诗，也是当代中国诗坛的特色品种。如1998年长江沿线抗洪救灾，武汉处于最前线，因而湖北此类题材诗作自然较多。举世瞩目的三峡工程在湖北，喝长江水长大的本地诗人，在生活体验、文化熏染、现场取材等方面有得天独厚的优势，三峡便成为湖北诗人独享便利的题材。还有一类地域性政治抒情诗，诗人把目光专注于自己生活的地区，或讴歌历史的进步，或赞美现实的新变，而进步和变化带有鲜明的政治因素，甚至是主要因素。全国很多省市都盛产此类诗作。湖北之特色即在写湖北地缘地貌的多样性和民族的丰富性。在政治抒情诗的技巧上并无"湖北的""非湖北的"之分。

身处内陆农业大省，湖北诗人大都写过乡土诗。转型期湖北乡土诗与全国性大潮流相一致的同时又表现出了湖北的地域特色。他们一方面承继了《诗经》传统的诗教之美和田园抒情，另一方面努力开掘着屈原诗学中的民生情怀和荆楚风韵。不满足于平面的、单一的乡村风习、忧患的书写，加强了从体制的缺陷和人性的丰富复杂性等方面的立体观照，城乡差异、都市农民工形象受到诗人的更多关注。口语化、叙事性成为众多诗人普遍采用的手段。除了题材的关注度和千湖之省的湖泊乡土味，在乡土诗技巧上并无"湖北的""非湖北的"之分。

在世纪转型的全球化趋势中，湖北作家的本土意识有了较大程度的提升。湖北各区域风貌在作家笔下得以尽情展现。如武汉之于方方、池莉、胡发云，大别山之于刘醒龙、何存中，神农架之于陈应松，"新三峡"之于刘继明，鄂西土苗风情之于叶梅、李传锋。而提升更显现为文化审视的自觉。方方、刘醒龙、胡发云、何存中、陈应松、彭建新、徐世立等作家带有荆楚地域文化色彩的小说创作，超越了此前某些湖北作家对本土人物风习的溢美式表达，也超越了当代文学常见的以歌颂家乡来歌颂祖国的颂歌模式。例如，大多数湖北作家把部分湖北人引以为傲的"九头鸟"视为只有小聪明缺乏大智慧的代言形象。注重审视反思地域环境的某些缺憾，期待地方文明的提升和进步，被不少湖北作家视为创作的使命。

湖北和全国各地此类地域性写作中的优秀之作的启示在于：文学创作不是地方风物的展览，而是在人与环境的关系中探寻人性。既要展示各种新奇的"特色"，更要透视"风景"中的时代人生。只用地域的视角而不是时代的、文化的、审美的视角观照和描绘地域文化，只写出地域特性而忽视文学的审美共性和人类的共通性是不够的。与其搜肠刮肚地去发掘和描摹各种"特色"，倒不如在体认时代、挖掘人性上下功夫。

笔者认为，地域性只是文学风格、魅力的某些可以存在、可能存在的要素，但不是决定性要素，更不是必备要素。只以地方特色为评价尺度，会埋没很多优秀作品。在各行政区域出于文化发展战略需要纷纷打"地域牌"的热潮中，文化事业管理者和文艺家们，更应该重视改革开放和全球化对区域文化限制的突破作用。地方"文化名片"

不是越"特"越好，而是越优越好。

屈原还是李白？

通过《湖北文学通史·当代卷》的写作，笔者对当代湖北文学的发展历程、创作特色和未来走向有了更多的了解和思考。

由于地理、历史和文化的原因，湖北形成了一种以世俗理性为主、兼容多种文化的庞杂的文化品格。开放的现实主义、现实的理想主义、复杂的地域文化元素是人们常常用来概括湖北文学的几个"关键词"。从作家队伍、题材范围、创作方法、文学体裁、作品影响而言，当代湖北文学是十分丰富丰硕的，取得了很大的成就。

湖北作家大都带着比较深厚的生活经验积累走向文坛，其初期创作十分依赖个人的生活经验，充满了生活的质感和现场感，但也往往缺乏思想的提升和技巧的经营。20世纪八九十年代湖北乃中篇强省，但最彰显作家生活厚度、思想深度、技巧精度的长篇小说一直为弱项，即与之相关。这种情形在21世纪得到改观。湖北名家纷纷告别经验自发式的写作，注重挖掘历史和人物的社会意蕴和人性深度，产生了一批具有厚重思想含量的长篇佳作。怀着对中国现代化进程中国运民生的执着关注，熊召政的《张居正》通过张居正这个历史人物展现对中国历史的深入反省和宏观思考。就"正宗的"正史式历史小说而论，《张居正》堪称21世纪中国文坛同类题材的翘楚之作。集革命历史小说和新历史主义小说之优长，刘醒龙的《圣天门口》是民族生存苦难的抒情表达，反映了作家对历史与现实的整体性质疑。方方的《乌泥湖年谱》在一种幽深的历史与复杂的现实中叙写知识分子的生存境况和命运际遇，演绎各种人性与社会之间的尖锐冲突。其表现汉剧演员生涯的长篇小说《水在时间之下》以一串小人物的命运折射民国大武汉,细致绵密、性格鲜活。胡发云的《如焉》高密度大容量地触及现实社会严肃而敏感的诸多问题。这些作品力图呈现出一种大关怀、大视野,将个体生命纳入宏大的社会现实和历史背景中进行正面的、富有深度和长度的展示,从时代和人性两个根本层面反思当代中国的历史与现实,传达创作主体对社会历史的重构意愿和思考能力。从艺术形态上看,湖北小说尝试在写实的基础上向浪漫主义、现代主义、后现代主义开放,借鉴心理、象征、荒诞、反讽等诸多技法,形成了博采众长、多元圆融的风格。21世纪以来,湖北乡土题材现实主义诗歌写作亦有了新的开拓,使诗歌这种"轻文体"也增加了厚重感。不满足于平面的单一的乡村风习、苦难忧患的书写,加强了从城乡体制和底层人格等方面的立体观照,城乡差异、都市农民工形象受到诗人的更多关注。从外在的描写进入内在的表达,从客体的叙述进入主体的抒情,从单一的视角转化为立体的聚焦,不论从意象的开拓上,还是手法的使用上,都更加丰富多变,具备更深沉的内涵。转型期湖北乡土诗的集大成者是田禾,农民的贫穷、命运的卑微、生活的艰难在他的诗作中得到令人触目惊心的表达。

现实主义是当代中国文学的显词、大词,地位至尊,绝大多数作家自称是现实主义信徒,对其情有独钟。21世纪湖北现实主义文学,秉持悲悯的情怀、直面忧患的现实、坚守传统和本土、汲取新知与异质,它是一种敢介入、有担当的写作,也是一种有包容、能生长的写作。其优秀之作摒弃了经验式的写作惯性,强化了思想的渗透和技巧的探索,从整体上提升了湖北文学的人性含量和审美含量,超越了新时期个别湖北名家所标榜的"仿真"现实主义,而追求"真正的现实主义"(刘醒龙语)。尽管有的作家对宏大的历史文化问题力有不逮,有的对其笔下主人公过于偏爱而妨碍了对中国历史的更深透视,有的在思辨和技巧的融合上有欠圆润,但他们不满足于对时代和习俗的外形描绘,不满足于以细节印证"常识",而是力图写出时人未见未察之处,力求精准、奇妙的现实主义表达。湖北成为近几届国家文学大奖的获奖大户,绝非偶然。

在笔者的印象中,湖北作家常常把自己创作的成功归结为现实主义的胜利,湖北文学确也以现实厚度为读者和评论界称道。但现实主义不是一切文学写作的灵丹妙药、不二法门。世界文坛的优秀现实主义经典之作必定在审美上是圆润通透、充满创造性的。这一点值得立志于创造伟大作品的湖北作家深思。

现实主义的强势和现代主义的弱势,作为一个现象,在当代湖北文坛乃至中国文坛都是一个明显的存在。先锋文学是现代都市文化所催生的特有的艺术形态。湖北的许多城市大多有从乡镇向城市转化的痕迹,即使武汉这座比较典型的市民化都市,也只是有利于平民文学的发展,故而新写实小说曾引起广泛的注意。湖北最具代表性的先锋诗人,都有出色的乡土题材作品。调侃和讥讽城市、通过追忆乡村来抚慰伤痛的乡土式先锋是湖北先锋诗人的某种共性。在审视的角度和书写技巧上与传统乡土诗的区别也是明显的。作为一个偏重农业的内陆省份,湖北并不具有催生先锋艺术的肥沃土壤,政治抒情诗和乡土诗的发达反衬了湖北诗坛在现代审美和先锋精神上的贫弱。在政治情结、乡土意识浓厚的湖北诗坛,很有功力的先锋诗人往往默默无闻,而平庸的政治抒情诗却风光一时,这里既有传统之缺失,亦有地域的限制。新时期初湖北以歌颂型报告文学、短篇小说和政治抒情诗著名,其影响更多来自题材内容而非审美创造。"八五"新潮后文学回归自身,湖北文坛焦虑地看到自己相较于全国文坛总是"慢半拍"。慢之根源在哪里?在地域文化制约下的作家的审美观念。

从精神资源的角度，笔者以为与政治化的屈原情结重、个人化的李白情结弱相关。

屈原是楚文学之源，亦是中国文学之源。奇幻诡谲的想象和伟岸新奇的文词，浩然于天地间的一片爱国赤忱，影响了一代又一代的进步作家。可以毫不夸张地说，中国文学史上凡是有成就的作家，无不受到屈原的影响。爱国主义、民本思想、批判精神和神奇诡异、浪漫炽热的诗风，是屈原留给后人的宝贵遗产。现当代湖北作家部分地继承了屈原的精神遗产，但湖北文人却遗忘了一笔丰厚的文学遗产——李白。

李白本来是巴蜀人，但他以湖北女婿的身份在湖北安陆白兆山居住了十年，他大量有影响的诗作，都是在湖北创作的。李白"直挂云帆济沧海"的鸿鹄之志也有儒家文化的影响，但就屈原、李白的主体差异而言，就阅读效果而言，就两位伟大诗人在当代作家中的影响而言，屈原是家国天下的符号，李白是个人本位的代表。如果说屈原是"楚殇"，那么李白则是"楚狂"。如果把屈原精神概括为"家国天下"，那么，李白则在家国天下之外，还有些"个人情怀"。然而，屈原的秭归香火不断，李白的白兆山却分外寂寞。当代湖北诗人的爱国爱民诗篇中，分明有屈原的影子。李白的影响呢？几近于无。所以，当代湖北有影响的诗，是政治抒情诗、乡土忧愤诗，而张力强劲的、极端化的、怪异的、直逼人性暗区的"个人化写作"，始终处于边缘的、零散的状态，未被激发，也不被认可。湖北有很多有建树的著名作家，但顶尖的大家还是偏少。个人认为，与家国天下情结浓厚、个人本位意识薄弱相关。

湖北文坛应该多一点屈原式的诡异和李白式的狂野，不能总是呈现婆婆妈妈、亦步亦趋的"现实主义"，不能总是沉溺于没有思辨力和批判力的伪浪漫主义。屈原还是李白？是摆在湖北文坛面前的一个问题。

笔者在"当代卷"之"概说"中，从继承历史悠久的楚文化的文学精髓和艺术传统、创作题材丰富特色鲜明、创作方法丰富多样、多种文体的齐头并进等方面总结当代湖北文学创作的特色与成就。中国文学圈内外普遍认为，湖北文学处于当代中国文坛的第一方阵，湖北始终是一个文学大省并已开始向文学强省迈进。

在"当代卷"之"概说"的最后，是笔者对湖北文学特色的总结和期望，笔者愿把它移到这里，再次向关注湖北文学的同人们请教：

> 在中华当代文学的大背景下，湖北文学以其独特的地域环境、文化传承，展现出开放的、丰富的文学个性。相较于农村题材的丰硕，都市题材的精品尚嫌不足；相较于现实主义的强势，现代主义文学还相对微弱；相较于主旋律文学和大众通俗文学的繁盛，在国内顶尖并有较大国际影响的纯文学经典还较为稀缺；相较于长中短篇小说的全面开花，诗歌尤其是散文的一流大家尚属空白；相较于中老年作家的整体性创作成就和文学影响，中青年作家尚处零星闪耀、有待突破阶段。要解决这些缺憾，有待于作家的素养更加提升，表达的空间的更加扩大，创作环境的更加优化。我们深信，未来的湖北文学会更加辉煌！

汉唐高昌文学的地缘文化

高人雄*

古代的高昌地区，大致为今天吐鲁番一带，地处古丝绸之路天山南路的北道沿线，是古代西域交通枢纽之地，也是汉唐时期西域政治、经济、文化的中心区域之一。如何认识汉唐时期高昌的文学风貌？汉唐时期的高昌文学是属于古代维吾尔文学还是中国西部文学，是汉文学还是少数民族文学？这些概念至今还是模糊、笼统的。本文试图从地缘文化予以分析，给高昌文学一个合理的定位，作为深入研究的切入点。

一　汉唐时期高昌的政权与建制

在高昌建城之前，吐鲁番盆地本为姑师民族生活栖息的地方。通过考古发现，该地区有人类活动的历史，可追溯到 7000 年以前。据考古资料和专家研究，"姑师"大概为先秦同时期古国，在西周时期就已经存在了，但其名称文献记载不多，且出现较晚。最早提到"姑师"之名的是《史记》，后来《汉书》也有一些记载，这些记载大都

---

* 高人雄，西北民族大学文学院教授，博士研究生导师。

把姑师与楼兰相提并论。当时姑师人的活动范围以吐鲁番盆地为中心，包括罗布泊以东以北至天山北部的广大地区。公元前2世纪前后，姑师臣服于匈奴，汉朝与匈奴争夺西域控制权，要开通西域之路，必须占有楼兰、姑师，从而打击匈奴的军事和后勤力量。姑师，既是古代生活于吐鲁番地区的居民的名称，又是他们在这里建国的国名。关于姑师人的种族，至今还没有统一的定论，但可以肯定的是姑师人与塞种人有着很大的联系。塞种人和姑师人都是吐鲁番盆地早期的居民，后来逐渐退出历史舞台。姑师与车师本为同名异译，但《史记》和《汉书》却记载不同。"姑师"为该国归汉以前的称谓译名，而"车师"则是其破败后分裂为"车师前国"和"车师后国"及山北六国之后的名称。《汉书·西域传》记载："车师前国，王治交河，河水分流而下，故号交城。"[1] 这既说明了交城之名的由来，更说明了交河故城为车师前国的王城。关于车师前国的人口状况，文献记载各不相同，《汉书》记载较少，《后汉书》记载较多："领户千五百余，口四千余，胜兵二千人。"[2] 说明其人口较多，领土广阔，兵力强盛，据车师八国之首。交河地处天山南路，北接匈奴，是前往焉耆、龟兹的要道，更是丝绸之路中段北道的门户，同时，高昌地区自然条件独厚，又是西域重要的粮食产地，故而成为汉朝与匈奴争夺的重中之重，有五征车师之说，最终以汉王朝的胜利告终。

《北史》卷九十七列传第八十五·西域，对高昌的历史有较为详细的记载："高昌者，车师前王之故地也，汉之前部地也。东西二千里，南北五百里，四面多大山。或云：昔汉武遣兵西讨，师旅顿弊，

---

[1] （汉）班固：《汉书·西域传》卷96，中华书局1962年版，第3921页。
[2] （南朝宋）范晔：《后汉书·西域传》卷78，中华书局1965年版，第2929页。

其中尤困者因住焉。地势高敞，人庶昌盛，因名高昌。亦云：其地有汉时高昌垒，故以为国号。东去长安四千九百里，汉西域长史及戊己校尉并居于此。晋以其地为高昌郡，张轨、吕光、沮渠蒙逊据河西，皆置太守以统一。去敦煌十三日行。"① 西汉宣帝时，派士卒携家属往车师前部屯田，且耕且守。元帝时，在其地建筑军事壁垒，"地势高敞，人庶昌盛"，称为高昌壁，又称高昌垒。同时，设戊己校尉，治于高昌，主管屯田和军事。东汉、魏晋沿袭其制。这一时期，高昌壁隶属凉州敦煌郡。

西晋至十六国初期，高昌社会经济发展，开始具备置郡的条件。前凉建兴十五年（327）戊己校尉赵贞谋叛，张骏击擒之，在其地置高昌郡及高昌、田地等县。十六国时期，此郡先后隶属前凉、前秦、后凉、西凉、北凉五国。北凉承平十八年（460），柔然攻高昌，灭高昌北凉沮渠氏，立阚伯周为高昌王，为高昌建国之始。阚伯周死后，儿子阚义成继位。之后阚义成的兄长阚首归杀阚义成，篡位。不久阚首归被高车王阿伏至罗所杀。后来张孟明、马儒相继为王，被国人所杀；高昌人推举马儒长史麹嘉为王。高昌经历了所谓阚氏高昌、张氏高昌、马氏高昌、麹氏高昌四代政权，麹氏高昌政权历时最长②。麹嘉为高昌王时，恹挞伐焉耆，焉耆向高昌麹嘉王求救，麹嘉王派次子为焉耆国王，高昌势力开始壮大。

隋开皇中突厥曾破高昌城，大业五年（609）遣使朝贡，并出兵协助隋朝攻打高丽。贞观初（626）高昌王麹文泰来朝。后来麹文泰与西突厥结盟，唐太宗派遣侯君集、薛万均等大将征讨。贞观十四年

---

① （唐）李延寿：《北史》，中华书局1974年版，第3212页
② 柔然攻高昌，灭沮渠氏，立阚伯周为高昌王，为高昌建国之始，共历四个政权，具体时间为：阚氏（460—491）、张氏（491—496）、马氏（496—499）、曲氏（499～640），至贞观十四年（640），高昌为唐所灭。

(640),唐朝灭麴氏高昌。置高昌县,后设安西都护府统之。安史之乱时高昌为回鹘侵占。

二 高昌民族成分与汉文化的主导地位

以今吐鲁番盆地为地理含义的高昌,大致经历了三个发展阶段:高昌壁时期(西汉初元元年至晋咸和二年,前48—327);高昌郡时期(晋咸和二年至北魏太平真君三年,327—442);高昌国时期(太平真君四年至贞观十四年,443—640)。在长达数百年的历史中,以交河城、高昌城为中心,日渐形成了一个相对独立、稳定的汉人为主体的生活区域。

高昌本是车师人故国,汉代凿空西域,因其地理之要,于此设戊己校尉屯戍,汉人始大规模进驻此地。前凉开始在高昌置郡,前秦、诸凉因袭之,汉人迁聚繁衍益盛。高昌国,系汉族在西域的分立政权,史称高昌人"本汉魏遗黎",意指由屯田士卒肇端。如《魏书·高昌传》记录有一段北魏孝明帝对高昌的诏书,称:"彼之氓庶,是汉魏遗黎,自晋氏不纲,因难播越,成家立国,世积已久。"[1] 唐太宗统一高昌后,对高昌人下诏说:"尔等并旧是中国之人,因晋乱陷彼。"在另一封诏书也说:"高昌之地,虽居塞表,编户之氓,咸出中国。"[2] 高昌社会汉人主体地位的形成,也是与魏晋以降河西及陇右乃至内地汉人为躲避战火而大规模向西迁移和中原政权向西移民密不可分,他们当中很大一部分后来融入了高昌人口。

据《魏书·蠕蠕传》以及《魏书·高车传》记载,公元五世纪

---

[1] (北齐)魏收:《魏书·高昌传》,中华书局1974年版,第2244页。
[2] 许敬宗:《文馆词林校证》卷664"贞观年中巡抚高昌诏一首",中华书局2001年版,第249页。

后半叶，曾有十多万帐落高车人不堪柔然的压迫之苦，集体西迁，经阿尔泰山至吐鲁番地区，而在魏晋时期，回鹘人属高车部。后来虽有许多人迁走，但也有不少回鹘人定居于此地。另外，多种史料亦有记载证明，在八世纪时高昌地区已经有不少回鹘居民。他们与当地的其他居民一样，较早地接受了汉文化的影响，也信奉佛教。九世纪中叶，大量的维吾尔人西迁至吐鲁番地区，受先前到达的回鹘人以及当地浓郁的汉文化与佛教文化的影响，他们很快也皈依佛教。

此外，高昌居民中也有相当数量的西域及北方民族的人。从十六国到唐代，许多名籍、户籍和其他出土文书中，都记有不少属于古代非汉人族体的姓氏，如车师的车氏、鄯善的鄯氏、焉耆的龙氏、龟兹的帛氏或白氏、匈奴的沮渠氏、氐族的强氏、鲜卑族的秃发氏等。如十六国时期《按赀配马帐》中"亡马"的煎苏獦，《分配乘马文书》中的思头幕、阿贤提亦肯定不是汉人，诸如此类姓氏在文书中时有所见。从麴氏高昌时期开始，昭武九姓中的曹、何、史、康、安、石、米等迁来的日益增多，有一件与重光元年（520）随葬衣物疏共出的高昌时期名籍，残存人名 45 个，皆非汉族。[①] 同时，高昌曾先后臣服于高车、柔然、突厥等北方强族，且地理相毗，居民中也必定会浸入这些民族成分，他们的习俗与汉人传统生活习惯彼此吸纳，以至出现胡人汉化和汉人胡化的倾向。

东晋前凉政权于公元 327 年，正式在吐鲁番地区设置高昌郡，大批汉人从河西走廊迁居于此。在以后的年代里，这里形成了以汉人为中心的封建割据势力，晋至唐几百年间，几代高昌王均由汉人担任，高昌的豪族宋、马、索、麴、车几大姓氏，除了车氏为旧车师国的王

---

① 参见唐长孺主编《吐鲁番出土文书》，文物出版社 1988 年版。

族后裔之外，其他几大姓氏均来自甘肃敦煌、金城郡。《北史》西域传中关于高昌的记载中有"正光元年，明帝遣假员外将军赵义等使于嘉。嘉朝贡不绝，又遣使奉表，自以边遐，不习典诰，求借五经、诸史，并请国子助教刘燮以为博士，明帝许之"。① 表明高昌王族积极学习汉文典籍，以华夏文化为宗来教授子弟。另有"文字亦同华夏，兼用胡书。有《毛诗》《论语》《孝经》，置学官弟子，以相教授。虽习读之，而皆为胡语"。② 《梁书·高昌传》载：高昌"有书经、历代史、诸子集"③。《周书·高昌传》载：高昌"有《毛诗》《论语》《孝经》，置学官弟子比相教授"。④ 吐鲁番地区相继出土了晋人写本的《三国志》、唐人写本的《论语郑氏注》、卜天寿的《论语》抄本以及《毛诗》《尚书·禹贡·甘誓》《孝经》等原本。从而表明《论语》《毛诗》《孝经》《千字文》《三国志》等大量汉文经书从内地传入吐鲁番地区，并成为教授汉胡子弟的教材。当地的少数民族仰慕汉文化，一些人甚至改用汉姓汉名，精通汉语汉文。汉文与少数民族文字并用，以至北齐史籍中有高昌居民"语言与中国略同""文字亦同华夏"的记载。无论是文献记载，还是考古资料，都说明这样一个事实：从晋到唐时代的高昌文化是以汉文化为主体的。

三 高昌的宗教文化

佛国高昌，闻名西域。古代吐鲁番地区，是西域四大佛教文化中心之一。佛教大约于公元 1 世纪初或公元前 1 世纪传入于阗和龟兹地

---

① （唐）李延寿：《北史》，中华书局 1974 年版，第 3214 页。
② 同上书，第 3215 页。
③ （唐）姚思廉：《梁书》，中华书局 1973 年版，第 811 页。
④ （唐）令狐德棻：《周书》，中华书局 1971 年版，第 915 页。

区，佛教传入吐鲁番地区的时间稍晚一些，有关文献记载和出土文物，证明魏晋时期佛教在这一地区的传播情况。吐鲁番地区吐峪沟佛寺出土文物中，发现了标有西晋元康六年（296）三月十八日纪年的佛教写经《诸法要集经》，还有西晋永嘉二年（308）抄写的《摩诃般若波罗蜜经》。另有文献记载，魏晋时期派驻高昌的戊己校尉中，有一名为马循的就是一个佛教徒。法国学者伯希和发现的文书中有一件《马和尚邈真赞并序》，称"和尚俗姓马氏，香号灵信"等等。这时的车师前国，佛教已成为国教，已经建筑了相当多得寺院佛塔，交河城的佛寺建筑，高昌郡时期主要集中在西城门外，即今日的雅尔湖石窟。雅尔湖石窟可谓唯一反映车师前国早期佛教文化的寺院。关于该雅尔湖千佛洞建窟的情况，未见文献记载。随着佛教在车师前国的广泛传播，该国上下皆为佛教信徒，一时间凿窟建寺，佛塔林立，西域各地高僧云集。吐峪沟佛寺遗址，是车师前国时期的佛教建筑杰作，也是吐鲁番地区最古老的石窟寺群建筑。

  而后的沮渠氏安周王朝，更是大兴佛教、开凿石窟。出土的《佛说菩萨经》抄本，署名为"大凉王沮渠氏安周供养"，表明吐峪沟佛寺洞窟在南北朝时期就已经十分兴盛，是当时高昌王国的重要佛教寺院。通过出土的壁画可以得知，吐峪沟佛教艺术既有接近西方的龟兹艺术风范，也有东土汉地风格的莫高窟绘画神韵。说明高昌地区早期佛教，首先接受了从印度东传的影响，尔后，由于高昌地区与中原联系的紧密，又受到佛教中国化后中原艺术回传的影响。吐峪沟现存洞窟主要是晋、十六国和麴氏高昌时期的遗存，这一时期正是甘肃河西与高昌地区政治经济文化几乎一体化的时期，所以其佛教艺术受中原地区影响的痕迹显而易见，不仅表现在壁画的内容和风格上，而且壁画的榜题也都是汉文。这一时期不仅官吏屯田遍驻高昌各地，而且内地的文人画匠及流民技工也纷纷涌向高昌，汉文化必然会在高昌佛教文化中表现出来。

　　沮渠安周北凉流亡政权时期，由于立足未稳就遭受到罕见的天灾，为寻求精神上的护佑，沮渠安周本人大力倡导佛教。其抄写经卷、凿窟建寺、修造功德碑，还从凉州请来著名僧人如法进等，以统治者的身份在高昌地区推行佛教。除了吐峪沟石窟寺，沮渠安周还在火焰山木头沟开始兴建佛寺。

　　高昌也是西域译经的重要场所。前秦建元十八年（382）高昌国师鸠摩罗跋提就曾向苻坚献梵本《大品经》一部。弘始二年（400）法显西行途经高昌时，也得到供给行资，顺利地直进西南。当时也有高昌沙门道晋、法盛等游历西域，并有沙门法众、沮渠京声等从事译经，由此可见这时高昌佛事已经非常兴盛。

　　麴氏王朝成立后，佛教受历代诸王保护，佛法隆盛。当地统治者也极为尊崇佛法，如高昌王麴伯雅听沙门慧乘讲《金光明经》，竟以发布地，请慧乘践之。唐太宗贞观三年（629），高昌国王麴文泰迎来了大唐帝国西行取经的玄奘法师。玄奘西游时，国王麴文泰率全城百姓欢迎，热情款待，并请求永留其国。麴文泰坚决挽留，玄奘绝食数日，才获准允其西去。但是，还坚留玄奘讲经一月，并度四沙弥以充给侍，又赠送法服、黄金、绫绢等物，派遣25人、30匹马，为之送行，又写信给龟兹等二十四国，恳请护卫玄奘法师。从这些方面，可以知道当地崇信佛法不遗余力。

　　吐鲁番地区的佛教，经历了从车师前国到高昌郡时期的传播、发展，已经达到了初步兴盛的阶段。到高昌王国与唐代西州，乃至回鹘高昌时期，高昌佛教进入了空前的鼎盛时期。

四　高昌文学的多元文化元素

高昌文学中重要的一部分为佛教翻译文学。由于举国信佛，为适应讲说佛经的需要，出现了很多佛教经典的翻译作品，有《方广大庄严经》《妙法莲花经》《弥勒下生经》《佛顶尊胜陀罗尼经》《观无量寿经》《佛说大白伞盖总持陀罗尼经》《观世音菩萨》《阿弥陀经》等等。需要指出的是这些经大多是由汉文本重译的，因为当时印度的佛教已经趋于衰落，因而中土佛教曾一度向西倒流。有名的翻译家有别失八里人详古舍利都统（九到十世纪年间人），其精通汉梵，曾将汉文的《金光明最胜王经》翻译成回鹘文，此外他还翻译了《菩萨大唐三藏法师传》。

汉文写作是高昌文学不可忽视的一部分。缘于高昌一直沿用中原王朝政治体制，推行汉文化教育，必然存在汉文写作。《北史》西域传中关于高昌的记载中有"正光元年，明帝遣假员外将军赵义等使于嘉。嘉朝贡不绝，又遣使奉表，自以边遐，不习典诰，求借五经、诸史，并请国子助教刘燮以为博士，明帝许之"。[①] 表明高昌王族积极学习汉文典籍，以华夏文化为宗来教授子弟。另有"文字亦同华夏，兼用胡书。有《毛诗》《论语》《孝经》，置学官弟子，以相教授。虽习读之，而皆为胡语"[②] 的说法。其学习汉文典籍，又兼用胡语。这从米兰（若羌）诗人坎曼尔写于唐元和十年（815）的《忆学字》："古来汉文为吾师，为人学字不倦疲。吾祖学字十余载，吾父学字十二载，今吾学字十三载，李杜诗坛吾欣赏，迄今皆通习为之。"可推想

---

① （唐）李延寿：《北史》，中华书局1974年版，第3214页。
② （唐）令狐德棻：《周书》，中华书局1971年版，第915页。

而知，坎曼尔一家数代皆习汉语文化，汉文化风气是浓厚的。至于十六国时期高昌与河西文化一统期间，不仅高昌汉人以汉文写作，少数民族鲜卑秃发氏、卢水胡沮渠氏等都以汉文写作。如夏侯粲所撰《沮渠安周造像记》①，秃发归作有《高昌殿赋》等。

  有关民族文字的创作，因为回鹘西迁以前塔里木地区的居民主要有塞人、汉族人、藏族人、粟特人、吐火罗人、突厥回鹘人及其他印欧语系居民等，故文字种类有佉卢文、粟特文、摩尼文、回鹘文、古代突厥卢尼文、婆罗米文，如新疆吐鲁番出土的佉卢文文献，新疆哈密岩刻婆罗米文字等。婆罗米文字是印度古代最重要的、使用最广的字母。专家们认为近百年来在中国新疆发现的古代梵文及其他文字的残卷是用中亚婆罗米斜体字母书写的，随着佛教东传到西域地区，当地人用这种文字的字母进行融合，加入自己的特色。日本学者荻原裕敏认为"它（婆罗米文字）是一种音节字母，自左向右横行书写。每一个字母代表一个元音或者后面带－a的辅音。如果辅音后面是－a以外的元音，则在字母上面、左面或右面另加不同的符号表示。这种婆罗米字母可以抄写不同的语言"。② 有关汉唐时期的民族文字史料还有待于进一步发掘与研究。又，这一时期宗教以佛教为主，回鹘人多信奉佛教，也有摩尼教信徒，现存的回鹘文献有佛教、摩尼教的经典，有穿插故事的劝谕作品、创世纪、赞美歌、注释性的著作等等。

---

  ① 北凉《沮渠安周造佛寺碑》又称《沮渠安周造寺碑》《沮渠安周造像记》，夏侯粲撰文，隶书，存22行，每行47字，北凉承平四年（445）刻。清光绪八年（1882）出土于今新疆吐鲁番高昌故城，最初为当地挖宝人所得，1902年，格伦威德尔率领的德国第一次吐鲁番探险队从挖宝人手中购得并运到柏林，存于民俗学博物馆。此碑出土时即残，在运往柏林途中又不幸断裂为二，"二战"之后不知去向。目前可见原碑影像只有1907年德国汉学家福兰阁发表《吐鲁番亦都护城出土的一方汉文寺院铭》一文时的附图。
  ② 《新疆哈密岩刻系婆罗米文字》，新华网，http://www.chinanews.com/cul/2014/10-23/6711545.shtml，2014年10月23日。

五　结语

自公元前 2 世纪前后，汉武帝击败匈奴伊始，高昌地区逐渐形成了以汉文化为主导的多民族聚居之地。经汉、魏、西晋、十六国、北朝至隋唐，相继设置行政区域。高昌居民"语言与中国略同""文字亦同华夏"，且有《毛诗》《论语》《孝经》，置学官弟子，以相教授，宗教信仰主要是佛教。在这种文化土壤中生成的文学，具有典型的中国西北地域文学的特征，具体而言与敦煌、凉州或十六国北朝文学元素相近，其特点是汉文字作品和民族文字作品并存，宗教文学与翻译文学占有重要数量。所以，研究高昌文学时必须充分认识其地缘文化因素，否则难以准确把握。

文学地理学视域下的贾平凹、莫言乡土叙事比较

韩鲁华 郭 娜[*]

贾平凹与莫言,是中国新乡土文学叙事中具有标志性意义的两位作家。他们均致力于以各自的故乡为摹本来构建属于自己的文学叙事地理图景。故乡的生态环境——包括自然环境与社会人文环境,融会于他们的生命情感之中,并深深地烙印在他们的心里,逐步成为他们文学叙事的基本文化艺术精神底质。

一 作家生存的地理生态环境

这里所说的贾平凹与莫言生存的地理生态环境,是指他们出生地的地域生态环境。如果就他们的生活历程而言,他们均已从自己的故乡走到了城市:贾平凹从商州到了西安,莫言从高密到了北京。但是,就他们的新乡土文学叙事来看,他们虽然已经离开故乡几十年了,而其叙事的对象或者基地,却并没有离开故乡这块热土,

---

[*] 韩鲁华,西安建筑科技大学文学院教授;郭娜,西安建筑科技大学文学院美学硕士。

甚至可以说，他们的乡土文学叙事，就深深地根植于故乡的沃土之中。

　　从大的地理分布来说，贾平凹与莫言都属于北方作家，但贾平凹处于北方的西部，莫言处于北方的东部。因为从河流流域角度来看，贾平凹属于长江流域文化圈中最大支流汉江流域文化圈，莫言则是属于黄河流域文化圈的下游入海地域。从自然地理生态比较，贾平凹所在的商州应当说是比较典型的山地，而莫言的故乡高密，则是典型的平原地带。商州属于汉江流域，汉江、丹江为商州山地提供了丰富的水资源，素有小江南之称，它融会了南北气候的特征。高密属潍坊市，虽系平原地带，但因地势低洼，河道密集，每逢夏季，常常水涝成灾，适宜高秆作物，故过去有高粱之乡的美名。就交通而言，从关中到南方的楚地，有一条重要的交通要道通过——商於古道穿过商州，棣花古镇就是这条交通古道上的一个古驿站。水路有丹江，丹凤是个重要的水陆码头，至今还有船帮帮会故址。贾平凹笔下的龙驹寨，就是今天的丹凤县城。高密属于潍坊市，与诸城相邻，这里自秦朝便是京东古道的重要枢纽，特别是近代以来，胶济铁路由此通过，现在更是交通线路四通八达。莫言作品中所叙写的铁路、火车，就是中国近代史上最早的胶济铁路修建的情景。[1]

　　故乡的山山水水，自然会存留于作家的生命记忆之中，并成为他们进行文学叙事基本的自然生态环境对象。笔者查阅二位作家关于自己故乡的描述文字，与官方网站所描述的大体一致，与他们作品中的自然生态环境也是基本相吻合的。莫言在接受王尧访谈中，断断续续

---

[1] 上述内容，参照商洛、高密官方网站介绍。

谈到了家乡地域生态环境。"60年代以前，我们高密东北乡真是像一个泽国，水多的一塌糊涂，一到夏天就连阴，雨水缠绵不断。""我们那儿是洼地，到了秋天是一片汪洋。""我们村后面是胶河，每年秋天都泛滥，必然带来第二年小麦大丰收。胶河的水从上游带来的含有丰富肥力的黄土和沙土，退水以后，黑土上面蒙上了一层大约一公分厚的油光光的黄泥，翻到底下就能起改良土壤的作用"。[①] 因此，构成莫言文学叙事文本中的村镇，其洼地、河流、河堤，以及高粱、麻等，应当说亦是以他的故乡高密大栏乡为原型的（笔者认为大栏乡就是东北乡的地域原型）。贾平凹所谈到的故乡棣花，"并不是个县城，也不是个区镇，仅仅是个十六个小队的大队而已。它装在一个山的盆盆里，盆一半是河，一半是塬，村庄分散，却极规律，就在东西二街靠近正街的交界处，各从塬根流出一泉，称为'二龙戏珠'，其水冬不枯，夏不溢，甘甜清冽，供全棣花人吃，喝，洗，刷。泉水流下，注入正街后上百亩的池塘之中，这就是有名的荷花塘了"。[②] 构成贾平凹笔下的具体叙事村镇，其地理风貌上，都是周围环山的小盆地，有一条河流流过。这唯一的解释就只能是，贾平凹文学叙事所创造的村镇，都是以他的故乡棣花镇为模本的。比如《秦腔》中的清风街、《古炉》中的古炉村等，也都是以棣花为原型的。

　　由此可见，作家笔下的地理环境，总是与自己故乡环境紧密相连的。笔者曾经实地考察路遥、陈忠实、贾平凹、莫言、刘震云等作家的故乡，发现无不与他们笔下的地理环境相吻合。

[①] 莫言：《莫言对话新录》，文化艺术出版社2010年版，第16、17、18页。
[②] 贾平凹：《游戏人间·棣花》，百花洲文艺出版社2017年版，第32—33页。

二 基于故乡的文学叙事地理建构

（一）乡土文学叙事审美空间

新乡土文学叙事，与地域及其地域文化具有更为密切的内在关联性。新乡土文学作家以自己故乡为基本模本建立起自己乡土叙事的文学地理版图。不论从地域文化角度，还是从文学地理角度审视，其间都包含着一个审美空间问题。从新乡土文学叙事实践来看，新乡土作家所建构起来的文学叙事审美空间，大都建立在故乡自然与人文环境及其生命情感体验基础之上，且以作家的故乡为空间核心。

文学叙事地理空间首先是一种自然空间。文学叙事审美空间的构建，离不开自然地理空间，它须以地理空间为基础。从根本上来说，不论是一般的认知或者深层的审美认知，对于事物的把握，空间都是万事万物存在的一种基本维度。离开了空间，人与事就失去了活动的场域。作为文学叙事，也总要建构起自己的叙事空间场域。就贾平凹、莫言的乡土叙事审美空间建构来说，亦是如此。在二位作家的叙事文本中，其空间建构都是与故乡的自然生态环境空间相关联的。或者说，他们是在自然地域空间基础上，创造自己的文学叙事空间的。

其次，作为一种叙事空间建构，它更具有地域文化的意义，是一种文化意识上的区域空间。文学叙事不可能离开所叙写的地域所生成的文化环境与传统。因为在笔者看来，从作家的生存到文学叙事，都发生在具体的地域文化之中。特别是对于乡土文学叙事来说，更无法脱离作家所生存的地域文化环境。也正因为如此，作家在建构文学叙事审美空间时，实际上也就是建构起一种地域文化空间。当然，这种地域文化空间的内涵是多方面的，比如社会历史、生活习俗等等。就像贾平凹所建构起来的商州地域文化审美空间，莫言所叙写的高密东北乡审美地域文化空间。也正是这不同的地域文化审美空间，成为作家乡土文学叙事审美特征的一个极为重要的标志。

最后，文学叙事与作家的社会人生与生命情感体验密切相连。作家所建构起来的乡土叙事审美空间，首先是一种精神情感上的心理空间，是作家生命情感体验出来的审美空间。作家的文学叙事，实际上是一种生命情感体验的叙事。就新乡土文学叙事来看，作家虽然已经离开了故乡，但是，他们的文学叙事却始终没有离开故乡这一片热土。他们总是将当下的生命情感体验，熔铸于故乡的生命情感体验记忆之中，形成了一种新的文学地理意义上的审美空间。

正是这三种空间的有机融合，在文学艺术创造的过程中，构成了审美空间。就此而言，也可以说乡土叙事是一种空间的审美叙事。

（二）乡土叙事中审美地理空间的确认：商州与高密东北乡

在作家的文学叙事中，文学地理及其名称的审美确认，可以说，既是一种自觉的叙事选择，也是一种于自然而然的文学叙事中所形成的审美叙事认同。从中国现代文学乡土叙事的地域空间角度出发，鲁迅以故乡浙江绍兴为原型塑造了"鲁镇""未庄"等文学叙事审美空间；沈从文创造的"湘西"审美叙事空间，已经成为中国乡土文学叙事的经典性文学地域名称。此外，当代文学在 20 世纪 50—70 年代，也在进行着文学叙事上的审美空间塑造，比如柳青《创业史》中的渭河平原上的"蛤蟆滩"等。但是，我们必须承认，这种文学叙事审美空间艺术创造，被非常明确地提出，是 20 世纪 80 年代受到马尔克斯、福克纳等人的影响。莫言就明显是受到他们的启示之后，开始自觉搭建自己的"高密东北乡"这个文学叙事的独立王国。众所周知，

20世纪50—70年代文学叙事中出现的地域空间在强烈的社会政治意识形态观念的干预下,既失去了地域性的文化艺术因质特性,又隔绝了与世界历史文化沟通的通道,因而被悬置在了意识形态观念的高空,失去了作为审美意义上的独特个性,这样就使其文学叙事空间的审美意义被大大地消解了。而在贾平凹、莫言们这里,在自觉去意识形态化的文学叙事中,作家们最大限度地逼近了文学叙事空间的审美境地。而且,他们所创造的文学叙事空间之所以具备了更为丰富蕴藉、自如浑然的地域审美空间的价值,其因素就在于他们既根植于故乡的地理、文化的深土之中,使得自然地理的物理空间如细雨润物般悄然转化为文学叙事的审美空间,又在文化精神与文学艺术精神上,与世界进行着对话与沟通。

贾平凹与莫言的文学叙事,一开始并没有意识到要建立自己的地域审美空间,他们也如同其他作家一样,历史惯性地延续着此前的文学叙事思维。所以,他们的文学叙事依然是从意识形态化的叙事开始的。那时,虽然他们叙写了故乡的人和事,但是,他们并没有真正认识到故乡对于他们创造一个独特的文学叙事地理的重要意义。贾平凹发表于1973年陕西省群众艺术馆办的《群众艺术》上的第一篇作品《一双袜子》,就是一篇非常典型的政治意识形态叙事。莫言第一篇公开发表的作品《春夜雨霏霏》载于河北省保定办的《莲池》1981年第5期,虽然比贾平凹的处女作晚了8年,其间的社会政治意识形态意味还是很明显的。贾平凹具有明确的文学地理意义标识性的文学叙事,始于1983年发表于《钟山》上的笔记体系列散文《商州初录》(研究界亦有将《商州初录》当作笔记小说看待的,这不失为一种见解。但笔者认为将《商州初录》即后来的再录、又录视为笔记散文,可能更为恰贴些),虽然作家更多的是从地理角度来叙写故乡商州,但是，它却以一种超越性的审美艺术魅力，建构起一个文学意义上审美地域——商州。莫言第一次使用具有文学审美意义的地域名称——高密东北乡，是1985年发表于《中国作家》上的《白狗秋千架》，莫言"当时也没有十分明确的想法"，"几乎是无意识地写出了'高密东北乡'这几个字。后来成了一种创作惯性，即使故事与高密东北乡毫无关系，还是希望把它纳入整个体系中"。[1] 至作家出版社1986年出版的莫言的第一部作品集《透明的红萝卜》，高密东北乡已有了明确的地域审美空间标志意义。

  从这里可以看出，贾平凹、莫言从意识形态化的文学叙事中挣脱出来之后，才真正回归到以自己故乡为基地的乡土及其乡土经验的世界，开始了真正具有审美意义的文学叙事的地理创造。纵观中国当代文学叙事，乡土世界的寻找与确立存在一个嬗变的过程。但是，对于具体的作家而言，这个嬗变过程长短快慢是存在着一定差异性的。贾平凹作为文学创作始于"文革"后期的作家，他的文学叙事的历史嬗变，经历了将近十年，这和当代中国文学叙事的历史嬗变具有着同构性。莫言则不同，他从步入文坛到叙事爆炸，仅用了四五年时间。这种速进型嬗变，就莫言自身而言，自然是他于1984年考入军艺开阔了眼界。就整个当代文学发展而言，1985年前后正是当代中国文学叙事发生历史性转换的时期，也许是进入文学世界晚了几年，莫言减轻了从"文革"到新时期历史转换过程中历史惯性的影响，后又受到福克纳、马尔克斯等作家的影响，找到了文学叙事上的艺术自我，因而给人以突然到场的感觉。贾平凹虽然因1978年的《满月儿》获得了第一届短篇小说奖，但是，是随后《商州三录》的创作，奠定了他在

---

[1] 莫言：《藏宝图·在寻找故乡的路上（代序）》，春风文艺出版社2003年版。

当代中国文学叙事历史上的第一块坚实基石。莫言 1985 年发表了《透明的红萝卜》，尤其是紧接着《红高粱》的发表，便开始了搭建以自己的故乡为原型的"高密东北乡"这一属于自己的文学叙事艺术王国。这一方面，我们也可从他们创作作品的数量上得到印证。贾平凹于 1983 年在《钟山》第 5 期上发表《商州初录》之前，已发表小说 90 余篇，散文与诗歌 40 多篇（首），出版作品集 7 部。① 莫言发表《透明的红萝卜》之前，发表包括具有文学叙事探索性的《白狗秋千架》《秋水》《金发婴儿》在内有 26 篇作品。②

贾平凹于 20 世纪 80 年代初，不仅创作了《商州三录》等，而且明确表示："没有民族特色的文学是站不起的文学，没有相通于世界的思想意识的文学同样是站不起的文学。""以中国传统的文学表现方法，真实地表达现代中国人的生活和情绪，这是我创作追求的东西。"贾平凹关于中国文学叙事意识的自觉，使得他被有些论者称为最为中国化文学叙事的代表性作家。莫言走向文坛，很显然得益于福克纳、马尔克斯等西方作家的启发与借鉴，但是，他很快就意识到建立属于自己的标识性文学叙事方式的重要性。"我 1980 年代的几个作品带着很浓重的模仿外国文学的痕迹，譬如《金发婴儿》和《球状闪电》。到了《红高粱》这个阶段，我就明确地意识到了必须逃离西方文学的影响，1987 年我写了一篇文章《远离马尔克斯和福克纳这两座灼热的高炉》，在《世界文学》杂志上发表，我意识到不能跟在人家后面亦步亦趋，一定要写自己的东西，自己熟悉的东西，发自自己内心的

---

① 郜元宝、张冉冉主编：《贾平凹研究资料·第五辑　贾平凹创作系年》，天津人民出版社 2005 年版。
② 孔范今、施战军主编：《莫言研究资料·附录·作品年表》，山东文艺出版社 2006 年版。

东西，跟自己生命息息相关的东西。"[①] 也许正是这种坚定的中国文学叙事的自信与自觉，使得莫言一步一步走向了诺贝尔文学奖的领奖台。自此，商州与高密东北乡也就成为贾平凹与莫言文学叙事的地理标志。

三 乡土叙事比较

（一）乡土及其乡土经验

当代中国的文学叙事，从历史渊源上不论是追溯到20世纪40年代的延安文学时期，还是1949年10月中华人民共和国成立时期，有一点始终是明确的，即以乡土及乡土经验为主体的乡土或者农村文学叙事，是构成当代中国文学叙事最为重要的部分。在当代中国的文学叙事发展过程中，开始也出现过萧也牧《我们夫妇之间》这样试图以城市文化为视点的文学叙事转换的探索，但是，这种探索一经出现就被打压了下去，因为这种城市文化视域的文学叙事，不适合于社会主流意识形态要求。正如中国的社会主义体制，是在农村包围城市的现代革命下建立起来的，当代的文学叙事、乡土或者乡村叙事，与这种社会主流意识形态具有着更为密切的内在关联性。中国作家与读者，有着深厚的浸透着农耕文化的乡土生活与经验，因此，基于乡土与乡土经验的文学叙事，也就更容易被人们所认同与接受。

乡土及其乡土经验，为当代中国文学叙事提供了丰富而深厚的资源。也正是这乡土及其乡土经验，从20世纪50年代直至今天，成就了几代作家。以赵树理、柳青、周立波、孙犁等为代表的第一代当代

[①] 张英：《莫言：我是被饿怕了的人》，《南方周末》2006年4月20日。

中国乡土作家，他们的乡土及其乡土经验的文学叙事，是将原生本体化的乡土及乡土经验，转化为社会政治意识形态化的乡土及乡土经验，建构的是社会政治意识形态化的乡土叙事。对此，有论者将其称为农村题材文学叙事。丁帆先生就认为："20世纪60年代初到70年代末的反映农村社区生活的大量作品，是不能称其为乡土小说的，充其量亦只能称作'农村题材'的小说。"[①] 当然也有特殊情况，比如汪曾祺先生（生于1920年），他应属于地道的"20后"，但他则承续了沈从文的乡土文学叙事传统，创作了乡土文学品性十足的作品。

以刘绍棠、高晓声、古华等为代表的是第二代乡土作家，这一代作家，试图逐步从意识形态化的乡村文学叙事中剥离出来，走向历史的、文化的、本真化的乡土叙事，但是最终未能完成。

真正将当代文学乡土叙事推向新的历史天地和艺术境界的，是被称为"50后""60后"的作家，以贾平凹、莫言、张炜、韩少功、阎连科、刘震云、李佩甫、余华、苏童等为代表。所以说，作为"50后"作家的贾平凹与莫言们的文学叙事，也同样是起始于乡土叙事，成就于乡土叙事。需要说明的是他们并非无力于乡土之外的文学叙事，《废都》《酒国》就是典型的城市文学叙事的作品。但是最能代表他们文学叙事特立独行艺术个性与艺术深度的，依然是乡土文学叙事的作品。

（二）乡土经验记忆叙事

谈及文学叙事中的乡土及其乡土经验，首要提及的是作家对于故乡自然地域的记忆，这包括自然地理地貌、自然植被以及天气气候

[①] 丁帆：《中国乡土小说史》，北京大学出版社2007年版，第231页。

等,也就是通常所说的自然地理生态环境。"作家出生的故乡的自然地理生态环境,对作家的思想意识、思维方式、生命情感方式,以及心理精神结构,对于客观世界于自身的认识方式,包括源于内在生命情感本体的艺术天质等,都有着原始的、潜在的,而又非常深刻的影响作用。"并进而使得作家的"家乡的地域生态环境,已经不是客观的存在,而成为他们文学艺术生命结构的有机构成。他们不是在进行描绘与叙述,而是在进行着一种艺术生命情感的融合交媾"。①

进入作家记忆的故土不仅仅是总体的地理概貌,更为重要的是那些个性突出的景物,而且这些景物在作家的生活经历中产生过重要影响,在他的心理上刻下了深深的印记。莫言家乡村边的那条现在虽然已经干涸的小河,那个桥洞,那个荒草甸子,尤其是那片高粱,等等,都构成了莫言小说叙事审美空间中富有生命的风景。不仅如此,出现于作家笔下的这些故乡景物,往往都是作家童年时代记忆中的景物。比如贾平凹作品中出现的荷花池,在他最早的《兵娃》中出现过,他的《古炉》中依然有着描述,包括所写的在河中抓鱼,尤其是神秘莫测的发出怪叫的鱼。实际上不论莫言笔下的小河、荒草甸子,还是贾平凹笔下的荷花池,早已不复存在。在这里,从作家的审美经验角度来看,故乡景物的空间展示中,隐含着时间的生命情感历程的凝聚。

当然,进入作品中的景物,作为一种审美艺术的创造,亦有着超越作家故乡实际景物的地方,也就是说,作家可能根据艺术叙事的需要,常常会将其他地方的景物移植到自己所塑造的故乡,甚至会虚构想象出某种景物情景。贾平凹在接受笔者访谈时就说过,《带灯》中

---

① 韩鲁华、韩云:《地域文化与作家审美个性及风格》,《西安建筑科技大学学报》2009年第2期。

的有些树、鸟,就是从故事原型的地域环境及其景物中移植过来的。他说:"这环境吧,和我以前的环境还有些不一样,山上产什么鸽子,它那个吃食是怎么个做法,我老家和这还是有些不一样的。……我跑的地方多,陕西、河南、甘肃、新疆、青海,在这些地方弄的材料都综合在一起了。当然,总的来说,写作的时候必须要把这些东西归到一个更熟悉的环境里边,归到我老家这个环境里边。但你也能看到它明显有别的地方的一些色彩,别的一些特点在里头。"[1]

乡土经验对于文学叙事来说,就是作家故乡的人生经验和生命情感体验记忆的艺术创造。在这人生经验与生命情感体验中,既有着整体性记忆,更有着特殊的个性化记忆。而在人们的心理中能够沉淀下来,形成某种心理情结的,则是那些对于作家具有切肤之感的事与物。比如前面所言贾平凹、莫言对于故乡景物的记忆。在谈到对于故乡生活的记忆时,贾平凹说到最多的且影响最深的是父亲在"文革"中被打成历史反革命,还有就是一个人孤独地看山。莫言首先是饥饿的记忆,其次是被赶出学校在生产队放牛的孤独生活。莫言甚至称自己是被饿怕了的人,莫言甚至说饥饿与孤独是他创作的源泉。对于中国20世纪50—70年代来说,孤独未必是所有人的集体记忆,有许多人的记忆可能是热闹或者疯狂,但是,饥饿可以说是中国人20世纪60年代的集体记忆。不仅如此,甚至可以这样说,改革开放之前中国人的一个集体记忆就是饥饿。80年代的文学叙事,像《犯人李铜钟的故事》《绿化树》《狗日的粮食》等作品,有着极为刻骨的饥饿记忆的叙述。就是在"60后"作家的笔下,亦有对于极为残酷的饥饿历史记忆的叙述,比如苏童的《米》。

---

[1] 贾平凹、韩鲁华:《穿过云层都是阳光——贾平凹、韩鲁华文学对话录》,北京联合出版公司2016年版,第127页。

有关孤独的乡土生活体验的记忆，对于贾平凹和莫言来说，更为重要的是一种生命情感体验，是一种精神心理的积淀，凝聚成一种精神心理气质。并非具有孤独精神心理气质的人就一定是作家，但是，作为作家，他的精神心理大都是孤独的。屈原如此，老托尔斯泰如此，鲁迅如此，就当代最为优秀的作家来看也基本是如此。

这里当然还有一个性的问题。食色，性也。我们发现贾平凹、莫言都有着对于性的撕裂性叙述。所不同的是，他们不是从意识形态角度去框套性，而是从人生命本体原发视角，去叙写性，然后才是附着于性上的文化观念或者意识形态。《废都》中有关性行为直露的叙写，实际上就是将叙事打回到人的本性的原始状态。你可以说这样叙写不够诗意，但是今天来看，这也是从性的角度，剥净了虚假的意识形态化和虚假的伦理道德下的虚伪叙事。有过乡村生活经验的人，自然都会知道，对于乡村人来说，即便是在"文革"，茶余饭后人们最为感兴趣的言说，依然是衣食住行和性的问题。意识形态化的那种文学叙事，只不过是叙事者一厢情愿的幻想而已。莫言对于性的文学叙事，如果说在《透明的红萝卜》中还是朦胧化的，在《红高粱》中，则是将其撕裂了去写的，是如此的淋漓酣畅。后来受到许多批评的《丰乳肥臀》，其中对于母亲性行为的叙写，更是那么的惊世骇俗、石破天惊。至今笔者依然认为，不论是《废都》还是《丰乳肥臀》在这方面的文学叙事，都是非常具有开拓意义的。

（三）乡土叙事的民间视角与生活细节

民间视角，几乎是研究新乡土文学叙事无法回避的一个问题。费孝通先生关于乡土世界的考察与研究，在现代文化思想研究上是具有典型性的。但是，我们在分析观察乡村生活及其构成时发现，对于乡民而言，他们首先想到的不是村社制度，更不是抽象性的理念，而是关系到其自身生存的最为本源的需求。民间文化的本源就在于民间老百姓的衣食住行，由民间的衣食住行作为最为基本的生活方式，以及为满足衣食住行而从事的生产方式，和由此而拓展开来的交往方式等，就构成了民间习俗文化最基本的内容。由此我们想到，观察民间生活或生存状态等，恐怕首先还是要从民间的衣食住行开始，或者作为最为基本的切入点。作家的乡土记忆叙事，往往也是如此。莫言对于乡村生活的记忆叙事，主要的切入点是食——饥饿的生命体验。《透明的红萝卜》，可以说将作家对于乡村饥饿的记忆叙事想象，推向了极致化。此后，他的许多作品虽然不一定对饥饿记忆进行专门叙事书写，但是我们能够从文本中感知到莫言对于饥饿的记忆显现。其实也可以这么说，对于当代的乡土叙事，不论是"十七年"还是新时期，都是与食密切相关连的。所谓土地改革以及后来的合作化以及公社化，显性的看是解决所有制问题，实际上是解决衣食住行问题。只是"十七年"文学在乡村衣食住行的叙事中，用理念化的社会意识形态遮蔽着其本体意义。源于乡土世界本身的衣食叙事，本土作家与城市作家之间是有着差异性的。比如张贤亮在其《绿化树》《男人的一半是女人》等作品中，对于饥饿的叙事，不能说不令人触目惊心，但是，从文本中，你能明显感觉到是一种落难公子式的叙事，是一种相对于乡土他者的叙事，与乡土生命之间存在着一种无法完全融会的间隔。贾平凹、莫言，以及许多出身于乡土世界的作家，他们的乡土叙事，更为典型的是一种本体原生态的日常生活叙事，在这日常生活叙事中，将乡村的衣食住行表现得淋漓尽致。他们来自乡村民间，因而在进入乡土文学叙事时，也就自然而然地立足于乡村民间，具有着一种似乎是天然性的乡村民间视域与立场。

作家对于乡土经验的文学叙事，浸透着作家生命情感血脉的生活细节记忆。如果说事件是构成乡土生活历史的骨架，那么细节则是构成乡土生活的血肉。对于作家群体来说，社会事件可能是共同的历史记忆，比如说当代社会生活中的合作化、"文化大革命"等。但是，对具体的生活细节的历史记忆，则会体现出更为个性化的特征。也即不同的作家对于生活细节的生命情感体验中的地域性、民俗文化，尤其是个人的心理体验等，存在着很大差异性。存储的这些生活细节记忆，都会成为一种潜意识，在作家进入文学叙事时，被激活、泉涌于作家的笔端。因此，甚至可以说，最能检验出作家对于乡土生活的叙事"隔"与"不隔"的（这是借用王国维先生《人间词话》中的概念进行灵活运用），[①] 正是乡土生活细节叙事。当代文学叙事总体注重对原生态、日常化、细节化方面的追求。贾平凹、莫言对于生活细节的描述都有着精彩的表现。但从叙事的整体结构来看，莫言曾言"作为写小说的人，我深深地知道，应该把人物放置在矛盾冲突的惊涛骇浪里面，把人物放置在最能够让他灵魂深处发生激烈冲突的外部环境里边。也就是说要设置一种'人类灵魂的实验室'，设置一种在生活当中不会经常遇到的特殊环境，或者说叫典型环境，然后把人物放进去考验其灵魂"。也就是说莫言的文学叙事，非常擅长于组构富有传奇色彩的大起大落跌宕起伏的故事情节，设置两军对垒惊险诡异的矛盾冲突，以此构成文学叙事结构的基本骨架，并在这种基本骨架展示推进的过程中，挖掘出人生命运与人性灵魂的历史与现实的境遇。而贾平凹从《废都》始，尤其是在《秦腔》中达到极致的，则是依靠生活漫流式的细节叙述，来支撑起文学叙事的骨架。正如作家自己所

---

① 王国维著，藤咸惠校注：《人间词话新注》（修订本），齐鲁出版社1986年版。

言:"我不是不懂得也不是没写过戏剧性的情节,也不是陌生和拒绝那一种'有意味的形式',只因为我写的是一堆鸡零狗碎的泼烦日子,它只能是这一种写法,这如同马腿的矫健是马为觅食跑出来的,鸟声的悦耳是鸟为求爱唱出来的。"[1] 也许正是这些说得清楚和说不清楚、清醒地意识到或者作为一种无意识积淀在心里的,真实蕴含着原始生活液汁和生命情感的乡村生活细节,使得作家不论故事如何结构,总能呈现出无可替代的、独到的生活化场景。也正因为他们将更为真实的乡土生活细节记忆,转化为其文学叙事,才使得他们成为中国当代文学叙事中独树一帜的作家。

---

[1] 贾平凹:《秦腔·后记》,作家出版社2005年版,第565页。

宋南渡后岭南词学的兴起及其地域特征

宋秋敏*

所谓"岭南",一般指南岭(又称"五岭")以南的广阔地域,包括今天的两广、海南、港澳等地。岭南地区虽在上古时期即为百越居住之所,秦汉时又成为南越、闽越等诸藩国的属地,然而由于五岭的阻隔,且与中原路途遥远,交通闭塞,经济文化落后,被视为蛮荒、瘴疠之乡,历来是朝廷贬谪犯官、流放罪人之地。唐代韩愈因谏"迎佛骨"被贬潮州,发出"一封朝奏九重天,夕贬潮阳路八千""知汝远来应有意,好收吾骨瘴江边"的绝望哀叹。有宋以降,各项佑文政策加之太祖"不得杀士大夫及上书言事人"的誓约,士大夫因获罪而遭贬岭南者尤多。如北宋"绍圣"时期,苏轼、苏辙、孔平仲、秦观等人就因在激烈的党争中受政敌的排挤而被贬岭南。出于对岭南的气候、风土的排斥、畏惧心理,他们中大多数人笔下的谪居生活往往愁苦难堪,令人避之不及,诸如:"山林瘴雾老难堪,归去中原茶亦甘。"(苏辙《闰九月重九与父老小饮四绝其三和子瞻过岭》)"海氛朝自暗,山气昼常昏。虫穴风来毒,蛮溪水出浑。"(孔平仲《偶书》)

---

* 宋秋敏,东莞理工学院城市学院教授。

"岁晚瘴江急,鸟兽鸣声悲。空蒙寒雨零,惨淡阴风吹。"(秦观《自作挽词》)等等,极写岭南的蛮荒凄凉之状。

靖康之变以后,随着政治、经济、文化中心南移,词学版图也发生了相应变化,南渡初期大量流亡、贬谪词人的涌入,加之岭南地区经济地位的提升,使得词学创作一向寥落的岭南迅速崛起,出现了词人分布较为集中、词学活动频繁的局面。这不仅促进了南渡后地域多元化词学格局的形成,由于特殊的地理位置和风土人情,岭南词学又呈现出较为鲜明的地域特色。

一 南渡后岭南词学的兴起

就词学的发展而言,北宋时期的岭南地区,既无本土作家,作于此地的词作也寥若晨星。南渡以后,岭南唱词之风渐兴,不但作家队伍日益壮大,作品内容也一改原来较为单一的贬谪文学模式,变得更加丰富多彩,其具体表现如下。

首先,南渡后大量北方文人避难或迁居岭南,并在当地进行词学活动,岭南词坛局面由此得到相当大的改观。一方面,由于岭南天高地远,避地于此比较安全,如庄绰《鸡肋编》云:"自中原遭胡虏之祸,民人死于兵革水火疾饥坠压寒暑力役者,盖已不可胜计,而避地二广者,幸获安居。"另一方面,建炎、绍兴初年,北方士民集体南迁,导致两浙等东南富庶之地人口急剧膨胀,物价飞涨:"四方流徙者尽集于千里之内,故以十五州之众当今天下之半。计其地不足以居其半,而米粟布帛之直三倍于旧,鸡豚菜菇、樵薪之鬻五倍于旧,田宅之价十倍于旧。"[①] 与此相反,当时的"广南二路,自潮州而南,

---

① (宋)叶适:《叶适集》,中华书局1961年版,第655页。

居民鲜少，山荒甚多"。① 由此，则"江北士大夫，多避地岭南者"②，这其中不乏如吕本中、曾几、朱敦儒、陈与义等著名文士，他们的到来，壮大了岭南文学的创作队伍，在一定程度上提升了岭南地区的文学创作水平。比如建炎四年（1130）初，吕本中避乱南行，至连州，后又流寓全州、桂州、柳州、贺州等岭南诸地，历数载，绍兴三年（1133）北归。其在岭南创作的诗词不但描写异地风土人情，也抒发了避难者的颠沛流离之感和家国之痛。又比如靖康元年（1126），金兵攻占汴京，宋室南渡，朱敦儒随大批难民辗转流离逃至岭南，在粤西泷州暂住。其词集《樵歌》之中，有13首词作即于岭南。由于岭南偏远的地理位置、落后的自然经济环境以及长久以来蛮荒未化的人文历史背景，加之国亡家破的遭遇，其"天涯沦落"的漂泊疏离心态和思乡之情始终挥之不去："悲歌醉舞，九人而已，总是天涯倦客""东风吹泪故园春，问我辈、何时去得？"（《鹊桥仙·康州同子权兄弟饮梅花下》）"泷州几番清秋，许多愁，叹我等闲白了、少年头。人间事，如何是，去来休，自是不归归去、有谁留。"（《相见欢》）"北客相逢弹泪坐，合恨分愁。无酒可销忧。但说皇州。天家宫阙酒家楼。今夜只应清汴水，呜咽东流。"（《浪淘沙》）"伊是浮云侬是梦，休问家乡。"（《浪淘沙·康州泊船》），最典型的如其《雨中花·岭南作》：

  故国当年得意，射麋上苑，走马长楸。对葱葱佳气，赤县神州。好景何曾虚过，胜友是处相留。向伊川雪夜，洛浦花朝，占断狂游。

---

① （宋）曹勋：《松隐集》，《四库全书》本，商务印书馆1986年版，第10页。
② （宋）李心传：《建炎以来系年要录》卷56，《丛书集成初编》本。

胡尘卷地，南走炎荒，曳裾强学应刘。空漫说、蠖蟠龙卧，谁取封侯。塞雁年年北去，蛮江日日西流。此生老矣，除非春梦，重到东周。

这首流离岭南之作是朱敦儒词风由豪放转向悲凉的重要标志，早期词作中疏狂放浪的情怀已消失殆尽，词中通过今昔对比，抒写了面对山河破碎、满目疮痍的亡国之痛和去国离乡的悲苦，这也是南渡初期大部分流寓岭南词人的普遍心态。

其次，南渡以后，岭南地区继续作为贬谪之地，形成了一个以秦桧政敌为主要成员，包括赵鼎、胡铨、李光、胡寅等在内的松散的谪宦词人群。一方面，南渡后被贬谪岭南的词人，由于政治环境的严酷和自然环境的恶劣，对国家政局的忧虑以及对自身"忠而被谤"的忧愤依然存在。如胡铨被贬广东新州后作《好事近》词书愤，云："富贵本无心，何事故乡轻别？空使猿惊鹤怨，误薜萝秋月。囊锥刚要出头来，不道甚时节！欲驾巾车归去，有豺狼当辙！"据王明清《挥麈录·后录》卷一〇载，秦桧见此词后，又贬胡铨于海南岛。而其他贬谪词人也发出诸如"试倚危楼，将远恨、卷帘看。举头见日，不见长安。谩凝眸、老泪凄然。"（赵鼎《行香子》）；"奈此九回肠，万斛清愁，人何处、邈如天样。"（赵鼎《洞仙歌》）、"群黎怪我何事，流转古儋州。"（李光《水调歌头》）；"十年目断鲸波阔。万里相逢歌怨咽。"（胡铨《玉楼春》）等抒发遭贬后疏离、沦落之感的慨叹。另一方面，同是贬谪岭南，南渡词人群的生活态度和文学表现较之北宋的贬谪词人群更为坦荡豁达，随缘自适。如被贬岭南后，李光作书与胡铨共勉："儋耳，天下至恶之地，吾二人居之，能不以为陋，内有黄卷圣贤，外有青衿士子，或一枰之上，三酌之余，陶然自乐，是非荣辱，了不相干。故十五年之间，虽老而未死，盖有出乎生死之外者。"① 这种情怀表现在创作于岭南的词作中，也比北宋词人多了乐观淡定，少了些焦虑和窘迫。请读："风定潮平如练，云散月明如昼，孤兴在扁舟。笑尽一杯酒，水调杂蛮讴。"（李光《水调歌头》）；"青箬笠，绿荷衣，斜风细雨也须归。崖州险似风波海，海里风波有定时。"（胡铨《鹧鸪天·癸酉吉阳用山谷韵》）；"谁念新州人老。几度斜阳芳草。眼雨欲晴时，梅雨故来相恼。休恼，休恼。今岁荔枝能好。"（胡铨《如梦令》）；"崖州何有水连空，人在浪花中。月屿一声横竹，云帆万里雄风。"（胡铨《朝中措》）；"山浮海上青螺远，决眦归鸿。闲倚东风。叠叠层云欲荡胸。"（胡铨《采桑子》）等等，他们以旷达的心态陶醉于岭南雄奇秀美的山光水色之间，展示出从容乐观、潇洒超然的情怀。在岭南，贬谪词人除彼此交流、互相勉励之外，还与当地官员应和酬答，如胡铨《转调定风波·和答海南统领陈康时》，李光《鹧鸪天·逢时使君出示所作送春佳词，引楚襄事，因次其韵》等皆属此类。

最后，南渡以后，随着岭南地区经济地位的上升，一些词人仕宦于岭南，与流亡和贬谪岭南的词人群体不同，他们创作于此的词作，更多地表现出入仕文人对于岭南舒适生活的惬意享受和赞赏。

靖康以来，由于宋金对峙，西北陆路贸易受阻，东南海路贸易由此得到大力发展。广东是宋代最早设市舶司的地区，其对于南宋经济的重要性不言而喻。作为广南东路的治所，广州是岭南最繁华的城市，政务上迎来送往的接待工作也尤为忙碌，因此，其词学活动多与官方的宴饮和表演娱乐活动相结合，形成了以知州方滋为核

---

① （宋）李光：《庄简集》，《四库全书》本，商务印书馆1986年版，第18—19页。

心，包括洪适、黄公度等在内的仕宦词人群。洪适的《盘洲文集》存词138篇，在岭南所作多为应歌、应社、祝寿、侑酒、送别等娱乐词和社交词，如《朝中措·黄师宪侍儿倩奴》《点绛唇·别师宪》《临江仙·会黄魁》《鹧鸪天·胡提舶生日》《临江仙·送罗俸、伟卿权新州》，从这些题目不难看出，当时广州应和酬答的唱词风气之盛。而因"粤俗好歌，凡有吉庆，必唱歌以为欢乐"，为配合当地经常举办的乐舞、戏曲等表演活动，洪适还创作了大量乐语。《盘洲文集》存乐语45篇，其中43篇就作于广州任上，比较著名的《番禺调笑》组词，分咏广州十处风景名胜。仕宦词人赵彦端也因"羊城天下最号都会，风轩月馆，艳姬角妓，倍于他所，人以群仙目之"，作十阕《鹧鸪天》，盛赞萧秀、萧莹、欧懿、桑雅、刘雅、欧倩、文秀、王婉、杨兰等当时广州的著名歌伎，由此可见广州当时歌舞升平的盛况。

南渡以后，广西的词学创作，无论在数量还是质量方面也都有所提升。据宛敏灏先生考证，张孝祥有十首词作于广西任上[①]；范成大仕宦广西时，醉心于桂林美景，曾作《破阵子》《满江红》《水调歌头》《鹧鸪天》等多首词吟咏，以至于在桂林出现"妓园窈窕，争唱舍人之词"[②] 的场面。

此后数十年，又有崔与之、刘镇、李昂英、葛长庚、陈纪等岭南本土词人相继登场，他们或以词抒发直臣的浩然正气，或以词抒写遗民之恨，或以词赋闲情，或以词论道，内容丰富，风格多样，对后世岭南词学的发展影响巨大。

---

① （宋）张孝祥著，宛敏灏笺校：《张孝祥词笺校》，黄山书社1993年版。
② 孔凡礼：《范成大年谱》，齐鲁书社1985年版，第266页。

二　南渡词人群岭南词创作的地域特征

南渡后词学活动在岭南的兴起,一方面,填补了当地文学的空白,促进了当地的文化发展;另一方面,岭南美丽的自然风光和独具特色的风土人情,也为作家提供了丰富的素材。南渡以后,词人对迥异于中原的岭南风情予以进一步关注与审视,岭南的风物、自然景观和城市风光开始较频繁地出现在读者的视野中,词作呈现出具有浓郁岭南风味的地域性特征。

其一,具有岭南地域特色的各类意象被写入词中。如:"山暗秋云,暝鸦接翅啼榕树。"(张元幹《点绛唇》);"山晓鹧鸪啼,云暗泷州路。榕叶阴浓荔子青,百尺桄榔树。"(朱敦儒《卜算子》);"枕畔木瓜香,晓来清兴长。"(朱敦儒《菩萨蛮》);"九日江亭闲望,蛮树绕,瘴云浮。肠断红蕉花晚、水西流。"(朱敦儒《沙塞子》);"槐阴密,蔗浆寒,荔枝丹。珍重主人怜客意,荐雕盘。"(曾觌《春光好》);"香露滴芳鲜,并蒂连枝照绮筵。惊走梧桐双睡鹊,腰底黄金作弹圆。"(韩元吉《南乡子·龙眼未闻有诗词者,戏为赋之》);"绿窗梳洗晚,笑把玻璃盏,斜日上妆台。酒红和困来。"(范成大《菩萨蛮·木芙蓉》)等等。"榕树""桄榔""木瓜""蛮树""瘴云""红蕉花""甘蔗""荔枝""龙眼""木芙蓉"等中原人罕见,而在北宋贬谪词中也绝少出现的岭南风物,开始比较频繁地出现在南渡后的岭南词中,其以独特的异乡风情,为读者提供了不同以往的审美感知和感受,从而实现了岭南词意象的进一步更新。值得一提的是,当岭南与中原共有的意象相关联和比较时,它们往往又成为词人思乡怀旧的触媒,一发而不可收。比如李光的《渔家傲》:

海外无寒花发早，一枝不忍簪风帽，归插净瓶花转好。维摩老，年来却被花枝恼。忽忆故乡花满道，狂歌痛饮俱年少，桃坞花开如野烧，都醉倒，花深往往眠芳草。

词前小序云："为恨。今岁寓昌江，二月三日与客游黎氏园，偶见桃花一枝。羊君荆华折以见赠，怳然如逢故人。归插净瓶中，累日不雕。予既作二小诗，同行皆属和。忽忆吾乡桃花坞之盛，每至花发，乡中人多醵会往游。醉后歌呼，今岂复得，缅怀畴昔，不无感叹，因成长短句，寄商叟、德矩二友。若悟此空花，即不复以存没介怀也。"看来，即使超旷豁达如李光，岭南虽好、不如还乡的想法也始终是根深蒂固的。

其二，与北宋贬谪文人对岭南的抗拒和疏离心态不同，南渡以后，岭南优美的自然风景和繁华的城市风光逐渐成为词人关注和吟咏的对象。

乾道元年（1165），张孝祥出任静江府（治所在今广西桂林）兼广南西路经略安抚使，赴官途中即作《南歌子·过严关》："路尽湘江水，人行瘴雾间。昏昏西北度严关。天外一簪初见、岭南山。北雁连书断，秋霜点鬓斑。此行休问几时还。唯拟桂林佳处、过春残。"行进于瘴雾之间，兴奋之情却溢于言表。而当其于桂林任上时，更深深陶醉于当地自然人文风光，挖掘出岭南的别样风情，如其《水调歌头·桂林集句》：

五岭皆炎热，宜人独桂林，江南驿使未到，梅蕊破春心。繁会九衢三市，缥缈层楼杰观，雪片一冬深。自是清凉国，莫遣瘴烟侵。

江山好，青罗带，碧玉簪。平沙细浪欲尽，陡起忽千寻。家种黄柑丹荔，户拾明珠翠羽，箫鼓夜沈沈。莫问骖鸾事，有酒且频斟。

桂林的奇山秀水和繁华的城市风光让人徜徉其间、流连忘返，难怪张孝祥要发出"老子兴不浅，聊复此淹留"（《水调歌头·桂林中秋》）的慨叹。

洪适绍兴十八年被免官后，"往来岭南侍亲者凡九年"（钱大昕《洪文惠公年谱》）。绍兴二十一年，方滋知广州兼广南东路经略使，将洪适延为僚属。广州（秦时始称"番禺"）是南宋时期岭南最大的城市，其都市之繁华与人烟之阜盛不亚于很多中原城镇，当时已有著名的羊城八景，为：扶胥浴日、石门返照、珠江秋月（色）、海山晓霁、菊湖云影、蒲涧帘泉、光孝菩提、大通烟雨。此间，洪适词中多应和酬答与描写岭南风情和城市风光之作，最典型的当为《番禺调笑》，这是一组用于表演的联章体调笑转踏舞歌词，娱乐表演痕迹十分明显。句队词（类似于戏曲的开场白）开篇即云："度新词而屡舞，宫商递奏，调笑入场"，收尾遣队词又云："歌舞既终，相将好去"，明确交代娱宾佐欢的创作目的。其主体部分以诗词相间的形式分咏广州的羊仙像、药洲、海山楼、素馨巷、汉朝台、浴日亭、薄涧、贪泉、沉香浦、清远峡等十处名胜古迹，渲染和再现了广州当时的胜景与繁华。如"药洲"：

> 传闻南汉学飞仙，炼药名洲雉堞边。炉寒灶毁无踪迹，古木闲花不计年。惟余九曜巉岩石，寸寸沦漪湛天碧。画桥彩舫列歌亭，长与邦人作寒食。
>
> 寒食。人如织。藉草临流罗饮席，阳春有脚森双戟，和气欢声洋溢。洲边药灶成陈迹，九曜摩挲奇石。

"药洲"为南汉皇帝炼丹之地，有人工湖曰"西湖"，湖中建洲，洲中奇石林立、花香馥郁，沿湖桥、亭、楼、馆、榭连绵不绝，是风景绝佳的园林胜地。南渡以后，药洲成为广州士民游览避暑、泛舟觞咏之所，嘉定元年（1208）经略使陈岘又在湖中种上白莲，并建爱莲亭，"药洲"由此更加热闹繁华。到了明代，"药洲春晓"已成为羊城八景之一。

又如"海山楼"：

> 高楼百尺迤严城，披拂雄风襟袂清。云气笼山朝雨急，海涛侵岸暮潮生。楼前箫鼓声相和，戢戢归樯排几柁。须信官廉蚌蛤回，望中山积皆奇货。
>
> 奇货，归帆过，击鼓吹箫相应和。楼前高浪风掀簸，渔唱一声山左。胡床邀月轻云破，玉尘飞谈惊座。

海山楼是宋代广州名楼，下临珠江。在海山楼上眺望珠江，近岸白鸥翻飞，百舸云集，帆影错落如阵；远处江流浩渺，水天一色，尤以天刚亮且雨过天晴时为最美。

再如"素馨巷"：

> 南国英华赋众芳，素馨声价独无双。未知蟾桂能相比，不是人间草木香。轻丝结蕊长盈穗，一片瑞云萦宝髻，水沈为骨麝为衣，剩馥三熏亦名世。
>
> 名世，花无二。高压阇提倾末利，素丝缕缕联芳蕊，一片云生宝髻。屑沈碎麝香肌细，剩馥熏成心字。

据《南方草木状》记载，素馨花（即茉莉）原产波斯，晋代传入广州。到了宋代，番禺（广州）居民普遍种植素馨花，城市周边形成多个素馨花生产基地。南宋方信孺《南海百咏》中《花田》一首曰："在城西十里三角市。平田弥望，皆素馨花。"由于素馨花香气浓

· 297 ·

郁独特，其在番禺的制香业中被大量使用，也是制作化妆品、美容品的优选香料，著名"心字香"，就是"番禺吴家"的产品。

南渡词人对于岭南地区独特风土人情的关注和摹写，在促进岭南词学发展的同时，也从某些侧面展示了当地历史、经济、文化等内容。

三 结语

宋南渡后的岭南词，作为南宋词学的组成部分，与整个南宋初期词坛既保持步调一致，又表现出某些独特性和新异特征。

首先，体现了南宋初年词坛的共性特征。其一，进一步强调词体的娱乐、抒情功能，充分发挥歌词应歌、佐觞、佐欢等实用价值，这在南渡后的广州词人群中表现尤为突出，其大量歌舞词的创作，也为南宋初年联章体歌舞词研究提供了丰富的资料；其二，重视词体的社交功能，寿词、送别词、应社词、各种场合的次韵应和词等，在创作于岭南的各类文人词中屡见不鲜。

其次，由于靖康之乱社会的剧烈变动，加之岭南特殊的地理位置、风土人情和历史文化环境，南渡后的岭南词学在不断发展的同时，又凸显出其独特新异的地域特征。比如，大量岭南物事风景入词，不但更新和丰富了宋词的意象群，也提供了不同以往的审美感受。

随着宋南渡后蜀、闽、岭南等地词学逐渐兴起，原有空白进一步被填补，中国文学生态和文化生态也同时实现和完成了由北而南的重心转移。

文学地理学视域下的陆游巴蜀诗及其意义

李 懿[*]

一

陆游（1125—1210），字务观，号放翁，越州山阴人，南宋文学家兼爱国诗人，他和尤袤、范成大、杨万里并称"中兴四大诗人"。其诗风明快平易，章法谨然，尤其彰显了炽烈的爱国主义热情。在陆游的生命中，游历巴蜀是一段至关重要的人生经历。一方面陆游的到来带来了巴蜀地区文学创作的繁荣发展，梅新林在《中国古代文学地理形态与演变》中明确指出成都府路在南宋时期成为重要的区域文学中心之一，"主要还是因为乾道、淳熙年间（1165—1189）陆游、范成大等诗坛巨子相继入川带动的结果"，在陆、范之前，已有一些文人入川任职，四川已有文学活动出现，"但以四大中兴诗人陆游、范成大相会成都最具意义"[①]，陆、范聚首成都是促成当时蜀中文学圈繁荣兴盛的重要原因之一。另一方面，巴蜀之行亦成为陆游生命中不可

---

[*] 李懿，江西省社会科学院文化研究所副研究员。
[①] 梅新林：《中国古代文学地理形态与演变》，复旦大学出版社2006年版，第802页。

磨灭的精神回忆，"不仅促成了他与范成大两位诗坛领袖的亲密相会，也为他的人生经历与文学创作展开了新的一页，可谓影响巨大，意义深远"①。

乾道六年（1170）陆游沿江舟行，途经当涂、江州、武昌、荆州、瞿塘等地，十月下旬抵达夔州任职通判，途中将沿路见闻撰写成《入蜀记》六卷。乾道八年（1172）三月，陆游抵赴南郑任左承议郎权四川宣抚司干办公事兼检法官。同年十月，陆游赴成都府任安抚司参议官。乾道九年（1173）知摄嘉州事，淳熙元年（1174）返蜀州，次年又回成都任安抚司参议官。直至淳熙五年（1178），陆游奉诏东归，此时他已在蜀地生活了八年。陆游对这八年的经历时常回味，撰有数首《思蜀》《梦蜀》，每每言说《东斋偶书》"不死扬州死剑南"②"赖有三峨梦，时时到枕中"（《掩门四首》其四）；"行遍江南忆剑南"（《山居》）等思念情绪。今陆游传世诗歌有 9000 多首，其中记蜀、思蜀诗占据了较多的篇幅。从写作时间看，陆游自中年入蜀到出蜀以至晚年闲居故居山阴，在如此长的时间内，陆游都在书写蜀地的生活经历和情感体悟，"巴蜀情结"成为其大半生抒发的情感旨向。巴蜀并非陆游的故乡，但他为何对此地如此魂牵梦萦？这一话题不得不令人深思。

学界已有诸多研究者从不同角度对陆游的巴蜀诗及其游宦巴蜀的笔记予以探讨，较有代表性的如莫砺锋《陆游的巴蜀情结》（《社会科学研究》2003 年第 5 期）、余霞《陆游、范成大的巴渝诗研究》（2007 年重庆师范大学硕士学位论文）、董小改《论陆游川陕

---

① 梅新林：《中国古代文学地理形态与演变》，复旦大学出版社 2006 年版，第 803 页。
② （宋）陆游著，钱仲联校注：《剑南诗稿校注》，上海古籍出版社 2005 年版，第 1435 页。以下所引陆诗皆出自同一版本。

诗歌及其"功夫在诗外"》（2007年陕西师范大学硕士学位论文）、赵阳《陆游"南郑情结"述论》（2008年华东师范大学硕士学位论文）、王定璋《行遍梁州到益州——略论陆游宦游四川的诗歌》（《文史杂志》2009年第4期）等，研究者们就这些诗作的创作缘由、思想主题、艺术风格、情感指向、文学价值及意义等进行了翔实地论述，同时对此期间陆游的写作心态、人生理想、文学观的嬗变情况也阐述甚详。吕肖奂《陆游双面形象及其诗文形态观念之复杂性——陆游入蜀诗与〈入蜀记〉对比解读》（《绍兴文理学院学报》2011年1月）辩证地将《入蜀记》中陆游理性、深思、好学、好交游的形象和入蜀诗特别是进入夷陵以前的诗中悲伤、无奈、怨恨的形象加以对比，从而揭示出诗、文等不同创作形态和文体观念对其个人"性分"的制约，亦体现个人"性分"在时代审美主潮中的适当调控与表现。

　　上述研究主要从文本入手，着眼点在文学层面本身，而笔者试图从文学地理学的角度出发进行观照。杨义在《文学地理学会通·文学中国的巴蜀地域因素》中概述："以地域的山川风貌、人文景观为历史现场，以民风民俗为生活方式的场景，以家常话和方言俚语为伴奏，以理解世界的特别方式为灵魂，复合而成地域文学的审美叙事形态，使读者如临其境，对特定地域的人生形式可观、可感、可梦、可思。"[①] 全文旨在全面解读陆游在巴蜀所作之诗及离开后的思蜀、忆蜀之作，重点围绕地理形胜、民情风俗、道教文化、人文氛围等地域因素探讨巴蜀诗的思想主旨，进而概述这些诗歌弘扬地域文化的价值，并总结游历巴蜀对陆游一生文学创作观的影响。

----

① 杨义：《文学地理学会通》，中国社会科学出版社2013年版，第354页。

二

（一）南郑的重要战略地位和从戎生活

在陆游的诗中，蜀与汉、梁与益常常被并而述之，如《蜀汉》《追感梁益旧游有作》《秋晚思梁益旧游》《偶怀小益南郑之间怅然有赋》等等。汉中古称南郑，在今陕西省，隶属于古九州岛中的梁州，南宋时属"川陕四路"之一，北靠秦岭，南与巴蜀地势相连，民风习尚大有相近之处。《宋史·地理志五》："汉中、巴东，俗尚颇同，沦于偏方，殆将百年。孟氏既平，声教攸暨，文学之士，彬彬辈出焉。"[1] 在军事战略方面，南郑地势险要，物产丰盈，易守难攻，唐代设有山南西道节度使，治中兴元府，在宋代为利州路所管辖。其地"前控六路之师，后据两川之粟，左通荆襄之财，右出秦陇之马，号令中原，必基于此"[2]，诸葛亮北伐六出祁山，便是以此地作为驻扎的基地。陆游停留南郑正好在其入蜀期间，虽然他在南郑留驻的时间并不长，仅从乾道八年三月至十月居住于此，但南郑的从戎生活、亲临抗金前线却给其留下了难以忘却的记忆。

陆游自小喜读兵书，内心渴望报效祖国、建功立业，《夜读兵书》云："但忧死无闻，功不挂青史。"南郑重要的战略地理位置和军幕生活激发了陆游固有的爱国热情，使其感慨万千，藉"南郑"以抒壮志报国之情。陆游在赴南郑途中、停留南郑期间和离开南郑后，皆创作了不少诗篇，如《筹笔驿》《山南行》《南郑马上作》

---

[1]　（元）脱脱等：《宋史》卷89，《影印文渊阁四库全书》本。
[2]　（明）陈邦瞻：《宋史纪事本末》卷16，《影印文渊阁四库全书》本。

等等，一部分诗歌描写征程的辛苦和沿途的山水景致，但更多的诗抒发了陆游渴望建立功勋、恢复中原却又壮志难酬的情感。《山南行》写的是初到南郑的所见所感，云："我行山南已三日，如绳大路东西出。平川沃野望不尽，麦陇青青桑郁郁。地近函秦气俗豪，秋千蹴鞠分朋曹。苜蓿连云马蹄健，杨柳夹道车声高。古来历历兴亡处，举目山川尚如故。将军坛上冷云低，丞相祠前春日暮。国家四纪失中原，师出江淮未易吞。会看金鼓从天下，却用关中作本根。"陆游不仅对关中景致和民俗详加描述，还阐明了南郑作为军事要塞的重要价值。陆游在《次韵子长题吴太尉云山亭》一诗中明言抗敌的心愿："文雅风流虽可爱，关中遗虏要人平。"在因差往来梁益的路上，陆游仍不忘以身许国。《驿亭小憩遣兴》云："汉水东流那有极，秦关北望不胜悲。邮亭下马开孤剑，老大功名颇自期。"《太息》其一："……平生铁石心，忘家思报国。即今冒九死，家国两无益。中原久丧乱，志士泪横臆。切勿轻书生，上马能击贼。"

陆游在蜀中常常回忆从戎南郑的一幕幕，盖心有不甘之故。《剑门道中遇微雨》"此身合是诗人未？细雨骑驴入剑门"二句，钱仲联注曰："此愤慨之言。时方离南郑前线往后方，恢复关中之志不遂。'合是诗人未'者，不甘于仅为诗人也。"他在蜀州作《蒸暑思梁州述怀》，对军中生活记忆犹新，诗云："宣和之末予始生，遭乱不及游司并。从军梁州亦少慰，土脉深厚泉流清。……柳阴夜卧千驷马，沙上露宿连营兵。胡笳吹堕漾水月，烽燧传到山南城。最思出甲戍秦陇，戈戟彻夜相摩声。"陆游对南郑的"烽火"描摹甚多，《夜读唐诸人诗多赋烽火者因记在山南时登城观塞上传烽追赋一首》曰："我昔游梁州，军中方罢战。登城看烽火，川迥风裂面……何时复关中，却照甘泉殿。"《怀南郑旧游》："南山南畔昔从戎，……一点烽传骆谷东。"此外，陆游尚写作了《冬夜泛舟有怀山南戎幕》《闻蝉思南郑》《十月二十六日夜梦行南郑道中既觉恍然揽笔作此诗时且五鼓矣》《春晚怀山南》组诗等数首，无不追忆"貂裘宝马梁州日，盘槊横戈一世雄""老去据鞍犹矍铄，君王何日奏肤功"（《忆山南》其一）的壮怀，表达为国效忠的强烈愿望。

（二）巴蜀秀丽的山水名胜与人文景观、丰富的娱乐生活和独特的民俗

陆游初入巴蜀生活艰辛，沉沦下僚，处境甚为落拓。《投梁参政》云："游也本无奇，腰折百僚底。流离鬓成丝，悲咤泪如洗。残年走巴峡，辛苦为斗米。"《楼上醉歌》："我游四方不得意，阳狂施药成都市。……丈夫有志苦难成，修名未立华发生。"《遣兴》："老子从来薄宦情，不辞落魄锦官城。"在宋人眼中，巴蜀是远离政治文化中心的边远之地，因此，陆游最先对巴蜀并未抱认可的态度，甚至是内心的排斥。他在《自兴元赴官成都》中说："平生无远谋，一饱百念已。造物戏饥之，聊遣行万里。梁州在何处，飞蓬起孤垒。凭高望杜陵，烟树略可指。今朝忽梦破，跕马临漾水。此生均是客，处处皆可死。剑南亦何好，小憩聊尔尔。舟车有通涂，吾行良未止。"《思归引》："锦城小憩不淹迟，即是轻舸下峡时。"《初入西州境述怀》："思吴虽不忘，所愿少休息。"《西郊寻梅》："凄凉万里归无日，萧飒二毛衰有渐。"随着在蜀中待的时间越来越长，陆游对巴蜀尤其是以成都为中心的蜀地的态度发生了极大的改变。《睡起》云："宦情本自疏，此地可忘老。"这种心态的变化和巴蜀秀丽的山水、繁华的娱乐生活和别致的民俗有关

（1）巴蜀的自然山水与人文景观是陆游十分关注的对象。陆游沿

途记下了沧滩、松滋渡口、下劳关三游洞、扇子峡、虾蟆碚、黄牛峡庙、虎头滩、马肝峡、巴东白云亭、瞿塘峡、白帝庙、卧龙寺、蟠龙瀑布、筹笔驿、老君洞、锦屏山、仙鱼铺、三泉驿、嘉川铺、报国灵泉、庞士元庙、严君平卜台、先主庙、摩诃池、凌云大像、西林院、玻璃江、三井观、仙游阁、二江驿、白马渡、瑞草桥等众多景观，并对这些景观的地势形貌与人文意蕴加以描摹。如《蟠龙瀑布》"远望纷珠缨，近观转雷霆"，刻画瀑布的磅礴气势；《过东灵滩入马肝峡》"船上急滩如退鹢，人缘绝壁似飞猱"，描写马肝峡水急壁立的奇绝环境；《剑门关》"剑门天设险，北乡控函秦"，形容剑门地接要塞的险要地理；《虾蟆碚》"巴东峡里最初峡，天下泉中第四泉"，写虾蟆碚的地形与泉水，等等。巴蜀山水的"奇丽"景致常常使陆游寄怀于心。《嘉川铺遇小雨景物尤奇》云："堪笑书生轻性命，每逢险处更徘徊。"《扇子峡山腹有草阁小亭极幽邃意其非俗人居也》描写超脱尘俗的绝境孤亭，《三游洞前岩下小潭水甚奇取以煎茶》述洞岩下的潭水之奇，《风雨中望峡口诸山奇甚戏作短歌》将"白盐赤甲天下雄，拔地突兀摩苍穹"的奇山景象描摹尽致。

　　陆游对巴蜀的人文景观亦进行了充分的写照，如《谒凌云大像》《鹿头关过庞士元庙》《先主庙次唐贞元中张俨诗韵三首》《夏日过摩诃池》等。《鹿头关过庞士元庙》由观汉末名士庞统遗庙而抒发"英雄今古恨，父老岁时思"的壮志难酬之怀，《先主庙次唐贞元中张俨诗韵三首》赞叹刘备兴蜀讨贼之功，并由此感叹振兴大宋的心愿，《夏日过摩诃池》描绘了摩诃池的落寞景象，倾吐古今兴亡之感。

　　（2）巴蜀经济富庶繁荣，地处华夏腹地，地理位置相对闭塞，在这样封闭且经济自足的环境中，民风自古嗜好游乐，一年四季娱乐生活十分繁复。陆游有相当数量的诗作形象地记录了蜀中的娱玩生活，对巴蜀尤其是成都满怀赞美、思念之情，如《怀成都十韵》《梦至成都怅然有作》《雪中怀成都》《初春怀成都》《山中望篱东枫树有怀成都》《直舍独坐思成都》等等。成都古称益州，素有"天府之国"之称，气候宜人，物阜民丰，民好游乐。《元和郡县志》称扬州"与成都府号为天下繁侈，故称扬、益"①。司马光《资治通鉴》云："先是，扬州富庶甲天下，时人称扬一益二。"② 生活在如此繁华富丽的环境中，陆游自称"浣花翁"，《遣兴》诗后注："游被劾罢官，但仍依范成大居蜀，无官身轻，故以浣花翁自比。"同时，据《宋史·陆游传》所载，陆游和当时也在蜀中的文豪范成大交往甚密，二人不顾世俗礼法，以文学相交心，陆游颓然而乐，自称"放翁"。

　　陆游诗中时时书写他和友人赋诗吟哦、醉酒观花、游赏美景的生活，"游乐"是这些诗歌写作的思想主题。其《醉题》自述在成都纵马游乐的情景："裘马轻狂锦水滨，最繁华地作闲人。"陆诗中较多地提到了赏花活动，蜀地盛产花卉，《海棠》有云："蜀地名花擅古今，一枝气可压千林。"陆游最喜欢的是梅花和海棠花，《张园海棠》《夜宴赏海棠醉书》《二十六日赏海棠》《花时遍游诸家园》《涟漪亭赏梅》《芳华楼赏梅》《浣花赏梅》《平明出小东门观梅》《蜀苑赏梅》《看梅归马上戏作》《城南王氏庄寻梅》等诗篇皆载其事。每逢良辰，陆游便流连于成都东门外的合江园、赵园、瑶林庄、大慈寺、海云寺、鸿庆院等苑囿、寺院（《东门外遍历诸园及僧院观游人之盛》），骑马徜徉于锦江之滨，观花赏景，行酒作诗，正如《自蜀州暂还成都奉简诸公》所言："不染元规一点尘，行歌偶到锦江滨。淋漓诗酒无

---

① （宋）乐史：《元和郡县志》卷123，《影印文渊阁四库全书》本。
② （宋）司马光：《资治通鉴》卷259，《影印文渊阁四库全书》本。

虚日,判断莺花又过春。"《初春探花有作》云:"金羁络马闲游处,彩笔题诗半醉中。流落天涯何足道,年年常策探花功。"《观花》:"我游西川醉千场,万花成围柳着行。红锦地衣舞霓裳,翠裙绣袂天宝妆。"《成都行》一诗尽出成都名花满地、名姝倾国、名士才高的"繁华盛丽天下无"之况,成都的繁华与游乐生活让陆游至老不忘。

(3)陆游在蜀中生活潇闲,驻留当地近八年,他对巴蜀的衣、食、住、行等民情风俗有着细腻的观察和较深的体悟。如《入荣州境》描述古夜郎地区淳朴的民风;《蹋碛》叙述夔州人日节千家万户竞相宴乐于江滨的风俗,并记夔人多瘿的民俗;《戏咏西州风土》写的是眉山春季时分的踏青郊游活动;《初春怀成都》《戊午重九》《山村道中思蜀》等勾画蜀中佳节贩卖百货且带有神话色彩的"药市";《嘉阳官舍奇石甚富散弃无领略者予始取作假山因名西斋曰小山堂为赋短歌》则描述了嘉阳当地的奇石特产。

巴蜀饮食是陆游涉笔较多的内容。《食野菜二首》其二、《巢菜》回忆蜀地的蔬菜饮食,《效蜀人煎茶戏作长句》写模仿蜀地煎茶之法。《冬夜与溥庵主说川食戏作》一一道出蜀地具有代表性的各类美食,诗云:"唐安薏米白如玉,汉嘉栮脯美胜肉。大巢初生蚕正浴,小巢渐老麦米熟。龙鹤作羹香出釜,木鱼瀹菹子盈腹。未论索饼与馈饭,掇爱红糟并矨粥。东来坐阅七寒暑,未尝举箸忘吾蜀。何时一饱与子同,更煎土茗浮甘菊。"另外,陆游对蜀酒尤为钟情,《晚春感事》其二写西蜀鹅雏酒,《蜀酒歌》专为蜀中"鹅黄、玻璃"而作,刻画出"十年流落狂不除,遍走人间寻酒垆"的狂士形象。

(三)神秘浓厚的道教文化

宋代儒、释、道三教渐呈融合趋势,蜀中道教文化盛行一时,年轻时即喜好道教的陆游对此兴致颇高，他的诸多诗歌志录了在蜀中寻仙访道、炼丹静修、会见道友的场景。乾道三年陆游居于山阴，此时尚未入蜀，便对道书关注频频。《夜读隐书有感》云："平生志慕白云乡，俯仰人间每自伤。倦鹤摧颓宁望料，寒龟蹙缩且支床。力探鸿宝寻奇诀，剩采青精试秘方。常鄙臞仙老山泽，要令仰首看飞翔。"钱仲联题解此诗："游自隆兴二年秋以后，政治上受到打击，思想颇苦闷，在镇江，在南昌，以至罢官归山阴，时寄托精神于道书。隆兴二年七月曾作《跋修心鉴》，乾道二年作《跋坐忘论》《跋高象先金丹歌》《跋天隐子》《跋老子道德古文》，乾道三年作《跋造化权舆》及此诗。其《跋司马子微饵松菊法》云：'乾道初，予见异人于豫章西山，得司马子微饵松菊法。'"按题解，陆游钟情道教和政治失意有莫大的关联。乾道七年，陆游在夔州任上作《玉笈斋书事》诗，"玉笈斋"即陆游室名，曾几《茶山集》卷一有《陆务观读道书名其斋曰玉笈》诗，足见陆游对道书的浓厚兴趣。寓居成都时，陆游取《黄庭》语名其居室曰"心太平庵"，常常在室中参悟道书，写有数首《道室》《读道书》诗，并和道士们有密切的交往，这从他的诗歌便能获知一二，其《晚起》即云："久从道士学踵息。"又云："学道逍遥心太平。"

蜀中和道教文化有关的青城山、青羊宫等名胜和修道之士都屡屡成为陆游吟咏的物事。青城山是著名的道教场所，地势险拔幽深，陆游对其情有独钟，《月夕》一诗摹绘了青城山的幽境与兀拔，云："今年游青城，三十六峰峦。白云反在下，使我毛骨寒。天如玻璃钟，倒覆湿银海。"陆游也多次叙述游玩青城山的经历，对青城山上的丈人观、上清宫、长生观、储福观等描述甚详，并吐露期待归隐此山的愿望。《狂吟》曰："学剑惯曾游紫阁，结巢终欲隐青城。"《道室书事》:"明朝有蜀使,细字报青城。"《假中闭户终日偶得绝句》:"老夫昔是青城客,酒肉淋漓岂本心。"《赠道友》:"今日醉游心已足,一瓢归去隐青城。"《书近况寄蜀中道旧》:"细题匀碧纸,遗鹤报青城。"《睡起》:"青城紫阁多朋俦,相逢握手笑不休。"《怀旧》:"青城之西溪谷深,道翁巢居独鼓琴。一杯松䔲留我宿,夜半虎啸风生林。"《客有言泰山者因思青城旧游有作》:"乃知宿处高,所恨到者寡。"《怀青城旧游》:"少陵老子未识真,欲倚黄精除白发。"

陆游描写的巴蜀道教圣地还有青羊宫、岑公洞、护国天王院等等。《四川通志》卷二八《寺观》云:"成都县:青羊宫,在县西南十里。老子谓关令尹喜曰:'后于青羊寺相寻。'因此名青羊宫。"[1] 陆游时常去青羊宫游玩,为此创作了《野步至青羊宫偶怀前年尝剧饮于此》《青羊宫小饮赠道士》,甚至连梦中都出现了以往在青羊宫看竹、炼丹的情景。《记梦》即云:"梦到青羊看修竹,道人看我丹将熟。"此外,按同治《万县志》卷四《地理志·山川》所载,万县南屏山下有岑公岩,亦名岑公洞,洞中有二钟乳石,形如累旗,其下有石室,洞门瀑布十余丈,沿悬壁飞流直下,注入溪涧。据曹学佺《蜀中广记》卷二三"万县"条:"《图经》云:'岑公名道愿,本江陵人,隋末避地隐此岩下,百余岁,肌肤若冰雪,积二十年,尸解去。'"[2] 陆游对岑公避地飞升的际遇十分羡慕,《游万州岑公洞》直抒胸臆,不胜感慨,云:"试问岑公应我不?鹤飞忽下青松杪。"

陆游对蜀地的道人和具有飞升神秘色彩的人物也是非常关注的,作诗以记其事,如《与青城道人饮酒作》《待青城道人不至》《同王无咎罗用之访临邛道士墓》《有怀青城雾中道友》《游学射山遇景道

---

[1] (清)黄廷桂等:《四川通志》卷28下,《影印文渊阁四库全书》本。
[2] (明)曹学佺:《蜀中广记》卷23,《影印文渊阁四库全书》本。

人》《赠宋道人》，这些道人的生平皆不详。陆游常提到一位上官道人，此人乃北人，隐居于青城山，《宿上清宫》《蜀使归寄青城上官道人》《予顷游青城数从上官道翁游暑中忽思其人》诸诗对此人皆有提及。陆游对青城山上的隐士谯定、姚平仲及邛州张四郎之成仙事迹亦念念不忘，作有《姚将军靖康初以战败亡命……》《青城大面山中有二隐士一曰谯先生……》《登邛州谯门门三重其西偏有神仙张四郎画像张盖隐白鹤山中》《山中小雨得宇文使君简问尝见张仙翁乎戏作一绝》，以明其事迹。

（四）名士汇集的人文氛围

巴蜀自古多豪俊。这些俊杰除了生于斯长于斯，也有不少人像陆游一样由外入蜀，陆游在浓郁的人文氛围里结识了很多有识之士。陆游笔下的巴蜀人物形象主要有名士、隐士和侠义之士，他们的共同点是才学卓著，且人格高尚，大多重义好侠、热情好客，心系家国却又不慕功名、超脱于尘寰。《思蜀》曰："酒客诗徒尽豪英。"《初入西州境述怀》云："士风尚豪举，意气喜远客。"

张缜是陆诗中数次提到的人物，此人才德俱佳，《次韵张季长题龙洞》《后园独步有怀张季长正字》《张季长学士自兴元遣人来因询梁益间事怅然有感》《六月二十六日夜梦赴季长招饮》《箜篌谣二首寄季长少卿》《得季长书追怀南郑幕府慨然有作》《雨夜有怀张季长少卿》《岁暮怀张季长》《次季长韵回寄》《寄张季长》等诗篇中皆提及此人。据《崇庆县志》所述，张缜字季长，江源人，隆兴进士，其"富于文，亦当时名人魁士也。与陆游在南郑幕时交往甚密，以道义相切琢"。在南郑时陆游和张缜多有往来，写诗记录了二人的交往经历和深厚友情。

除张缜之外，谭德称、王季夷、宇文子震、李石等名士都和陆游有密切的往来。按《渭南文集》卷三三《青阳夫人墓志铭》，谭德称名季壬，尝为崇庆府府学教授，后徙成都。德称有学行，为诸公大人所知，周必大知其为陆游挚友，曾致书陆游，称"石室得人矣"。陆游与之交情笃密，称"知心赖有谭夫子，时遣书来问放翁"（《官居旧事》），《临别成都帐饮万里桥赠谭德称》一诗赞美谭德称之高才，云："坐中谭侯天下士，龙马毛骨矜超遥。乌犀白纻谪仙样，但可邂逅不可招。"又《怀谭德称》曰："谭子文章旧有声，几年同客锦官城。"德称逝世后，陆游感伤不已，作《正月十一日夜梦与亡友谭德称相遇于成都小东门外既觉慨然有作》以记之。王崞，字季夷，陈振孙《直斋书录解题》称其"绍兴间名士。……陆务观与之厚善"。乾道九年，季夷相访陆游于嘉州。宇文成州，名子震，字子友，成都人，隆兴元年进士，据《南宋馆阁录续录》卷七载，其擅治诗赋，淳熙七年为著作郎。陆游与成州多有往来，尝作《夜梦与宇文子友谭德称会山寺若饯予行者明日黎明得子友书感叹久之乃作此诗》《寄宇文成州》等诗。李石，字知己，资中人，进士及第，绍兴末年为太学录，后任成都路转运判官，李心传《建炎以来朝野杂记》乙集卷十二载其行历。陆游《六月二十四日夜分梦范至能李知几尤延之同集江亭诸公请予赋诗记江湖之乐诗成而觉忘数字而已》《感旧》其一记其事，并称其为"资中名士"。

令陆游倾心的友人中也有隐士，如师浑甫，怀才而退隐于尘世，《宋诗纪事补遗》从《舆地纪胜》中辑录其诗《丈人观》《清都观》二首。《老学庵笔记》载云："师浑甫，本名某，字浑甫。既拔解，志高退，不赴省试，……"陆游《渭南文集》卷一四《师伯浑文集序》记载了师浑甫的生平以及二人相识相知的经过，云："乾道癸巳，予自成都适犍为，识隐士师伯浑于眉山；一见，知其天下伟人。予既行，伯浑饯予于青衣江上，酒酣浩歌，声摇江山，水鸟皆惊起。伯浑饮至斗许，予素不善饮，亦不觉大醉。夜且半，舟始发，去至平羌，酒解，得大轴于舟中，则伯浑醉书，纸穷墨燥，如春龙奋蛰，奇鬼搏人，何其壮也！"据《师伯浑文集序》所述，伯浑少时，名震秦蜀、吴楚，一时名流皆慕与之交，后为忌者所沮，不得声闻于上。陆游《迎赦呈王志夫李德孺师伯浑》《次韵师伯浑见寄》《山中观残菊追怀眉山师伯浑》等志其友情。《感旧》其二感慨师浑甫才高偃蹇的遭遇，曰："才不得施道则尊，死已骨朽名犹存。"

陆游在巴蜀还认识了一些文武兼擅、品行高尚的奇人，如独孤生策，《剑南诗稿》卷一四有诗题概述其生平，云："独孤生策，字景略，河中人。工文善射，喜击剑，一世奇士也。有自峡中来者，言其死于忠涪间。感涕赋诗。"淳熙四年，陆游作《九月十日如汉州小猎于新都弥牟之间投宿民家》《猎罢夜饮示独孤生》，此二人认识之初，其他诗中也屡屡言及此人，陆游对其才华十分赞赏，赞其"气钟太华中条秀，文在先秦两汉间""喑呜意气千人废，娴雅风流一座倾。韬略岂劳平大敌，文章亦足主齐盟"（《有怀独孤景略》），"投笔急装须快士，令人绝忆独孤生"（《秋雨叹》），且追忆和独孤生共同赋诗的情景，《重九怀独孤景略》云"联诗剑阁云"，同时亦对其怀才不遇的遭际深感惋惜，如"富贵世间元不乏，此君才大独难成"（《有怀独孤景略》）、"奇士久埋巴峡骨"（《感旧》）、"壮士埋巴峡"（《忆昔》）等等。

陆游所记巴蜀人物不仅来自当时的现实生活，还有一些历史上的著名人物，如三国名臣诸葛亮、诗人杜甫等。为此，陆游撰有《谒诸葛丞相庙》《谒汉昭烈惠陵及诸葛公祠宇》《游诸葛武侯书台》《夜登白帝城楼怀少陵先生》《草堂拜少陵遗像》《隆兴寺吊少陵先生故居》等,他在《感旧》其六自云"我思杜陵叟,处处有遗踪。锦里瞻祠柏,绵州吊海棕",对诸葛亮和杜甫不胜钦佩。不难看出,这些才德俱备、心念国家的现实中人和历史名人是陆游佩服的典范,也是其巴蜀诗里常常提及的对象。

三

陆游的入蜀经历和杜甫极为相似,皆是早年经历兵祸,中年以后入蜀,在蜀居住多时。《御选唐宋诗醇》云:"观游之生平,有与杜甫类者。少历兵间,晚栖农亩,中间浮沈中外,在蜀之日颇多。"一方面,在巴蜀地域自然因素和社会因素的影响下,陆游对南郑的戎幕经历、巴蜀的地理名胜、人文景观、民情风俗、道教文化、文化气象等等感念尤深,为此以现场纪实、记梦与追忆的形式创作了大量的诗篇进行歌咏。从最初入蜀的担忧、恐惧到难以割舍,陆游的心路历程经过了较大的转变。他在《感旧》(忆从南郑入成都)一诗中绘声绘色地描摹了这种繁华无羁的生活景况,并对这次壮游回味无穷。陆游的反复吟咏与追忆对弘扬和推广巴蜀地域文化具有积极的意义。他有一首诗,诗题云:"乡人或病予诗多道蜀中邀乐之盛,适春日游镜湖,共请赋山阴风物,遂即杯酒间作四绝句,却当持以夸西州故人也。"可见,陆游的巴蜀书写在当时便给世人留下了深刻的印象。

另一方面,出入巴蜀也为陆游的文学创作提供了素材,极大地开阔了其眼界,促发其诗思,并对其文学观的嬗变和毕生写作产生了深远的影响。陆游常常感叹"游历"对于创作的重要性。《剑门道中遇微雨》云:"远游无处不销魂。"《题庐陵萧彦毓秀才诗卷后》其二:"君诗妙处吾能识,正在山程水驿中。"入蜀后陆游一改早年专工"藻绘"的审美形式，视野愈加关注社会现实与国家命运，诗风逐渐转向豪放与宏大。赵翼《瓯北诗话》曰："放翁诗之宏肆，自从戎巴蜀，而境界又一变。"陆游《九月一日夜读诗稿有感走笔作歌》一诗自述其诗风发生重大转变的经过，云："我昔学诗未有得，残余未免从人乞；力孱气馁心自知，妄取虚名有惭色。四十从戎驻南郑，酣宴军中夜连日。打球筑场一千步，阅马列厩三万匹；华灯纵博声满楼，宝钗艳舞光照席；琵琶弦急冰雹乱，羯鼓声匀风雨疾。诗家三昧忽见前，屈贾在眼元历历。天机云锦用在我，翦裁妙处非刀尺。……"南郑金戈铁马、豪宕洒脱的戎马生活令陆游的视域豁然开朗，内心的情感越发激昂，进一步升华了"臣位虽卑贱，臣身可屠裂。誓当函胡首，再拜奏北阙"（《剑客行》）的爱国热情。来到蜀中，陆游的爱国之心与日俱增，他既有感于杜甫、诸葛亮等先贤的忠义事迹，同时，受到巴蜀山水景观、人文名胜、民情风俗等"江山之助"的影响，并在浓郁的道教文化和人文氛围的感召下，形成了多元化的诗歌主题，其视域更为开阔，诗歌意蕴也更加丰富。由于入蜀经历对陆游的创作至关重要，故他将诗集命名为《剑南诗稿》。考察陆游的巴蜀诗有利于见微知著地深入了解其人、其学，因此这一话题值得进一步关注和探讨。

清代京师文学发展的地域特征

吴 蔚[*]

古代京都文学与其他区域文学相比,常常显示出地域与地域之间、城市与乡土之间的不同特色。京都有着强烈的文化聚集和扩散效应,这一力量往往会产生文化的融合和聚变,带来原本地域特征的弱化。在京都这一特殊的文化场域中,文学的发展受到何种影响?京都文学与地域文学有着怎样的关系?有些学者突出"城市轴心与文学地理"之间的关系[①],有些学者认为京都文学隶属一定地域的文学区,是其中的一部分,如长安属于秦陇文学区,金陵属于吴越文学区[②]。本文试图以清代京师文学为例,来分析京都文学与地域文学之间的关系。

一 京师文学的"沉积"式发展

文化的发展犹如地质变化一般,不同时代的文化对之前的文化会产生"沉积",同质文化叠加,异质文化覆盖,形成"文化地层"或

---

[*] 吴蔚,北京联合大学应用文理学院、北京学研究基地副教授,文学博士。
① 梅新林:《中国文学地理形态与演变》,上海人民出版社 2014 年版。
② 曾大兴:《文学地理学概论》,商务印书馆 2017 年版,第 262 页。

"文化地貌"。文学的发展亦如此，也有"文学地层"或"文学地貌"。这里要谈到清代京师"文学地貌"的两大"沉积层"。

清代京师文学的"文学地层"是在元、明两代京都文学地层的基础上沉积而成的，由于同样为京都文学类型，为同质文学，所以在很大程度上延续了明代京都文学的某些特征。从静态分布看，清代京师文学保持了明代已经形成的宫廷文学、精英文学、市民文学并存的基本格局。从动态分布看，与明代北京文坛类似，清代北京文人汇聚，文人雅集众多，并且参与其中的文学家都是文坛领袖级的人物，因此在全国范围形成了较大的影响。例如："国朝六大家"中的施闰章、朱彝尊、王士禛、赵执信都先后生活在北京，并多有交往唱和；康熙十八年（1679），朱彝尊等143人应博学鸿词科试，以布衣入选，入直南书房，在京为官期间与顾炎武、钱谦益、王士禛、纳兰性德等人多有诗歌唱和；王士禛在京师选台阁文人诗为《十子诗集》，倡导"神韵说"，又与宋琬、施闰章、王士禄、汪琬等七人并称"海内八家"。

但是，清代文化的特质在很大程度上又改变了原有的京都文学特征。首先，宫廷文学得到了更大的倡扬。清代的王室宗族都聚居在京城，而不像明代居于藩地。王室宗族都接受了良好的严格的教育，受到了汉文化的熏陶，很快就在京城比较集中地出现了宗室文学家族，例如永瑢、永珵、永奎、永忠兄弟，敦敏、敦诚等，其创作水平达到了汉人的程度，甚至出现了一批载入史册的文学家。以谭正璧《中国文学家大辞典》为依据，明代王室被列入文学家行列的仅有明宣宗朱瞻基1人，而清代有3人，包括爱新觉罗·岳端、爱新觉罗·盛昱、爱新觉罗·宝廷。钱仲联的《文学家大辞典》不录盛昱、宝廷，但收录永瑢、永忠、允礼、允禧、文昭等18位宗室成员。另外，像纳兰性德这样的一流词人和《啸亭杂录》的作者昭梿这样优秀的散文家也和皇室有着血脉相连的关系。这在明代是没有的。

其次，精英文学受到更严的禁锢，文学自由的精神更不如前代。明代初期思想禁锢也很严格。迁都北京以后，高压态势有所松懈。到中晚期，思想解放，文化重新迸发出活力。虽然明代京都诗坛一度为台阁体的天下，但不乏关注现实、颇有风骨的诗人诗作。李梦阳诗学汉魏盛唐，《内校场歌》是针对皇帝"过锦"而作的著名政治诗；王世贞的《西城宫词》组诗"新传牌子赐昭容"讽刺宫廷的腐败。清代的文化控制更为严酷，尤其是康雍乾三代的文字狱频繁，文人噤若寒蝉，表现在京师文坛，我们更难看到明代文人的批判精神，馆阁、士绅气充斥着文坛，作品多为相互酬答、游览遣兴之作，歌功颂德、粉饰太平的作品较多，少有深刻反映现实的著名作品问世。嘉庆九年成立的宣南诗社就是其中的代表。

最后，文学社团的影响不及明代。明代的社团和流派最集中产生在北京，而影响波及全国。例如明代有台阁体，其代表人物"三杨"均为在京为官的国家重臣，他们追求雍容典雅、安闲从容的文风，使得从永乐至天顺的60多年里，台阁体诗文独尊文坛；又如李东阳虽为"茶陵派"代表人物，但自曾祖就已迁居北京，定居北京西涯，所以此派实际上形成于京都；还有李梦阳、康海、何景明等前七子，都先后中进士，在弘治十五年（1502）前后齐聚京都，打出复古的旗帜，主张"文必秦汉、诗必盛唐"。清代京师文人交往虽多，雅集频繁，但大多为松散的团体，如"燕台七子""金台十子"都是地方性文学团体，并未形成如台阁体、茶陵派、前后七子那样在文坛产生波及全国影响的有着鲜明文学主张的派别。

清代京师文学又是在古代幽燕之地的地域文学基础上"沉积"而

成的。北京自古属于幽燕之地，燕赵多慷慨悲歌。古燕昭王置黄金台招徕贤士，唐代诗人陈子昂《登幽州台歌》"前不见古人，后不见来者"发思古之幽情，质朴的诗句中饱含着深沉慷慨的情感。直至元代仍有"君臣意气千年少，落日荒凉没秋草"（贡师泰《黄金台》），明代有"最忆燕昭日，寒将易水回"（何序东《黄金台》）这样的诗句。虽然黄金台的具体位置并不确切[①]，后人在特定的文化空间中歌咏它时，不由自主地仍会焕发出一股慷慨悲凉之气。但是曾几何时，在燕赵这片文学区中，原本作为核心地带的古代蓟城所在，也是后来的燕京、北京，其慷慨悲凉的"文学地貌"不再是文学主要的特征。它被深深地埋在了其他"文学地貌"底下，被其他风貌掩盖了。改变应该从进入京都时期，也就是元大都时期开始。从此以后，在这片土地上越来越多地展现了其作为都城的文学风貌。尤其是清代，虽然文学家在登临胜地时偶尔也会慷慨激昂，但更多的时候被温柔敦厚、中正平和之风所取代。清代"燕京八景"之一的"金台夕照"石碑至今还矗立在北京朝阳区，但已经很少让人与慷慨之气相连。同样写黄金台，清初著名的"南施北宋"之施闰章已经感慨"天子不得召，几人能爱才。高歌夕阳处，旧是黄金台"。[②] 甚而至于"燕山莫问黄金台，眼前且看丛花开"[③]，或是哀怨，或是遗忘，完全没有了《登幽州台歌》的气象。黄金台诗歌况且如此，更莫说清代京城的其他题材诗作；清初诗人尚且如此，更莫说清中叶以后的诗人诗作。

---

① （清）潘挹奎《燕京杂咏》：金台有三，在易水东南者曰大金台，在大兴东南者曰西金台，又曰小金台，即燕昭王师事郭隗，置千金于上延天下士者，金人慕其名亦筑此台在此旧城内。国家清史编纂委员会编：《清代诗文集汇编》第565册，上海古籍出版社2011年版，第614页。

② （清）施闰章：《梅耦长至都下》，《愚山先生诗集》卷32，国家清史编纂委员会编：《清代诗文集汇编》第67册，上海古籍出版社2011年版，第488页。

③ 同上书，第422页。

为何慷慨悲凉的燕赵之风不能成为地处幽燕之地的京师文学的特征？有的学者认为，进入京都时期，"北京在燕赵文化的基础上加重了多元并存、包容开放以及等级观念和奢华享乐的内容，逐步从燕赵文化中分化出来，形成了独具特色的京都文化"[①]；有学者指出"燕赵文学除了'慷慨悲歌'的一面，还有从容平和的一面……在战乱时期，或者是承平时期，或是小环境相对安定时期，或是专制统治进入常态时期，燕赵文人则安于现状，或逃避现实，玩赏金石书画、花鸟虫鱼等，这个时候的文学就显得从容平和，甚至有'找乐'的一面"[②]。这样的表述基本是正确的。但"分化"说完全抛弃了燕赵之风，而使用"一面""另一面"来说明此问题，也需要做进一步的阐释。

在这个问题上，如果建立时空立体的历史地理剖面，来进行探索，会得出更为清晰的答案。在京都时期，这里的"文学地貌"表层是从容平和，而慷慨悲歌被沉积到了深层，或驱赶到了边缘，在表层和中心区域很难看出它的痕迹，只是在特定的空间、在边缘的人群中会有一点表露。究其实质就是异质文化的覆盖：京都文化与燕赵之风属于差异较大的异质文化，具有更多不相融合之处，后来的异质文化覆盖了原本文化的特征，使得原本的特征成为一种隐性的存在。

如果加以比较，就会发现历代京都与本地域文化之间融合的程度存在着差异。在原始的"文学地貌"被京都"文学地貌"覆盖的问题上，清代北京比唐代长安、六朝时期的金陵覆盖得都要深。长安属于秦陇文学区，该区域文学的主要特征为：尚武精神、重农意识、深厚的历史感、强烈的悲怆感[③]。金陵属于吴越文学区，其地域的文学

[①] 傅秋爽：《北京文学史》，人民出版社2010年版，第12页。
[②] 曾大兴：《文学地理学概论》，商务印书馆2017年版，第219页。
[③] 同上书，第273页。

特征表现为：风格秀美、语言华丽、音律谐美等①。故而类似的京都题材，表现出不同的地域特征，长安题材往往呈现出雄浑、宽厚、刚健的风格，卢照邻的《长安古意》、骆宾王的《帝京篇》是典型的京都诗篇，但是在展现京都长安的现实生活之余，也深寓讽喻之旨，不乏历史的厚重感。而金陵题材即使也写建功立业的愿望，却常常建立在描写丽山秀水的风光之上。例如谢朓的名篇《入朝曲》"江南佳丽地，金陵帝王州"，就描绘了逶迤绮丽的明媚风光和舟车紫殿的繁荣景象。这两处京都都较好地保留了原本地域文学的特征，京都文学地层并未完全覆盖原有的"地貌"，只不过很好地交融在一起。相比之下，清代京师文学著名的作品似乎没有遗留太多原有地域文学的风貌，纳兰性德的词、曹雪芹的《红楼梦》、昭梿的笔记散文都不具备明显的燕赵之风。而只有离开京师，来到京师以外的北漠之地，才能看到燕赵遗风。比如，纳兰在扈从塞外的时候写下"铁马金戈，青冢黄昏路"（《蝶恋花·出塞》）的词句。因此，从"文学地貌"来看，在三个古都当中，清代的京师文学是将原本的地域文学风貌掩埋得最深的，慷慨悲凉的燕赵之风恐怕只有在京师以外的地方才有所表现，清代京师文化与原始的燕赵文化之间显得更不兼容。其深层原因还涉及满、汉不同民族文化特征的问题。

二 满、汉文学的共生发展

一个地域的"文化地貌"在一定的阶段有时会产生非常大的改变，这往往是由于外来文化迁移影响造成的剧变。长安和金陵基本没有发生过这样的剧变。而北京两次为少数民族执掌政权，异族文化的

---

① 曾大兴：《文学地理学概论》，商务印书馆2017年版，第294页。

冲击与渗透给文学也带来了不一样的发展历程，带来了一定时期内本区域"文学地层"的巨大变化，使得清代京师文学有别于其他时代的京都文学，也有别于同一传统文学区内的其他地域。对于清代京师文学而言，满族入主中原带来了京师文学发展的新态势。这主要表现在两个方面。

一方面是满族文学的迅速崛起。满族帝王为了加强文治，拉拢汉族士人，努力学习汉文化，客观上造成了八旗文士的汉化程度越来越高，八旗子弟的汉文学创作水平也迅速提高。八旗入关之前，满族几乎没有可以称为文学的作品。但入关后的300年间却迅速成长，尤其在词、小说以及子弟书等方面达到了令人惊叹的高度。从文学家的静态分布来看，根据谭正璧《中国文学家大辞典》统计，有清一代籍贯为顺天府（今北京）的文学家共有31人，其中7人为满人（包括旗人）[1]，满族占了23%。而7人中又有5人为皇室或与皇室有血缘关系。这其中还不包括写《儿女英雄传》的燕北闲人文康。文康字铁仙，又字梅庵，费莫式，八旗满洲镶红旗人，大学士勒保次孙。《儿女英雄传》是继《红楼梦》之后又一部著名的满族长篇白话小说。而从动态分布来看，满族文学的贡献也是突出的。清代最伟大的作家曹雪芹也是旗人。他虽然幼时随父任居金陵，但在年少时就已经来到京城居住。他十载增删、呕心沥血创作的伟大作品《红楼梦》也诞生在北京西山脚下，小说中的大量描写也充满了满族贵族生活的影子。

袁枚曾在《随园诗话补遗》中提到"近日满洲风雅，远胜汉人，虽司军旅，无不能诗"[2]，这可能是从满族作家在本民族数量的比例与

---

[1] 其中7人为满人（包括旗人），分别是曹寅、纳兰性德、高鹗、爱新觉罗·岳端、爱新觉罗·盛昱、爱新觉罗·宝廷、栋鄂铁宝。

[2] （清）袁枚：《随园诗话补遗》卷7，凤凰出版社2000年版，第577页。

汉人相比而言。可以说，清代的京师文学中活跃着满族作家的创作力量，这股力量虽然从总体数量上看还只占据着少数部分，但在质量上却达到了足以让汉人瞠目的地步。他们的创作不仅属于京城，也是属于整个中华民族。相比之下，京城籍贯的汉人文学家其成就远不如满人。谭正璧《中国文学家大辞典》中顺天府的汉族文学家有24人，这其中除了李汝珍、朱筠和翁方纲可以在文学史上留下一笔外，其他文学成就一般，整体而言无法与京籍的满族文学家相比。由此看来，在清代京师文学家的地理分布上，就静态分布而言，满族文学家的成就总体高于汉族，这是完全不同于元、明两代京都文学分布的特征的；而就动态分布而言，满族文学家在京城的数量虽不如各地赴京的汉族，但却取得了突出的成就。纵向比较，元大都虽然也是少数民族入主，但蒙古人不重视文学，故而大都文学仍是以汉族文学家为主，明代京都更是以汉族为中心地位。横向比较，清代京师文学与同样受少数民族文化影响的唐代长安文学不同。虽然受到北方多民族文化的影响，但长安文学始终以汉族为主导。

　　清代京师满人文学取得了较高的成就，但这些成就的取得却与满人善于向汉人学习有关。满人贵族学习文学写作多延请汉族名师。比如纳兰性德师从通儒徐乾学；岳端启蒙于陶之典，后又师从何焯、顾襄；文昭[①]被岳端称为王士禛的"高第弟子"。同时，他们多与汉族文学家雅集交流，切磋文艺。纳兰性德的交友中极少有满人，至交好友都是汉族的名士，如朱彝尊、陈维崧、顾贞观、姜宸英等数十人；岳端的交往中多中下层汉族文人，如孔尚任、顾卓、吴襄、张潮等，岳端有戏曲作品《扬州梦传奇》，为满人写戏本的第一人，这与孔尚

---

① 文昭（1680—1732），字子晋，号紫幢轩主人，著有《紫幢轩全集》31卷，一生精力都投入诗歌创作中，是一位专业诗人。

任的交往有密切关系；与岳端同时代的博尔都[①]与著名文学家王士禛、毛奇龄、施闰章、陈维崧、顾贞观、姜宸英、汪琬等常有交往，经常将他们延请至家中饮酒赋诗，形成了一定的文学沙龙，他们的宅邸也成为当时京师皇城内的主要文人雅集点。

另一方面，关东文化给京师语言文化带来的影响逐渐反映在文学上。特有的民族文化使得清代京师满族文学带有一定的关东文化特征，在燕赵慷慨悲凉之色被掩盖的同时，关东文学的雄健、强悍、粗犷之风，在他们的文学作品中得以体现。二者虽然都带有北方文化粗犷的色彩，但仍有一定的区别。燕赵文化区位于今天的河北、北京、天津一代，慷慨悲歌是这一文学区的典型特征。"慷慨"意为情绪激昂。《文心雕龙·时序》在谈到建安文学时说："魏王以相王之尊，雅爱诗章；文帝以副君之重，妙善辞赋，陈思以公子之豪，下笔琳琅……观其时文，雅好慷慨，良由世积乱离，风衰俗怨，并志深而笔长，故梗概而多气也。"所谓慷慨即梗概而多气，而梗概而多气的原因是"世积乱离，风衰俗怨"，所以慷慨是带有悲情的，慷慨常与悲凉相连，雄健又常与深沉并提。而关东文化区主体位于我国东北地区，土地肥沃广袤，冬季寒冷漫长，是汉民族文化占优势同时兼容少数民族文化的多元文化复合区。其主体是淳朴豪放的农业文化，同时有粗犷、刚健、勇猛、强悍的游牧文化。关东的文学地域特征十分明显，具有"寒冷之气、神秘之色、雄健、强悍、粗犷之风，快乐感与幽默感"。"东北远离中原，很少受到中原礼教的束缚，人们内心是自由的"[②]，故而在东北文学中具有这种快乐感和幽默感。因此，关东文学的雄健又常与快乐感与幽默感并提。由此看来，同样是雄健、粗犷

[①] 博尔都（1649—1708），别号东皋渔父，著有《问亭诗集》12卷。
[②] 曾大兴：《文学地理学概论》，商务印书馆2017年版，第270页。

之风，燕赵文学更多悲剧性色彩，而关东文学更多喜剧性色彩。而正是满人入关将这种关东文化带入京城，使得原本的雄健深沉悲凉的燕赵文学特色进一步发生了改变，悲剧性更加褪色了，而快乐感、喜剧性的一面逐渐带入了文学当中，尤其体现在小说这种体裁上，为后来京味文学的形成奠定了一定的基础。由于悲剧性和喜剧性正好是相矛盾的两种特征，故而在一定程度上造成了相较其他京都而言将原本的地域文学风貌掩埋得更深的状况。这也进一步解答了京师文学特征没有保留燕赵慷慨之风的问题。

综合以上两方面，汉族文化对满族影响深远，形成了八旗文学创作的高峰；满族文化对汉族也产生了渗透，形成了京师语言文化的改变。这种新的文化特征与原本的燕赵之风产生了排斥，相互无法融合，而与京师文化却很好地融合在一起，为独特的京味文学的形成奠定了基础。

三　南北文学的融合发展

当然，清代京师文坛绝不只是受到满族这一种文化的渗透，而是有着多元文化的融合。清代有大量的南方文人入京，他们是否为京师文坛带来的不同的气象呢？笔者试从清代主持京师诗坛的"盟主"来做出分析。龚鼎孳（1615—1673）为安徽合肥人，王士禛（1634—1711）为山东济南人，沈德潜（1673—1769）为江苏长洲人（苏州），翁方纲（1733—1818）为顺天（北京）大兴人，而翁方纲之后直至近代，很难在京城找寻出类似诗坛"盟主"之类的重量级人物。在这四人中，王士禛和翁方纲为北方人，龚鼎孳和沈德潜为南方人。龚鼎孳与钱谦益和吴伟业名列"江左三大家"，但有人说其诗才不及同时的钱牧斋，情思不及吴梅村，之所以能够主持京师诗坛风会，靠的是他的才望和官位①，因此他的诗"不深不厚""词采有余，骨力不足"。他的风格究竟如何？《清诗史》中颇多贬抑，或语焉不详，多因其为贰臣之故。笔者观其诗，亦很难以南北来判别，写得好的如《上巳将过金陵》追求空灵而含蓄的诗境，与王士禛对神韵的追求有接近之处。至于沈德潜，直到67岁才被乾隆拔擢为"诗坛总管"，他主张"格调说"，秉持温柔敦厚的诗教，以中正平和为基调，也少有南方文人独特的气质。其他的南方诗人，如"金台七子"中的施闰章、丁澎等则不具备影响诗坛风气的力量。总的说来京师文坛以典雅为主导。

而典型的南方诗人在北方的京师并不能占据诗坛的一席之地，甚至受到排挤打压。如袁枚（1716—1797），浙江钱塘（杭州）人，在20岁时就被推荐应博学鸿词试，24岁就中二甲进士，本可以前程似锦在京城一展宏图。但他不受一切羁绊的个性和南方主性灵的诗文追求无法融入京城的贵族气、台阁气、纱帽气之中，于是26岁就因习满文不合格而被外放，33岁就辞官归于随园了。无独有偶，同样是杭州人（浙江仁和）的晚清诗人龚自珍（1792—1841），才高气傲而屡试不第，参加科举四五次，无奈只能充内阁中书。郁积在内心的怨愤使他放言高论、抨击嘲骂，触怒了当权者，48岁时已无法在京城立足，只得离开，第二年即暴毙。

由此可见，京城诗文的扩散作用大于吸收作用。在清代京师的文学发展中，正统的文学体裁显然占据着温柔敦厚、醇正典雅的文学传统的稳固地位，于诗、文这类正统的文学体裁上，在京城都是以皇权意志为中心的，很难带来地域之风的影响和改变。虽然说这些诗坛盟

---

① 严迪昌：《清诗史》，人民文学出版社2011年版，第338页。

主不能完全左右所有诗人的创作喜好，但风气却一直由他们主导。

那么，南北文学在京城的融合是否表现在非正统、非主流的文学艺术形式如词、小说和戏曲等方面呢？

先来来看词。说到清代京师词坛，不得不提康熙十年（1671）的"秋水轩倡和"。其主持者周在浚（1640—1696）为河南祥符（开封）人。他追求"有气行乎其间"的稼轩词风，在这场酬唱中别有一种寄托，也得到了唱和者的和声齐唱，在他们的词中普遍表达了一种"纵横排宕"的郁积之情。今存《秋水轩倡和词》收录26家，秋水轩和韵之作"一韵累百"，互相酬唱者甚多，成为清代词史上的一大盛事。而在这之后的数年间，京师词坛出现了以山东曹贞吉、江苏顾贞观、满洲纳兰性德为代表的"京华三绝"。曹贞吉的《珂雪词》雄深苍茫；纳兰的边塞行吟词苍凉清怨，与顾贞观酬答之词，如《金缕衣·赠顾梁汾》等，有风云怒涛之气；顾贞观的抒情词清劲明爽。这些都在一定程度上具备稼轩之气。而秋水轩倡和这一盛事所带来的词风却没有在京城得以长久地持续下去。到了康熙十七年（1678）夏秋，周在浚等人已迁居南京，这股豪放之风也随之迁移到了南方，而南方浙西词人纷纷北上来到京城，此即所谓"辛风南渐、浙派北移"。以朱彝尊为代表的浙派推崇以韵趣着眼的醇雅，倡导词也要歌咏太平。这与秋水轩倡和所主导的风气是完全相悖的，却与统治者所提倡的醇雅之风相吻合。至此，京师词坛的发展经历了一场聚合、离散再聚合的过程。清廷文治的强大力量再次得以彰显。

再看小说和戏剧。如果说诗词文这些传统的文学体裁在京城并没有形成自身的地域特色，而是一直以政治中心的特色为特色的话，那么，小说这种被统治者完全贬斥的文学体裁，却获得了自身的地域特点。京味小说的诞生正是这种地域特点的鲜明体现。用京城的方言书写京城人的生活，反映市井习俗成为基本特点。曹雪芹的《红楼梦》可以算作京味小说的开山之作。当时，北京话"已经摆脱了满、汉双语并行的格局，向单语（纯汉语）之路迈进"①。《红楼梦》中大量引用当时京城流行的市井俗语，其中写到的胡同名称有许多是北京的胡同，人物的服饰也体现了满族服饰文化的特征。而近代逐渐兴盛的京味小说更逐渐显现出满族人幽默诙谐的特征。京师是全国戏剧的中心，先有"南洪北孔"的《长生殿》《桃花扇》轰动京城，后有北京昆曲受北方语音的影响形成与南方昆曲不同的风貌，到花雅之争，徽班的胜出，京剧的形成，本来就是南北融合的产物，自不待言。

由此可见，京城文学的融合功能主要体现在非正统、非主流的文学艺术形式词、小说和戏剧方面。在这些方面，京城的吸收融合作用先于扩散作用。并且在融合的基础上形成了极具地方特色的文学艺术类型，京味小说和京剧。京味文学的形成又与京师文学与地域文学的"沉积"式发展、汉族文学与满族文学的共生发展分不开，没有燕赵地域之风的隐没和满族文化的渗透，就不会有带有强烈京城特色和满族幽默色彩的京味文学的发展，这是与其他古都文学的不同之处。

四 结论

纳兰性德在《渌水亭宴集诗序》中说："此地田栽白璧，何以人称击筑之乡？台起黄金，奚为尽说悲歌之地？偶听玉泉呜咽，非无旧日之声；时看妆阁凄凉，不似当年之色。"② 实乃感慨当时的京师已难见到古代幽燕之风，京师文学较之古代已经发生了很大的变化。从文

---

① 周传家、张静文、于嘉：《风雅京华》，中华书局2010年版，第88页。
② （清）纳兰性德：《通志堂集》卷13，国家清史编纂委员会编：《清代诗文集汇编》第194册，上海古籍出版社2011年版。

学地理学的角度来看，清代京师文学的发展，自元大都以来所累积形成的京都馆阁士绅气完全掩盖了原本慷慨悲凉的地域文学风貌，这是文学的"沉积"式发展；满族入主中原，在京师占据中心地位，带来文化的渗透，满族文学从无到有，取得了辉煌的成就，这是满汉文学的共生发展；京师南北文人汇聚，带来了文化的融合，也在不同的文学体裁形成了程度不同的文学融合发展。

在"文学地貌"形成的过程中，同质文化产生叠加，不断强化之前的文化层；异质文化会进行覆盖和渗透，在一定程度上改变了原有的文化层；而强烈的文化变异或异族文化的入侵带来的文化突变，则犹如地理变化中的地震或者火山喷发，会使文化层带来熔变，与原有的文化进行融合，从而产生全新的文学样貌。京都文学在文化沉积、文化渗透、文化融合等合力的共同作用下形成了与地域文学的多重复杂关系。

[基金项目：2016年度北京市社会科学基金项目"清代北京皇家园林雅集文学文化意蕴研究"（项目号：16WXB004）]

"西北子弟"与元代文坛格局

任红敏[*]

元代是中国历史上的一个特殊时期，也是中国文学史上的一个特殊时期。元朝作为第一个由蒙古民族建立的统一王朝，疆域广阔，民族众多，文化多元，在中国历史上堪称空前。在民族融合的大背景下，不少西北色目子弟"舍弓马而事诗书"，他们普遍具有很高的汉文化水平和儒学涵养，学术造诣深厚且在文学领域出现了一些卓有成就的大家，数量之多，成就之高，史所未有。正如清顾嗣立所评："要而论之，有元之兴，西北子弟，尽为横经，涵养既深，异才并出，云石海涯、马伯庸以绮丽清新之派，振起于前，而天锡继之，清而不佻，丽而不缛，真能于袁、赵、虞、杨之外，别开生面者也。于是雅正卿、达兼善、遁易之、余廷心诸人，各逞才华，标奇竞秀，亦可谓极一时之盛者欤！"[①]这是元代文坛所独有的和突出的特点。有元一代，"西北子弟"用汉语进行诗文创作，和汉族作家共同创造了元代文学的繁荣，西域粗犷、奔放的地域文化和西北民族的性格特征使元代文学别开生面。

---

[*] 任红敏，文学博士，安阳师范学院文学院教授，硕士研究生导师。
[①] （清）顾嗣立编：《元诗选》（初集），中华书局1987年版，第1185—1186页。

一

陈垣先生在《元西域人华化考》中说："盖自辽金宋偏安后,南北隔绝者三百年,至元而门户洞开,西北拓地数万里,色目人杂居汉地无禁,所有中国之声明文物,一旦尽发无遗。"① 西域色目士人对汉文化普遍认同,并涵濡传统儒学。② 元代的主体文风即"平易正大、冲淡悠远",正如查洪德教授所说："元代平易正大、冲淡悠远的文风,是以理学为精神底蕴的。"③ 是元代文人受理学影响的结果。平淡正大之文风即平静、平淡、中和、清远的人格修养和心性修养所致,来自元代文人普遍的儒学修养。自然,西北弟子广泛濡染汉文化,接受并自觉践履儒家学说,在这一点上他们和广大汉族儒士一样,深厚的儒学修养直接影响了其诗文风格。在元戴良有关元代风雅正声的论述中,西域雍古部之马祖常、答失蛮氏之萨都剌、唐兀氏之余阙和元代诗文"四大家"虞集、范梈、揭傒斯、杨载,都倡导雅正平易之文风而且成就卓然,戴良说:

> 然能得夫风雅之正声,以一扫宋人之积弊,其唯我朝乎?我朝舆地之广,旷古所未有。学士大夫乘其雄浑之气以为诗者,固未易一二数。然自姚、卢、刘、赵诸先达以来,若范公德机、虞公伯生、揭公曼硕、杨公仲宏,以及马公伯庸、萨公天锡、余公

---

① 陈垣、陈智超导读:《元西域人华化考》,上海古籍出版社2000年版,第132页。
② 《元西域人华化考》一书所述西域诗人、画家、曲家、书法家等凡130余人,其中《儒学篇》有30人,包括:高智耀、廉希宪、不忽木、巎巎、庆童、沙班、泰不华、回回、伯颜师圣、欣都、也速答儿赤、丁希元、家铉翁、马祖常、阔里吉思、赡思丁、忽辛、赡思、溥博、勖实戴、阿鲁浑萨里、偰哲笃、偰玉立、偰朝吾、偰直坚、善著、偰列篪、偰百僚逊、正宗、阿儿思兰等。
③ 查洪德:《理学背景下的元代文论与诗文》,中华书局2005年版,第37页。

廷心，皆其卓卓然者也。……故一时作者，悉皆餐淳茹和，以鸣太平之盛治。其格调固拟诸汉唐，理趣固资诸宋氏。①

元朝"舆地之广，旷古所未有"是形成这种文风的社会环境和前提条件，西域文士在元代崇儒兴雅的文化和文学大环境下和汉族文士一样，"一时作者，悉皆餐淳茹和，以鸣太平之盛治"，儒者兼文学之士是盛世文风也即平易正大文风的承担者。元代的文风，是文学家自身儒家修养和人格追求的延伸。

在元代色目文人中，雍古士人马祖常最具有传统儒家风范，被誉为"中原硕儒"②。马祖常（1279—1338），字伯庸，号石田，出身于涵濡汉文化和儒学的西域世家③，自幼学习儒家经典，"公时未冠，质以经史疑义数十，张公奇之。公少慕古学，非三代两汉之书弗好也"。（《元故资德大夫御史中丞赠摅忠宣宪协正功臣魏郡马文贞公墓志铭》）④ 延祐首科中举，授应奉翰林文字，其后历任翰林应奉、翰林直学士、礼部尚书、御史中丞等职。马祖常又屡主文衡，通过主持科举援引、选拔人才，引领元代文坛风气，被誉为："得士无惭龙虎榜，

---

① （元）戴良：《九灵山房集》卷29，《四部丛刊》影印明正统十年刊本。
② 许有壬为他撰写神道碑称："国家涵濡百年，誉髦斯士。公先世已事华学，至公始大以肆。为文精核，务去陈言，师先秦两汉。尤致力于诗，凌砾古作，大篇短章，无不可传者。……至顺间，龙虎台应制赋诗，有玉食之赐。尝进拟稿，为之叹曰：孰谓中原无硕儒乎！"见（元）苏天爵著，陈高华、孟繁清点校《滋溪文稿》卷9《元故资德大夫御史中丞赠摅忠宣宪协正功臣魏郡马文贞公墓志铭》，中华书局1997年版，第144页。
③ 马祖常出身儒学涵养深厚的家庭，衣冠相传："呜呼！我曾祖尚书，德足以利人，而位不称德；才足以经邦，而寿不享年。世非出于中国，而学问文献过于邹鲁之士；时方遇于草昧，而赞襄制度则几于承平。俾其子孙百年之间，革其旧俗，而衣冠之传，实肇于我曾祖也。"见（元）马祖常《石田先生文集》卷13《故礼部尚书马公神道碑铭》，中华书局1986年影元刻本。
④ （元）苏天爵著，陈高华、孟繁清点校：《滋溪文稿》，中华书局1997年版，第158页。

盛朝一变古文章。"① 作为馆阁文臣，马祖常与虞集、柳贯、揭傒斯、许有壬、欧阳玄、张起岩、宋褧、曹元用、胡助、胡彝、程端学、傅若金、萨都剌等翰苑名臣往来频繁，常切磋交流，共同引领一代文风，如四库馆臣称："大德、延祐以后，为元文之极盛，而主持风气，则祖常等数人为之巨擘云。"② 马祖常以自身巨大的影响力，和虞集一起成为一代文坛领袖。"我国家平定中国，士踵金宋余习，文词率粗豪衰苶，涿郡卢公始以清新飘逸为之倡。延祐以来，则有蜀郡虞公，浚仪马公以雅正之音鸣于时，士皆转相效慕，而文章之习今独为盛焉。"③ 元代名儒王结对他的人品和文章十分推重，在《书松厅事稿略》中言道："吾友马君伯庸，尤所谓杰出者也。释褐应奉翰林，明年擢六察官，遂纠劾权奸，荐扬儒雅。凡治道根柢，生民利病，莫不究其蕴而核论之。竟以触忤贵幸，居位十三月而罢。……然伯庸之文章，简洁精密，足以鸣一世而服群彦，余固未暇论也。余独三复此书，而慨然叹息者，盖由此可以仰窥仁皇崇儒之盛德，用儒之实效，中统文献，渐可复致。而吾伯庸，学与年进，蹈道而迪德，他日践扬台阁，其格君之业，经世之材，必有大可观者矣。"④

马祖常作为元代出类拔萃的文人儒士之一，元中期"平易正大、冲淡悠远"文风的代表，他的主张和一代文坛宗主虞集的观点有很多相互呼应之处。虞集认为，写作的最佳心态应该是心境淡泊，思虑安静："唯嗜欲淡泊，思虑安静，最为近之"，写出来的诗歌语言平易朗

---

① （元）胡助：《纯白斋类稿》卷8《和马伯庸同知贡举试院记事》，《影印文渊阁四库全书》本，第1214册，台湾商务印书馆1985年版。
② （清）永瑢等：《四库全书总目》卷167，中华书局1965年版。
③ （元）苏天爵著，陈高华、孟繁清点校：《滋溪文稿》，中华书局1997年版，第158页。
④ （元）王结：《王文忠集》卷4，《影印文渊阁四库全书》本，第1206册，台湾商务印书馆1985年版。

畅而意境深远，"辞平和而意深长"（《李仲渊诗稿序》），才能"以平易正大振文风，作士气，变险怪为青天白日之舒徐，易腐烂为名山大川之浩荡"（《跋程文献公遗墨诗集》）。虞集的观点代表了元中期文坛的主导思想。马祖常的观点和虞集非常相近，他认为只有作者修养深厚，以圣贤之学的涵养，才能作出平易中和、醇厚温润、儒雅清扬的诗文，观点如下：

> 夫人之有文，犹世之有乐焉。乐之有高下节奏，清浊音声，及和平舒缓，焦杀促短之不同。因以卜其世之休咎，象其德之小大。人之于文亦然，然不能强为也。赋天地中和之气而又充之以圣贤之学，大顺至仁，浃洽而化，然后英华之著见于外者，无乖戾邪僻忿懥淫哇之辞，此皆理之自然者也。非惟人之于文也，虽物亦然。华之大艳者必不实，器之过实者必不良，必也称乎！求乎称也，则舍诗书六艺之文，吾不敢它求焉。（马祖常《卧雪斋文集序》）①

马祖常所追求的文风是典型的馆阁文人主流风格，这样的观点和汉族纯儒并无二致。自然，他的诗平淡清雅，文章更是古雅醇厚。如其《钱塘潮》一诗：

> 石桥西畔竹棚斜，闲日浮舟阅岁华。金凿悬崖开佛国，玉分飞瀑过人家。风杉鹤下春鸣垤，雨树猿啼暝蹋花。欲赁茭田来此住，东南更望赤城霞。②

---

① （元）马祖常著，李叔毅点校：《石田先生文集》，中州古籍出版社1991年版，第202页。
② 同上书，第52页。

这首诗体现了诗人的善感与灵心，有赏景之悠闲，也有文人普遍的归隐之思，诗风平易正大而平中寓奇，朴实无华而深邃悠长，这种诗风追求乃理学家人格追求与文风追求的体现，平易并非浅显，而是平易中有深蕴，深致才能正大，平易正大是元代盛世文人普遍追求的风格。再如："春日烟雨秋日霜，曲尘丝织衫袖长。谁言折柳独送客，章台还堪系马疆。"（《和王左司柳枝词十首》其二）确实是平淡、冲远、清雅、清丽、明朗，代表了儒雅风流的诗风，体现了马祖常主体诗风"绮丽清新"的特点，后人论述多言说马祖常来自大漠的豪荡之气和西域民族的粗豪之风，但不应该忽视他诗歌的主体风格还是以雅正、清丽为主，这一点清人顾嗣立已经注意到："云石海涯、马伯庸以绮丽清新之派振起于前"[1]，无论是从内容还是艺术形式方面来看，都是以"绮丽清新"为主。马祖常长期居于馆阁文臣的位置，又具深厚的中国传统文化功底，受儒学熏染，稽古穷经，"稽古陈三策，穷源贯六经。文章宗馆阁，礼乐著朝廷。"（胡助《挽马伯庸中丞二首》其一）[2] 和虞集、欧阳玄、许有壬等翰苑同僚相处日久，且常诗文唱和，互相影响，相互浸润，自然，他们的诗文代表元代文坛主体风格，只不过是每个人的气质、性格和才情不同，诗文又各具特色。

马祖常精于文章，"少慕古学，非三代两汉之书弗好也。"[3] "志气修洁，而笔力尤精诣，务刮除近代南北文士习气，追慕古作者"

---

[1] （清）顾嗣立编：《元诗选》（初集），中华书局1987年版，第1185页。
[2] （元）胡助《纯白斋类稿》卷7《挽马伯庸中丞二首》，《影印文渊阁四库全书》本，第1212册，台湾商务印书馆1985年版。
[3] （元）苏天爵著，陈高华、孟繁清点校：《滋溪文稿》，中华书局1997年版，第158页。

（王守诚《石田先生文集序》）①，被誉为"有元古文之宗"②，作为馆阁名臣，不仅精熟儒学经典，且以儒者自居，笃行儒道，做人以儒家的修身、行道、致君、泽民的治世观、伦理观和道德观为依据，"累阶要官，自奉清约。读书刻厉如始学者，虽一话言不苟"（王守诚《石田先生文集序》）③。所做文章以表笺、碑志、章疏类为主，"公每进说，必以祖宗故实、经史大谊切于时政者为上陈之，冀有所感悟焉"。④ 属文言事，往往引类比附，出入文史，引经据典，乃典型的学者之文，作文也要经明理，体现浓重的儒家情怀，推崇秦汉古文之风，追慕汉魏风骨，"公先世已事华学，至公始大以肆，为文精核，务去陈言，师先秦两汉"，"每叹汉魏以降，文气卑弱故修辞立言，追古作者"。⑤ 文章既能明道又有温厚、质实而典雅的风格。他的文章观是尚质实、典雅、温厚，其于《周刚善文集序》一文中陈述了自己的看法：

  六经之文尚矣。先秦古文，虽淳驳庞杂，时戾于圣人，然亦浑噩弗雕，无后世诞诡觚骳不经之辞。司马迁耕牧河山之阳，得中州布帛菽粟之常者而为史，其言雄深。唐韩愈挈其精微而振发于不羁。嘻！文亦岂易言哉！柳宗元驾其说，忿懥恚怨，失于和平。《淮西》《雅歌》《晋问》诸篇，驰骋出入古今天人之间，蔚乎一代之制，而学士大夫皆宗师之。宋以文名世，欧、王、曾三

---

① （元）马祖常，李叔毅点校：《石田先生文集》，中州古籍出版社1991年版，第1页。
② 李修生主编：《全元文》（第40册）卷11《翰林学士元文敏公神道碑》，凤凰出版社2004年版。
③ （元）马祖常著，李叔毅点校：《石田先生文集》，中州古籍出版社1991年版，第1页。
④ 李修生主编：《全元文》第40册，凤凰出版社2004年版，第391页。
⑤ （元）苏天爵著，陈高华、孟繁清点校：《滋溪文稿》，中华书局1997年版，第158页。

氏。降而下,天下将分裂,道不得全,业文之士咸浇漓浮薄,不足以经世而载道焉。①

为矫正当世"浇漓浮薄"的不良之习,倡导汉魏古风,马祖常以自己质实朴厚、儒雅醇和以及清修简约的文学创作和主张来引导文坛风气,"古诗似汉魏,律句入盛唐,散语得西汉之体"。② 因此,苏天爵赞誉道:"温厚典则,有西汉风。在礼部为尚书,两司贡举,选士专求硕学,崇雅黜浮……公少嗜书,非三代两晋之书不观。文则富丽而有法,新奇而不凿;诗则接武隋唐,上追汉魏,后生争慕效之,文章为之一变。"③

马祖常深受汉文化影响的家世,所接受的儒学教育以及馆阁文臣的身份等诸多因素影响了他平易正大的诗文风格,充分印证了学问改变气质,"学问涵养性情"④ 这种说法。西北弟子和广大汉族儒士一样稽古穷经,具有深厚的儒学修养,自然会影响他们的诗文风格。元代著名文士赵孟頫在给西域诗人薛昂夫所作的《薛昂夫诗集序》中也阐述了这一观点:

> 嗟乎!吾观昂夫之诗,信学问之可以变化气质也。昂夫乃西戎贵种,服旃裘,食湩酪,居逐水草,驰骋猎射,饱肉勇决,其风俗固然也。而昂夫乃事笔砚,读书属文,学为儒生。发而为诗、乐府,皆激越慷慨,流丽闲婉,或累世为儒者有所不及。斯亦奇矣。……嗟乎!吾读昂夫之诗,知问学之变化气质为不诬

---

① (元)苏天爵著,陈高华、孟繁清点校:《滋溪文稿》,中华书局1997年版,第158页。
② 同上。
③ 同上。
④ 查洪德:《元代诗学通论》,北京大学出版社2014年版,第166页。

矣。他日昂夫为学日深，德日进，道义之味，渊乎见于词章之间，则余爱之敬之，又岂止于是哉！①

赵孟頫认为薛昂夫之所以成为一位卓有成就的诗人，是通过读圣贤书修养德行，自然义理之性而生，学问变化气质。关于学问变化气质之说，查洪德教授在《元代诗学通论》一书中有很精辟的阐发："诗虽然不得自学问而出自性情，但学问对于诗，却有根本性的影响，它是诗人素质的养成。无此素质，便不能成为诗人。"涵养功夫到了，自然促使才情迸发出来，"人皆禀赋义理之性无不善，从这一意义上说，人皆有纯善之天然本性。人之所以有不善，是因为人受气成形时，所禀之气有清浊，禀气清则善，禀气浊则不善。此为气质之性。人的气质之性，可以通过后天的学习来改变，这就是'学问变化气质'"②。西域人薛昂夫，童年时代是草原游猎生活，"服毳裘、食湩酪，居逐水草，驰骋射猎，饱肉勇决"③，具有勇武豪健的民族性格，他早年拜知名儒生刘辰翁为师，学问功底厚实，诗、词、曲创作均成就不菲，有《薛昂夫诗集》，只可惜这部诗集已散佚，今仅存有四首，无法领略其"流丽闲婉"之貌。

高昌偰玉立，出身于汉化很深且受儒学影响的西域大家族偰氏家族，以"儒业起家"，延祐五年（1319）进士，学问深厚，自然影响了他的心态、气质、涵养、出处进退和为人行事的风格。陈垣先生《元西域人华化考》卷六"西域人居徙效华俗"中引用偰玉立一首题为《绛守居园池》的五言长诗作为西域文士受中原传统文化影响的例

---

① （元）赵孟頫：《松雪斋集》卷6《薛昂夫诗集序》，《海王邨古籍丛刊》本，中国书店1990年版。
② 查洪德：《元代诗学通论》，北京大学出版社2014年版，第166页。
③ （元）赵孟頫：《松雪斋集》卷6《薛昂夫诗集序》，《海王邨古籍丛刊》本，中国书店1990年版。

证:"对于古人遗迹,加意保存,发为咏歌,寄其遐想如此,此又西域人爱慕林泉也。林泉之好,为人类所共,不能谓为中华所独,然西域人率以武功起家,其性质宜与林泉不相近。而有时飘然物外,辄令人神往,不料其为西域人者,不得不谓之华俗。"[1] 其《绛守居园池》如下:

> 公暇寡接交,游观足清娱。缅怀前哲人,冠盖秉钧枢。秀斧倦行羁,霜日烈修途。故园有松菊,盍用还蓄金。[2]

诗作吐露了文人那种身处清幽秀丽景色时怡然自乐之情,远思前哲舞乐之乐,有寄情林泉之想,但又迫于现实而留恋仕途,诗风清雅平和,这种心态和风格自然与汉族儒士文人相同。

陈垣先生称:"马祖常外,西域文家厥推余阙。"[3] 唐兀文学家余阙,自元以来一直享有很高的评价。余阙(1303—1358),字廷心,一字天心,祖籍河西武威(今属甘肃),因其父到庐州(今安徽合肥)做地方官,幼时迁居合肥。元统元年(1333)会试第二,授泗州同知。修宋辽金三史,召入翰林,为修撰,后拜监察御史,改中书吏部员外郎,出为湖广行省左右司郎中。迁翰林待制,出金浙东廉访司事。后淮南乱起,分兵坚守安庆,累升至淮南行省右丞。陈友谅等强攻安庆,十八年,城陷,自到殉国,谥文忠。明时改谥忠宣,追封幽国公。余阙以儒家情怀和节操要求自己,最终选择了以身殉国。元末文人李祁评价其诗文:"廷心诗尚古雅,其文温厚有典则,出入经传疏义,援引百家,旨趣精深,而论议闳达,固可使家传而人诵之,凿

---

[1] 刘乃和编校:《中国现代学术经典·陈垣卷》,河北教育出版社1996年版,第166页。
[2] 同上。
[3] 陈垣、陈智超导读:《元西域人华化考》,上海古籍出版社2000年版,第76页。

凿乎其不可易也。"① 诗歌"古雅",文章"温厚有典则"。余阙古体诗多古雅劲健,写景诗多清新明丽。如其《题峨眉亭》:"空亭瞰牛渚,高高凌紫氛。澄江万里至,华堈两眉分。落日兼彩霞,流光成绮纹。凭轩引兰酌,休忆谢将军。"② 语言清新明快、和谐流畅,所描绘的画面绚丽多彩而充满灵动之美。如《竹屿》:"秋水镜台隍,孤舟入渺茫。地如方丈好,山接会稽长。紫蔓林中合,红莲叶底香。何人酒船里,似是贺知章。"③ 有六朝诗歌余韵,一片暖秋,乘一叶扁舟于江水之上,美景相伴,美酒正酣,如此潇洒风致,顿有唐代大诗人贺知章超然物外的洒脱。又如《吕公亭》:"鄂渚江汉会,兹亭宅其幽。我来窥石镜,兼得眺芳洲。远岫云中没,春江雨外流。何如乘白鹤,吹笛过南楼。"④ 诗人的悠然自在与愉悦之情跃然纸上,语言清新隽永,放入六朝谢朓诗中,也难分轩轾。确实如顾嗣立所说:"诗体尚江左,高视鲍、谢,徐、庾以下不论也。"⑤,明人胡应麟的看法也是如此:"元人制作,大概诸家如一。唯余廷心古诗近体,咸规仿六朝,清新明丽,颇足自赏。"⑥ 自然,余阙这种清新清雅的诗风也是儒学熏染所致。

元末文豪宋濂对余阙诗文评价也很高:"公文与诗,皆超逸绝伦。书亦清劲,与人相类。"⑦ 余阙清劲超逸的诗文风格在元代文人中确实是非常有特色的一位,正如宋濂所言人品道德和修养影响作者的诗文

---

① (元)李祁:《云阳集》卷3《青阳先生文集序》,《影印文渊阁四库全书》本,第1219册,台湾商务印书馆1985年版。
② 杨镰主编:《全元诗》第44册,中华书局2013年版,第260页。
③ 同上书,第259页。
④ 同上书,第258页。
⑤ (清)顾嗣立编:《元诗选》(初集),中华书局1987年版,第1736页。
⑥ (明)胡应麟:《诗薮》(外编)卷6,上海古籍出版社1979年版。
⑦ (明)宋濂:《宋学士文集》卷66《题余廷心篆书后》,《四部丛刊》影明正德本。

风格。余阙在文学创作上和元代大多数文人一样,认为作文如做人,作者内在的修养和气质非常重要,具有高尚的道德修养、高洁的人格品行和纯善的性情,自然能作出好的文章,《送葛元哲序》文中一番说辞体现了他这种看法:"圣贤道德之光积中而发外,故其言不期其精而自精。譬犹天地之化,雨露之润,物之魂魄以生,葩华毛羽,极人之智巧所不能为,亦自然耳。故学圣人之道,则得圣人之言。"[1] 所谓道德文章,必然是先有高尚的道德才有好文学作品。对文章风格,余阙则认为作文要素朴而少雕琢,"文之敝,至宋亡而极矣,故我朝以质承之,涂彩以为素,琢雕以为朴。当是时,士大夫之习尚,论学则尊道德而卑文艺,论文则崇本质而去浮华。盖久至于至大、延祐之间,文运放启,士大夫始稍稍切磨为辞章,此革之四而趋功之时也"(《柳待制文集序》)[2]。余阙本人有着扎实深厚的儒学修养和为君为民经世致用的政治理想,他的文章创作也实践了自己的文学主张,宗先秦两汉古文,文风自然质朴、平易简洁,王汝玉在《青阳先生文集序》中评说:"文章虽公余事,然片言只字,必求前世作者之精英,而议论雄伟多过人者。"[3] 余阙现存碑、记、序、书、铭、表等71篇文章,确实称得上是道德文章,语言平实,文风简洁,尤其是《送归彦温赴河西廉使序》《含章亭记》《送樊时中赴都水庸田时序》等佳作。

---

[1] (元)余阙:《青阳集》卷2《送葛元哲序》,《影印文渊阁四库全书》本,第1214册,台湾商务印书馆1985年版。
[2] (元)柳贯:《待制集》卷首,《影印文渊阁四库全书》本,第1210册,台湾商务印书馆1985年版。
[3] 韩荫晟编:《党项与西夏资料汇编》(上),宁夏人民出版社1983年版,第448页。

二

元代文人游历之风很盛，袁桷在《赠陈太初序》一文中曾专门谈过元人之游："世祖皇帝大一海宇，招徕四方，俾尽计划以自效，虽诞谬，无所罪，游复广于昔。敝裘破履，袖其囊封，卒空言无当。以其无所罪也，合类以进，省署禁闼，骈肩攀缘，卒无所成就。余尝入礼部，预考其长短，十不得一。将遏其游以喻之，游者讫不悟。朝廷固未尝拔一人以劝，使果拔一人，将倾南北之士老于游而不止也。"① 元朝疆域之广，亘古未有，南北车书混一，交通方便，"中国在元代比在以前的和以后（直到20世纪）的任何时候都更著称于欧洲。这是因为蒙古人统治下的疆土一直扩展到欧洲；喜马拉雅山以北的全部地区，从山海关到布达佩斯，从广州到巴士拉，全部在一个政权统治之下，这在世界历史上是空前绝后的。通过中亚细亚的交通线在当时比在以前和以后的任何时候都更繁忙和安全。在大汗的朝廷中充满了许多有各种技能的欧洲人和穆斯林，以及来自西藏、俄罗斯或亚美尼亚的使者"。② 这些都为元代文人游历提供了方便，游历之风大盛，"方车书大同，弓旌四出，蔽遮江淮，无复限制。风流文献，盖交相景慕，唯恐不得一日睹也"。③ 况且西域游牧民族自古"逐水草迁徙"四海为家，西域文明是商业文明，元时回回遍天下，以"兴贩营运百色"④为业，出现了很多富商大户，《元史》

---

① （元）袁桷著，李军等校点：《袁桷集》，吉林文史出版社2011年版，第373页。
② ［英］李约瑟：《中国科学技术史》第1卷，上海古籍出版社1990年版，第145页。
③ （元）柳贯：《柳待制文集》卷18《跋鲜于伯几与仇彦中小帖异》，《四部丛刊》影印元刊本。
④ （元）王恽：《王秋涧先生文集》卷88《为在都回回户不纳差税事状》，《四部丛刊》影明弘治本。

载:"回回户计,多富商大贾。"如元末色目文人丁鹤年的曾祖阿老丁乃元初巨商。经商,就要走遍大江南北。因而,喜游历之风是西域民族的性格。在许多西域文人身上体现得更为深刻,如马祖常、萨都剌、丁鹤年、廼贤等色目文人,于是行之于诗文,便成了元代文学一道独有的风景。

身为馆阁名臣的马祖常,一生游历极广,走遍大江南北,由其长篇五言古体诗《壮游八十韵》(该诗被四库馆臣称作"长篇巨制,回薄奔腾,具有不受羁勒之气")可以看到他的壮游经历:"十五读古文,二十舞剑器。驰猎溱洧间,已有丈夫气。裹粮上嵩高,灵奇发天秘。……远行探禹穴,六月剖丹荔。巫峡与洞庭,仿佛苍梧帝。三吴震泽区,幼妇蛾眉细。唱歌搅人心,不可久留滞。沿淮达汶泗,摩挲泰山砺。京国天下雄,豪英尽一世。……问俗西夏国,驿过流沙地。马啮苜蓿根,人衣骆驼毛。鸡鸣麦酒熟,木桦荐干荠。浮图天竺学,焚尸取舍利。安定昆戎居,贪鄙何足贵。……骊山葬秦魄,茂陵迷汉窭。……北都上时巡,扈跸浮云骑。……"[①]马祖常祖籍静州天山人,占籍河南光州,青年时已经游历了家乡河南的风光,从溱洧间到嵩山上,之后从黄河往南到江淮、巫峡、洞庭、汶泗地,到过今天的湖北、江苏、浙江、福建等地,往北从京师大都到西夏国、流沙地、历岐、太行、元上都,游历了河北、山东、北京、宁夏、甘肃、陕西、内蒙古等地,足迹所到之处也在纪游诗文中体现出来,"其之官,绝巨海而北上;其出使,凌长河而南迈。其游览壮而练习多。予知其诗雄伟而浑涵,沉郁而顿挫,言若尽而意有余,

---

[①] (元)马祖常著,李叔毅点校:《石田先生文集》,中州古籍出版社1991年版,第483—484页。

盖将进于杜氏也"（元张以宁《马易之金台集序》）①。

色目文人萨都剌，字天锡，号直斋，早年四处经商，泰定四年（1327）及进士第，先后任镇江路录事司达鲁花赤，江南行御史台掾史，燕南肃政廉访司照磨（治所在今河北正定），闽海福建道肃政廉访司（治福州）知事等职，先商游后宦游，"荆、楚、燕、赵、闽、粤、吴"（《〈溪行中秋玩月〉并序》）等地均是他足迹所到之处，即今山西、河北、河南、山东、安徽、江苏、浙江、福建、江西、湖北、湖南等地，对萨都剌喜欢游历和以诗文记载山河秀美、江山胜景的爱好，明人徐象梅在《两浙名贤录》一文中记述得非常清晰："寓居武林，博雅工诗文，风流俊逸，而性好游。每风日晴美，辄肩一杖，挂瓢笠，脚踏双不借，遍走两山间。凡深岩邃壑人迹所不到者，无不穷其幽胜，至得意处，辄席草坐，徘徊终日不能去，兴至则发为诗歌以题品之。今两山多有遗墨。"②

廼贤也以游历著称。廼贤，字易之，汉姓马，西突厥葛逻禄氏。贡师泰序《金台集》称："余闻葛逻禄氏，在西北金山之西，与回纥壤相接，俗相类。其人便捷善射，又能相时居货，媒取富贵。"③ 葛逻禄氏，勇猛矫健且善于经商，廼贤身上流淌着西域人的血液，喜爱游历四方也是他的民族性格。廼贤自幼生长在江南鄞县，少年时北上大都求学，在大都漂泊的岁月中，还曾随驾上都，留下了《上京纪行》组诗。至正五年（1345），再次北上，尽情游历，有游记《河朔访古记》。王祎在《河朔访古记序》中描述了廼贤的行程："乃绝淮入颍，经陈、蔡，以抵南阳。由南阳浮临汝而西，至于洛阳，由洛阳过龙门

---

① 李修生主编：《全元文》第49册，凤凰出版社2004年版，第409页。

② （明）徐象梅：《两浙名贤录》卷54《寓贤·萨都剌天锡》，《续修四库全书》本，上海古籍出版社1995年版。

③ （元）马祖常：《金台集》，中国书店出版社1990年版，第311页。

还许昌而至于大梁，历郑、卫、赵、魏、中山之郊，而北达于幽燕。"[1] 至正二十四年（1364）秋，迺贤官拜翰林国史院编修，受朝廷之命"衔命祀南镇、南岳、南海，南镇礼既成，遂道瓯闽以达海、岳。比至漳，闻广南多警，未进。适分省右丞罗公新建南岳庙成，有司请诹日具牲币，既新庙望祀"。[2] 祭祀南镇、南岳、南海之后又到了瓯、闽、海、岳，最南到达福建一带。迺贤游踪之广，不逊于马祖常和萨都剌，"其之官，绝巨海而北上；其出使，凌长河而南迈。其游览壮而练习多。予知其诗雄伟而浑涵，沉郁而顿挫，言若尽而意有余，盖将进于杜氏也"。[3] 在游历中，迺贤将"悲喜感慨之意，则一皆形之于咏歌"。(王祎《河朔访古记序》)[4]

西域文人喜爱游历的民族性格，表现出了对新异风光的无比热爱，"诗成信得江山助"（《论元诗绝句七十首》五七），他们一反汉唐宋边塞诗文多描写边塞的荒凉和苦寒，元代少数民族诗人纪行诗文，多为亲自游历，有感而发，多质朴自然、清丽喜人。

其一，江南之游。江南山水清新柔美，山清水秀，郁盛的文风，优越的人文环境，吸引着许多向往中华文化的异族人士，色目人因出仕为官，或者随军征戍，或者经商，大量南迁，遂有所谓"今回回皆以中原为家，江南尤多"[5] 的说法，继而有学者指出："（元代）对历史文化做出杰出贡献的蒙古、色目人士，也以江南地区出现的为最

---

[1] （元）王祎：《王忠文集》卷5，《影印文渊阁四库全书》本，第1226册，台湾商务印书馆1985年版。
[2] 同上。
[3] （明）张以宁：《翠屏集》卷3《马易之金台集序》，抄明成化本。
[4] （元）王祎：《王忠文集》卷5，《影印文渊阁四库全书》本，第1226册，台湾商务印书馆1985年版。
[5] （宋）周密撰，王根林校点：《癸辛杂识》，上海古籍出版社2012年版，第76页。

多。"① 许有壬《九日登石头城诗序》记载蒙古人万家闾（字国卿）、八札（字子文）、廉公瑞、阿鲁灰、御史中丞石珪、治书侍御史郭思贞同登石头城，"金陵山水甲江南，凡昔号胜绝者，郡乘者往往可征，以息以游，随其所适，而悉获所欲。……至治壬戌九日，中执法石公、持书郭公具酒肴登焉。监察御史刘传之、李正德、罗君宝、八札子文、廉公瑞、阿鲁灰梦吉、照磨万国卿暨有壬实佐行。时宿雨初霁，万象澄澈，长江钩带，风樯出没，淮西江南诸山，历历可数。与夫川原之逶迤，楼阁之雄丽，虽一草一木，不能逃也。金陵之美，斯为尽得"。② 然后兴之所至，赋诗纪行。元代西域文人多有江南游历的经历，所留下的诗文更是数不胜数。萨都剌"行尽江南都是诗"③，以诗歌的形式吟咏眼中山水，仅仅描写杭州风景和生活的就有《补阙歌》《竹枝词》《游西湖六首》《谒抱朴子墓》《过贾似道废宅》等诗歌。唐兀氏余阙世居河西武威，生于庐州（今安徽合肥），对他生长的江南更是有一种深情，如《南归偶书二首》其二："二月不归三月归，已将行箧卷征衣。殷勤未报家园树，缓缓开花缓缓飞。"④ 还未动身，心已飞向家乡的树木之下，并且像叮嘱老朋友一样叮嘱花树等他回去后再慢慢开花。

其二，西域之游。西域文人祖辈的生活是铁骑角弓射猎与驼背上的贩运，即使入居中原内地几代人，西域之流风遗韵也一直存在，并在他们血脉当中流淌，所以当他们踏上西北故土，那种天然的亲切感

---

① 潘清：《江南地区社会特征与元代民族文化交融》，《东南文化》2004 年第 6 期。
② （元）许有壬：《至正集》卷 5，北京图书馆古籍出版编辑组编：《北京图书馆古籍珍本丛刊》，书目文献出版社 1995 年影印本。
③ 刘试骏、张迎胜、丁生俊选注：《萨都剌诗选》，宁夏人民出版社 1982 年版，第 49 页。
④ （元）余阙：《青阳集》卷 9，《影印文渊阁四库全书》本，第 1214 册，台湾商务印书馆 1985 年版。

和豪迈之情油然而生,正如杨义先生所言:"少数民族作家在自己祖宗之地,是主人,客人的身份变成主人的身份,文学的形态就完全变了。民族身份使他们与汉族诗人发生了换位思维。从而给中国文学注入新的发展动力,产生新的精彩。"[1] 于是西域文人笔下的塞外风景成了元代诗文的一大特色。

唐兀文学家余阙对本民族有着深深的情感,他在《送归彦温赴河西廉使序》中,倾情歌颂西北民族的淳朴和睦:"人面多黎黑,有长身至八九尺者。其性大抵质直而尚义。平居相与,虽异姓如亲姻。凡有所得,虽箪食豆羹,不以自私,必召其朋友。……岁时往来,以相劳问,少长相坐以齿不以爵。献寿拜舞,上下之情,怡然相欢。醉即相互道其乡邻,亲戚各相持,涕泣以为常。予初以为,此异乡相亲乃尔。及问夏人,凡国中之俗莫不皆然。"[2] 在余阙笔下,河西古镇的民风民情充满独特的魅力,热情好客,载歌载舞。

马祖常是"西北贵种",西北古族雍古人,出身于西北剽悍勇猛尚武的也里可温家族,家族中有几代铮铮铁血硬汉以武功垂名金、元史,曾祖月合乃追随元世祖南征。马祖常最优秀的诗篇是他超越了中原文化羁勒、表现出西北子弟气质的几首河西纪行诗,浸润着西域文化情结。元仁宗延祐四年(1317),马祖常任监察御史,曾受命抚谕河西,自然这次出使和去别的地方区别很大,因为这里是他先祖曾经生活过的西北土地。"昔我七世上,养马洮河西。六世徙天山,日日

---

[1] 杨义:《重绘中国文学地图——创造大国文化气象》,《中国社会科学院院报》2007年第7期。
[2] (元)余阙:《青阳集》卷4《送归彦温赴河西廉使序》,《影印文渊阁四库全书》本,第1214册,台湾商务印书馆1985年版。

闻鼓鼙。金室狩河表，我祖先群黎"（《饮酒》其五）①，那种久违的故土感扑面而来。当他踏上甘肃、宁夏、青海这片土地，有一种莫名的亲切感，"乍入河西地，归心见梦余。蒲萄怜美酒，苜蓿趁田居。少妇能骑马，高年未识书。清朝重农谷，稍稍把犁锄"（《灵州》）。②这次出使河西，他不仅仅是作为元朝使臣巡视河西地、安抚河西百姓，同时有一种荣归故里的自豪，来到先祖生活过的土地，有一种根的情结。灵州有飘香的美酒，有丰美的苜蓿和谷物，和中原不同的是少妇如男儿一样骑马，均让诗人感到欣喜感到快慰。他笔下的西域别有一番风情，如乐府歌行《河西效长吉体》：

贺兰山下河西地，女郎十八梳高髻。茜根染衣光如霞，却招瞿昙作夫婿。紫驼载锦凉州西，换得黄金铸马蹄。沙羊冰脂蜜脾白，筒中饮酒声渐渐。③

贺兰山下，妙龄的女子衣着鲜艳，按照当地的习俗招僧人作夫婿，人们四处行商和饮酒吃羊肉的日子是那样的恬淡舒适，充满魅力的西域生活出现在诗人眼前。当然，西北民族铁骑驰骋如风、弯弓如满月射杀白狼剽悍勇武的武士形象，也出现在诗人笔下，"阴山铁骑角弓长，闲日原头射白狼。青海无波春雁下，草生碛里见牛羊"（《河湟书事二首》其一）④。还有经验丰富的波斯商人，"波斯老贾渡流沙，夜听驼铃识路赊。采玉河边青石子，收来东国易桑麻"（《河湟书事二首》其二）⑤。他用和田的玉石到中原换取桑麻，穿越过茫茫的

---

① 杨镰主编：《全元诗》第 29 册，中华书局 2013 年版，第 290 页。
② 同上书，第 309 页。
③ 同上书，第 387 页。
④ 同上书，第 364 页。
⑤ 同上。

丝绸之路,以驼铃声辨别路途情况,经验老到。

萨都剌的父祖"以世勋镇云、代,居于雁门"①。自唐代起,雁门关就是历代长城要隘之一,雁门山也叫雁门塞,萨都剌生于雁门,长于塞上,对故乡乃至塞北怀有浓厚的感情。他的诗集题名《雁门集》,即表明其眷念乡土之情意。从他写的《赠答来复上人》一组诗中,可以看到他那种浓浓的故乡情结:

> 北口雪深毡帐暖,紫驼声切夜思盐。上人起饮黄封酒,可胜醍醐酪乳甜。(其一)
> 燕山风起急如箭,驰马萧萧苜蓿枯。今日吾师应不念,毛袍冲雪过中都。(其二)②

那样苦寒的北地,雪深风紧,环境气候恶劣,人们穿着用鸟兽毛皮制成的毛袍来御寒,但在萨都剌看来别有情趣,在温暖的毡帐中,喝着香甜的胜似醍醐酪乳的黄封酒,倾听阵阵紫驼声,让人感觉不到边塞的苦寒,而是饶有风味。

其三,上都之游。元朝实行"两都制",每年春夏之季,皇帝都要带领皇亲、妃嫔及文武百官到上都住上半年光景,扈从上都的文士创作了丰富的纪行诗,据统计,"上京纪行诗共973首,近千首,涉及诗人58位"。③ 马祖常、萨都剌和迺贤都有过上都之行。

迺贤是西突厥葛逻禄人,他祖居北疆,高山峻岭,山谷密林,江河纵横,更是牛马成群,还有可供畜牧、种植的大片肥沃草原。迁居中土后,占籍南阳,自幼生活在江南。至正九年(1349),迺贤随驾

---

① (清)永瑢等:《四库全书总目》,中华书局1965年版,第1445页。
② 杨镰主编:《全元诗》第30册,中华书局2013年版,第281页。
③ 刘宏英、吴小婷:《元代上京纪行诗的研究状况及意义》,《河北北方学院学报》2008年第4期。

来到上都，看到辽阔的草原，自然感觉另外一番天地，触景生情，发而为诗，写下了著名的《塞上曲》五首，让人耳目一新：

秋高沙碛地椒稀，貂帽狐裘晚出围。射得白狼马上悬，吹笳夜半月中归。

杂沓毡车百辆多，五更冲雪渡滦河。当辕老妪行程惯，倚岸敲冰饮橐驼。

双鬟小女玉娟娟，自卷毡帘出帐前。忽见一枝长十八，折来簪在帽檐边。

马乳新挏玉满瓶，沙羊黄鼠割来腥。踏歌尽醉营盘晚，鞭鼓声中按海青。

乌桓城下雨初晴，紫菊金莲漫地生。最爱多情白翎雀，一双飞近马边鸣。①

五首诗五个场景，把草原民族的美好生活和民俗风情全部纳入笔下，胡笳声声伴着勇悍威武夜归的猎人，能干的当辕老妪，活力四射的草原少女，草原民族歌舞的欢愉，乌桓城雨后美丽的风景，言语间充盈着喜悦和欢乐。

萨都剌的《上京即事》《上京杂咏五首》多角度描绘了上京社会生活和豪华的皇城景象及宫廷生活场景。"大野连山沙作堆，白沙平处见楼台。行人禁地避芳草，尽向曲栏斜路来。"（《上京即事五首》其一）低低的沙山连绵不断之处出现高耸的楼台，芳草茵茵之处是皇城。"祭天马酒洒平野，沙际风来草亦香。白马如云向西北，紫驼银瓮赐诸王。"（《上京即事五首》其二）蒙古族祭天的马奶酒洒在草原

---

① （清）顾嗣立编：《元诗选》（初集），中华书局1987年版，第1460页。

之上芳香扑鼻，祭祀时给诸王的各种赏赐。"牛羊散漫落日下，野草生香乳酪甜。卷地朔风沙似雪，家家行帐下毡帘。"（《上京即事五首》其三）如云的马群，遍野的牛羊，还有阵阵香甜的乳酪，家家毡房上悬挂着厚厚的毡帘以遮挡呼啸的寒风。"紫塞风高弓力强，王孙走马猎沙场。呼鹰腰箭归来晚，马上倒悬双白狼。"（《上京即事五首》其四）威武的王孙打猎归来，英姿飒爽，所猎双白狼让人羡煞。"五更寒袭紫毛衫，睡起东窗酒尚酣。门外日高晴不得，满城湿露似江南。"（《上京即事五首》其五）[①] 晚上虽然寒冷，但一夜小雨之后满城如春。浓郁的草原游牧风情是上京不与众同的景致，在诗人笔下萌生出盎然生机。

马祖常多次扈从皇帝到上京，馆阁文臣和西北弟子的双重身份，在他描述的上京诗文中，上京有草原风光，同样拥有江南的迷人："燕子泥融兰叶短，叠叠荷钱水初满。人家时节近端阳，绣袂罗衫双佩光。"（《上京书怀》）[②] 草原的春光如同江南，清新秀丽，富庶而繁华，是上京所特有的，比其他西域文人多了对天子皇威的歌咏。"离宫秋早仗频移，天子长扬羽猎时。白雁水寒霜露满，骑奴犹唱踏歌词。"（《丁卯上京四绝》其二）[③] 威严的仪仗，天子长扬追逐猎物，歌舞助兴，皇威浩浩，这是上京独有的风光。

只有对草原和西域有着特殊感情的诗人才有这样别具特色的文字，才能在其作品中倾注如此特殊而真挚的感情。

元代的西北弟子们以自己的才华创造了元代文学史上一道独特的风景，为元代文学创作增添了亮色，形成了元代文化和文学的多

[①] （元）萨都剌：《雁门集》，上海古籍出版社1982年版，第163—164页。
[②] 杨镰主编：《全元诗》第29册，中华书局2013年版，第302页。
[③] 同上书，第373页。

元性。正如陈垣先生针对中国古代文学史上这一独有现象所说的："以蒙古等文化幼稚，其同化华族不奇，若日本、高丽、琉球、安南诸邦则又袭用华人文字制度已久，其华化亦不奇。唯畏吾儿、突厥、波斯、大食、叙利亚等曾本有文字，本有宗教，畏吾儿外，西亚诸国去中国尤远，非东南诸国比，然一旦入居华地，亦改从华俗，且于文章学术有声焉。是真前此所未闻，而为元代所独也。"①西北民族作家群的出现，使得元代文坛异彩纷呈，在中国文学史上独领风骚，这在中国文学史上是前所未有的。

［基金项目：河南省高等学校哲学社会科学创新团队项目（2013 - CXTD - 02），国家社科基金项目"中国抒情诗歌与叙事学关系研究"（15BZW050）］

---

① 刘乃和编校：《中国现代学术经典·陈垣卷》，河北教育出版社1996年版，第53页。

民国游记中的上海印象

冯仰操[*]

在民国，哪些人来到上海这座闻名中外的魔都？在他们悠闲的凝视或紧张的浏览下，呈现了怎样的城市景观？带着这些疑问，笔者翻开泛着霉味的民国文献中的上海游记，在重重叠叠的游人叙述中，笔者看到了不同类型的城市地图，仿佛走过了很多地方的路，看到了很多已消逝的地标，感受到了很多类型的体验，最终拼凑起只属于那个时代那些人的上海印象。

一

上海，在民国，在多数人眼中，是中国乃至远东的中心城市，是位列前茅的世界大都市。四面八方的人们纷至沓来，有各种肤色的外国人，也有来自大城小乡的中国人。上海人口开埠时近52万，民国后猛增，1915年增至200万，1930年高达300万。此外，上海的各式水陆交通迎来送往，仅每年来沪的外国人就有约10000人。[①]如此多

---

[*] 冯仰操，中国矿业大学讲师。
[①] 徐雪韵等编译：《上海近代社会经济发展概况（1882—1931）》，上海社会科学院出版社1985年版，第259页。

的人口刺激了上海的旅游业，单单20世纪30年代出版的《上海旅行指南》便有18种之多。① 于是，有了形形色色的上海行旅，也产生了难以计数的上海游记。

络绎不绝的上海游人，不仅身份、背景、动机不同，有政客、商人、学者、文士、学生，也有乡愚以及其他民间人士，有久居上海的上海通，也有短暂驻足的过客，有观光旅游，也有工作、求学、考察或出于其他目的，而且游览范围各异，遍及全市或聚焦一处。与之相应，大量的上海游记出现在当时的报纸杂志或专著上，如著名的《红玫瑰》（1924）、《良友画报》（1926）、《旅行杂志》（1927）常常刊载，其他的报纸杂志或专著亦间或有之。

漫游上海的人们，有不同的身份、背景或动机，也就有了不同的路线、焦点与体验。

作为上海常住民，徐蔚南、徐蓬轩、胡道静等上海通志馆成员是上海历史的发掘者，张若谷、徐国桢、林徽音、郑逸梅、范烟桥、陈荣广等新旧两派文人是上海生活的描摹者，他们对上海往往具备深入的体验，能够从容不迫地观察与书写所在城市内里的精髓与脉动。其中，值得今人回顾的系列上海游记，见诸张若谷的《异国情调》、徐国桢的《上海生活》、林徽音《上海百景》等。

如梁得所，作为广东人，却长年在上海工作生活，任《良友画报》主编等。其在《上海的鸟瞰》一文中，记述了这样的一幅城市地图：黄浦滩——南京路——租界西南区——城隍庙——北四川路，并对不同空间的功能加以确切的概括。作为都市生活的礼赞者，梁得所感叹上海老县城的保守，同时欣赏着租界现代化的活力，认为上海

---

① 彭梅：《城市意象展示与旅行者感知——以20世纪30年代上海旅行指南为中心》，巴兆祥主编：《旅游与城市发展》，复旦大学出版社2013年版，第486页。

"是一个现代化物质文明的都会，同时是情调深长的地方"。①

作为上海的过客，为数极多，他们在短暂的驻足中，或随心所欲地游赏，或按部就班地考察，所作的上海游记，或事无巨细，或删繁就简，留下了初见者眼中的城市轮廓与棱角。其中，代表性的漫游或考察游记，见诸谢彬《短篇游记》、杨应彬《小先生的游记》、易健盦《京沪漫游录》等。

如杨应彬，1934年尚为广东百侯中学的初中生，在游历上海后写成名噪一时的《小先生的游记》。他以一个漫游者的姿态体验着上海的衣食住行，留下了这样的线路：亚洲饭店—南京戏院（黄金大戏院）—商务印书馆—闸北—大世界—红庙。作为十二三岁的学生，杨应彬感受到上海繁华的同时，也看到了外国人蛮横的姿态与不同阶层悬殊的生活。

又如石评梅，崭露头角的"五四"新文学家，1923年作为女子高等师范学校的学生随团进行全国旅行，以考察教育为宗旨，写成《模糊的余影》系列文字。在《上海的一瞥》中，她展示了一条独特的考察路线：女青年会—中国女子体育学校—上海体育师范学校—沪江女子体育专门学校—务本女校—第二师范学校—美术专门学校—商务印书馆。石评梅，作为来自北京的文学青年，却毫不留恋上海的繁华嚣乱，反斥之为一片闹声的沙漠。

此外，让人印象深刻的，是众多外国人的上海游记。早在19世纪30年代，德国传教士郭士立（又译郭实腊）便几度经过上海，并有《中国沿岸三次航行记》一书，内有上海的细致描述。之后，相关记载绵延不绝，蔚为大观。到民国，仅外国著名文人的上海游记，便

---

① 梁得所：《上海的鸟瞰》，《旅行杂志》1930年第4卷第1期。

有毛姆《中国的屏风》、谷崎润一郎《上海交游记》、德富苏峰《中国漫游记》、村松梢风《魔都》等，他们往往带着某种预判，惊鸿一瞥或浅斟细酌，在印证与比较中再现一个城市的别样风景。

如芥川龙之介，日本著名作家，作为大阪每日新闻社特派员1921年3月抵达上海。在其后写成的《上海游记》中，其记述的主要路线依次是：码头—东和洋行—四马路—湖心亭—城隍庙—天蟾舞台—小有天酒楼—徐家汇—码头。作为谙熟中国文化的芥川龙之介，敏感而多愁，认为"现代的中国，并非诗文里的中国，而是小说里的中国，猥亵、残酷、贪婪"，发出"即便是对于没有真正见过西洋的我来说，这里的西洋也难免有些不伦不类"一类的感慨。①

以上的上海游记，几乎全部出自知识精英的笔下。占了绝大多数的底层人物却是沉默的，但他们的生活，反被知识精英们所描绘。在很多上海游记中，南市、闸北以及租界的贫民窟是常常出现的场景，平民、苦力、乞丐等小人物也是重要的角色。知识精英们不仅观察，甚至代而言之，于是有种种的小人物游记，如程瞻庐《村学究游沪报告》、赵梦龙《阿土生游上海》、顾正学《乡下人到上海游记》等。此类代言体游记，尤以乡愚游沪小说最为突出，如赵仲熊《乡愚游沪趣史》、贡少芹《傻儿游沪记》、包天笑《乡下人再到上海》等虚构了乡下人眼中色彩斑斓的上海。但这些代言体游记，所折射的仍旧是知识精英们的上海形象，并非处于霓虹灯外人们的真实行旅。

---

① ［日］芥川龙之介：《上海游记》，芥川龙之介：《中国游记》，秦刚译，中华书局2007年版，第18、31页。

二

拥有同样背景的人们，往往拥有相近的城市印象，对于同一座城市，不同背景的人们就有了相差悬殊的城市印象。但人们所感知的城市，普遍存在着区域、节点、边界、道路和标志物等五种城市物质形态元素。[①] 对于游人而言，休闲娱乐空间最为引人注目，游记中频频出现的区域、道路、标志物方面的休闲娱乐空间，恰代表了民国上海最典型的城市意象。

区域，是一个城市内部中等以上的分区。民国的上海，有占据核心位置的租界，也有被其隔离开的南市、闸北、浦东等中国辖区，代表了两种异质性的政治、经济与文化空间。正如刘建辉所言，上海简直是一个马赛克城市，除了上述两种异质空间外，在租界内部也并存着法租界、英租界和美租界三个各不相同的空间。[②]

上海本身不断地扩张，其内部的区域亦不断变化，以至于宝山人的乡下人"决不承认自己是上海人，他们是道地的宝山人，要过了苏州河，才是上海县界；因此他们到南京路去，就算是到上海去的"。[③] 但在民国游记中，游人所游历的空间相对集中，主要是租界与老县城。其中，老旧的县城与现代的租界作为两个迥异的区域，几乎是人们的共识。老县城，尤其以城隍庙为核心，被贴上中国的、传统的、民间的种种标签，而租界，尤其是以南京路为中心，则代表着西方

[①] [美] 凯文·林奇：《城市意象》，方益萍、何晓军译，华夏出版社2001年版，第35—37页。
[②] 刘建辉：《魔都上海——日本知识人的"近代"体验》，甘慧杰译，上海古籍出版社2003年版，第7页。
[③] 曹聚仁：《上海的成长》，曹聚仁：《上海春秋》，生活·读书·新知三联书店2007年版，第10页。

的、现代的、上层的。在租界内部，以外滩、南京路、霞飞路等为中心的商业娱乐区，静安寺路等租界西南角的高级住宅区等不同功能的区域也被梁得所等熟稔上海的人所清晰辨识。

道路，是城市中的主导元素，也是游记中频繁出现的城市意象。自近代以来，上海传统的街、巷、弄多被现代的马路所取代。尤其在租界，现代的马路成为最重要的交通要道，无论是起初的大马路、四马路，还是改名后的南京路、福州路均名噪一时。

在民国游记中，众多的道路，如南京路、黄浦滩路（即外滩）、福州路、北四川路、霞飞路、外白渡桥、静安寺路等成为备受瞩目的所在。这些道路各具特色，迎合了不同背景不同层次的游人。其中，聚集了四大百货公司的极度繁华的南京路，万国建筑博览会的外滩，耸立着不同式样的高楼大厦、文化之街的福州路，集中了上海的报馆、书局、旅馆等，娱乐化的北四川路，拥有着众多的影院、舞场等现代休闲娱乐会场，还有中西合璧的霞飞路，纵览十里洋场的外白渡桥，安静闲适的静安寺路，等等。

标志物，是一个城市中相对突出的场所，常被用作确定方位的参照物。在上海，众多的标志物散布其间，既有现代的高楼大厦，也有传统的庙宇楼阁。对于大多数游人而言，日常休闲娱乐方面的标志物最为显著，其中，著名的有四大百货公司、大世界、城隍庙、龙华寺、青莲阁、天蟾舞台、大光明电影院、跑马厅、国际饭店、和平饭店、春风得意楼等。

在众多的标志物中，名头最大的当属城隍庙与大世界，因其门槛低、花样多，故雅俗共赏，游人极多。城隍庙位处上海老县城内，供奉道教城隍等诸多神祇，1926年重修，常举行各种民俗活动，周边聚集了大量娱乐休闲商铺。大世界游乐场，位于法租界爱多亚路，1917

年创办，内有中西雅俗各类娱乐设施。二者均是众多游人的必到之处，以至于当时流行"不逛城隍庙，不算到上海""没去过大世界，等于没去过上海"等语。

除区域、道路、标志物外，民国游记中常常出现的还有黄浦江、苏州河（吴淞江）等著名的边界。黄浦江，作为游人进出上海的重要门户，是上海的重要边界。而苏州河，则横贯市区，是商业区与工厂区、市区与郊区的分界。此外，民国上海的城乡界线连绵不绝，"即使在 1941 年，仍旧可以在三四小时内从外滩中段跑到一点也没有改变的农村地区。乡村相距不到十英里；水稻田和村庄，可以从市区的任何一座高楼大厦上瞧得清清楚楚"，被称为"世界上最为轮廓鲜明、最富于戏剧性的边界之一"。① 在黄浦江、苏州河、城乡分界线上，游人们体验着上海内外、租界内外、租界内部的多样景观，以及其后蕴藏的新旧、中西、阶层的融合与冲突。

三

民国时期的上海，作为规模宏大的现代都市，包罗万象，异彩纷呈，正如 1935 年西方人在《上海指南》中的描述，"令人惊异的悖论，难以置信的反差。漂亮，卑污，奢华；生活方式如此迥异，伦理道德那么不同；一幅光彩夺目的巨形环状全景壁画，一切东方与西方、最好与最坏的东西毕现其中"。② 在如此繁复的上海面前，无论久居上海，还是短暂驻足，大多数人所见到的只是上海的某一角落或层面，最终体现在游记中的，也只是少数鲜明而深刻的体验。有的体验

---

① 参见［美］墨菲（R. Murphey）著，上海社会科学院历史研究所编译：《上海：现代中国的钥匙》，上海人民出版社 1986 年版，第 14 页。
② 转引自熊月之《历史上的上海形象散论》，《史林》1996 年第 3 期。

着繁华与摩登，有的体验着贫困与堕落，更多的是兼而有之，在大量的惊讶、欢喜、沉重、厌恶中，隐藏着属于特定时代的若干立场。

上海，民国政治、经济、文化交融与冲突最剧烈的空间，尤其显著的是中西、阶层方面。在中西文化上，租界与南市有着强烈的反差，二者的内部同样如此，西式的大饭店、舞场与中式的酒楼、茶馆并列着，典型如法租界的霞飞路，中西两种式样的商铺泾渭分明地排列在东西两头。

在阶层方面，西方人与中国人，上层与下层，各有界限，反映在衣食住行等日常生活方面，如高级住宅与工厂棚户，大饭店与街头摊贩，西装旗袍与衣衫褴褛都分明的区隔着，也反映在空间方面，如南京路、城隍庙、福州路分别代表了贵族的、平民的、混合的。

游人，很容易被一系列对比强烈的城市空间所吸引，继而被充斥着不同国族、不同阶层、不同文化趣味的杂糅空间所刺激。

民国一代精英知识分子，普遍受到民族主义、阶级理论的影响，很容易体验到上海空间内部的种种矛盾与冲突。如林语堂在《上海之歌》中淋漓尽致地痛斥上海"东西浊流的总汇"：

> 猪油做的西洋点心与穿洋服的剃头师傅，失了言权的报章与失了民性的民族，巍立江边的崇楼大厦与贫民窟中的茅屋草棚，坐汽车的大贾与捡垃圾桶的瘪三……[①]

在上海游记中，很多人提及外国人，流露出对殖民势力的反感及作为弱国子民的屈辱。少年杨应彬进上海前，看到被摧毁的吴淞炮台，并在海关上遇到外国人的搜查，深深体会到，"上海的繁华，实

---

① 林语堂：《上海之歌》，《论语》1933年第19期。

在因为充满了外人呵！于是外人的侵略，一天天地扩充了"。① 常天亚等人进入租界时首先遇到的是耀武扬威的印度巡捕，在商务印书馆中竟被外国女子夺去座位。②

与外人的压迫相比，不同阶层的隔阂更普遍的存在着。游记作者们常常在大段叙述上海繁华的文字中，夹杂着对妓女、黄包车夫、乞丐等底层民众生活的一瞥。在他们注视下的底层民众，往往与某些特定的空间联系着，如街头巷尾的妓女、码头的苦力、九曲桥上的乞丐，等等。他们是繁华上海的对立面，也被众多的休闲娱乐空间所排斥。公园，作为舶来品，本是开放性的公共场所，但从诞生之初便充满了排他性，甚至出现"华人与狗不得入内"的侮辱性公告。直到1932年，虽然公园对华人开放，但在茅盾《秋的公园》中，公园只是外国人与高等华人的出入场所，短衫朋友同样被拒绝入内。除公园外，其他娱乐场所同样如此，如杨应彬因身着背心，而被南京戏院守门人拒绝入内。

现代的上海，还酝酿了另一种崭新的都市体验，即审美地对待都市生活的一切。上海本土作家张若谷认为，"中国人实然太不知道都会是艺术文化中心地的道理，所以自己尽管一方面住在大都会里，而另一方面确在那里痛骂都会的一切"，并主张"近代成功的艺术作品，大概是用都会的生活，作为描写与表现的核心的"。③ 这一体验投射在当时刘呐鸥、穆时英、黑婴等新感觉派小说上，也表现在上海的游记中。典型如张若谷，热情地为上海寻找世界的坐标轴：

我们凡是住在位居世界第六大都会的上海，就可以自由享受

---

① 杨应彬：《小先生的游记》，广东人民出版社2012年版，第34页。
② 常天亚、李明睿：《上海租界印象记》，《乡村改造》1935年第4卷第12—13期。
③ 张若谷：《都会的诱惑》，张若谷：《异国情调》，世界书局1929年版，第11页。

到一切异国情调的生活。我不敢把龙华塔来比巴黎铁塔,也不敢说苏州河是中国的威尼斯水道。但是,马赛港埠式的黄浦滩,纽约第五街式的南京路,日本银座式的虹口区,美国唐人街式的北四川路,还有夏天黄昏时候的霞飞路,处处含有南欧的风味,静安寺路与愚园路旁的住宅,形形色色的建筑,好像是瑞士的别墅野宫,宗教雾气浓郁的徐家汇镇,使人幻想到西班牙的村落,吴淞口的海水如果变了颜色,那不就活像衣袖海吗?……①

在尘封的纸张中,民国时期的上海似乎并未远去。翻开它们,我们还可以静静地跟随那代人的轨迹,掠过旧时的风景,体会那隐现的情感。

---

① 张若谷:《写在卷头》,张若谷:《异国情调》,世界书局1929年版,第9页。

国际视野

东亚文明精神与潇湘八景文化意象

(新加坡)衣若芬[*]

重思冈仓天心的理想

> 亚洲是一体的。喜马拉雅山的区隔只是为了强调两大文明的特色——孔子的集体主义所代表的中国文明,以及吠陀的个人主义所代表的印度文明。然而,即使是白雪覆盖的屏障也一刻不能阻碍亚洲民族终极的、普世的博爱精神。
>
> ——冈仓天心《东洋的理想》[①]

1903年,冈仓天心(1863—1913)在伦敦完成《东洋的理想》一书,书中提出的"亚洲一体论",对后来的日本发生了意想不到的深远广大影响。明治时代以来的日本知识分子被竹内好(1908—1977)和桥川文三(1922—1983)归纳为主张"亚洲一体论"的"兴亚派",以及主张"脱亚入欧"的"脱亚派"两大类型,前者以冈仓天心为先

---

[*] 衣若芬,新加坡南洋理工大学中文系。
[①] Okakura, Kakuzō, *The Ideals of the East: with Special Reference to the Art of Japanese*, Berkeley, Calif, 2007, p. 7.

驱；后者的代表人物则为福泽谕吉（1835—1901）。①

现代化的步伐及程度高于亚洲其他国家的日本，面对西方文化的冲击和应对也早于亚洲其他国家，"兴亚派"或"脱亚派"，思索的都是向西方的态度——有意识的对抗，或是积极的靠拢。也可以说，是面朝亚洲，自诩为领导者；或是背离亚洲，追随世界发展的方向。这并非简单的"鸡首"或"牛后"的选择，而是依据对人类文明的理解。

在1885年提出"脱亚论"之前的10年，福泽谕吉在《文明论之概略》里提出了对"文明"的看法。文明相对于野蛮、无法、孤立，强调的是社会广大群体的交流互动。英语Civilization的语源为拉丁语Civilidas，即有国家的意思，人类交际活动逐渐改进，遂产生法律制度以规范行为，形成一个国家的体制。因此，"文明"不是固定滞着，而是动态变化的。文明包括物质与精神，二者并重，衣食住行的满足而有身体的安乐；智能与品德的砥砺而有高尚的品质。

文明依发展程度有进步与落后之分，将此观念扩大到世界各国，则可分为"文明""半开化"和"野蛮"三种国家，三种等级依其文明进化的情形区别，野蛮国家可因其发展进步成为半开化国家；半开化国家也可因其发展进步成为文明国家。在这三种文明等级国家之中，最文明发达的是欧洲和美国，福泽谕吉认为半开化的亚洲国家如日本和中国，应该以欧美为议论的标准，努力效法学习，改善自身的缺陷。②

福泽谕吉的这种进化论式的文明史观，奉行的是欧美中心主义，即使他对全盘西化有所反省和保留，其思想的启蒙力量，仍导致日本

---

① 参见［日］桥川文三编《冈仓天心：人と思想》，东京平凡社1982年版。徐兴庆：《试论东西文化的融合与构筑——以冈仓天心的"亚洲一体"为中心》，《台大日本语文研究》2010年6月第19期，第197—222页。
② ［日］福泽谕吉：《文明论之概略》，庆应义塾大学出版会2002年版。

的现代化道路以西方为取径①，如同他在《脱亚论》里形容的："文明就像麻疹的流行一样"，日本不但不应该像中国和韩国一样自我封闭，反而更要加速其蔓延，以推动日本的繁荣发展。

相形之下，冈仓天心谈的"亚洲一体论"则揭示了另一种对文明的看法，即文明根植于对传统的继承和发扬。冈仓天心标举"爱"与"和平"为亚洲的核心价值观，认为应该宣扬于世界，借东方文明之剑以对抗西方。值得注意的是，冈仓天心用英语书写，乍看之下，他所预期的是西方读者，希冀让西方读者了解历史悠久、光辉灿烂的东方文明对世界的贡献。然而，他的叙述语气又往往以"我们亚洲人民"为对象，苦口婆心从数千年积累的智慧成果里建立亚洲人的自信心。在《东洋的理想》最后，冈仓天心说："突破黑暗的伟大巨响必须来自亚洲人民自己，沿着民族古老的道路被世界听见。""从内在获得胜利，否则就会被外来的强大势力置于死地。"可知他的文字策略是向语言不通的亚洲民族传递能够共同阅读的信息。

相较于福泽谕吉对日本文明只处于半开化水平的批评，冈仓天心将日本推为亚洲诸国的文明极致，俨然以日本为振兴亚洲文明的领袖，因而使得后人尊其为精神导师，甚至援引"亚洲一体论"为侵略他国的思想指南。"亚洲一体论"的是非功过暂且不论，19世纪末和20世纪初，不仅在日本，韩国人安重根（1879—1910）、中国人孙中山（1866—1925）也都重视东亚国家的连带关系，所谓"亚细亚主义"，意欲联合东亚国家以抵抗西方帝国主义。冈仓天心与安重根、孙中山不同的是，他从宗教、哲学和美术出发，列举了实例佐证。冈仓天心的文明解释方式，受到费诺罗沙（Ernest Francisco Fenollosa,

---

① [日]子安宣邦著，陈玮芬译：《福泽谕吉〈文明论概略〉精读》，清华大学出版社2010年版。

1853—1908）的影响和激励①，也可以说，是将文化生产力等同于国力的体现。

"脱亚"或是"兴亚"，都是以西方文明为对象的妥协或对抗，其根本意识是：不论就地理位置还是文化属性，日本及邻国皆为亚洲的构成分子，"亚洲"不是仅被命名而已，"亚洲"是被认可的具体存在。不幸的是，日本实践"亚洲一体论"的武力手段让邻国和自己都受到了极大的伤害。结果，亚洲国家不但没有成功对抗西方，第二次世界大战以及后续的冷战格局，更让新崛起的美国主导了瓜分国际利益的大权，世界的"欧洲中心主义"转而成为"美国中心主义"。

20世纪后期开始，意识到本国或区域文化主体性的被消解，一些学者重新提出了研究亚洲的论点。日本沟口雄三教授的《作为方法的中国》②，试图以中国研究为方法学，走向理解世界。中国的孙歌教授在《亚洲意味着什么?》③里，梳理百年来日本的亚洲论述。韩国白永瑞教授的《思想东亚：朝鲜半岛视角的历史与实践》④，则是站在"双重边缘"的立场，思考"东亚共同体"的可行性。台湾陈光兴教授的《去帝国：亚洲作为方法》⑤，主张台湾应该"脱美入亚"，寻求亚洲国家相互参照，互为主体性的自我转化。

笔者的研究，也在上述的学术思潮中学习与思索。笔者以为，日本的"亚洲自觉"固然有其民族优越感，但仍然提供了一个值得继续探讨的方向。吾人今日面对的，是无可抵挡的全球化趋势造成的文化

---

① 巫佩蓉：《二十世纪初西洋眼光中的文人画：费诺罗沙的理解与误解》，《艺术学研究》2012年第10期，第87—132页。
② ［日］沟口雄三：『方法としての中国』，东京大学出版会1989年版。
③ 孙歌：《亚洲意味着什么：文化间的"日本"》，巨流图书公司2001年版。
④ ［韩］白永瑞：《思想东亚：朝鲜半岛视角的历史与实践》，生活·读书·新知三联书店2011年版。
⑤ 陈光兴：《去帝国：亚洲作为方法》，台湾行人出版社2006年版。

失衡，思考亚洲文化的价值并不全然是为了对付西方，事实上，从个人日常生活到群体社会制度，亚洲人民已经无法隔绝西化。亚洲文化的价值能贡献于世界，创造人类的终极理想，才是研究亚洲文化的最大成就。

亚洲范围里，笔者能力所及，集中研究的是东亚，以中国、韩国、日本和越南为主。这些国家是古代以汉字为主要沟通工具的共同文化圈，除了个别国家和民族的历史脉络，在涉及文化构成、文化交流，以及文化特质的探讨时，过去的研究方法和重点，大致可以归纳为以下几种：

1. 起源与影响；

2. 受容与变容；

3. 引导、传播、接收、普及的媒介——人、物与地域等。

笔者希望提出另一种研究思路和角度，从"文化意象"的课题进行考察。

文化意象视域

所谓"文化意象"，"文化"是"意象"的宏观载体，"意"犹如审美主体的心灵观照，心灵观照投影于审美客体"象"，作用合成，反映一个地域或一个时代集体的审美意识、审美判断，以及价值观。

笔者在研究中国"潇湘八景"诗画时，曾经分析阐述过"意象"的理论。[1] 由于"意象"的界义与"形象""表象""象征""想象"等词语相涉，为了解释以文化意象理解东亚文明的方法论立场，本文再重申"意象"的意涵，以及"文化意象"的概念。

---

[1] ［新加坡］衣若芬：《"潇湘"山水画之文学意象情境探微》，衣若芬《云影天光：潇湘山水之画意与诗情》，台湾里仁书局2013年版，第31—82页。

"意象"一词用于中国文学批评上,首见于《文心雕龙·神思》:

> 是以陶钧文思,贵在虚静,疏瀹五藏,澡雪精神;积学以储宝,酌理以富才,研阅以穷照,驯致以绎辞;然后使玄解之宰,寻声律而定墨;独照之匠,窥意象而运斤:此盖驭文之首术,谋篇之大端。[①]

刘勰(465—520?)认为文学创作必须经过一番酝酿和培养的功夫,并以木匠勘定墨线和运斧取材为喻,指出文学创作如同制作器具一样,按照一定的声韵格律成规,选择适合的语词,以对应外在的物象,表达个人的情思。

西方新批评(New Criticism)文学理论学者认为:"意象"是诗的基本要素,是构成诗的意义、结构及影响的主要核心。[②] M. H. Abrams 曾经归纳"意象"(Imagery)一词有三种通常的用法。

1. 诗歌或其他文学作品里,以直述、暗示或比拟等手法使读者感受到物体及其特性。

2. 较狭义的意思仅仅指对于可见的物体与景象进行描写,尤其是生动细致的描写。

3. 目前最普遍的用法是指比喻的语言,尤其是指隐喻(Metaphor)和明喻(Simile)的媒介。

从美学的角度来说,"意象"的"意"犹如审美主体的心灵观照,包括思维与情感,"象"则犹如审美客体,包括自然界可观可感的物质、生活的场景、人事经验、知识等等,经由审美过程的提炼,结合成"意象"(图1)。

[①] (南朝·梁)刘勰著,周振甫注:《文心雕龙注释》,台湾里仁书局1984年版,第515页。

[②] M. H. Abrams, *A Glossary of Literary Terms*, New York: Holt, Rinehart and Winston, 1981, p. 78—79.

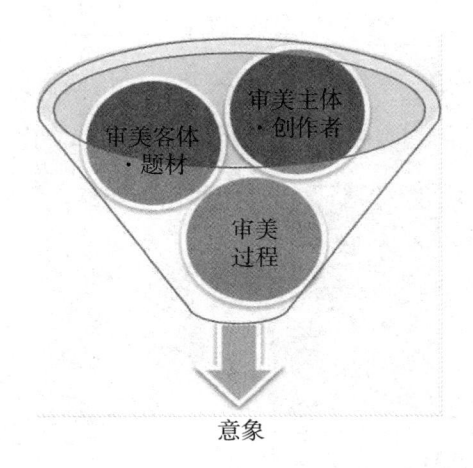

图1 意象合成模型

中西文学理论将"意象"视为修辞技巧和解读策略,作者和读者运用"意象"的前提,是文化里的共同思想。这共同的思想可以借用荣格(Carl Jung,1875-1961)所说,"每一个原始意象中都凝聚着一些人类心理和人类命运的因素,渗透着我们祖先历史中大致按照同样的方式无数次重复产生的欢乐与悲伤的残留物"[1],因此是"集体""累积""重复""带有情感"的思维,也就是文化记忆的结果。

心理学家认为:人类集体生活的心理历程与产物累积成记忆,而记忆是共同建构出来的,深受文化背景与知识架构所影响[2]。简而言

---

[1] Carl G. Jung, translated by R. F. C. Hull, *The Spirit in Man, Art, and Literature*, Princeton, N. J.: Princeton University Press, 1971, p. 81. [瑞]卡尔·古斯塔夫·荣格原著《论分析心理学与诗歌的关系》,冯川、苏克编译:《心理学与文学》,台湾久大文化股份有限公司1990年版,第91页。荣格对于原始意象(Primordial Images)的看法与其"集体无意识"(Collective Unconscious)和"原型"(Archetype)的理论密切相关,此处只是借用,参看Carl G. Jung, translated by R. F. C. Hull, *The Archetypes and the Collective Unconscious*, Peking: China Social Sciences Publishing House, 1999.

[2] 余安邦:《文化心理学的历史发展与研究进路:兼论其与心态史学的关系》,《本土心理学研究》1996年12月第6期,第2—60页。余安邦:《记忆的心理现象之诠释:文化心理学的观点》,时间·记忆与历史学术研讨会论文,台北,1998年2月19日至23日。

之，实际的经验与习得的知识形成我们的文化记忆，文化记忆外在呈现于文化意象，文化意象反映一地域或一时代的审美意识和价值观，此审美意识与价值观又沉淀内化于集体的心理、文化经验以及生活态度，左右人们的认知和情绪反应，如此循环往复，生生不息。

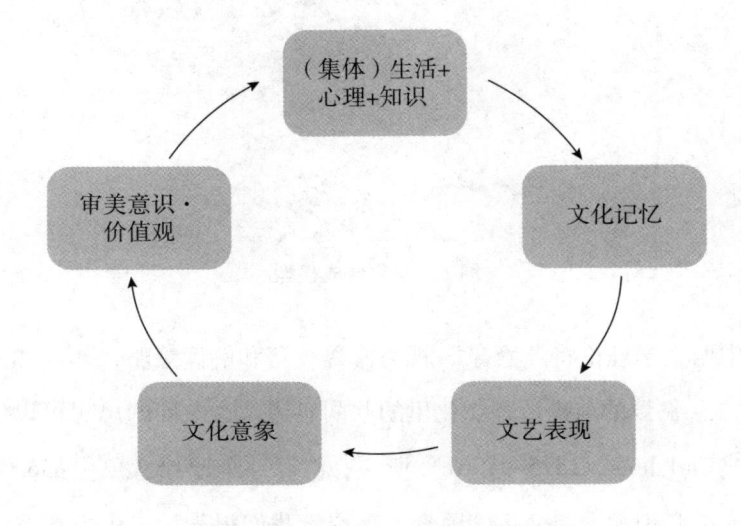

图 2　影响人们认知和情绪反应的要素

"文化意象"看似抽象及符号化，实则长年积累发展为可观察的母题（Motif），这些母题有具体的文本，文字、图像、影音……作为我们理解某时空的依据。由于文化记忆的变动性质，文化意象也在传播的过程中流动与转化，共享某个共同文化记忆的地域，在接受文化意象时往往产生移植、继承、本地化、再创造的诸多响应，研究这些响应的现象与结果，便能够帮助我们理解该文明。

共享古代汉字书写文献的东亚文化圈，有着丰富的共同文化意象母题作为研究的对象[①]，本文仅举与景观有关的例子，尝试从"潇湘

---

① 石守谦、廖肇亨主编：《东亚文化意象之形塑》，台湾允晨文化实业有限公司 2011 年版。

八景"的文化意象，概括东亚文化圈的共相与殊相。

东亚"潇湘八景"诗画

"潇湘"之"湘"指湘水，湘水是湖南省四大河流之一。"潇"字在魏晋时代，是形容"水清深"的样子；到了唐代，"潇"字转指潇水。潇水与湘水汇流于湖南永州（零陵）。狭义而言，"潇湘"是潇水和湘水的合称；广义而言，可泛指湖南地区。

"潇湘八景"的内容，据北宋沈括（1031—1095）记载，是文人画家宋迪（字复古，约1015—1080）画的平远山水图题目：

> 度支员外郎宋迪工画，尤善为平远山水，其得意者有"平沙雁落""远浦帆归""山市晴岚""江天暮雪""洞庭秋月""潇湘夜雨""烟寺晚钟""渔村落照"，谓之"八景"。好事者多传之。[1]

严格看来，沈括并没有说宋迪画的是"潇湘八景图"。宋徽宗朝《宣和画谱》中记录御府收藏的31件宋迪画作，有一件是"八景图"[2]，但也不称"潇湘八景图"。

至今首见题写宋迪"八境"题画诗的释惠洪（德洪觉范，1071—1128），诗题为《宋迪作八境绝妙人谓之无声句演上人戏余曰道人能作有声画乎因为之各赋一首》，另一组画者未明的题画诗，题为《潇湘八景》。《潇湘八景》诗的各景标题几乎与沈括记载的宋迪"八景

---

[1]（宋）沈括著，胡道静校注：《新校正梦溪笔谈》卷17《书画》，中华书局1987年版，第171页。
[2]（宋）佚名：《宣和画谱》卷12，《影印文渊阁四库全书》本，台湾商务印书馆1983年版，第2b—3a页，总页第138—139页。

图"一致。① 南宋赵希鹄（1223年进士）便直接称"宋复古作'潇湘八景'"。② 到了元代，朱德润（1294—1365）云，"'潇湘八景图'始自宋文臣宋迪"③，遂为后世定论。

12世纪出使中国的高丽使臣和画家接触了"潇湘八景"题材，引入高丽。史籍记载，画院画家李光弼于高丽明宗十五年（1185）奉王命绘制"潇湘八景图"，④ 李光弼的父亲李宁也是画院画家，曾经于1124年随使臣出使宋朝。

北宋亡国后，宋迪的"潇湘八景图"留在北方，出使金朝的高丽使臣观赏并写了题画诗。例如李仁老（1152—1220，约1182年出使金朝）的《宋迪八景图》诗，是现今所见最早题咏"潇湘八景图"的高丽作品，其八景之各个标题不但与沈括所记载之文字内容相符，顺序也完全一致。陈淬（1209年使金）的七言律诗题画诗则多仿释惠洪，可见其间的传承情形。⑤

宋迪的"潇湘八景图"不传于今世，现存最早的中国"潇湘八景图"，为北宋末年南宋初期画家王洪（约活动于1131—1161）⑥ 的作品，约绘于1150年，现藏美国普林斯顿大学（Princeton University）。

---

① 除了沈括记"平沙雁落"，释惠洪作"落雁"；沈括记"远浦帆归"，释惠洪作"归帆"。

② （宋）赵希鹄：《洞天清禄集·古画辨》，黄宾虹、邓实编：《美术丛书》第1册，江苏古籍出版社1997年版，第566页。

③ （元）朱德润：《存复斋文集》卷7《跋马远画潇湘八景》，《四库全书存目丛书》本，台湾庄严文化事业有限公司1997年版，第6a页。

④ "命文臣制潇湘八景诗，仿其诗意，摹写为图。王精于图画，与画工高惟访、李光弼等绘画像，终日忘倦。"［朝］金宗瑞等撰：《高丽史节要》卷13，韩国亚细亚文化社1973年版，第342—343页。

⑤ ［新加坡］衣若芬：《高丽文人对中国八景诗之受容现象及其历史意义》，韩国祥明大学校韩中文化情报研究所，权锡焕编：「한중팔경구곡과산수문화」（韩中八景九曲与山水文化），이회문학사2004年版，第59—72页。

⑥ Wen C. Fong et al, *Images of the Mind: Selections from the Edward L. Elliott Family and John B. Elliott Collections of Chinese Calligraphy and Painting at the Art Museum*, Princeton University, Princeton, N. J.: Princeton University Press, 1984.

王洪"潇湘八景图"具有明显的李成、郭熙（约1010—1090）华北寒林山水画笔法，山石以劲爽的皴线，枯枝如蟹爪，十分接近画史对宋迪画风的描述。这种绘画方式被韩国的"潇湘八景图"大量继承，成为主要的表现形式。现存最早的韩国"潇湘八景图"约绘于15世纪后半叶，幽玄斋收藏，即可得见融合中国李成、郭熙和朝鲜安坚，以及部分重视湿润笔墨的中国江南山水画风格。

"潇湘八景"在中国本为文人画题材，带有失志文人"离忧愁绪"的情怀；在古代韩国则属于宫廷雅玩，传达"向往乐土"的愿望。朝鲜安平大君李瑢（1418—1453）爱好文艺，1442年与18位朝臣及一位僧人作"潇湘八景"诗文盛会，表达乐在山水之趣，今有"匪懈堂潇湘八景诗卷"存于韩国中央博物馆。

"潇湘八景"传入日本的时间稍晚于高丽，主要借着渡日僧人为媒介。大休正念（1215—1290，1269年渡日）有《山市晴岚》诗。一山一宁（1247—1317，1299年渡日）题赞，盖有"思堪"印章的"平沙雁落图"（日本私人藏），被认为出于日本画家之手，乃日本水墨画之滥觞[①]，是现存最早的日本"潇湘八景图"，画风近于南宋画院。宋元之际的中国画僧牧溪和玉涧的作品在室町时代的将军茶会中展示，为日本"潇湘八景图"模仿的典范。由于创作者和题写者的身份，日本"潇湘八景"富有"幽玄禅思"的宗教气息。

明代浙派画风自15世纪中期由出使中国的随行画家传入朝鲜，自16世纪影响"潇湘八景图"。同时期的日本"潇湘八景图"也因有雪舟（1420—1506）等去过中国的画家引进浙派画风。搜罗最丰富

---

① ［日］斋藤孝：『里见家藏一山一宁赞"平沙落雁图"について——我国中世における大和绘と水墨画の接点』，《史泉》1975年4月50号（关西大学文学部史学科创设25周年纪念），第143—160页。

的狩野探幽（1602—1674）"探幽缩图"里，可见到当时流传于日本的各种"潇湘八景图"样式和题诗。

此外，随着"潇湘八景"在朝鲜和日本的深化，在韩语书写的时调及日语书写的和歌都有"潇湘八景"诗。不但文人、僧人、画院画家作"潇湘八景图"，朝鲜的民间绘画和青花瓷器、日本的浮世绘都有"八景"题材的作品。一直到20世纪，日本都还有"潇湘八景图"的新画作。[①]

古代越南也是经由出使中国的文人引进"潇湘八景"。不同的是，中国、韩国和日本的文人与画家，除了少数如董其昌（1555—1636）去过"潇湘八景"的原生地湖南，大多数都是从文字和画面想象"潇湘八景"，越南使臣出使的路线如果不循海道而走陆路，通过中越交界的镇南关北上广西，再往北便到达潇水和湘水汇流处的湖南永州，也就是进入了"潇湘八景"的地理范围。顺着湘水北上洞庭湖，等于沿途都在"潇湘八景"的风光之中。[②] 因此，越南使行诗里有大量的潇湘写景诗。在越南潇湘写景诗里，主要表达奉命在外，异域怀归的心情。

结　语

本文提出了从文化意象理解东亚文明的一种观察方法，这种方法稍接近冈仓天心以美术和文物考古为材料，建构其思想体系的立场。

[①]　关于东亚潇湘八景诗画的研究，值得参考的论文不少，近年出版的专著有：Alfreda Murck，*Poetry and Painting in Song China*：*The Subtle Art of Dissent*，Cambridge Massachusetts and London：Harvard University Asia Center for the Harvard – Yenching Institute，2000.
　　［韩］安章利：「한국의팔경문학」（韩国的八景文学），집문당 2002 年版。
　　［日］堀川贵司：『潇湘八景：诗歌と绘画に见る日本化の样相』，临川书店 2002 年版。
　　［新加坡］衣若芬：《云影天光：潇湘山水之画意与诗情》，台湾里仁书局 2013 年版。
[②]　詹志和：《越南北使汉诗与中国湖湘文化》，《中南林业科技大学学报》2011 年第 6 期，第 147—150 页。

与冈仓天心不同的是，笔者无意在东亚诸国里标举单一国家为文明精华的代表。中国为世界古国之一，是人类文明的起源地之一，中国文化对世界的贡献毋庸置疑，但是高谈"中国起源论""中国影响说"，并不能让我们更加认识东亚的多样性与统合性。换句话说，不能将东亚其他国家的文化视为中国文化的分支或支流。

笔者也对福泽谕吉的文明进化论感到怀疑，文明会变化，但未必是"进化"，文明没有高低，只有状态的呈现。"茹毛饮血"，还是"依礼而食"，是文明变化的结果，人们会选择合宜的生活方式，不应该有何者为野蛮、何者为尊贵的区别。

如果说强调线性发展的福泽谕吉文明进化观，以及树立中心的冈仓天心文明精华观，是属于"现代式"的思维，笔者提出的"文明变化观"和"无中心文明观"则趋于"后现代式"的思维。文化意象作为后现代式思维的例子，帮助我们较为持平地看待东亚诸国的多方发展。

东亚"潇湘八景"文化意象各异其趣，中国的"离忧愁绪"，韩国的"向往乐土"，日本的"幽玄禅思"，越南的"异域怀归"，这正是"潇湘八景"文化意象流传后呈现的本地化结果。

"潇湘八景"表达的是人与山水的审美关系，各景以四个字为一组，除了"潇湘夜雨"和"洞庭秋月"，其余六景没有具体固定的地点，具有开放性质。"潇湘八景"包含时节和气候，以及人事活动——"山市""渔村""烟寺"，是人为选定的自然景观。使臣或僧侣，想象或亲游，同样的母题，却因不同的文化性格形成不同的艺术表现，并且催生韩国"丹阳八景"、日本"金泽八景"等地方八景，融合本地特色，生根茁壮。

可以说，"潇湘八景"作为东亚共同的文化意象题目，共同拥有了"以山水为审美客体"，将自然风景人文化、概念化的创造方式，借以抒情言志。"潇湘八景"是东亚的文化资产，我们分析个别国家"潇湘八景"文化意象的异与同，从而理解东亚文明的传统与变化，不一定要向西方竞争或抗衡，而是要展示它、发扬它，将它置于人类历史的舞台。

美国诗人庞德（Ezra Pound，1885－1972）曾经欣赏过日本画家佐佐木玄龙（1648—1722）的"潇湘八景图"册页，册页里有传为中国画僧玉涧的汉诗，以及日本和歌。庞德请曾葆荪（1893—1978，曾国藩之曾孙女）为他翻译汉诗，因而写作《诗章》（*Cantos*）第49首。庞德对东方文化的汲取，丰富了他的创造性，建构个人的诗学美学，就是"潇湘八景"文化意象在英语文学的再生。[①]

如果我们能经由阐述像"潇湘八景"之类的东亚共同文化意象，让东亚文明的同构型与殊异性有所分辨，或许便得以沟通东亚的过去与现在，并集思广益，推想继续与西方互动认知的前景。

[①] 叶维廉：《庞德与潇湘八景》，台大出版中心2008年版。

韩国洛东江及其沿岸的文学想象力

(韩) 郑羽洛*

一 问题的提出

当今,我们的思考方式正在从"直线"向"曲线"转换。比如高速公路,它意味着开山建桥等具有破坏性的行为,而江河遇阻绕行,象征着原生态与平和。这也与现在社会上关注的"慢"的美学有着密切联系。

近代以来,我们追求着速度,与此相反的一例便是江河。江河顺势而流,彰显着谦逊和接受的美德,这也成了其具有疏通作用的基本要素。所以,江河让人们之间相互疏通变得理所当然。在江河之上,实现了人与自然、内陆之间、内陆与海洋的疏通,在此基础上又创造了新的文化。

流经韩国岭南地域的江河划分成了江左和江右的文化,也区分岭南与畿湖地区的文化,我们对江河的这种"划界"认识必然会在竞争和矛盾的关系上进行理解。畿湖学派和岭南学派、退溪学派和南冥学派之间存在的竞争和矛盾便印证了这一点。在对外关系上,往

---

* 郑羽洛,韩国国立庆北大学国语国文系教授,岭南文化研究院院长。

复的使臣和贸易活动虽然因依据江河具有一定的疏通性，但是倭寇曾经一度将洛东江作为主要的侵略对象，因此它也变成了矛盾的现场。

洛东江可谓是岭南地域主要的文学生成空间。早期，崔致远（孤云，857—？）就登上洛东江下游的黄山江临镜台并作《黄山江临镜台》，这也是从文献上可以看到的关于洛东江的最早记录。目前，以文学的视角对洛东江的研究可以说还是不够的。既往的研究中主要围绕洛东江下游创作的景观汉诗、以金宗直（1431—1492）为中心的洛东江地域文学思想、朝鲜中期洛东江中游的文学活动、洛东江沿岸的文学创作、以尚州为中心地域的诗会等主题进行了探讨。但是，这些研究还没有扩展到以洛东江为中心如何实现文学疏通这一课题。因此，本文的关注点落在朝鲜时代洛东江及其沿岸所具有的文学疏通上①。为了说明此观点，首先需要阐明洛东江在岭南文化地理学上的位置，其次将探讨洛东江及其沿岸的空间感性②。最后将分析以洛东江为中心是如何进行文学疏通的，并对其性格加以深入阐述。

二 岭南与洛东江

岭南又称"岭之南"或"大岭之南"，即存在于韩国太白山脉和小白山脉之间，韩国鸟岭和竹岭以南的地域，其险峻的地理环境决定了岭南的孤立地势（图1）。那么，岭南内部又是怎样的呢？岭南内部多山，这就形成了其内部的分化，但又以洛东江形成了"整体感"。李瀷（星湖，1681—1763）在其《岭南五伦》中提到：正

---

① 本文所提及的"文学疏通"是指通过文学作品进行情绪上的交流沟通，比如互赠诗歌以传递心意等。
② 本文所提及的"空间感性"是指通过特定事物，抑或在历史空间里诱发的文学感性，作家正是因为这些空间感性而创作文学作品。

是因为洛东江具有地理整体感，岭南地域至当代才得以完整地保存着五伦，儒贤辈出而以至声教，新罗也得以维持千年。我们也通常将洛东江以东称为岭南左道或江左地域，江西则称为岭南右道或江右地域，像这样将岭南一二分法来理解的传统由来已久。因此，1682年制作的《东舆备考〈庆尚道左右州郡总图〉》（图2）以洛东江为中心将岭南一分为二来作标示。

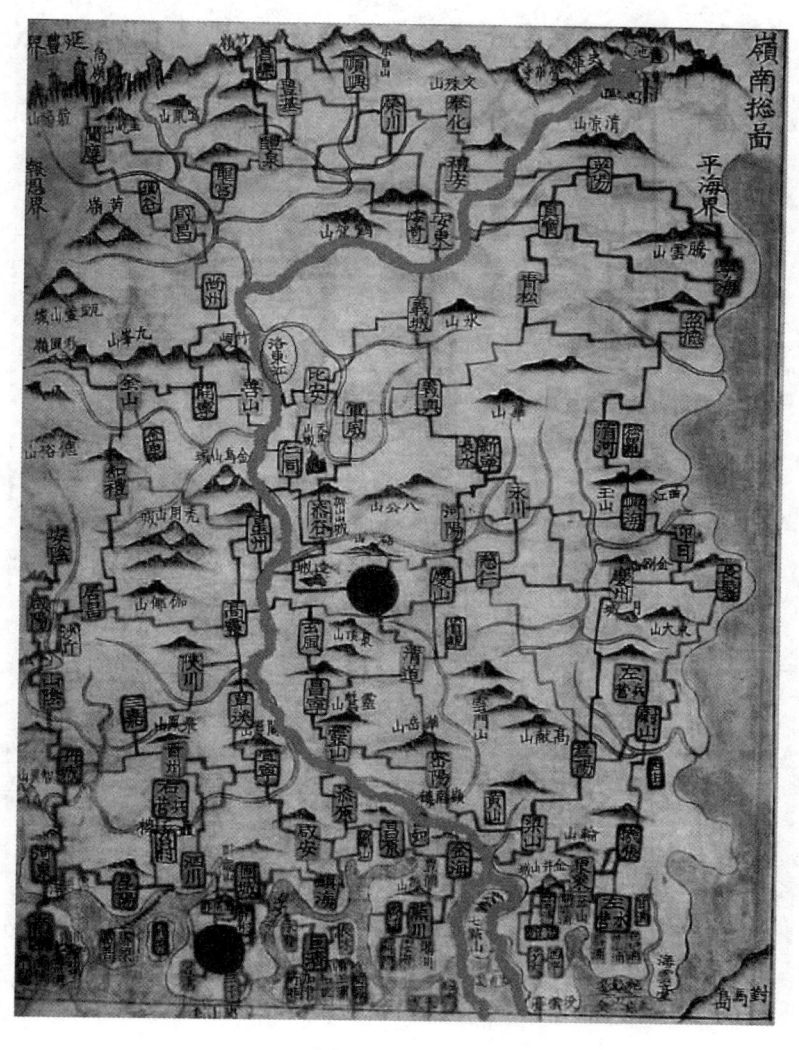

图1　岭南总图

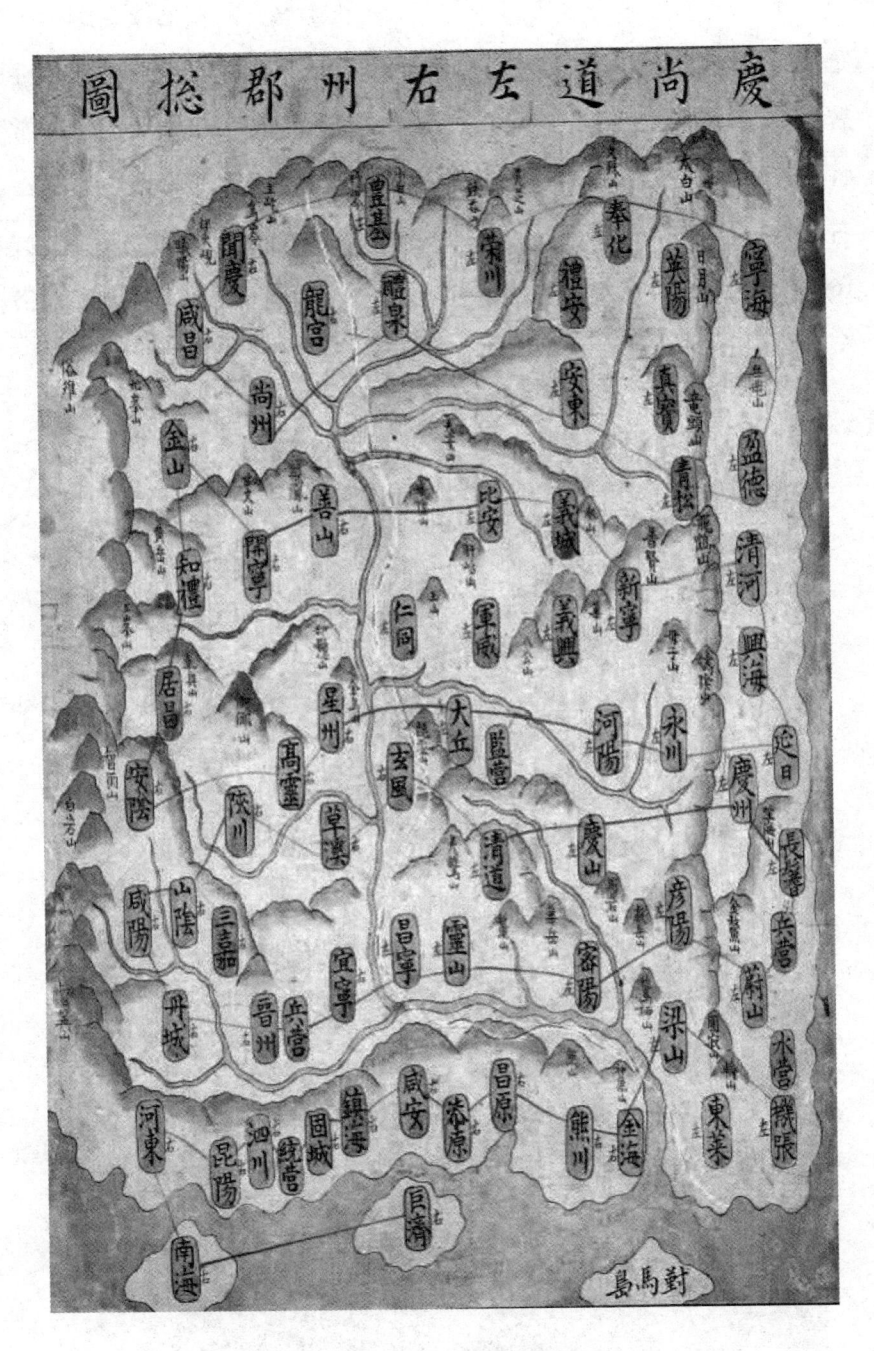

图 2　庆尚道左右州郡总图

将岭南一分为二的理解方式有利于把握左右两道的差异性,史学家李树健就将朝鲜朝大儒李滉(退溪,1501—1570)和曹植(南冥,1501—1572)看作是岭南学派的两大山脉,并通过比较两位先儒进而得出他们之间的差异。他把左右道具有的历史特征、自然环境、风俗等均视为对立,并以此为基础来理解李滉和曹植的学问思想。即:江左是从辰韩发展至新罗的地域,在高丽和朝鲜时代几乎没有对中央政府或官权反抗的事例;而江右是从弁韩发展到以伽倻和新罗统合的地域,因此对历代政权的反抗事例频繁出现。这些历史条件对李滉和曹植的思想产生了一定的影响。① 洛东江的划界性在理解以退溪学派和南冥学派为中心的岭南学派思想特征上是有效的。但是,单以对立的视角来理解洛东江及其沿岸的话,还存在许多无法解释的问题。为了解决这些问题,我们需要导入立足于"文化交界论"的"江岸学"。江岸学是考虑到洛东江沿岸所具有的地理和思想特性,以研究洛东江中游沿岸地域的学说。此地域具有疏通畿湖学派和岭南学派、退溪学派和南冥学派的会通性,也具有以博学为基础的实践精神的实用性,以及对世界重新认识的独创性。② 江岸学是以疏通为着眼点的理解方法,可以说对岭南会有新的认识和理解。

洛东江漕运的发达导致了商船等频繁往复,洛东江也是官人和使臣履行公务之时的必经之路,文人亦是如此。李珥(栗谷,1536—1584)的岳父卢庆麟(四印堂,1516—1568)担任星州牧使之时就曾在洛东江边的星州居住并作《游伽倻山赋》,金尚宪(清阴,1570—1652)和李植(泽堂,1584—1647)等畿湖学派文人都以洛东江为素

---

① [韩]李树健:《岭南学派的形成与展开》,一潮阁1995年版,第329—330页。
② [韩]郑羽洛:《关于江岸学与高岭儒学的试论》,《退溪学与韩国文化》第43期,庆北大学退溪研究所,第39—94页。

材创作了作品。岭南学派的文人更是与畿湖学派的文人进行了积极的交流。岭南学派柳成龙（西厓，1542—1607）的弟子郑经世（愚伏，1563—1633）便纳老论的宋浚吉（同春堂，1606—1672）为女婿，岭南的学者黄耆老（孤山，1521—1567）纳畿湖的学者李瑀（玉山，1542—1609）为女婿。其结果，江岸地域实现了血统的疏通。正是如此，超越地域的空间疏通很自然地在文学上体现了，比如互赠诗文、互作墓道文等。以这些为基础，他们创造了疏通的文化。

以洛东江为中心而划分的左道和右道也实现了文学和思想上的疏通，我们可以关注被誉为岭南学两大山脉的江左李滉和江右曹植来说明这个问题。其实，江左与江右在思想上确实存在很大的差异，但是，江岸地域的学者们同时接受两种思想的人也不在少数。其中，具有代表性的要属高灵的吴澐（竹牗，1540—1617）、星州的金宇颙（东冈，1540—1603）和郑逑（寒冈，1543—1620）等。我们通过其他儒士对他们的评价便可知他们融会了退溪学和南冥学。比如赵亨道评价吴澐说道，"升山海堂，入退陶室"①，郑逑评金宇颙说道，"退陶正脉终身慕，山海高风特地钦"②，郑经世评郑逑说道："山海堂中侍燕申，天渊台上挹阳春。"③

岭南四周环山，东南临海，自然条件决定了其孤立的地位。但其内部有洛东江呈"口"字形流淌，途经其十邑。这种独特的地理也造就了岭南地域独特的文化。畿湖学派的文化跨过鸟岭和竹岭并沿着洛东江迅速传播，比起内陆，其影响在江岸地域更为强烈。江岸地域处于退溪学的集聚地安东和南冥学的集聚地晋州之间，所以此地域的儒

---

① ［韩］赵亨道：《竹牗集·附录》上《士林祭文》，朝鲜刻本。
② ［韩］郑逑：《寒冈集》卷1《挽金东冈》，朝鲜刻本。
③ ［韩］郑经世：《愚伏集》卷2《郑寒冈挽词》，朝鲜刻本。

者们具有退南学的会通性。会通性便成了疏通的基础,由此来看,洛东江应当受到全新的瞩目。

三 洛江诗会和空间感性

洛东江及其沿岸可谓是岭南或岭南地域以外作家们的文学生成空间,作家们有时用浪漫的手法表现美丽的风景,有时聆听江水发出的"道德之声",从而表现以性理学为基础的道学感性。不仅如此,洛东江及其沿岸也表露出首都和地方、官僚和民众之间不平等的社会问题。本部分着重对作家们在洛东江上的船游诗会进行分析,通过对此的分析,洛东江的空间感性便会自然呈现。

洛江诗会始自李奎报(白云,1168—1241),他于1196年在尚州犬滩发起诗会之后,经李埈(苍石,1560—1635)、柳畴睦(溪堂,1813—1872)等传承。直至今日,在洛东江的支流——琴湖江上仍有峨洋诗社继续举办诗会。我们可以确认的洛江诗会有61回,但是各种文集和诗卷上仍有很多作品保留,所以,洛江诗会举办的次数肯定比调查得出的数据要多。洛江诗会自高丽至今,主要由岭南文士传承,他们游览洛东江从而引发其浪漫感性和道学感性以及社会感性。

首先,我们来探讨浪漫感性。这也是岭南文人对洛东江最强的感性。洛江诗会一般在每年7月既望举行,作家们通常会想象着苏轼的赤壁游而参与诗会。李滉和李德弘(艮斋,1541—1596)等泛舟之时就曾吟诵《前赤壁赋》并将其分韵作诗。可见,苏轼的赤壁赋对洛江诗会有着重要的影响。在洛江诗会中,李贤辅(聋岩,1467—1555)的浪漫感性尤为强烈。他的诗作《醉时歌书示座上诸公》中写道:"兴酣叵酒各不辞/酒尽厨奴招呼急/樽前烂熳或自歌/佾佾屡舞谁劝促

/谁是地主谁是民/区区礼数都抛却/或壻扶翁相对舞/或婢举觞同酬酢。"① 在美景中游,而又忘却贵贱,这是将浪漫感性极大化的表现。作此诗的第二天,李贤辅又与李滉共坐一席,李贤辅将酒杯曲水流觞传给李滉,李滉遂就此景作诗一首,李贤辅便在李滉诗后又作诗一首。

其次,我们来看道学感性。洛江诗会的中的道学感性与江的名字有着密切的关系,他们认为"洛"是河图洛书之洛,是濂洛关闽和伊洛之洛。此地域的文人认为洛东江本身便与儒学的根源以及程朱学有着根深蒂固的关联,所以他们一直坚信儒学的道脉延续到了岭南的李滉。正是因为有如此的精神传承,泛江游览的文人们很自然地会把道学自豪感融入作品中。例如1622年7月既望,李埈与20余名志同道合之士泛江并举办诗会,他以"秋"字韵作排律20韵。其诗曰:"此江本伊洛/人物皆邹鲁/竹溪阐文风/圃翁志东周/群才泛佔毕/寒蠹德业优/伟哉玉山翁/瑞世为天球/退溪开的源/河海纪细流/厓柏与鹤翁/造诣邈寡俦/淑气所扶舆/群哲前贤伴。"② 李埈认为道统从二程传到在竹溪生活的安珦,以及圃隐郑梦周、佔毕斋金宗直、寒暄堂金宏弼、一蠹郑汝昌、晦斋李彦迪、退溪李滉、西厓柳成龙、鹤峰金诚一等。由此可见,李埈将"水流"与"道统"等同看待。我们可以看出他们的道统意识,也可以确认以洛东江为中心的道学感性是如何形成的。

最后,我们来分析社会感性。洛东江是历代国界的争夺处,《三国史记》"脱解尼师今"条就记载:"阿飡吉门,与伽耶兵战于黄山津口,获一千余级。"壬辰倭乱之时,倭军沿洛东江侵占国土,对于作家们来说,洛东江是现实认识比较敏感的空间。因此,参与洛江诗

---

① [韩] 李贤辅:《聋岩集》卷1《醉时歌书示座上诸公》节选,朝鲜刻本。
② [韩] 李埈外:《洛江泛月录》,第15页。

会的作家们自然会浮现那些历史记忆。比如在1607年9月，尚州牧使金庭睦（1560—1612）参加洛江诗会之时与李埈等共作联句写道："节序三秋暮/山河百战余……洞视今古马/肯为朝暮狙/昇沈皆命也/颠沛始归欤/旧约寻鸥鹭/浮名视土苴。"① 这便是他们回想起壬辰倭乱的情景而写下的，他们在诗中讽刺了为荣华富贵而献媚无能的官吏。所以，洛东江也可以说是无数儒士忧国爱国的空间。

四 江岸地域的空间感性

洛东江沿岸具有代表性的文学生成空间是渡口和楼亭。渡口是水运的重要组成部分，它为人们的生活提供便利。江岸建有众多楼亭，为人们游息提供了方便。权近（阳村，1352—1409）就曾说过："善州之东五里许有津，曰余次，自尚之洛水而南流者也。宾客之由尚而之南州者，亦至是站焉，实要冲也。津之东，有小山临峙，昔全人李君文挺为宰，始构亭，号月波，岁久已废矣。"② 权近提到了渡口的重要性以及渡口和楼亭的关系。依据日帝强占期李秉延（1894—1977）编纂的《朝鲜寰舆胜览》，岭南共有1295处楼亭，这些楼亭并非都与洛东江有关，但通过这一数字也可得知楼亭的规模。渡口和楼亭也是刺激作家们感性的空间，下面也将按照上一部分提出的三种感性来进行分析。

第一，浪漫感性。洛东江沿岸的楼亭也会有浪漫感性的发生，但是渡口更为特别，因为渡口意味着人与人的相见离别。郑述在辞去咸阳郡守归乡之时便写下："不许郡人之相送，而平日相从士友，犹多

---

① ［韩］金庭睦外：《壬戌泛月录》，第58页。
② ［韩］权近：《阳村集》卷13《月波亭记》。

来别于江上，把酒赋诗，或咏歌以道其怀。"① 这里所说的"江上"也可以指渡口，在渡口的离别是常有之事。但是，相遇和离别并非儒士所专有，比如郑誧（雪谷，1309—1345）作《黄山歌》写道："江头儿女美无度／临流欲济行彷徨／鸣鸠乳燕春日暮／落花飞絮春风香／招招舟子来何所／挂帆却下鱼山庄／问之与我同去路／遂与共坐船中央／也知罗敷自有夫／怪底笑语何轻狂／巍然不愿黄金赠／目送江岸双鸳鸯／君乎舣舟我岂留／我友政得黄芧冈。"② 有夫之妇向郑誧暗送秋波，郑誧观望江岸的鸳鸯，遂定心振作。南九万（药泉，1629—1711）次韵此诗曰："我探囊中无可赠／不学江波野鸳鸯／临岐何用惜去留／催鞭忽过前山冈。"③ 此诗对郑誧的憨直有批判之意。由此可见，渡口主要是以男女为主的相见离别空间。

第二，道学感性。在楼亭上可以气定神宁地观察流水，所以道学感性在楼亭上有更好的体现。朝鲜朝的儒者们将水视为性的象征，前面我们提到水流和道统的关系，在楼亭上的道学感性可以说是儒学者们捕捉天理流行之心。在洛东江沿岸的楼亭中，尚州的观水楼是较有代表性的。权相一（清台，1679—1759）在《观水楼重创记》中写道："见夫观水二字之扁名而思其义，不觉其景与意会，而庶几有悟于道体，不可见之妙焉。噫！水之不舍昼夜而滔滔流去者，有似乎天道之往过来续，自无停息也。水之包容重流而渊澄洞澈者，有似乎吾心之中含万象湛然虚静也。况春水初生，舟楫轻快，而不费乎推移牵挽之力，此可以取喻于仁体之呈露，而大用之自然流行也。江之发源，既远而大，故自此而又浩浩焉洋洋焉。过四五百里注海而不知止

---

① [韩] 郑述：《寒冈集》卷10《咸州志序》，朝鲜刻本。
② [韩] 徐居正编撰：《东文选》卷7《黄山歌》，朝鲜刻本。
③ [韩] 南九万：《药泉集》卷1《梁山次韵郑誧黄山歌》，朝鲜刻本。

焉，此可以取验于君子之学，根本盛大，故日进其德而自无穷已也。"① 正如其说，朝鲜朝的儒士们运用性理学的观水法来理解观水楼，他们将清流比作心，滔滔不绝的流水象征着学问的持续，他们看着水波会想到学问的根源，水流汇入大海则象征学问的盛大。权相一同样是登观水楼望水而探寻道体的奥妙，这里的"观水"其实就是道学上的"观心"。

第三，社会感性。洛东江因水运发达，渔船和商船以及客船排队驶行。《世宗实录》就有这样的记载："若水路可以行船时，则以水边各官官船，从洛东江上来，至尚州守山驿下陆，更从陆路，踰草贴至忠州金迁川，乘船达于京。"② 由此可见洛东江对于水路的重要性。但是，对于岭南人来说利用洛东江的漕运也意味着一种剥夺。即：首都和地方、官吏和百姓之间经济的不平等。金宗直在《洛东谣》中就写道："楼下网船千万缗/南民何以堪诛求/瓶罌橡栗空/江干歌吹椎肥牛/皇华使者如流星/道傍髑髅谁问名/少女风王孙草/游丝澹澹弄芳渚/望眼悠悠入飞鸟/故乡花事转头新/凶年不属嬉游人/依柱且高歌/忽觉春兴悭/白鸥欲笑我/似忙还似闲。"③ 金宗直的社会感性是锐利的，他运用"江边的风流"和"路边的骸骨"进行对比从而批判了因经济不平等而导致的社会矛盾。而且，金宗直通过楼亭表达的社会感性要比洛江诗会所表现的浪漫感性更为强烈。这也凸显了士林派儒士的社会意识。

洛东江沿岸的渡口和楼亭数量可观，通过这样的空间而触发的空间感性与前面分析的洛江诗会不同，这是由于江上与江边的环境差异

---

① ［韩］权相一：《清台集》卷11《观水楼重创记》。
② 《世宗实录》世宗五年癸卯。
③ ［韩］金宗直：《佔毕斋集》卷5《洛东谣》，朝鲜刻本。

而造成的。因为在渡口，人和人的相见离别时有发生，所以在这种空间里浪漫感性便会更加凸显。在楼亭中，道学感性和社会感性同时出现，这是因为朝鲜朝儒士们"观水"如同"观心"，他们看着无数物产运往首都，不平等的社会关系便会自然而然地涌现。

五 文学疏通与其性格

前述内容分析了以洛江诗会和江岸渡口楼亭为中心是如何将空间感性以文学作品形象化的，那么浪漫感性、道学感性、社会感性与文学疏通有什么联系？这三种感性具体的疏通是什么？当"无疏通"之时又是哪种感性起着作用？本部分内容将主要解决这些问题。

岭南以洛东江分为左右两道，在洛东江上便形成了左右两道的文化交流与疏通。文学疏通自然在此过程中得以实现，下面将以自然与人的关系来探讨文学疏通的问题。首先是人与自然的疏通。这种疏通主要是浪漫感性和道学感性作用的结果。比如道学感性便是儒家所提出的比德之美意识，孔子在《论语》中通过乐山乐水强调了人应该具有的仁知。在这以后，性理学者们都秉持"合自然"的理念并进行实践，我们通过这一点便可以确认自然和人的理念疏通。洛东江作为文学创作空间，这种自然与人的疏通经常出现在文学作品中。1601年，徐思远（乐斋，1550—1615）等人在洛东江的支流琴湖江举办诗会，当时郑逑的弟子李天培（三益斋，1558—1604）作诗曰："清流涵丽景/远岫生云烟/柔橹击空明/满船俱英贤/摇摇棹复棹/点点山连山/云影净如扫/天光凝碧涟/撑篙验用力/俯仰知渊天/豪思若云涌/此身挟飞仙。"[1] 此诗中描述江水上倒映着云影，这是借用朱子《观书有

---

[1] ［韩］李天培：《三益斋集》卷1，朝鲜刻本。

感》中的"天光云影共徘徊"来表达天理流行之意。其中的"渊天"也是借用"鸢飞戾天，鱼跃于渊"来表现活跃的生机。如此，人和自然通过"生机"相疏通，最后达到合一的境界。这种性理学的想象力在参与诗会的儒士中也有体现，如张乃范（克明堂，1563—1640）的"度内鸢鱼理"，郑锤（养拙斋，1573—1612）的"道人乐鸢鱼"等。

其次是人与人的疏通。这种疏通其内在仍是浪漫感性和道学感性在起作用，如果说人与自然的疏通是单向、观念性的，那么人和人的疏通便是双向、现实性的。因为人与人之间的疏通是以相互协助为前提的，所以传统社会很重视这点。当"无疏通"之时，社会感性便会出现。我们且从时间和空间的层面来分析人与人之间的疏通。关于空间上的疏通，我们举例分析岭南学派和畿湖学派、退溪学派和南冥学派之间的疏通方式。位于洛东江边的梅鹤亭由人称"草圣"的黄耆老（孤山，1521—?）所建，后传给其女婿李瑀（玉山，1542—1609）。岭南与畿湖两地的文人们将他们的浪漫感性和道学感性积极地作用于此空间并创作了大量的文学作品，以梅鹤亭为素材创作的作家有湖南的宋纯（俛仰亭，1493—1583）和林億龄（石川，1496—1568）等、岭南的李桢（龟岩，1512—1571）和黄俊良（锦溪，1517—1563）等、畿湖的李珥（栗谷，1536—1584），还有老论的领袖宋时烈（尤庵，1607—1689）、少论的核心人物赵持谦（迂斋，1639—1689）、南人赵任道（涧松，1585—1664）等。按照派系来说梅鹤亭属于李瑀所有，故而围绕其创作的作家以畿湖老论派为主。但是梅鹤亭从地理上来看位于岭南，所以岭南的文人多寻访于此并留下许多作品。就这样，梅鹤亭自然便成了洛东江岸比较有代表性的疏通空间。此外，以洛东江为中心的左右两道的疏通在退溪学派和南冥学派之间形成。之前也叙述过，李滉和曹植的共同弟子有很多，像李秀镇和李远庆等都寻访两位师承的书院拜祭并流露出思慕之情。又比如江岸地区的星州是两学派融会的显著之地，1560年在此地任职过的吴健便体现出了两学派会通的性格。之后，像郑述、金宇颙、金聃寿等具有两学派会通性的人物陆续出现。

洛东江在空间上的疏通还扩展到国际上。金宗直在《仁同客舍记》中写道："仁同，滨于洛之东厓，据岭南中路之要衡，日本琉球九州三岛之夷，奉琛重译而至者，朝迎夕送，四时不绝。"[1] 金诚一（鹤峰，1538—1593）出使日本时也曾歌曰："为问洛东大江水/几时过我青霞城/我今与汝同归海/千里相随应有情。"[2] 可见在洛东江上，国际间的沟通也很多，这也刺激了文人们的浪漫感性。

下面是关于时间上的疏通问题。朝鲜朝的儒士们在举办洛江诗会之时常常会比作是苏轼的赤壁游，柳珍（修庵，1582—1635）得赤壁赋的"苏"字韵而作五言和七言诗。[3] 这便是和古人之间的疏通，浪漫感性发挥了作用。当然，洛东江岸的儒士们并非只是效仿赤壁游，因为他们坚信洛东江蕴含着道统的传承。李象靖（大山，1711—1781）在《沂洛编芳序》中便说郑述作为李滉的嫡传，继承了道统，故而洛东江一带也有了道学的渊源。赵天经（易安堂，1695—1776）在《洛江泛月续游诗序》中也指出通过洛东江可以回流至伊洛的真源。在时间上的疏通还体现在对前代文化的继承。比如，在1588年7月郑述辞去咸阳郡守后于洛江举办诗会并以"万顷苍波欲暮天"分韵作诗，此诗会被其门人世代继承。比如郑述之子郑樟（晚悟斋，

---

[1] ［韩］李德懋：《青庄馆全书》卷69《琉球使》，朝鲜刻本。
[2] ［韩］金诚一：《鹤峰逸稿》卷2《过梁山龙堂》，朝鲜刻本。
[3] ［韩］柳珍：《壬戌泛月录》，第22页。

1569—1614）和李道孜（复斋，1559—1642）、李道田（沧浪叟，1566—1649）、李埳（心远堂，1572—1637）等举办洛江诗会并作《追次洛江韵》。此外，李埈在1622年7月举办的洛江诗会成了典范而被世代继承。赵天经等人在1770年举办洛江诗会并将当时所作诗歌汇总编纂成书，其书序名为"洛江泛月续游诗序"，"续游"二字可见是继承了先辈的诗会文化。

如前面所叙述，以洛东江为中心形成了自然和人、人与人之间的疏通。其中，浪漫感性和道学感性起到了重要作用。但是，社会感性与此有些不同。因为社会感性主要是在"无疏通"状态下发生的。生活在洛东江沿岸的儒士们具有强烈的集团意识，他们深刻地认识到士林派的成长离不开永川的郑梦周、善山的吉再、密阳的金宗直、星州的金孟性、达城的金宏弼等。其中，金宗直以洛东江为背景所作的《吊义帝文》讽刺了世祖篡夺王位从而招致朝鲜时代最大的文字狱。对立势力借机发动戊午士祸铲除士林派，金宗直被剖棺斩尸，其弟子也多遭牵连。之后，金宗直的痕迹遍布洛东江及其沿岸。前面提到过的《洛东谣》便是金宗直登观水楼而作的，他的历代弟子均效仿并留下了许多作品。如俞好仁（𤄖溪，1445—1494）的《观水楼十绝》和《次洛江观水楼韵》、金馹孙（濯缨，1464—1498）的《与睡轩登观水楼》等。士林派在此地域开辟了据点与勋旧派相互对立并壮大起来，在这种情况下，他们的空间感性就必然和社会有密切联系。在金宗直时代，像《洛东谣》这样反映社会矛盾的作品出现。到了李滉和曹植时代，这样的作品也会出现。但是主要由浪漫感性和道学感性起作用并达到文学的疏通。这也意味着随着时间的推移，以洛东江为中心的批判精神有所衰退。

六　余论

韩国岭南地域西北环山，东南临海，其特殊的地理环境造就了其比较封闭的形势。流经岭南的洛东江自古被理解为"划界"的作用，本文关注其"疏通"之作用，并从文学的角度阐述了洛东江是如何疏通岭南左道和右道的。但本文在以新的视角理解洛东江上只充当"序论"之角色，因为需要探讨的领域还有很多。最后，笔者揭示几点今后需要探究的课题。

第一，将本文的章节进行具体的论述。即需要进行将每个章节扩展的工作。因为本文的研究对象是针对洛东江的整体，今后仍需要收集更多的资料来进行具体分析。比如单拿出洛江诗会进行探讨，因为关于从李奎报到当今洛江诗会的资料是非常丰富的。又比如我们可以由渡口、楼亭延展到洛东江各个支流和溪谷等，这样有助于我们描绘新的文学地形图。第二，将洛东江文学与岭南的普遍性和特殊性一起探讨。因为洛东江长达1300里，根据论议的焦点会有不同的期待效果，所以将洛东江整体作为研究对象未免有些单一化。我们应该考虑到其流经地区的特殊性来综合考察。第三，本文以岭南内部的视角对洛东江进行了审视探究，今后需要以岭南以外的视角进行对洛东江的研究。第四，积极摄取其他学科领域的成果，达到交叉研究的效果。比如考古学、语言学等领域。第五，用文化融合的观点研究江河及其沿岸。

硕博论坛

全球化中的地方性与非地方性
——论湖北籍海外华文作家的地方书写

刘玉杰*

有别于科学主义地理学的地方，人文主义地理学指的地方"是一种用来表达对世界的态度的概念，强调主体性和体验，而非空间科学的冰冷、僵硬逻辑"。①具体到文学之中就是指饱含着作家情感体验、审美观照、认知投射的地方。由于视界处于国际、洲际范围之内，海外华文作家笔下的地方最显著的特点在于地方概念的扩大化、多元性。首先，作为出生地、生长地的故乡观念虽然仍旧存在，然而往往被地理范围更广的故国观念所替代；其次，地方概念不仅仅局限于故乡、故国，他乡、他国也扩展为地方性。

在全球化背景下，传统的所指单一的故乡观念被打破后，必然衍化为多元性的地方观念。我们认为，尽管相当多的海外华文作家仍然心存根深蒂固的"故乡"观念，但以"故乡"为核心的阐释框架已不能完全满足对海外华文文学的阐释需求，而"地方"这一术语则在

---

* 刘玉杰，武汉大学文学院比较文学与世界文学专业2015级博士研究生。

① Tim Cresswell, *Place: A Short Introduction*, Oxford: Blackwell Publishing, 2004, p. 20.

涵括故乡的同时，因其所指在内涵上具有更大的包容性，故而在阐释海外华文文学时显得更契合、更有效。这种对地方性的书写呈现出两种形态，即古典式恋地情结与现代性语境中的非地方性。恋地情结是求定意志的结果，而非地方性则是求知意志的产物。以彭邦桢、聂华苓、欧阳昱、程宝林、吕红、欧阳海燕等移居北美、澳洲、欧洲等地的湖北籍海外华人作家创作的小说、散文、诗歌等为论述对象，试图勾勒出一个相对完整的地方书写谱系。

一 从地方性的隐匿到地方性的显现

地方性如何可能在全球化语境中被书写？对这一问题的探讨显然蕴含着如下的逻辑：尽管人人都存在于地方之中，但地方性并非得到了每个人的关注。因此，地方性可以分为隐匿的地方性与显现的地方性两种形态。关注海外华文作家的地方书写，首先要解决如下问题：地方性如何从隐匿状态走向显现状态？全球化在其中扮演的角色是推动性的还是阻遏性的？

通常，人们依据范围的大小标准来划分地理、空间意义上的特殊与普遍，将范围较小的地方看作是特殊性存在，将范围较大的全国或全球视为普遍性存在。这种认识论固然没有问题，然而普遍与特殊毕竟处于辩证法的哲学逻辑中，我们是否可以倒转一下固有的认识，将地方视作普遍性存在呢？黑格尔在《小逻辑》中论述："有之为有并非固定之物，也非至极之物，而是有辩证法性质，要过渡到它的对方的"，"当我们说到'有'的概念时，我们所谓'有'也只能指'变易'，不能指'有'"。[①] 也即，这里的"有"并非指原初的一，而是

---

① ［德］黑格尔：《小逻辑》，贺麟译，商务印书馆1996年版，第192、198页。

在"有"与"无"所形成的差异与辩证之中的变易（Das Werden），"变易既是第一个具体的思想范畴，同时也是第一个真正的思想范畴"。① 黑格尔的这一关于认知过程的逻辑哲学观念，对应到地方与全球的普遍与特殊的辩证法时，则正如张旭东所持的观点："每一种文化，在其原初的自我认识上，都是普遍性文化"，然而这种普遍性是"未经辩证思考的、未经世界历史考验的"，因此"未经批判的普遍性，和未经批判的意识或自我意识一样，往往就是一种黑格尔意义上的抽象，是一种天真幼稚的自我中心主义，一种想当然的空洞，一个没有生产性的'一'或'自我同一性'"。② 以上引论给我们带来这样的启示：地方性在遭遇到另一种作为他者的地方性之前，往往并未认识到自己是特殊性的存在，而是将自己作为普遍性存在，几乎每一种文化对自己独特起源性的近乎强迫症似的建构无疑是这种普遍性的体现，这种原初状态的地方性可称之为隐匿的地方性。"无论是作为个体还是作为族群的人类，都易于以'自我'为中心去认知世界。自我中心主义和族群中心主义显然是普遍的人类特性。"③ 然而，"谁不说俺家乡好"的普遍理念在逻辑上无疑是有缺漏的，这种缺漏就在于它未经辩证法的考验，未经与他者的比较，这是未经批判的自我意识，是地方性的原初状态，也即隐匿的地方性。

伴随着全球化进程，彼此之间存在的差异性在交流、联系日趋频繁之中似乎也在逐渐被抹掉，人类将面临一种均质化的世界。也就是说，地方性在全球化中面临着日趋淡化甚至消亡的境遇。照此逻辑推

---

① ［德］黑格尔：《小逻辑》，贺麟译，商务印书馆1996年版，第199页。
② 张旭东：《全球化时代的文化认同：西方普遍主义话语的历史批判》，北京大学出版社2005年版，第1页。
③ Yi-fu Tuan, *Topophilia: A Study of Environmental Perception, Attitudes, and Values*, New York: Columbia University Press, 1990, p. 30.

演，在全球化时代，谈论地方性就成为无稽之谈。然而，正如齐格蒙特·鲍曼所说："全球化既联合又分化。它的分化不亚于它的联合——分化的原因与促进全球划一的原因是相似的。"[①] 如果说将上述关于全球化带来均质化的观点归为一种幻象的做法显得过于苛刻的话，那么，它也只能作为全球化两种甚至多种面相中的一种而存在。曾大兴从文学地理学的学术视角雄辩地指出："越是强调全球化，在文学和精神创造的其他领域就越有可能更加重视并开掘自己本土和本民族的东西。"[②] 不难看出，全球化提供了一种认识论意义的变易，在与他者的辩证、比较之中，推动着隐匿的地方性走向显现的地方性。

倡导文学地理学批评的邹建军认为："地理感知是作品产生的基础之一，地理感知是作家之所以成为作家的最主要的因素之一。"[③] 照此逻辑推论，全球化视野中的地方性问题，在文学创作者的地理感知之中成为文学作品的表现内容自然成为应有之义。事实上，这一观点在海外华文文学之中确实得到了印证。海外华人文学中的地方性书写总是处于与他者进行对照的视界中，超越了单一性视角，地方性在相互比较中得以更为真实地显现，为我们提供了深入思考这一问题的场域。

总之，不同的地理、文化环境使作者对地方性有着不同的感知。当他们身处国内时，地方性并未显示出其足够的独特性，往往处于相对隐匿的状态，而当作者身处海外，地方性则真正显现出来。也就是说地方性是在地理、文化迁徙中得到作家的特别关注的，在湖北籍海

---

① ［英］齐格蒙特·鲍曼：《全球化：人类的后果》，郭国良、徐建华译，商务印书馆2001年版，第2页。
② 曾大兴：《文学地理学研究》，商务印书馆2012年版，第32页。
③ 邹建军：《江山之助：邹建军教授讲文学地理学》，中央编译出版社2014年版，第75页。

外华文作家的创作中，的确显示出了这一特点，以下以其中三位作家为例进行简要论述。

在题为《荆门，不得不说的话》这篇散文里，程宝林十分坦诚地讲道："我拥有两个国家，两种语言，两套价值观，包括价值理念。任何事情，我都有两套。它们在斗争，在妥协，在斗争中妥协，在妥协中斗争。这种斗争，激发起我的写作欲望。"① 也就是说，国外的经历为创作者建构起一种新的认知与价值体系，在新体系的参照之中，国外经验不仅对创作者的故乡书写起到了激发性的作用，而且使这种故乡书写显得更为理性、客观。欧阳昱也在《东坡纪事》中写到，来自黄州的道庄对家乡的认知是在外国人麦克洛克林教授的推动下才更为深入的，认识到苏东坡之于黄州与自己之于澳洲之间存在着的同一性。聂华苓的创作也是同样的情况，《桑青与桃红》中的桃红正是在美国移民局工作人员进行的身份调查下，将桑青写于瞿塘峡、北平、台北的日记一本本寄给了移民局，而随寄的写给移民局的四封信中，展现了美国的地方性。《千山外，水长流》中的地方性也是通过美国记者彼尔在中国的调查与莲儿在美国的经历得到进一步的展现。

二 古典式恋地情结

以人地关系的亲密性（Intimacy）作为区分尺度，可将人们对地方的态度分为古典的恋地情结与现代的非地方性两类。古典的恋地情结体现出认知主体在人地关系中的求定意志（Will to Certainty）。所谓求定意志，"意味着力图转化'我们所处世界的不确定空间'，转化这

---

① 程宝林：《故土苍茫》，东方出版社2009年版，第117页。

种不定性和潜在的多重性——这是自然之狡计被解构的后果，将之变成导向明确的唯一性"。① 因此，求定意志不仅表现在对故乡、故国的追忆，往往也表现在对他乡、他国的认同上，甚至是故乡、故国与他乡、他国的双重恋地。

有哪些故国的地方性被海外华文文学所关注？它们何以在跨国、跨洲的远方仍然被人所记忆、所书写？古典式恋地情结在程宝林的创作中最为典型。程宝林尝试着在其散文中建构一种以歇张村为原点，经由沙洋镇、沙洋县，直至以荆门市为终点的地方性历史。在题为《我终将为他们作序》的序文中，不难发现他的这种壮志："为什么我不能为这个村庄写一本《村庄史》？在这本只涉及一个中国小村的'断代史'中，我要发扬太史公秉笔直书的精神，让那些默默无闻死去的人，其姓名和生平传略能借我的文字，留存下去。"② 然而，一个村庄所承载的历史内容毕竟极其有限，哪些内容能够成为作家笔下的史事呢？作家对此并非没有深思熟虑，"小镇没有任何古迹，也谈不上有什么文化名人。小镇的全部风景，都在人心深处"。③ 也就是说，程宝林意在透过地方性这一视角来镌刻出关于人心的史书。一方面，人心是地方之众人的人心，地方在此意义上是世界的一个子集或切面，地方史可以映射出国家史乃至世界史；另一方面，人心又可只是作者一人的人心，书写地方只是为了探究内心出发之处，地方史在此意义上又成为灵魂史。

聂华苓在终极意义上也是具有古典恋地情结的作家。她在自传《三生影像》中，以一首序诗来表达自己的人生感悟："我是一棵树/

---

① ［英］基思·特斯特：《后现代性下的生命与多重时间》，李康译，北京大学出版社 2010 年版，第 26 页。
② 程宝林：《少年今日初长成》，中国社会出版社 2013 年版，第 8 页。
③ 同上书，第 206 页。

根在大陆/干在台湾/枝叶在爱荷华。"① 此树喻是聂华苓对三生三世人生哲学的高度概括。她回忆录的三部分均以地理意象为核心要素加以命名：故园、绿岛小夜曲、红楼情事。"故园"指的是中国大陆，"绿岛"指的是中国台湾岛，"红楼"指的是美国爱荷华河畔的红楼鹿园。祖国大陆是聂华苓人生的起点，武汉、宜昌、重庆、南京、北平等地成为她文学创作中最为常见的地方。三斗坪是湖北宜昌的一个小镇，抗日战争期间聂华苓曾在此住过一年，她的第一部长篇小说《失去的金铃子》就是以此段生活为基础写成的。她在《苓子是我吗？》一文中说："没想到多少年后，那个地方与那儿的人物如此强烈地吸引着我，使我渴望再到那儿去重新生活。也许就是由于这份渴望，我才提起笔，写下三斗坪的故事吧。"② 三斗坪尽管留存着很多青春苦涩的记忆，但这里毕竟是战火岁月中的庇护所，给作者提供了至关重要的中国乡村经验。作为武汉人的聂华苓，汉口租界、江汉关码头、东湖、武汉大学等武汉具有代表性的地点频频进入其作品之中。《千山外，水长流》中详尽描写的武汉大学"六一惨案"可以说集中了一个城市之所以被记忆的所有元素。武汉这一城市至少集中了两种人的地方感：对于美国记者彼尔来讲，出于两个原因要到武汉去，一方面他要去看看作为女友徐风莲出生地的武汉，另一方面彼尔正在研究中国的学生运动，武汉大学"六一惨案"标示着高等教育承负着的民族抗争精神，因而武汉也是一块精神高地；而徐风莲却拒绝跟他一起返回故乡，因为她小时候住在汉口租界，租界给她最深的印象就是那里的外国人与妓女，在她传统的母亲的观念中，只有妓女才和洋人在一起，武汉因而也与民族的耻辱感联系在了一起。

---

① 聂华苓：《三生影像》（增订本），生活·读书·新知三联书店2012年版，第9页。
② 聂华苓：《失去的金铃子》，人民文学出版社1980年版，第205页。

对于移居海外的华文作家来说，不仅故国的地方可以引起人们的依恋感，移居国甚至是旅游之地亦可成为情感认同的处所。吕红在小说《美国情人》中专辟一节描述旧金山："新旧并存、传统与现代杂糅、东方与西方混合，构成了最具风味的地域特色。"旧金山所体现的兼容并包的城市精神"鼓励那些艺术冒险家、质问者以及探索者表达自己与众不同的思想"。①作者在此借艺术家表达出的包容精神或许正是吸引各色人等的真正所在。在欧阳海燕的《假如巴黎相信爱情》中，叶子的妈妈刘春来自江城（即湖北武汉），作为机械师的她，热爱文学尤其是法国文学胜过机械，"家里那一面壁的书柜里，一大半是大小仲马、卢梭、左拉，是梅里美、罗曼·罗兰、巴尔扎克"，"母亲选择来法国，定是与她心中固有的法国印象不无关系"。②这体现出对法国的恋地情结。一般而言，是国外较高的社会发展水平吸引着相对落后国的移民，在吕红、欧阳海燕这里，却是非物质层面的城市自由精神和文学艺术成为人们产生恋地感的主要因素。

聂华苓最后一部小说《千山外，水长流》最能体现恋地情结，而且是中西双重的恋地。生活在美国石头城的祖孙三代都极具恋地情结，老布朗激烈反对将石头城现代化的意图；儿子彼尔对石头城的依恋表现在，在中国生死关头闪现于头脑的念头——"娥普西河边的黑色泥土真香啊！"；③老布朗的外孙彼利通过研究布朗山庄的建筑和历史来表达他对石头城的热爱。作为中美混血儿的莲儿，在探寻父亲与母亲爱情之谜的过程中，也建构起她的恋地情结，在母亲的信件中看到用别称"石头城"称呼南京时，做了如下眉批："竟和爸爸的石头城同名！石头

---

① 吕红：《美国情人》，中国华侨出版社2006年版，第93、95页。
② 欧阳海燕：《假如巴黎相信爱情》，中国电影出版社2014年版，第1—2页。
③ 聂华苓：《千山外，水长流》，四川人民出版社1984年版，第57页。

缘。"① 此种中美地理的亲和性，同样体现在文中多次提及的娥普西河与长江的亲和之上。莲儿的恋地情结正是在这种地方亲和中建构起来的，而地方的亲和正是中美两种异质文化的相互融合与相互认同。

与聂华苓有着类似人生经验的彭邦桢，生于湖北黄陂，后去台湾又至美国。以创作于美国的名作《月之故乡》为代表的一类诗歌表达出寄居海外的思乡情感，论家已多有论述。诗集《巴黎意象之书》开掘出另一种书写地方的路径，写的既非故乡中国，也非移居地美国，而是旅途中的法国巴黎。十首诗歌前九首每首摹写一个地方，如香榭丽舍、凡尔赛宫、埃菲尔铁塔、红磨坊等，后一首总结整个巴黎之行。巴黎一方面容纳进了诗人丰厚的历史感，另一方面也与诗人的故乡、移居地发生了联系。《香榭丽舍之秋》通过将秋天的法国梧桐拟人化，进而融进了启蒙主义的伏尔泰、浪漫主义的卢梭和雨果，巴黎当时之景与过往之史得以联系。《罗丹纪念馆之石》摹写巴黎作为一个石头之城的独特魅力，而在此诗的注三中，诗人谈到自己从小对石头产生兴趣的两个原因："因我的故乡就是个多石头的土地，那里有座矿山，几乎满山都是岩石。而我自小对文学产生兴趣，最早是从《石头记》开始。"② 总之，《巴黎意象之书》这一诗集，表达出一种融合了故乡、移居国、旅游地三种地方的浓厚的恋地情结。

三 现代性语境中的非地方性

与古典恋地情结相反的是，现代性的反思则在某种程度上体现出求知意志（Will to Know）。求知意志"解构一切确定性，打的名义是

---

① 欧阳海燕：《假如巴黎相信爱情》，中国电影出版社2014年版，第286页。
② 彭邦桢：《巴黎意象之书》，中国友谊出版公司1985年版，第29页。

社会范畴和文化范畴要有能力揭示人为狡计,并由此规定自身在世上的定位和导向"。[1] 非地方性不是对地方性的无视、忽略,而是地方性的一种特殊形态,是面对地方性时的一种认知态度,即人的求知意志。非地方其实可以对应于段义孚所说的与地方相对的空间,而空间与地方并非是完全对立的关系,而是相辅相成的关系。"即使地方的力量渐趋衰微甚至经常遗失了,作为缺席的它继续定义着文化与认同。作为在场的它也继续改变着我们的生活方式。"[2] 聂华苓的《桑青与桃红》与欧阳昱的《东坡纪事》分别从女性与男性视角刻画了这种求知意志。

在聂华苓的第二部长篇小说《桑青与桃红》中,依次由瞿塘峡、北平、台北、美国独树镇、田纳西、唐勒湖、第蒙等构成了一个多样的、动态的、变化的地方链条,地方不再是单一的、静态的、凝固的。在多个地方的流动之中,地方不再提供依附感,而为女性主体意识的不断觉醒、建构提供了地理学意义的认知资源。桑青时期由瞿塘峡、北平、台北到美国独树镇的地理迁徙是被迫的、过去时的,带有强烈的压抑性。比如说台北带给桑青的就是这样一种地方感。这种地方感主要是通过作品中狭小逼仄的空间象征得以体现:桑青与丈夫沈家纲躲藏的不能站起来的台北阁楼。桃红时期地理迁徙的三种地方田纳西、唐勒湖、第蒙象征着反越战游行、西部拓荒、原始生活,不仅仅是主动的、现在时的,而且可以说是带有任意性的汪洋恣肆,主体性得到了最大限度的释放。桃红最后自诩为"一个来自不知名星球的

---

[1] [英]基思·特斯特:《后现代性下的生命与多重时间》,李康译,北京大学出版社2010年版,第27页。
[2] Lucy R. Lippard, *The Lure of the Local: Senses of Place in a Multicentered Society*, New York: TheNew Press, 1997, p.20.

女人",① 这种主体性的无限放大借由外太空星球这一地方来加以象征，外太空的浩渺或许是最能象征人类的无限观念，赋予了人类认知的无限可能性。

欧阳昱尽管也书写祖国尤其是故乡等地方，但并非恋地情结式，他的地方书写带有浓重的现代反思精神。比如同是写武汉大学，聂华苓侧重于写历史事件中的武汉大学所担当的反抗精神，而在欧阳昱的《东坡纪事》中，道庄的妻子夏雨和吴聊均来自武汉大学，大学在某种程度上成为一个功利性浓厚的留学跳板。

非地方性首先体现在故国、故乡层面。家乡的赤壁大学在是否聘用道庄这一问题上产生的分歧，源于对他的身份困惑——他是不是澳大利亚人。如果他不是澳大利亚人，或者说移民到澳大利亚的中国人被断定为非澳大利亚人，那么就没有聘用他的必要。"在中国，我被认为是有价值的，并非因为我是中国人，而是因为我是澳大利亚人。"② 其次，非地方性也体现在所移居的澳大利亚。小说第17章写道："'此心安处是吾乡'，苏东坡曾说。……对我而言这却并不适用，所到之处我心恰恰无法找到安宁，无论是在澳大利亚还是中国抑或是世界的其他任何地方。"③ 背后的原因何在？小说中的主人公并不是没有做出过将澳大利亚视为可依附之地方的努力。道庄"曾寄厚望于澳大利亚……将其看作是一片机遇之地"，然而澳大利亚却只向来自英联邦国家的公民敞开，"即使我已向澳大利亚表示效忠，它却依旧视我为非澳大利亚人"。④ 种族显然在此隔离感中扮演了重要角色。江少

---

① 聂华苓：《桑青与桃红》，春风文艺出版社1990年版，第196页。
② Ouyang Yu, *The Eastern Slope Chronicle*, Blackheath: Brandl & Schlesinger, 2002, p. 296.
③ Ibid., p. 289.
④ Ouyang Yu, *The Eastern Slope Chronicle*, Blackheath: Brandl & Schlesinger, 2002, p. 25.

川认为唐人街作为独特的地理空间,既"是传承中华文化传统的'飞地'",又"见证着华侨残破的淘金梦",[1]《淘金地》中的柔埠,一方面体现出以广东人为主的淘金者对本土恶劣生存环境的逃避,另一方面,这种逃避无疑又陷入另一种恶劣环境。《东坡纪事》中强调"澳大利亚是一个起源于罪犯的国家",[2] 也就是说澳大利亚是英国人对罪犯的逃避行为之发生之地。欧阳昱描写的双重的逃避,其实也是双重的隔离:既与母国文化隔离,又与移居国文化隔离。欧阳昱在其创办的中英文文学杂志《原乡》(*Otherland*) 发刊词中写道:"'原乡'之于'异乡',正如'异乡'之于'原乡',是一正一反的关系,宛如镜中映像。"[3] 小说中道庄这一名字谐音倒装,作者确实就这一名字两字的前后颠倒显示出无所谓的态度,表面上这只是一种文字游戏,却深刻反映出道庄的文化心理特征。也就是说,对一个地方的感受不再是单一性的了,而在现代性的格局之中变得多义而复杂,而这正是非地方性的面相。

在非地方性中,给作者带来的认知可归纳为以下几点。首先是世界由实用理性思维主导。"在我出生、长大、工作的家乡,我的记忆无非只是赚取金钱的现实,我现在强烈地意识到家不过只是过往云烟。"[4] 澳大利亚同样如此,"东方与西方之间并无区别。对二者而言,金钱才是绝对真理"。[5] 文学也被经济化,小说中写到的万事通(Ston Wan) 弃文从商,认为从事文学实在是傻瓜们的职业。学术研

---

[1] 江少川:《新移民文学的地理空间诗学初探》,《华中人文论丛》2013 年第 3 期。
[2] Ouyang Yu, *The Eastern Slope Chronicle*, Blackheath: Brandl & Schlesinger, 2002, p. 53.
[3] 转引自庄伟杰《流动的边缘》,昆仑出版社 2013 年版,第 70 页。
[4] Ouyang Yu, *The Eastern Slope Chronicle*, Blackheath: Brandl & Schlesinger, 2002, p. 73.
[5] Ibid., p. 345.

究也无不充斥着实用理性思维,吴聊在澳大利亚的导师肖恩(Sean Dredge),作为一位历史学家,却拥有商人的头脑,他接收吴聊的唯一原因在于吴聊是一种有用的商品。

其次是价值虚无主义。实用理性思维的主导的最大弊端就在于,消解了人们原有的价值信仰,价值观念的模糊、消逝必然带来虚无主义。小说中对吴聊的姓氏"吴"做了一番介绍,"在汉语中,它听起来像极了无字。即使组成了新的词组,仍旧保有其空无的意义,还有无名的、空虚、无所事事、无处可藏等附加意,甚至无聊"。作为一名交换生,"他的澳大利亚之行本是为了研究澳大利亚历史的,但私下里他却知道那里并没有太多值得研究的","当今人们所去的世界范围内的所有地方之中,澳大利亚恐怕是最荒凉的"。[①] 这种地方感是其精神状态的隐喻,其精神状态集中体现在其虚无历史观。在文本中吴聊是通过道庄来转述的,在某种程度上吴聊可看作是道庄内心的影子。

最后,是对虚无主义的抗争,尽管这种抗争显得势单力薄。《愤怒的吴自立》中的吴自立,尽管对世界的无意义状态充满了愤怒,试图自杀,但最终在照录了一本捡到的日记后,"我胸中郁积已久的烦恼、仇恨、不幸、忧愁顿然消失,我不禁觉得我自杀的时机尚未成熟"。[②] 在《东坡纪事》中,黄州与苏轼有关的地理意象、风物、古迹等几乎被写尽了:大到长江、龙王山、西山,小到赤壁公园里的雪堂、二赋堂、酹江亭等,甚至写到很多与苏轼有关的食物,如东坡肉、东坡藕汤等。苏轼并非欧阳昱的同乡,只是被贬谪到了黄州而已,但他却成为黄州最为出名的文化符号。道庄说,"我甚至把自己

---

① Ouyang Yu, *The Eastern Slope Chronicle*, Blackheath: Brandl & Schlesinger, 2002, pp. 50 – 52.
② 欧阳昱:《愤怒的吴自立》,澳大利亚原乡出版社1999年版,第227页。

想象成苏东坡,生活在一个中国与西方世界没有联系自乐于她自己的百姓和国家事务的时代",① 然而,"我只是一个堕落版的苏东坡,因为我连半篇诗赋也写不出来,甚至十分之一篇也不行,不得不满足于将一种语言的知识传授给一个将之视为普通交流工具、只对其商用价值感兴趣的民族"。②《东坡纪事》中苏轼作为道庄的镜子,一方面是自喻,前人遭贬谪,今人被"流放";另一方面,却更是自嘲,苏轼始终活得风流洒脱,千古留名,而道庄却沉沦于世,活不出人生之真味。《东坡纪事》中还有一个细节值得特别关注:道庄为自己过于中国化的名字重新命名为 Zane Dole,吴聊不仅将澳洲当地人称为 Reservoir 的湖命名为东湖,还将周围所有的环境重新用汉语命名。尽管前者是从中国向外国的转化,后者是从外国转化为中国,但背后的地方性认同是一致的。而"命名是赋予空间意义、使其变成地方的方式之一"。③ 无论是吴自立的最终放弃自杀、道庄的以苏轼自嘲,还是吴聊、道庄的重新命名行为,都显示出对虚无主义的抗争,人们并不是不渴望地方带来的依附感,尽管对地方认同的渴望最终湮灭在现代性之中。

在一首题为《6.18》的诗歌中,欧阳昱描述了遭遇地方性的日常场景:一封来自新西兰的电子邮件告诉"我",如果我是新西兰公民或居民,可向某网站投稿。新西兰这一地方性的名字在这首短短的八行诗中出现了三次,然而"我"却是在无国界的世界性网络之中遭遇到这种地方性的,倍感尴尬的"我不知道该不该告诉这位赌徒先生/我已决定成为世界公民"。④ 决定成为世界公民,意味着超越国家、民

---

① Ouyang Yu, *The Eastern Slope Chronicle*, Blackheath:Brandl & Schlesinger, 2002, p. 291.
② Ibid., p. 311—312.
③ Tim Cresswell, *Place:A Short Introduction*, Oxford:Blackwell Publishing, 2004, p. 9.
④ 欧阳昱:《诗非诗》,上海文艺出版社 2011 年版,第 259 页。

族、文化等之间的固有界限与鸿沟，表明诗人面向了一种具有极限意义的求知意志。

恋地情结是求定意志的结果，人们对地方采取的是审美的价值取向，反映了人归于自然的态度；非地方性则是求知意志的产物，人们对地方采取的是认知的价值取向，反映的是人的自主性。人的求定意志与求知意志对应于段义孚的人文主义地理学术语，即地方（恋地情结）与空间（非地方性）。段义孚认为，空间具有运动性和敞开性的特点，而地方是被封闭和人性化的特殊空间，"与空间相比，地方是既定价值体系的宁静中心点"，由于空间和地方均各有利弊，因此"人类既需要空间又需要地方。人生就是庇护与冒险、依附与自由之间的辩证运动。在敞开性的空间中人可能强烈地意识到地方；在遮蔽之地的孤寂中远方广袤的空间又寻求着令人无法忘怀的在场。一种健康的生命应同时欢迎限制与自由、地方的界限与空间的敞开"。[1] 在对湖北籍海外华人文学的探讨中，我们发现，尽管不同的作家对两种基于地理学的人类意志各有所侧重，但要想在严格意义上进行绝对区分也非易事，求定意志与求知意志往往以彼此交相呼应的状态共存于人们内心深处。

最后值得指出的是，在考察作为整体的文学创作群体时，还应区分完成状态与未完成状态两种作家。就本论题来讲，聂华苓、程宝林等当属于完成状态的作家，而欧阳昱、吕红、欧阳海燕等应列为未完成状态的作家。对于后者，理应持一种动态发展的眼光加以关注和审视。借用段义孚的术语，他们时刻处于中西文化交流的"广袤的空间"之中，在敞开性的运动之中，随着意义的凝结，新的地方也会因之生成。

---

[1] Yi-fu Tuan, *Space and Place: The Perspective of Experience*, Minneapolis: University Of Minnesota Press, 2001, p. 54.

故乡·民族·风景
——毛南族作家孟学祥风景叙事研究

周爱勇[*]

毛南族是我国少数民族中人口较少的民族,主要分布在贵州和广西两省。孟学祥是贵州毛南族迄今唯一获全国少数民族文学创作骏马奖的作家,其获奖作品是散文集《山中那一个家园》。此外,他还出版了小说集《山路不到头》、散文集《守望》等多部作品。孟学祥与另一位骏马奖得主广西毛南族作家谭亚洲,共同构筑了中国毛南族文学创作的"双峰"。学界对孟学祥的研究集中在获奖散文集上,主要从作品主题、艺术特色、底层叙事等方面论述作品的故乡情结、民族意识、人文关怀等特点。[①]但我们发现,正如其作品集名称的"山中""家园""山路""守望"等关键词所揭示的,孟学祥作品中故乡风景是一面醒目的旗帜,成为解读其作品的一个重要坐标。"风景叙事实际上研究的是人文意识、生活实践、共同情愫、历史记忆、民族认同

---

[*] 周爱勇,贵州师范大学文学院博士研究生、讲师。
[①] 参见孙建芳:《山里山外赤子情——〈山中那一个家园〉读感》,《名作欣赏》2012年第15期;孙建芳:《守护精神的家园——毛南族作家孟学祥散文集〈山中那一个家园〉评析》,《山花》2012年第5期;吴正彪:《故乡情结与底层叙事的人文关怀——孟学祥散文作品创作特点刍论》,《河池学院学报》2010年第4期。

以及文化政治等在'风景'中的物象呈现。"① 在现代化城市化背景下，作者塑造了故乡恋地者的群像，故乡的风景物象成为其恋地情结的对象，指涉着他们的文化记忆与民族认同。他们对故乡怀有深厚的情感，但由于年龄、教育、处境等等的差异，导致对故乡的感知和体认不一，这种差异性通过故乡风景叙事鲜明地体现出来。本文借鉴国内外风景研究成果，分析孟学祥作品刻画的坚守型恋地者、游移型恋地者、离乡型恋地者三类形象，破译其作品中隐匿的文化符码，探究其风景叙事中蕴藏的结构含义，揭示孟学祥作品所体现的文化及审美意义。

一 坚守型恋地者形象

在孟学祥作品中，"人地关系"与"迁移"是其两个核心主题。与主题相关的核心风景物象是"故乡"，它由土地（田土、庄稼、粮食）、树（林）、石头（石像、石庙、石碾）、大山（山路）、小河（水井、水车、水磨）、桥、木楼、草屋等具体风景物象组成。这些风景物象成为作品人物恋地情结的对象。

坚守型恋地者是第一类恋地者形象，主要以故乡父辈人为代表。"恋地情结"是指"人与地方或环境之间的情感联结"，主要内涵表现为风景以及环境"不仅仅是人的物质来源或者要适应的自然力量，也是安全和快乐的源泉、寄予深厚情感和爱的所在，甚至也是爱国主义、民族主义的重要渊源"。② 坚守型恋地者眼中的故乡是这样一道风

---

① 黄继刚：《"风景"背后的景观——风景叙事及其文化生产》，《新疆大学学报》（哲学·人文社会科学版）2014 年第 5 期。

② Yi-Fu Tuan, *Topophilia: A Study of Environmental Perception, Attitudes and Values*, New York: Columbia University Press, 1990, P. 11.

景:"故乡是一片山。……故乡的大山是一片瘦土,像个饱经沧桑的农人。"(《故乡是一片山·山中那一个家园》)大山、瘦土、农人,故乡与耕耘在故乡土地上的人融为一体,构成了一道乡土风景。在其眼里,故乡不是一个抽象的地名,也不是"贫穷"的代名词,而是一道融入祖辈血脉、人与土地和谐相处的风景:

> 故乡的名字叫苦竹寨。……虽然苦竹寨在外有一个"贫穷"的名声,但是世代居住在那里的人并没有外来想象中的那样感觉到清苦,大家在经营那片土地的同时也同那竹林结下了很深厚的感情……
>
> ——《山中那一个家园·苦竹寨》

在坚守型恋地者眼里,故乡的每一片田土、每一棵树、每一块石头、每一条河、每一口井、每一条山路、每一座桥、每一栋木楼,都流淌着祖辈的汗水,牵系着族人的感情,值得每一个人珍视,是其恋地情结的对象,沉淀着民族文化记忆,召唤着每一代人进行民族认同。

坚守型恋地者的恋地情结根植于深厚的民族文化土壤。毛南族对树、土地等物象的崇拜构成了民族独特文化记忆的底色和重要内容。正是这些文化记忆奠定了民族认同。这种民族认同在坚守型恋地者中得以充分彰显。其恋地情结首先蕴藏于"树"这一风景物象。毛南族对树有着近乎宗教信仰的情感:

> 对树的崇拜、对树的渴望一直是我的故乡人的心中寄托,在我的故乡,一直流传这种"保树"的习俗:即在孩子出生的时候为孩子种一棵树,这棵树就是这个孩子生长的见证,是孩子生下地后所认的"保爷",它将保佑孩子一生平安,同时也与刚出生

的孩子一道成长壮大，做孩子成长的见证人。

——《山中那一个家园·喀斯特生命线》

基于这种文化背景，坚守型恋地者决然而苍凉的护树行为得以深刻的体现：

> 你要我帮你做什么我都可以给你想办法，唯独你要这几棵杉树我是不会同意的，因为它们是我们孟家老祖宗留下来的，是一代一代传下来的传家宝。我不能在我的手里就把它们给毁了，我还要亲自把它们传给你们，你们还要传给你们的子女，这几棵杉树还要一代代传下去。

——《山中那一个家园·那几棵大杉树》

> 孩子，我们还是不准你们卖这棵树，我们都是一些快入土的人了，这棵树的死活对我们无多大的意义，可对寨上的子孙后代来说那就不同了。

——《山中那一个家园·保寨树》

坚守型恋地者的恋地情结也蕴藏于"土地"这一风景物象：

> 你们想走我也不拦，但我是不会走的。老祖宗十多代都是住在这里安家在这里，开垦这里的每一块土地，又让这些土地供我们吃，供我们居住，供我们繁衍后代。到今天我们把这片土地折腾得没有树了，没有水了，长不出庄稼了，然后我们就弃她去，这种做法九泉之下的祖先都会为我们汗颜……

——《山中那一个家园·九爷与老井》

> 奶奶告诉土根：田土是我们农民的衣食父母，做农民的一旦离了田土就等于抛弃了父母，抛弃父母就是逆道，逆道就将

无法生存。

——《山路不到头·田土》

坚守型恋地者的恋地情结还从远离、排斥与乡土风景互异的城市风景突显出来：

> 父亲进城的第一天晚上，我带他上街看夜景，可是还没有走到繁华热闹的地段，父亲死活就不愿往前走了，他紧紧地拉着我的手对我说："不看了，我们回家吧，灯那么晃，车那么多，让人心慌慌的，一点都不踏实。"

——《山中那一个家园·乡村情结》

坚守型恋地者载着满满的乡土文化记忆和民族文化认同进入一个陌生的城市社会。城市的夜景、街道、路灯、车辆等城市风景远不及故乡的山路、树林、田土、木楼等乡村风景亲切。因此，远离喧闹的城市生活，回归安宁的乡村生活成为他们自觉的文化选择。

"风景不仅成为感官的栖息之地，更重要的是，风景还是精神的艺术。风景为记忆深层——正如地壳中的岩层——所建构。风景首先是文化的，其次才是自然的；一草一木，一水一石，均有想像性的建构投诸其上。"[1] "风景是一种意象、一种心灵和情感的建构。"[2] 风景是文化的产物，没有单纯的自然风景，只有存在于文化背景中的风景。以父辈为代表的坚守型恋地者眼中的故乡是其心灵和情感建构的产物，与其说是一道自然风景，倒不如说是一道文化风景。树、土地等故乡风景物象不仅仅是一个物质实体，更是一个文化载体，承载着

---

[1] ［英］西蒙·沙玛：《风景与记忆》，胡淑陈、冯樨译，译林出版社2013年版，第5页。
[2] ［美］段义孚：《风景断想》，张箭飞、邓瑷瑗译，《长江学术》2012年第3期。

民族文化，召唤着民族认同，成为毛南族文化记忆和民族认同的"想象的共同体"①。面对"人地关系"紧张、生存发展重压造成的破坏或背弃故乡、漠视或遗忘民族文化的行为，坚守型恋地者深感忧愤，并不遗余力地付诸抵抗，展现出一副恋地者的坚守姿态。坚守型恋地者的现代性诉求较微弱，民族文化认同诉求远远超出现代性诉求。因此，坚守型恋地者眼中的故乡风景更多地表现出单一的维度，即风景的文化性的一维性。

二 游移型恋地者形象

游移型恋地者是第二类恋地者，主要以故乡青年人为代表。与坚守型恋地者相比，游移型恋地者的恋地情结充满复杂性和流动性。游移型恋地者的现代性诉求与民族文化认同诉求交织在一起，致使他们眼中的故乡风景表现出二维性，即风景的现代性和文化性。在起初阶段，他们在故乡山水中成长，与自然有着天然的亲近感，具有"自然之子"的身份；同时他们在同父祖辈的朝夕相处中成长，对民族文化耳濡目染，具有"民族之子"的身份。"自然之子"与"民族之子"的双重身份使他们成为赤诚的故乡恋地者。他们同自然环境和民族文化的关系是神秘和谐的：

> 我曾经给一棵小树下过跪磕过头，那是比我高不了许多的树，在我下跪磕头的时候，风吹动它那赢弱的身躯左右摇晃着，伴着周围树叶发出的"沙沙"声，让人产生了一种神秘的恐怖。那棵树就是我的"保爷"，是在母亲生下我的那天父亲栽种下去

---

① ［美］本尼迪克特·安德森：《想象的共同体：民族主义的起源与散布》，吴叡人译，上海人民出版社2011年版，第6页。

的。……这种随孩子的降生而栽下地去的树,就是生命的象征,也是孩子的"保爷"(也可以叫保树)。"保树"被栽种下地后就会被很好地保护起来,并伴随新生儿的生命一天天地成长壮大,直到有一天,同它一起生长的这个人的生命老了,将不久于人世了,他(她)的后代才伐下这棵树做成棺材,随故去的老人一道入土安葬。

——《山中那一个家园·生命树》

树连同生成它的土地以及土地上的故乡物象,成为故乡青年人生命和思想中一道道神秘的风景。他们对故乡和民族的认同也通过对故乡风景的感受与体认呈现出来。此时他们同坚守型恋地者一样,现代性诉求远弱于民族文化认同诉求。

当人地关系日渐紧张,人的生存发展与自然环境、民族文化日益冲突,故乡青年人发生分化,其恋地情结开始变形,呈现出一种游移姿态,甚至生发出"逃避主义"。"逃避主义"是美国人文主义地理学领袖段义孚在创造"恋地情结"之后的又一重要术语。他认为,人类逃避的对象主要有四个方面:自然、文化、混沌、人类自身的动物性。人类之所以会产生逃避的想法,原因来自对自然的恐惧、对社会环境的无法承受、希望感受真实、对自身野蛮的动物性的反感。人们逃避的途径主要有四个方面:第一,改造自然;第二,空间移动;第三,根据想象建造出有特定意义的物质世界;第四,创造精神世界。[1] 游移型恋地者逃避的对象主要体现在"自然"与"文化"两个方面,逃避的途径主要体现在"改造自然"与"空间移动"两个方面。

---

[1] [美]段义孚:《逃避主义》,周尚意、张春梅译,河北教育出版社2003年版,第5—6页。

当人的生存发展与自然环境发生冲突时,"改造自然"成为游移型恋地者逃避"自然"、追求现代性的途径之一:

> 曾经葱茏碧绿的山野而今却只剩下一片荒芜的泥土和光秃秃的石头。故乡的人告诉我:那些山全都是被火烧光的。……每年都要有几片树木被大火吞噬,这些火有的是无意的,有的则是有意放的。在大火吞噬后,被开垦的耕地就会应运而生。
> ——《山中那一个家园·遥望树林》

> 这几年苦竹寨的大部分人家都是靠卖苦竹发家的,原先卖的都是长在地面的春笋,后来就发展到在冬天挖地下的冬笋卖,还不到两年的时间,满山满岭的苦竹就这样被挖刨光了。望着脚下满目疮痍的土地……
> ——《山中那一个家园·苦竹寨》

游移型恋地者眼中那道曾经让他们唱着古歌山歌赞美的故乡风景逐渐失色,土地、树木等一切事物逐渐变得只与生存发展相关,仅具有经济价值,失去了原有的文化意义。被开垦得千疮百孔的土地成为象征荒凉贫瘠与贫困落后的丑陋风景。当人的生存发展与民族文化发生冲突时,漠视甚至背弃民族文化传统成为游移型恋地者逃避"文化"、追求现代性的一种选择:

> 许多人家开始改造新屋,那一间一间的旧木楼被推掉,代之而起的是那一栋栋美观漂亮的小楼房……村中的新屋如雨后春笋般一栋接一栋地立起来了……在一排排新屋的陪衬下,旧木楼愈加显现它的残败和破旧。
> ——《山中那一个家园·木楼》

种"保树"这种习俗后人已经不再当一回事了……现在的

> "保树"也难保住了,在那片土地上,有那么一些不讲良心道德的人,如幽灵样专门在夜间去偷别人家的"保树"卖钱。
>
> ——《山中那一个家园·生命树》

> 许多人都认为,那几千年的大树留了也是白留,说不定哪天就枯死了,倒不如现在卖了还有点益处。可是一些上了年纪的老人却不赞成卖树……你们为什么要卖这"保寨树"?
>
> ——《山中那一个家园·保寨树》

在游移型恋地者眼里,小楼房比旧木楼漂亮,于是楼房逐渐取代了木楼。在这种现代性诉求中,父祖辈居住数辈的木楼消失殆尽,凝聚在木楼中的家族情感和民族传统变得岌岌可危。为了眼前的经济利益,偷保树("生命树")、卖保寨树等背弃民族文化的行为割断了民族文化记忆和认同之根。游移型恋地者逐渐不再像父辈那样将木楼视为民族寻根的风景,而将它看作"贫穷"的标签;逐渐不再像父辈那样将保树视为神圣崇拜的风景,而将它看作营生的自然资源。故乡在这种文化态度中逐渐"祛魅",不再是"有意味的风景"[①]。脆弱的喀斯特生态环境经不起如此粗放的"改造自然","空间移动"的途径成为游移型恋地者逃避"自然"与"文化"、追求现代性的又一选择:

> 由于喀斯特土地上人口的猛增,本来很艰难的生活就越来越艰难了。有一些人原来还想走前辈的迁徙开垦之路,到另外的地方去开垦新的土地,可是这条路却行不通了。……这片土地已经很难再养活这么多人,拖家带口走迁徙的老路更是不可能,唯一

---

① 施畅:《真实的风景和风景的政治》,《文艺研究》2013年第4期。

的办法就是出行,走外出打工之路,去外边打工找到钱后再把粮食买回来喂饱家中的老人和孩子。

——《山中那一个家园·出行的日子》

一年后,外出打工的十五名汉子揣着胀鼓鼓的钱包回到了小村,他们那成功的喜悦以及增长的见识足足让村里人议论了好久。过完春节后,那十五名汉子又继续走上了他们的打工之路,而且这次不要动员,他们的身后又跟去了许多新面孔。……随着打工的人越走越多,这片被先辈们用汗水开垦出来的土地又渐渐地变成了荒土。……随着日月的递增,这片土地上被撂荒的田土越来越多。

——《山中那一个家园·走过乡村的脚印》

回到日夜牵挂的故乡,熟悉的山影映在菊的眼眶中,看到三年前她走出去的那条小路一点都没有改变,山仍是那样的高大,路仍是那样的艰难,曾居住过的草屋仍是那样的破败,故乡的亲人们仍是那样的贫穷,菊哭了,菊抹着眼泪对送她回家的打拐办民警说:"我不会留在这里的,我还要回到安徽去。"

——《山路不到头·山路不到头》

随着现代化城市化进程的推进,游移型恋地者面临着两难的选择:是恋地坚守还是逃避迁移?如果选择前者,那么如何改变故乡这道遍地是石,一个个山头、一条条山路的贫困落后风景?如果选择后者,那么如何保存故乡之根、民族之魂?能否找到一条两者兼得的道路?现代性诉求与民族文化认同诉求的矛盾使游移型恋地者呈现出一副恋地者的游移姿态。

三 离乡型恋地者形象

离乡型恋地者是第三类恋地者形象，主要以故乡游子为代表。离乡型恋地者已不再像坚守型恋地者和游移型恋地者那样是故乡当地人，而是已经远离故乡的游子："我知道我人未变，但内心已经变了，就在这一次毕业分配工作中，我选择了远离家乡，远离父母，远离生我养我的大山，选择了留在城市。"（《山中那一个家园·不敢辜负山野》）游子身份使离乡型恋地者具有"他者"的视角："因为长期在外工作，很少有机会重踏故乡的土地，所以总是习惯于用外界变迁的眼光来衡量故乡的发展，这种感情的色彩在不被现实的故乡接受后，心中的失落更加无情和无奈。"（《山中那一个家园·遥望树林》）"风景是一种'观看的方式'，它是由特殊的历史、文化力量决定的。"[①] 风景的内涵很大程度上取决于主体的主观视角，所谓风景的"观看之道"诞生于审美主体的视角转换。[②] 正是这种审美主体的主观视角和视角转换，使得故乡风景在"他者"（离乡型恋地者）视角的"观看之道"中表现出多维性，即风景的审美性、文化性、现代性的三维性。

离乡型恋地者的风景多维性之一是不同于"内部人士"和"局外人"的风景审美性之维。"那些依赖土地构造全部生活、把土地作为生计和家园的人们，并不把土地当作风景。他们之于土地的身份是'内部人士'：对于'内部人士'来说，在自我与场景之间、主体与

[①] ［英］马尔科姆·安德鲁斯：《风景与西方艺术》，张翔译，上海人民出版社2014年版，第29页。
[②] 黄继刚：《"风景"背后的景观——风景叙事及其文化生产》，《新疆大学学报》（哲学·人文社会科学版）2014年第5期。

客体之间没有明确的分离。更确切地说,在环境中蕴含着一种融合的、单纯的、社会的意义。'内部成员'无法像我们一样离开一幅框中的绘画或者走入一个参观者的视角,他们没有享受离开场景的特权。"① "依赖土地构造全部生活、把土地作为生计和家园"的坚守型恋地者和游移型恋地者便是故乡的"内部人士"。因为"没有享受离开场景的特权",所以他们眼中的故乡风景失去了审美性的维度。

> 小河、水车、小村、木楼、大山,用现在的目光去审视,那是一道很不错的风景。然而,在过去那贫穷的日子里,美丽的风景给山村留下的却是众多贫穷的伤痕。
> ——《山中那一个家园·山中那一个家园》

> 没有泥土与石头分享这片土地的偏爱,山上的石头就富得冒了一层油,大雨过后石头上的那层苔衣在阳光的反射下亮晃晃的,让人在读够一种无奈时也读到了一种大自然的神美。站在石头上,放眼那些千奇百怪的石头,如果不是在这里谋生,你定会惊叹于造物主赋予那些石头的神奇和美丽。
> ——《山中那一个家园·喀斯特生命线》

面对同一道故乡风景,"内部人士"和"他者"的感受和体认迥然不同:在"内部人士"坚守型恋地者眼里,故乡的每一道风景都成为恋地情结的对象,沉淀着民族文化的记忆,召唤着民族认同;在"内部人士"游移型恋地者眼里,故乡风景是"贫穷的伤痕"和谋生的对象;而在"他者"离乡型恋地者眼里,故乡是一道"美丽的风景",从中"读到了一种大自然的神美"。此时,故乡风景在"他者"

---

① [英]马尔科姆·安德鲁斯:《风景与西方艺术》,张翔译,上海人民出版社2014年版,第29页。

视角的观看下，一定程度上规避了"内部人士""风景观看之道"的局限性或功利性（民族文化认同诉求或现代性诉求），露出了风景的审美性面孔。然而，这种风景的审美性并无"局外人"的"审美无功利"的超然和轻盈，而是挥着"沉重的翅膀"飞翔，"戴着镣铐跳舞"。离乡型恋地者异于"内部人士"和"局外人"的双重"他者"身份使得故乡风景的审美性变得复杂而矛盾。

离乡型恋地者的风景多维性之二是不同于"局外人"和"内部人士"的风景文化性之维。

> 那次笔会让我领略了陕北的风情，观赏到了宝塔山下的风光，同时也目睹了黄土高原的苍茫和辽阔，尝够了大风扬起的漫天黄土沙尘。晚上躺在床上我做了一个梦，梦中我行走在一片一望无际的树木里面，那片既感陌生又似曾熟悉的树林让我无论怎么努力都走不到尽头，而林子外边却到处都是我的亲人，他们大声说话、高声欢笑，然而我却叫不应他们，更无法走到他们的跟前，醒来后我仍惊悸在梦中……那既是一场梦，其实也是我儿时历史的记忆。
>
> ——《山中那一个家园·遥望树林》

在陕北风情风光参照和刺激下的故乡树林之梦，"领略""观赏""目睹"等对风情风光"浅尝辄止"的动词的使用，既体现了"我"对异乡风景的本能疏离，又表现出"我"对故乡风景的由衷认同。此时故乡树林因时空距离拉长，在"异乡"风景参照下，呈现出民族文化认同的风景文化之维——"陕北之行让我由衷地感到了树林的可亲"。（《山中那一个家园·遥望树林》）在这里，"异乡人"成为"局外人"的一种形式。这是个"有意味"的梦，隐喻着"他者"身份的双重性。"我"与故乡亲人的关系,如同"我"与陕北异乡的关系,某种意义上说,"我"也是故乡的"局外人"("异乡人")。因此,才会有"我"对那片树林的"既感陌生又似曾熟悉",才会出现梦中叫不应亲人的惊悸。故乡树林是"我"的民族认同之地,却"让我无论怎么努力都走不到尽头"。它只能以回忆的方式"被储存在大脑深处,通过睡梦的刺激才重新再现"。(《山中那一个家园·遥望树林》)"异乡人"之维中的故乡"内部人士",故乡"内部人士"之维中的"异乡人",离乡型恋地者具有双重"他者"的身份。这种双重"他者"身份也体现在另一个"局外人"形式——"城市人"之中。

  我渴望树林,是缘于久别故乡后滋长的一种依恋情结……我渴望树林,是我的最低生活已得到保障,再加上城市的扩大,房屋的增多,现代生活气息越来越浓厚,心中才逐渐涌出这种返璞归真的幻想。

——《山中那一个家园·遥望树林》

"城市人"之维的故乡"内部人士"身份,使异于城市风景的故乡风景成为离乡型恋地者恋地情结的载体,成为逃避"现代生活气息"、抵达"返璞归真"的手段;而故乡"内部人士"之维中的"城市人"身份,却使得离乡型恋地者的"返璞归真"成为"幻想"。离乡型恋地者的双重"他者"身份使得故乡风景的文化性变得异常复杂,也使得离乡型恋地者的民族认同变得异常矛盾。

离乡型恋地者的风景多维性之三是不同于"内部人士"和"局外人"的风景现代性之维。

  如今的毛南山寨,山还是那些山,视野中望不尽的山峰;河还是那条河,古歌中不绝于耳的涓涓细流;依然有水车在旋转,但是村落已经出现了翻天覆地的变化，很多原来的木楼都已经成为历史，大多被一个新的名词"楼房"取代，那些曾经支撑我们一代又一代生活的木柱，大多都已被填进火堂（塘）化成青烟，化成灰烬。特别是那碾房（坊），虽然原风原貌保存得比较完好，但是已经没有人家再去那里碾米了，碾磙撞击碾槽发出的"咣噹（当）"声只是供远方的来客欣赏和供山寨的后代子孙对久远历史的凭吊和回忆。

——《山中那一个家园·山中那一个家园》

面对毛南山寨出现的翻天覆地的变化，凝聚着毛南族家族情感和民族传统的木楼水车碾坊成为历史或只供欣赏凭吊的风景，作为故乡"内部人士"的坚守型恋地者，游移型恋地者更多的是哀愁痛惜这些承载民族文化记忆与认同的故乡风景湮没在"社会变化发展的脚步声"中；作为"局外人"的异乡人、城市人则表现出欢欣鼓舞——"虔诚地倾听社会变化发展的脚步声，为毛南山寨的变迁续写新的篇章"（《山中那一个家园·山中那一个家园》）；而具有双重"他者"身份的离乡型恋地者则表现出忧喜参半的矛盾态度。一方面，离乡型恋地者对故乡的现代性诉求得到一定程度的满足感到欣喜；另一方面，离乡型恋地者对故乡民族文化的衰落感到担忧，继而对民族身份认同感到焦虑。离乡型恋地者介于"内部人士"与"局外人"之间，因此，离乡型恋地者"观看之道"中的风景三维性充满了复杂性和矛盾性。审美性诉求、民族文化认同诉求和现代性诉求交织在一起，使离乡型恋地者呈现出一副恋地者的焦虑姿态。

"土地是在数量上占着最高地位的神"，[①] 费孝通正是从这一角度

---

① 费孝通：《乡土中国》，北京大学出版社 2012 年版，第 10 页。

指出中国社会的本质是乡土性。乡土性孕育了中国人根深蒂固的故乡情结。作品中的坚守型恋地者、游移型恋地者、离乡型恋地者虽然在时空距离上与故乡存在着较大的差异性，但在对故乡的情感上却保持了较高的一致性，表现为对故乡的恋地情结。三类恋地者之间并非隔着一道不可逾越的鸿沟。同时，三类恋地者的民族文化认同诉求、现代性诉求、审美性诉求交织在一起，表现出极大的差异性、丰富性和流动性。作品通过故乡风景叙事将坚守型恋地者的坚守姿态、游移型恋地者的游移姿态、离乡型恋地者的焦虑姿态生动地呈现出来，体现了作者对现代性诉求、审美性诉求与民族认同关系的深刻思考。在现代化城市化背景下，孟学祥作品保存民族文化记忆和寻根民族认同的文化自觉，具有独特的文学价值和文化意义。

［本文系贵州省教育厅高校人文社科研究项目"文化转型视角下作为想象共同体的文学风景研究"（2016ssd15）、"贵州毛南族风俗文化研究"（JD2013057）阶段性研究成果］

学科建设动态

文学地理学作为中国话语的崛起

——中国文学地理学会第七届年会论文综述

刘玉杰

随着 2011 年中国文学地理学会成立、文学地理学学科的建立，以及曾大兴、杨义、夏汉宁、邹建军、陶礼天、刘川鄂、梅新林等学者的文学地理学论著的大量问世，文学地理学的中国话语属性日渐彰显。中国文学地理学会第七届年会暨第二届硕博论坛，于 2017 年 7 月 21 日至 23 日在西宁青海师范大学举行，来自中国、美国、韩国和新加坡等国的 170 余位学者与会，提交学术论文近 150 篇，更是集中展现了作为中国话语的文学地理学在文学研究领域中起到的积极作用。刘庆华在《从文学地理学看中国学的构建》中，从中国学术体系构建的角度如此肯定文学地理学的贡献："在建构中国学术体系的艰难历程中，文学地理学学科从无到有，异军突起，率先垂范，为构建中国学派做出了有益的尝试。"[①]

一 文学地理学作为中国话语的崛起

文学地理学作为中国话语的崛起，强调文学地理学的中国性，

[①] 刘庆华：《从文学地理学看中国学的构建》，中国文学地理学会第七届年会暨第二届硕博论坛论文（现当代、比较文学与世界文学卷），西宁，2017 年 7 月，第 140 页。

并非盲目的民族主义自信，而是有着以下几方面的学理依据。

首先，长久以来中国学术界面临着严重的失语症困境，这是作为中国话语的文学地理学诞生的学术生态背景，也凸显出文学地理学的中国话语属性的合法性与重要性。中国近现代以来长期遭受西方话语的压制，逐渐丧失了自己的话语方式。在西方，20世纪被誉为批评的世纪，俄国形式主义、英美新批评、现象学与阐释学、精神分析、接受美学、结构主义、西方马克思主义、解构主义、后殖民主义等批评流派迅速更迭、接踵而来；反观中国，新时期以来我们忙于目不暇接地被动接受各种西方批评话语，却疏于主动挖掘原生性的批评话语。曹顺庆在1996年的《文论失语症与文化病态》中一针见血地指出中国话语的缺失："长期以来，中国现当代文艺理论基本上是借用西方的一整套话语，长期处于文论表达、沟通和解读的'失语'状态。"①

其次，何种意义上的文学地理学才能称为中国话语？一方面，从时间维度考量，文学地理学研究在中国源远流长，曾大兴在《文学地理学概论》中开宗明义地说："文学地理学研究在中国已有2560年的历史。"并将文学地理学在中国的发展演变，划分为片段言说阶段（前544—1905）、系统研究阶段（1905—2011）、学科建设阶段（2011至今）三阶段。②那么，我们可以说作为中国话语的文学地理学，同样具有2500多年或者110多年的历史吗？答案是不能也没有必要。中国话语是一个参照性观念，只有与西方话语相参照才有实际意义。具体到文学学术研究领域的话语焦虑，大体上产生于20世纪下半叶，与文学地理学的渐成显学的时间大体一致。另一方面，从文

---

① 曹顺庆：《文论失语症与文化病态》，《文艺争鸣》1996年第2期。
② 曾大兴：《文学地理学概论》，商务印书馆2017年版，第367—413页。

学地理学的性质定位考量，无论是作为文化地理学的分支、作为学术研究方法还是作为文学史的补充，文学地理学均面临着或者中外皆有或者中国源自外国的合法性质疑，无法被看作是中国话语。

我们认为，自2011年始的学科建设阶段才为中国所独有，也才可以被称为中国话语的文学地理学。曾大兴正是从学科史的视角考察，发现了中西对待文学地理学的态度差异："为什么文学地理学在国外不受重视，不能成为一个独立学科，而在中国却能得到广泛的认可，并且正在成为一个独立学科呢？"[①] 并详尽阐述了文学地理学学科在中国诞生的五大原因。具有学科自觉意识的研究同人，均不同程度地强调了文学地理学的中国属性，如曾大兴2012年明确地说："文学地理学是由中国学者倡导建立的。在中国的文学研究领域，文学史学是'舶来品'，文学批评学是'舶来品'，文艺理论学也是'舶来品'，只有文学地理学才属于'中国创造'。"[②] 陶礼天在2016年指出，"我们现在研究文学地理学不要也不可能只依靠外国的理论"，应从中国本土思想资源中"归纳出许多有创新性的命题，乃至形成我们自己的学派，从而推动我们'中国的文学地理思想'研究和'中国文学的文学地理学'研究"。[③]

再次，曾大兴《文学地理学概论》（2017）的出版，是文学地理学学科建设的新收获，是文学地理学作为中国话语崛起的又一有力例证。李仲凡在《文学地理学学科建设的里程碑——评曾大兴教授的〈文学地理学概论〉》中，认为该书"对文学地理学学科在中国的早

[①] 曾大兴：《文学地理学概论》，商务印书馆2017年版，第457—462页。
[②] 同上书，第28页。
[③] 陶礼天：《关于文学地理学研究的简要回顾和点滴思考》，《世界文学评论》（高教版）2016年第2期。

日建成，具有重要的推动作用"①；刘川鄂与黄盼盼的《高屋建瓴 鞭辟入里——曾大兴〈文学地理学概论〉述评》认为"此书是对文学地理学学科做通盘考虑的第一书，这对于一个尚在建设中的学科具有突破性意义"。②

最后，我们可以从研究者有无话语自觉意识，来检验文学地理学作为中国话语是否真的崛起。事实上，中国学者的确在自觉地运用文学地理学研究方法进行多领域研究。在此仅举一例，曾大兴在中国文学地理学会第六届年会上系统地提出文学地理学的六种研究方法，并强调与文学史学研究方法的综合使用，"使用'空间分析法'必须坚持'以人为本'和'时空并重'的原则"③。以下诸文无不在突出地理空间的前提下，兼而做到时空并重。刘介民的《文学地理之时空维度——唐诗绝句的时空意识》，从人文性、精神性、想象性、跨学科性等层面讨论文学地理的时空维度。左洪涛的《论唐代前后期女性审美观的演变与胡汉关系变化的关系》，运用"区域分异法"考察唐代女性审美观，初、盛唐以壮硕为美是黄河流域的胡人和北方汉族人的审美观，中、晚唐以劲瘦轻巧为美则是长江流域南方汉族人的审美观。颜红菲在《前文本·嵌文本·潜文本——论〈我们中的一个〉的景观叙事》中，指出叙事文本中的地理景观不仅展示故事背景，也发挥着时间叙事的功能。陈桐生的《从地理名称看

---

① 李仲凡：《文学地理学学科建设的里程碑——评曾大兴教授的〈文学地理学概论〉》，中国文学地理学会第七届年会暨第二届硕博论坛论文（现当代、比较文学与世界文学卷），西宁，2017年7月，第111页。

② 刘川鄂、黄盼盼：《高屋建瓴　鞭辟入里——曾大兴〈文学地理学概论〉述评》，中国文学地理学会第七届年会暨第二届硕博论坛论文（现当代、比较文学与世界文学卷），西宁，2017年7月，第482页。

③ 曾大兴：《用文学地理学的方法分析诗词的时空结构》，《广州大学学报》（社会科学版）2016年第11期。

〈诗经〉中的西周风诗》从地名推测《诗经》风诗的创作年代。彭民权的《从自然到文化：先秦地域观念的演变——以"夷狄""蛮夷""荆楚"为例》，强调对地域观念认识的时间维度，早期指中原以外自然区域的夷狄等，后演变为对非中原区域的文化贬斥。陈丽丽的《论中国古代诗歌总集编纂中的地域意识》以地域与诗歌总集为切入点，对中国两千多年的诗歌发展史进行纵向观察，窥见中国诗歌发展的地域轨迹。

探索学科建设的还有杨波的《大数据时代文学地理学研究的发展方向》，通过大数据分析，把脉文学地理学研究的成绩、问题及方向。一方面，文学地理学研究的成绩体现在研究队伍逐渐壮大、研究成果持续推出、跨学科研究课题数量激增、相关研究取得了阶段性共识等四个层面。另一方面，相关研究也存在着一些值得深思的问题，如研究领域亟待开掘、创新成果突破较少、个体研究水平低重复较多等。文学地理学研究者"要尽量做到以战略眼光把握研究态势、以积极态度求取理论认同、以创新思维拓宽研究视野、以长远眼光推进深度研究，推动文学地理学研究从历史的深处走向现实的舞台，从书斋研究走向社会普及，持续深化文学地理学研究的学术价值和现实意义"。[①]王朝朝的《文学地理学学科建设的多重价值》论析了文学地理学对于文学创作、文学研究、文化产业的多重价值。李欣的《从时间纬度到空间纬度的转向——论文学地理学的兴起》探讨空间转向与文学地理学兴起的因果关系。虽然空间转向对整个人文社科研究影响甚重，但它与文学地理学之间是否存在因果关系，或者存在何种程度的因果关

[①] 杨波：《大数据时代文学地理学研究的发展方向》，中国文学地理学会第七届年会暨第二届硕博论坛论文（现当代、比较文学与世界文学卷），西宁，2017年7月，第279页；亦可参见杨波《大数据平台与文学地理学研究》，《临沂大学学报》2018年第1期。

系是值得深入探讨的。在此给出一种相反意见供参考,曾大兴从中西两方面提出了否定性观点:"中国有个别学者认为'当代西方的文学地理学是在空间转向和后现代语境下产生和发展的',这是一种误解和误判"。"有人讲,20世纪80年代中后期文学地理学研究在中国的兴起,是得益于20世纪后期西方学术的'空间转向'。这个说法不符合事实"。[1]

二 文学地理学基本理论与研究方法

(一)文学地理学研究范式新探索

曾大兴的《"地域文学"的内涵及其研究方法》区分了地域文学与区域文学,指出不能仅仅依据作家的籍贯来判定其是否属于某一地域文学,而应按照籍贯、作品的产生地和作品的题材等三个要素来综合判断;针对以往地域文学研究使用单一的文学史方法的缺陷,指出文学史方法和文学地理学方法并用的方法论。

与曾大兴侧重于探讨地域文学研究不同,刘川鄂的《当代中国区域文学研究的尝试与思考——〈湖北文学通史·当代卷〉主编感言》主要探讨区域文学研究。刘川鄂将《湖北文学通史·当代卷》称为区域文学研究,一方面,因"湖北的文化品性是庞杂的,其文学也更具有开放性和包容性","当代湖北作家群这个概念其行政区域意义大于文学风格含义",即湖北是一个地理界限明晰的行政区域,这正好印证了曾大兴的观点。另一方面,提醒在行政区域打造的"地域牌"热潮中应该清醒地认识到:"只用地域的视角而不是时代的、文化的、

---

[1] 曾大兴:《文学地理学概论》,商务印书馆2017年版,第436、第458页。

审美的视角观照和描绘地域文化，只写出地域特性而忽视文学的审美共性和人类的共通性是不够的。"①

陶礼天的《〈文心雕龙〉文学地理批评思想研究（上篇）》根据艾布拉姆斯《镜与灯》中文学批评的四大要素论，提出《文心雕龙》文学地理批评内容研究的范式：第一，《文心雕龙》关于文学与地理的一般关系的问题，即基于《原道》篇的"道、圣、经"三位一体理论纲领而立论的天人合一的精神与文化视野；第二，作家与地理的关系问题，主要指作家创作个性（才性）、风格与文学地域等；第三，作品与地理的关系问题，主要指风景论、乐府论、语言声韵论、文学传统与文学史的通变论等；第四，读者与地理的关系问题。

邹建军的《地方文献与文学地理学研究领域的拓展》探讨了地方文献与文学地理学的关系问题，认为地方文献是文学地理学学科建设的重要基础和基本内容。地方文献由以下四方面构成：国家层面，方志层面，家族层面的历史文献、回忆录，口述史层面的历史文献以及作家个人的日记、游记等。针对如何整理地方文献中的"地理"这一问题，认为首先是整理中国古本的文学地理学思想，其次是在地方志中寻求文学地理学相关内容，再次是在家谱与族谱中研究文学人物与自然环境的关系，最后是实地考察地方的民歌民谣等民间文学文本。②

周文业的《以地理信息系统 GIS 构建中国文学地理开放交互信息平台》，介绍了中国文学地理开放交互信息平台的设计思想和总体设

---

① 刘川鄂：《当代中国区域文学研究的尝试与思考——〈湖北文学通史·当代卷〉主编感言》，中国文学地理学会第七届年会暨第二届硕博论坛论文（现当代、比较文学与世界文学卷），西宁，2017 年 7 月，第 121、123 页。

② 邹建军：《地方文献与文学地理学研究领域的拓展》，中国文学地理学会第七届年会暨第二届硕博论坛论文（现当代、比较文学与世界文学卷），西宁，2017 年 7 月，第 439—452 页；亦可参见邹建军《地方文献与文学地理学研究领域的拓展》，《武汉科技大学学报》（社会科学版）2018 年第 1 期。

计方案，指出将地理信息系统 GIS 应用于中国文学地理，是以中国历史地理数字化平台为基础，构建中国文学地理学信息平台，应用于中国文学地理的教学和科研，从作家、作品、地点等三方面展示中国文学史。

龙其林、钟丽美的《地理图像史料、文学地理学科背景与专业精神——中国文学研究著作中的地理图像史料问题及反思》指出研究者对于地理图像史料的使用存在三大方面的缺陷：地理图像史料的穿越化（史料与历史语境不符）与雷同化；文学地理学科背景（跨学科素养、必要的知识积累）与生命、审美体验的双重匮乏；持之以恒的专业精神，以及博物学、田野调查的意识缺乏。

（二）文学地理学核心概念辨析

在中心—边缘所构成的权力关系话语中，中心往往对边缘产生压迫，而边缘则总是对中心具有反抗意志，两者之间的张力、动态变化成为文学地理研究的关注所在。陈一军的《文学的"中心与边缘"义理考究》认为，中心与边缘发端于地理空间，继而上升为关乎人类普遍思维结构的认识论。"文学的中心与边缘即是在地理的、政治的、经济的、文化的复杂场域中形成的，渗透着情感、态度、立场、权力、利益等诸多因素，充分体现着话语权在中心与边缘之间的分配关系"[1]，因而研究者应注重其在文化层面上的综合性、批判性阐释功能。杜国景的《文学地理学研究中的几个问题》表面看论及三对文学地理概念，实则处理的是两个问题：一是区域与地域之间的区别和矛盾，比如少数民族作家的地域文化认同在实际上被区域所分割；二是

---

[1] 陈一军：《文学的"中心与边缘"义理考究》，中国文学地理学会第七届年会暨第二届硕博论坛论文（现当代、比较文学与世界文学卷），西宁，2017 年 7 月，第 16 页。

文学的中心与边缘之别，应打破将口头文学作为边缘文学、将书面文学作为中心文学的二元对立认知模式。

地方性与非地方性的辩证关系。人们对地方的态度必然是丰富多变的，对地方性的认同已经得到文学地理学的广泛关注，但是却在一定程度上忽略了非地方性。刘玉杰的《全球化中的地方性与非地方性——以湖北籍海外华人作家的地方书写为考察中心》借用段义孚、爱德华·雷尔夫（Edward Relph）等学者的理论，认为全球化语境中人们对地方性的态度、书写呈现出两种形态，即古典式恋地情结的地方性（Placeness）与现代性语境中的非地方性（Placelessness）。前者是求定意志的结果，反映出人归于自然的情感态度，而后者则是求知意志的产物，反映出人的认知自主性，"非地方性不是对地方性的无视、忽略，而是地方性的一种特殊形态"[①]。周爱勇的《故乡·民族·风景——毛南族作家孟学祥风景叙事研究》提出坚守型恋地、游移型恋地、离乡型恋地三种恋地情结，后两者在不同程度上彰显出非地方性。

王东的《自由情结与气象美学研究》具体分析了三位学者的气象美学理论：梅尔斯·洛斯顿以"野性"赋予气象审美的反秩序性和颠覆性，马达丽娜·代克努以审美超验性赋予气象审美的终极无功利性，斋藤百合子以日常的无边界性赋予气象审美的融合沉浸性。借此指出气象美学建构的一种内在动力是自由情结，具有平民性、自由性、反科技控制等意识形态价值。

[①] 刘玉杰：《全球化中的地方性与非地方性——以湖北籍海外华人作家的地方书写为考察中心》，中国文学地理学会第七届年会暨第二届硕博论坛论文（现当代、比较文学与世界文学卷），西宁，2017年7月，第502页；亦可参见刘玉杰《全球化中的地方性与非地方性——论湖北籍海外华文作家的地方书写》，《湖北民族学院学报》（哲学社会科学版）2017年第4期。

三 地理分布与文学区研究

按照《人文地理学词典》的解释,地理学的基本特点在于依据地理差异进行区域划分。如此观之,文学家的地理分布研究与文学区研究,均源自这一地理学基本特点和内在思维结构,可将之称为文学的外部地理研究。值得注意的是,我们需要对新批评提倡文学内部研究的观点保持客观、冷静,打破其外部研究与内部研究的二元对立的思维定式,因为外部与内部实为二元互补的关系,偏废其一而不可。

(一) 地理分布研究

1. 文学家的地理分布研究。探讨静态分布的如李精耕的《明代江西状元作家的地域分布与诗歌创作》、俞晓红的《明清徽州才媛的地理分布与文化教育》、唐星的《北周鲜卑宇文家族诗人的地理分布与空间书写》、王成芳的《文化中心南移后的西北文学——以明代陕西作家的时空分布为路径的考察》、莫其康的《兴化李氏家族名士显宦考述》等;探讨动态分布的如李剑清的《汉末三国:北方文士的迁徙》,对汉末北方文士的迁徙分三方面来探讨,即汉末文士南徙的离心避难、曹操主导的建安文士的向心回聚以及蜀吴崛起中流徙文士的离中分向。

2. 其他文学要素的地理分布。有两篇论文论及译者地理分布研究,如贺爱军的《唐代佛经译者地域分布的时空透视》、任小玲与郭闯的《明末至晚清译者的地理分布规律及其缘由探源》;宋健的《〈荀子·成相〉地域文化归属考辨——兼及战国末期儒家分布》则关涉思想家的地理分布;黄晔的《古代少数民族地域风情和民俗文化的生动展现——浅论〈古谣谚〉中辑录的少数民族类谣谚》涉及少数民族谣谚的地理分布。

(二) 文学区研究

曾大兴在《论文学区》中提出，文学地理学的文学区既不是诸如江苏文学区、陕西文学区等功能文学区，也不是诸如南方文学、北方文学等感觉文学区，而是根据地理依据、历史依据、文学依据等界定的形式文学区，并将中国具体划分为"东北、燕赵、齐鲁、中原、三晋、秦陇、新疆、青藏、巴蜀、滇黔、荆楚、吴越、闽台、岭南等14个文学区"[①]。

一方面，文学地理学年会是一个行走的研究共同体，具有带动效应，所到之处则催发出当地文学区研究的热潮。可明显归于青藏文学区、新疆文学区、秦陇文学区等地域的论文有13篇。

1. 青藏文学区研究。栗军的《青藏高原的文学地理世界——以次仁罗布、万玛才旦、格绒追美文学创作为例》、刘大伟的《从"小桥流水"到"贵德地带"——元业诗歌创作特征解析》、杨柳的《双重视域下的非规约性书写——论藏族汉语作家的多维化叙事》、孔占芳的《边缘地域下边缘文化的张力：阿来创作中的地域文化特征探析》、李生滨与周蕾的《审美的决绝情态及其诗歌意象——谈谈昌耀与西部文学及现代诗歌》五文均探析了青藏高原与现当代文学写作之间的关系；李玲珑的《论青海民族民间戏剧的多样性及其成因》从民族、地域、社会三个方面阐述青海戏剧文化的多样性及其成因。

2. 新疆文学区研究。张凡与董新颖的《文化地理视域下的乡愁母题与生命景观——以新世纪以来的艾克拜尔·米吉提散文创作为考

[①] 曾大兴：《论文学区》，《学术研究》2017年第4期。

察中心》、祁晓冰与赵全伟的《帕蒂古丽创作的空间形式与身份认同》、于京一的《他乡即故乡：作为文学地理的新疆之于红柯的意义》等三文均探析了新疆地理与现当代文学写作之间的关系；史国强的《清代新疆交通与文学繁荣研究》指出清代统一新疆后以伊犁为中心的交通网络，激发了以行程游记诗文为代表的新疆地域文学的繁荣。

3. 王伟的《唐代长安传奇小说创作嬗变之空间解读与群体分析》、韩玉蓉的《"商州"与"老西安"——贾平凹文学创作的世界》、梁祖萍与张星星的《隋唐宁夏墓碑文叙录》三文均属秦陇文学区研究。

另一方面，其他文学区研究也呈百花齐放的态势。

1. 东北文学区研究。王丽君的《原始、自然、感性的神秘世界——评迟子建小说〈别雅山谷的父子〉》、张祖立的《地域文化与新时期以来大连小说创作》分别论述迟子建小说创作、大连小说创作。

2. 中原文学区研究。吕东亮的《女性作家的崛起与当代文学的"中原经验"》、杨恂骅的《从王梵志诗看初唐中原地区民俗活动的多样性》等；杜玉俭的《盘古神话产生地域的重新考察》通过盘古神话所解释的地理现象（尤其是中国北方大山的形成）说明其起源于中原地区。

3. 三晋文学区研究，如王青峰的《古代山西的气候地理变迁与唐诗的繁荣》、王小芳的《文学地理视角下的运城盐池研究》、赵树婷的《从山西民间歌谣的特点看山西地域文化对文学的影响》。

4. 巴蜀文学区研究，如李懿的《文学地理学视域下的陆游巴蜀诗及其意义》、张红波的《清代竹枝词中的重庆生活图谱》。

5. 滇黔文学区研究，如马志英的《清代回族诗人孙鹏咏史怀古诗的地域文化特征》、蒲日材与付煜的《从文学视角考察西南地区端公跳神习俗——以〈唉影集·跳神〉为例》、马兰州的《安南地区对汉诗"正音"的选择及对杜诗的接受》等。

6. 荆楚文学区研究。刘海军的《论陈应松神农架系列小说的寓言化书写》认为陈应松对神农架的寓言化书写，凸显了乡土与城市之间的紧张；刘学云的《〈湘行散记〉：自然与文化背景下湘西人生的书写》、伍志恒的《土家族作家孙健忠长篇小说〈醉乡〉探微》等均聚焦于湘西地理与文学的关系。

7. 岭南文学区研究，如宋秋敏的《宋南渡后岭南词学的兴起及其地域特征》等。

值得特别指出的是，吴越文学区与燕赵文学区研究基本上都集中于城市与文学的关系研究。吴越文学区研究有聚焦于上海的，如冯仰操的《民国游记中的上海印象》、余梦林的《〈长恨歌〉与上海书写》、张双的《个体与日常的上海烙印——论王安忆〈乡关处处〉的上海书写》等；也有关注南京的，如赵步阳的《民国时期南京文学景观的变迁与意象转换——以地域性文学选本为考察对象》、王建国的《〈西洲曲〉产生的地理环境考释》、杨剑兵的《秦淮风月中的南都记忆——试论〈板桥杂记〉的地域特色》等。燕赵文学区研究均聚焦于北京，如于润琦的《〈儿女英雄传〉的文学地理特征》、吴蔚的《清代京都文学发展的地域特征》。此外，夏明宇的《双城映像：宋元话本小说的空间书写》、敖翔的《"大"时代的都市"小"记趣：张爱玲〈流言〉的都市书写》等文未局限于一城，而是涉及多城市的文学地理研究。

当然，任何体系的划分都不可能涵括所有的现象。有些论文所论并不能简单地进行文学区的归类，一者如高人雄的《汉唐高昌文学的地缘文化》并不拘泥于高昌文学属于新疆文学区，认为高昌文学具有典型的中国西北地域文学特征；任红敏的《西北子弟与元代文坛格局》考察的亦是元代文学中的西北民族作家群；高忱忱的《地域文化影响下的北魏太和文风》将北魏文学归于北方文学。二者如陕西理工大学文学院的汉水流域文学研究，如王建科的《汉水流域历史剧剧目初探》、姚秋霞与荣丹的《论"汉调桄桄"对"包公戏"的传承与发展》、费团结与陈曦的《宋元明小说中的汉水故事母题及其当代重构》等论文。三者如韩鲁华的《贾平凹、莫言乡土叙事比较——以地域生态文化为视角》涉及两种文学区的比较研究。

四 文学景观、文学地理空间与文学地理意象研究

曾大兴如此厘定文学景观、文学地理空间与文学地理意象的关系："多数的地理意象是文学作品的地理空间要素，少数的地理意象是文学景观。在我们从事文学作品的地理空间研究和文学景观研究的时候，实际上就包含了大量的地理意象研究。"[①] 虚拟性文学景观（文学内部景观）、文学作品的地理空间和文学地理意象显然都处于文学文本内部；实体性文学景观（文学外部景观）虽处文学文本外部，但可与虚拟文学景观互相转换。有鉴于三者有别而又重叠的复杂关系，也为论述方便起见，暂且笼统地将三者合称为文学的内部地理研究。

（一）文学景观研究

衣若芬、王姞等文可归于实体性文学景观研究。衣若芬的《东亚文明精神与潇湘八景文化意象》探讨了地理景观的跨国迁徙、移植与

---

① 曾大兴：《文学地理学概论》，商务印书馆 2017 年版，第 324 页。

再生。从潇湘八景这一文化意象的视角切入，重思冈仓天心的"亚洲一体论"，寻求理解东亚文明的新路径。"潇湘八景诗画源于中国宋代，传播至韩国、日本和越南等邻国，形成不同的本地化结果，可视为东亚国家交流互动，共享文化资产，缔造文化新生命的范例。"① 王姮的《被制造的景区与被控制的观看——从"水浒城""聊斋园"说起》从法兰克福学派的文化工业概念着手，以东平水浒城、淄川聊斋园等人工文学景区为例，批判了其内在的消费逻辑，强调文学景观建设应重视文学审美属性。

虚拟性文学景观研究仍占景观研究的大多数。

1. 人文景观明显与文学关系更为密切。陈恩维的《文学空间、记忆之场与地域诗派——以"南园"与岭南诗派为例》，综合采用空间分析法与时间分析法，认为南园作为文学空间和记忆空间，与作为空间文本的南园诗一起，对岭南诗派的传承发挥了巨大作用。高建新的《唐诗中的烽火及其文化景观价值》论析了烽火在唐诗中的英雄主义豪情、祈望和平、思乡之情三种表意功能，是展现边疆地理、民族风情的文化景观。李世忠的《唐昭陵的诗歌书写及其史学价值》考察了昭陵诗对唐昭陵这一景观的文学书写。熊海英、俞乐的《元代中期江南地区宗教景观与文人的宗教活动浅论——以郭畀〈云山日记〉为中心》着眼于寺观宗教景观，探讨元代中期江南地区普通文人儒士宗教信仰的多元化、注重实效的功利性特征。刘洁的《民间传说中昭君出塞的文学景观及其内涵》认为昭君民间传说较之作为书面文学的昭君诗词曲内容更为丰富，研究了其中的青冢、昭君桥等文学景观。

2. 自然景观。薛展鸿的《崖山文学景观研究》探讨了崖山文学

---

① 衣若芬：《东亚文明精神与潇湘八景文化意象》，中国文学地理学会第七届年会暨第二届硕博论坛论文（古代文学卷），西宁，2017年7月，第302页。

景观蕴含的山河破碎之痛、哀古警今之思、华夏之象征等多重意义，进而认为崖山是岭南文化的重要源头和民族精神的象征体。张福清、张曼洁的《论苏轼寓惠诗之自然、人文景观及其审美情感》从自然人文景观切入，探讨苏轼寓惠诗中的愤懑、渴望北归、凄婉与旷达交加等审美情感。

3. 现时代的城乡区分造就了城市景观与乡村景观的独特文学景观类别。张之帆的《论〈生死疲劳〉中的乡村景观书写》解读西门屯乡村景观对莫言思想的再现。赵步阳的《民国时期南京文学景观的变迁与意象转换》分析了民国时期南京文学景观的变迁与意象转换。杨章辉的《威廉斯长诗〈帕特森〉中的景观想象研究》探讨了威廉·卡勒斯·威廉斯对城市地理景观、公园与图书馆景观等多重景观的建构。

（二）文学的地理空间研究

陈富瑞的《论汤亭亭小说中的地理故乡》，从华裔作家如何借助"口述之中国"切入，揭示地理故乡的三重书写意义，即边缘人的心灵寄托、美国华裔青年与父母沟通的方式以及作家抒发家国情感的有效途径。李美芹的《论赖特〈土生子〉的空间政治书写》，将列斐伏尔"空间三一论"和福柯的"空间权力论"贯通，认为小说中的"黑带区"反映了白人主流社会所规划的空间表征，而别格母亲、别格通过各自的空间实践表达出阐释性的表征空间与逾越性的表征空间。王海燕的《地理空间的流动与人物心理状态的关系研究——以福克纳〈八月之光〉中的克里斯默斯为例》认为地理空间在不断的流动性中呈现出的差异性建构，表现出福克纳对美国南方敏锐的地理感知及其悲剧意识。余一力的《〈英国情人〉中的地理空间建构与价值重估——来自读者的体验、创造与反抗》认为虹影《英国情人》中的东方地理空间，本质上体现了作者对于威权和"西方中心"话语的反抗意识。段亚鑫的《〈青年的污名〉的文学地理空间解读——以"荒若岛"为中心》探讨大江健三郎借助荒若岛这一特殊文学地理空间所体现的日本当代社会问题与拯救出路。李萌羽的《试论福克纳影响下的中国新时期文学地理世界的建构》考察福克纳建构的"约克纳帕塔法"对中国新时期小说诸多文学地理世界的激发作用。

（三）文学的地理意象研究

1. 中国山水文学传统悠久，山水意象也因此成为研究者的重点关注。除许外芳的《元代山川铭论略》兼论山水意象之外，专论水意象的论文有朱育颖的《与水共舞：当代女性小说中的河流意象》、孙胜杰的《少数民族文学中的"河流"书写及其隐喻意义——以黄佩华、叶梅、李进祥为例》、涂慧琴的《华兹华斯诗歌中的湖泊意象》，分别探讨河流与女性、河流与民族、湖泊与人生抉择等之间的关联；专论山意象的论文有殷学国的《从语词到主题的话语分析：以〈渔歌子〉西塞山为中心》、安丽霞的《苏轼晚年诗歌中的罗浮山情结》、熊悦的《浅谈〈山海经〉中"昆仑山"的文学地理空间》等，分别探析作为中国诗学和江南意境表现符号的西塞山意象、苏轼诗歌中承载道教文化的罗浮山意象、《山海经》中具有三重空间意涵的昆仑山意象。

2. 动植物意象。路成文的《北宋牡丹审美文化新论》、杨宗红的《精怪母题与自然地理：以明清白话短篇小说为例》分别论及牡丹植物意象、动物意象。

3. 其他地理意象。曾小月的《浅议余光中诗歌中的地理意象》论析了自然景物、自然节气、中国地理、离散地理等四种地理意象。

王晓平的《论张爱玲〈倾城之恋〉里的几个意象》、薛玉坤的《盛世想象与文学地理意象的建构——论民国逊清遗民文人的江亭书写》、尹蓉与朱洁的《论汤显祖传奇中的边塞风情》分别论及断壁残垣与高墙意象、江亭意象、想象中的边塞意象等。

五　文学地理研究的新拓展

（一）地理迁徙与文学书写

作家的地理迁徙，使得"一"的地理认同模式被打破，造成了生命体验、文学书写中同时存在两个甚至多个地理核心，进而引发出文化认同、国族认同等深层而复杂问题。

1. 出使文学。方丽萍的《论北宋出使文学中的文学地理问题》，通过考察北宋出使文学对辽国风土人情的反映以及对疆域、民族观念的认知，指出文学地理折射出的北宋士人骄傲、屈辱并存的复杂文化心态。李惠玲、陈奕奕的《相逢笔墨便相亲——越南使臣李文馥在闽地的交游与唱和》认为《闽行杂咏》见证了李文馥与来子庚等中国士大夫的情谊，以及对中越两国文化同源的强调。梁钊的《异域与西域：燕行使对回回国的认知》从地理、方物等方面探讨了域外汉籍《燕行录》中的回回国形象。

2. 其他迁徙文学。（美）韩小敏（Sherman Han）的《乾隆皇帝南巡给吴越归隐官员诗作之评析和英译》（*Emperor Qianlong's Poetry to the Retired Officials During His Inspection Tours to Southern China*）探讨了乾隆皇帝的南巡与御制诗间的关系。胡蓉的《地域视野下的元末西夏遗民诗人王翰诗歌创作》认为河西党项族民族性格与福建东南理学传统、山水文化，对王翰诗歌产生了双重地理影响。

（二）地理交通与文学的内在双向关联存在两种阐释路径

1. 由地理而至文学。或探讨地理交通对文学的影响，或探讨地理交通如何在文学中参与人的情感与审美。李文胜的《论元代馆阁文风》认为元代南北统一后的交通，为馆阁文风的形成提供了地理空间支持。王忠禄的《丝绸之路上的五凉文学》认为五凉文学发生于丝路上的河西走廊，属于丝路文学。由陆路交通转向水路运输，史悦的《汴水与北宋诗词创作探析》与王勇的《明代诗歌所见运河景象及其文学意蕴》均关注大运河对文学创作的影响，前者探讨汴水所承载的恋京、离别等主题，后者凸显大运河作为"明诗之路"的文学史意义。

2. 由文学而地理。（韩）郑羽洛的《韩国洛东江及其沿岸的空间感性与文学疏通》以文学的角度诠释洛东江的疏通性，将其空间感性归纳为浪漫感性、道学感性与社会感性。这两种阐释路径共同构成了一个阐释闭环，将地理交通与文学的双向关联揭示出来。

（三）文学的语言地理研究

高光新的《〈红楼梦〉与清代玉田方言词的关系》，通过对比《玉田县志》与《红楼梦》25个方言词的异同，认为曹雪芹对玉田方言有所了解，但并没有掌握与熟练运用。唐旭东的《〈诗·齐风〉语言地域性浅探》通过方音、方言词、句式等来探析《诗·齐风》语言的地域性特征。张向东、陈浩然的《乌热尔图小说的语言地理》探讨了鄂温克少数民族作家乌热尔图小说语言的民族性和地域性特色。不难看出，此类研究并非纯粹的语言地理研究，而是将语言作为文学的要素，旨在通过语言的地域性更好理解文学作品。

（四）其他方面文学地理研究

纳秀艳的《王夫之〈诗经〉学的湘学特质》论述了船山《诗经》学中忧怀家国的情感指向、重视人格的精神取向与重建秩序的美政理想这三种向度的湘学特质。张蓉的《王士禛诗学"江山之助"论》论王士禛"江山之助"的文学地理诗学理念及其影响下的诗歌创作。俞兆良的《此心安处便是吾乡——苏轼归隐词探究》探析了苏轼归隐词与归隐地理的关系。许振东的《〈金瓶梅〉创作的地理背景研究述论》梳理了《金瓶梅》创作地理背景的北京说、临清说、徐淮扬说、绍兴说等之后，认为北京说的可能性较大。上官文洁的《文学地理学视野下的文化性格研究——论文学地理学内在机制中的深层心理结构》分国别研究了中国、英国、法国、德国等国民族的文化性格。

六 问题与展望

不难看出，绝大多数研究者具有高度的文学地理学学科自觉意识，能够紧紧围绕文学与地理环境的关系来立论、研究。但也存在极个别学科自觉意识淡薄的研究者，他们的论文并无鲜明的文学地理意识，这说明他们尚未完全进入文学地理学的问题域，也并不清楚文学地理学的研究对象，更别说文学地理学的原理、研究方法和术语体系了。

相比前者，文学与地理的深度融合是更为普遍的问题。这一问题可以追溯至另一更为根本的问题，即文学与地理可能深度融合吗？这是所有的跨学科研究都面临的担心与质疑：研究者具有双学科或多学科专业背景吗？如果没有，如何能够做到真正的跨学科研究？这种质疑带有强烈的不可认知论色彩。试问，何以文学可称之为一、地理可称之为一，而文学地理就不可称之为一？并非所有的地理空间都会进入文学，进入文学的地理经验几乎都是大众性体验，是人人皆会遭遇也皆可感受、理解的地理空间。曾大兴在大会总结发言中特别强调，文学地理学应该特别注重对两种地理空间的区分，一种是后现代主义的抽象空间，另一种是切实可感的具体地理。文学地理学关注的是后者，是获得作家主体审美润泽的感性地理，而非枯燥乏味的理论理性的地理。在此意义上，文学地理学研究的是文学地理，不能等同于地理学地理。在此意义上讲，"文学地理学"一词可以有两种合理理解：在文学与地理分属两个学科的背景之下，是文学与地理的交叉学科；将文学地理看作一个整体，是关于文学地理的学科。

作为中国话语的文学地理学已然崛起，然而我们的话语声音还不够大，国际影响力也还有限，作为中国学派显然还未成气候，仍须假以时日，这是文学地理学学科尚未真正建成、成熟这一学科现状决定的。中国话语应具有世界眼光与胸怀，并不排斥域外精华思想，文学地理学历来注重汲取域外有益思想，诚如曾大兴所言："由于这个学科是在中国本土产生的，因此它的学术体系概念体系、话语体系等既带有鲜明的中国特色，也不可避免地具有某些中国局限。因此文学地理学的学科建设必须走出去，广泛听取国际学术界的意见，认真吸收国际学术界的相关成果。"[1] 作为中国话语的文学地理学，应在坚持中国话语属性的基础上，积极与域外相关思想展开交流与对话，使自己的话语体系更加完善、精深。

---

[1] 曾大兴：《文学地理学概论》，商务印书馆2017年版，第412页。

中国文学地理学会第七届年会暨国际学术研讨会举行

中国社会科学报西宁7月25日电（记者 张聪 通讯员龙其林）近日，中国文学地理学会第七届年会暨国际学术研讨会在青海师范大学举行。170余位学者围绕文学地理学、文学的中心与边缘、中国学派建构与少数民族文学地理等重要问题展开研讨。

广州大学人文学院教授曾大兴表示，地域文学是在特定的时空中形成的，兼具历史性和地域性双重维度。研究地域文学，仅用文学史方法来梳理其发展轨迹是不够的，还必须同时使用文学地理学的方法，来分析其形成机制、空间结构和地域特征。只有准确把握地域文学内涵，充分认识其时空交融特点，才能真正还原真相，并深刻阐述其意义价值。陕西理工大学文学院副教授陈一军提出，中心与边缘关系对于文学的意义，首先在于对一定区域文学、国家民族文学甚至世界文学地理空间格局的把握。广州大学人文学院教授刘庆华认为，在建构中国学术体系的艰难历程中，文学地理学学科从无到有，应在汲取国外相关研究合理成分的基础上，提出具有典型中国风格的文学景观等概念。

河南大学文学院副教授陈丽丽以中国古代诗歌总集编纂中的地域

出席"中国文学地理学会第七届年会暨第二届硕博论坛"的学者合影

意识为例，提出在丰富多样的诗集分类编次标准中，地域是不容忽视的因素。自战国、两汉直到明清，地域在诗集中的地位越来越突出，所蕴含的文学思想和时代风尚也越来越丰富。从历代诗歌总集编纂地域因素的发展演变过程中，可以折射出古人丰富的诗学思想和深刻的文化态度。湖北大学文学院教授刘川鄂以地方文学史的发展为例表达了自己的观点。在他看来，伴随着社会不断发展，经济、代际、性别等因素在社会生活中的作用逐渐上升，地域因素的影响相应减少。这一变化极大地影响甚至改变了各地作家的创作风貌，各地域内文学呈现出共性更模糊、个性更多样的复杂面貌。但中国地大物博以及多民族融合等特征，使这些地域因素一直或隐或显地存活于当代文学之中，成为各地闪亮的文化徽章。

河南省社会科学院文学研究所副研究员杨波认为，在大数据时代，为了适应中国传统文化研究的发展走向，文学地理学研究者要尽量做到以战略眼光把握研究态势、以积极态度求取理论认同、以创新思维拓宽研究视野、以长远眼光推进深度研究。

（《中国社会科学报》2017 年 8 月 1 日转载）

中国文学地理学会第七届年会暨第二届硕博论坛成功召开

中国文学地理学会第七届年会暨国际学术研讨会于2017年7月22日至24日在青海师范大学举行,来自中国、韩国和新加坡的174位学者出席了这次会议,收到参会论文146篇。

本次会议讨论了文学的中心与边缘、文学地理学与中国学派建构、青藏高原文学地理、少数民族文学地理等重要问题。青海师范大学人文学院方丽萍教授指出:青藏高原是中国文学地理的重要板块,《山海经》所载昆仑神话、西王母神话就产生于青藏高原,中国古今文学作品中一再描写的青海湖、昆仑山、祁连山、唐蕃古道、德令哈等文学景观也分布于青藏高原,但是过去的文学研究往往视青藏高原为文学的边缘地区或落后地区,长期以来不予重视。如今我们从文学地理学的角度来审视青藏高原的文学,发现这里实际上是中国文学的源头之一。

文学地理学是近年来在中国本土产生的一个新兴学科,其全新的理论、视角和研究方法受到学术界的高度关注,为中国学的理论体系、话语体系的构建积累了丰富的经验,提供了一个可资参照的范式。据中国文学地理学会会长、广州大学教授曾大兴介绍,经过多年的努力,文学地理学的学术体系已在中国本土基本建成,今后的主要任务,就是加强这个学科的课程体系建设和专业人才的培养,尤其要加强与国际学术界的交流,使这个在中国本土产生的新兴学科真正走向世界,惠及全人类。

这次会议由中国文学地理学会、广州大学和江西省社会科学院联合主办,由青海师范大学人文学院承办。会议期间还举行了第二届文学地理学硕博论坛,来自中国社会科学院大学、北京语言大学、复旦大学、上海师范大学、武汉大学、华中师范大学、广州大学、西北民族大学、贵州师范大学等20多所高校的30多位在读硕士生和博士生在青藏高原登坛论剑,讨论文学地理学的系列问题,经过匿名评审,其中10人分别获得由湖北大学文学院资助的"第二届文学地理学硕博论坛优秀论文奖"一、二、三等奖,广州大学硕士生薛展鸿获得三等奖。广州大学人文学院与会的5位老师均提交论文,并在大会和小组讨论上发言、交流。

中国文学地理学会第二届硕博论坛人员合影

(广州大学新闻网,2017年7月25日,龙其林供稿)

中国文学地理学会第一届硕博论坛获奖名单

中国文学地理学会第一届硕博论坛由中国文学地理学会主办、湖北大学文学院承办,由湖北大学提供奖金资助。一等奖1000元、二等奖800元、三等奖500元。

一等奖三名

1. 徐汉晖

湖北大学博士研究生,获奖论文:《地方感、地方特征与异地情结的文学书写》

2. 上官文洁

复旦大学硕士研究生,获奖论文:《色彩观照下的世界文学地理——论文学地理学内在机制中的异质同构》

3. 敖翔

华中师范大学硕士研究生,获奖论文:《伊厄棣斯的"海洋性格"问题》

二等奖六名

1. 黄惠

华中师范大学博士研究生，获奖论文：《〈百种神秘感觉〉中的空间形态及其意义》

2. 韩玉

华中师范大学博士研究生，获奖论文：《〈城堡〉中的空间叙事》

3. 孙凤玲

华中师范大学硕士研究生，获奖论文：《地理基因对泰戈尔诗歌自然意象的影响》

4. 杨玲

西北师范大学硕士研究生，获奖论文：《近三十年来文学地理学研究之得失》

5. 陈浩然

西北民族大学硕士研究生，获奖论文：《乌热尔图小说中的自然地理景观描写及其内涵》

6. 陈晨

广州大学硕士研究生，获奖论文：《西津渡文学景观研究》

三等奖九名

1. 刘玉杰

武汉大学博士研究生，获奖论文：《花园、城墙与茶乡——〈两访中国茶乡〉中的双面中国与植物朝圣》

2. 卢贝贝

西南大学博士研究生，获奖论文：《民族焦虑的消解：壮族布洛陀诗经的文学地理学研究》

3. 王姮

南开大学博士研究生，获奖论文：《作为虚构景观的"高密东北乡"》

4. 董劭敏

广西大学硕士研究生，获奖论文：《韦启文抒情诗的文学地理结构研究》

5. 黄盼盼

湖北大学硕士研究生，获奖论文：《从地理、人物、情节论池莉〈生活秀〉的影视改编》

6. 丁萌

华中师范大学硕士研究生，获奖论文：《〈悲惨世界〉中的地理空间建构及其审美意义》

7. 李志荣

广西大学硕士研究生，获奖论文：《"天""地""水"三界和谐：文学地理学视野下的壮族始祖创生神话研究》

8. 孙云霏

华中科技大学硕士研究生，获奖论文：《他者与主题——后现代主义的空间批评与文学地理学的空间批评之比较》

9. 段亚鑫

华中师范大学硕士研究生，获奖论文：《森林的力量——〈万延元年的足球队〉的文学地理学解读》

中国文学地理学会第二届硕博论坛获奖名单

中国文学地理学会第二届硕博论坛由中国文学地理学会主办、青海师范大学文学院承办，湖北大学提供奖金资助。

一等奖一名

1. 刘玉杰

武汉大学博士研究生，获奖论文：《全球化中的地方性与非地方性》

二等奖三名

1. 段亚鑫

华中师范大学硕士研究生，获奖论文：《〈青年的污名〉的文学地理空间解读》

2. 王成芳

上海师范大学博士研究生，获奖论文：《文化中心南移后的西北文学》

3. 唐星

西北民族大学博士研究生，获奖论文：《北周鲜卑宇文家族诗人

的地理分布与空间书写》

三等奖六名

1. 周爱勇

贵州师范大学博士研究生，获奖论文：《故乡·民族·风景——毛南族作家孟学祥风景叙事研究》

2. 上官文洁

复旦大学硕士研究生，获奖论文：《文学地理学视野下的文化性格研究》

3. 杨恂骅

中国社会科学院硕士研究生，获奖论文：《从王梵志诗看初唐中原地区民俗活动的多样性》

4. 王海燕

中南民族大学博士研究生，获奖论文：《地理空间的流动与人物心理状态的关系研究》

5. 薛展鸿

广州大学硕士研究生，获奖论文：《崖山文学景观研究》

6. 安丽霞

北京语言大学博士研究生，获奖论文：《苏轼晚年诗歌中的罗浮山情结》